Markus Heitz
Schatten über Ulldart

SERIE PIPER

Zu diesem Buch

»Die Dunkle Zeit kehrt zurück!« lautet die unheimliche Prophezeiung eines Mönches, kurz bevor er stirbt. Am Hofe des Reichs Tarpol hat man unterdessen andere Sorgen: Der Thronfolger Prinz Lodrik macht seinem Vater wenig Freude. Damit der verwöhnte Junge endlich erwachsen wird, schickt ihn der König in die entlegene Provinz Granburg, wo er inkognito die Stelle des neuen Statthalters einnehmen soll. Doch Lodrik ist nicht der unfähige Herrscher, der er scheint – ihm ist vorherbestimmt, dass er über das Schicksal der Welt entscheiden wird. Doch wird Lodrik Retter sein und das Böse bannen? Oder wird er die Welt zerstören und sie in ein neues Dunkles Zeitalter führen?

Markus Heitz, 1971 geboren, studierte Germanistik und Geschichte und lebt als freier Autor in Zweibrücken. Sein aufsehenerregender Debütroman »Schatten über Ulldart«, der Auftakt zum Epos »Ulldart – Die Dunkle Zeit«, wurde mit dem Deutschen Phantastik Preis ausgezeichnet. Seit den sensationellen Bestsellern »Die Zwerge« und »Der Krieg der Zwerge« gehört Markus Heitz zu den erfolgreichsten deutschen Fantasy-Autoren. Weiteres zum Autor: www.mahet.de und www.ulldart.de

Markus Heitz

Schatten über Ulldart

ULLDART – DIE DUNKLE ZEIT 1

Piper München Zürich

Mehr über unsere Autoren und Bücher:
www.piper.de

Zu den lieferbaren Büchern von Markus Heitz bei Piper
siehe Seite 400.

FSC
Mix
Produktgruppe aus vorbildlich bewirtschafteten Wäldern und anderen kontrollierten Herkünften
www.fsc.org Zert.-Nr. GFA-COC-1223
© 1996 Forest Stewardship Council

Originalausgabe
1. Auflage November 2004
10. Auflage Oktober 2008
Erstmals erschienen:
Ullstein Heyne List GmbH & Co. KG, München 2002

Umschlagkonzept: Büro Hamburg
Umschlaggestaltung: Nele Schütz Design, München
Umschlagabbildung: Ciruelo Cabral, Barcelona
Autorenfoto: Arne Schultz
Karten: Erhard Ringer
Satz: C. Schaber Datentechnik, Wels
Papier: Munken Print von Arctic Paper Munkedals AB, Schweden
Druck und Bindung: CPI – Clausen & Bosse, Leck
Printed in Germany ISBN 978-3-492-28528-5

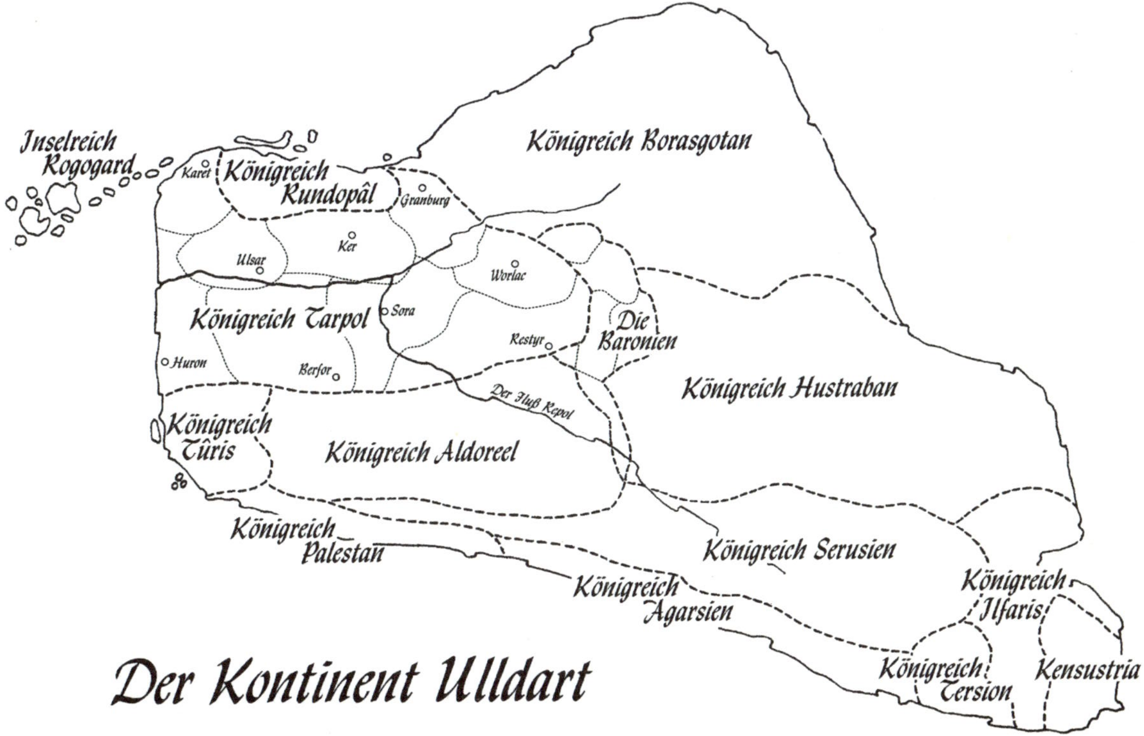

Der Kontinent Ulldart

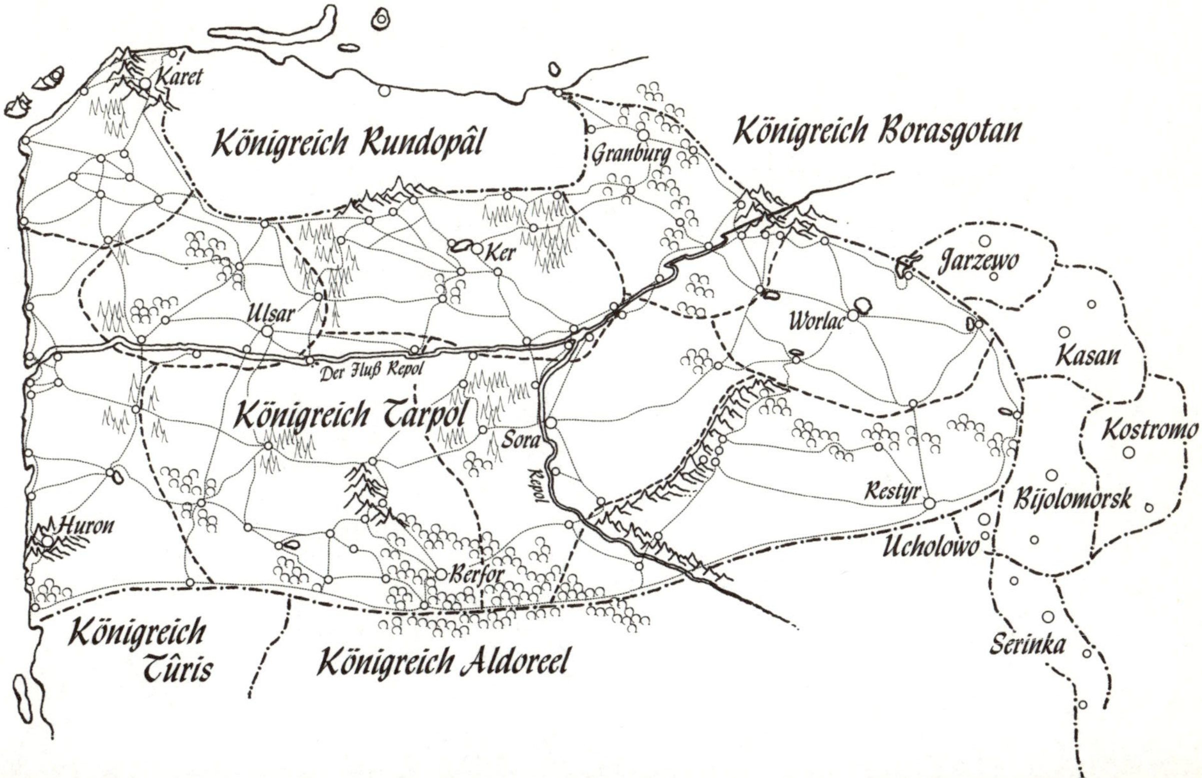
Königreich Rundopâl
Karet
Königreich Borasgotan
Granburg
Jarzewo
Ker
Ulsar
Worlac
Kasan
Der Fluß Repol
Königreich Tarpol
Sora
Kostromo
Repol
Restyr
Bijolomorsk
Huron
Ucholowo
Berfor
Königreich
Tûris
Serinka
Königreich Aldoreel

PROLOG

Tscherkass, Königreich Tarpol, 436 n. S.

»Puttputtputt«, lockte Bruder Matuc die Hühner, die auf dem Innenhof des kleinen Anwesens königlich umherstolzierten und im Dreck scharrten, als ob dies etwas ganz Erhabenes wäre. Die Tiere erkannten den Geistlichen sofort als ihren tagtäglichen Wohltäter wieder und liefen gackernd auf den Mann in der dunkelgrünen Robe zu.

»Da habt ihr«, murmelte Matuc, während er mit gleichmäßigen, halbkreisförmigen Bewegungen der rechten Hand Korn aus seinem Umhängebeutel auf die gestampfte Erde streute. »Fresst schön, damit ihr große Eier legt und dick und fett werdet.«

Auf dem Hof war es ansonsten ruhig. Die Tagelöhner arbeiteten auf den Feldern, die übrigen Ordensbrüder waren beim Gebet oder verrichteten Schreibarbeiten. Nur Matuc hatte die außerordentlich anspruchsvolle Aufgabe, sich um das leibliche Wohlbefinden des Federviehs zu kümmern, eine Tätigkeit, die er aber gerne verrichtete.

Leise redete der Bruder auf die Hühner ein, die zeternd und Flügel schlagend um ihn herum rannten, jedes noch so kleine Korn wurde heftig umkämpft.

Die Nachmittage, so empfand es zumindest der Ulldraelmönch, wurden allmählich trotz der Sonnen kühl, ein untrügliches Zeichen für den nahenden Winter.

Die letzten Ähren waren schon vor Wochen abgeerntet, die Strohstoppeln längst verbrannt und die Felder umgepflügt. Der Geruch von brennendem Kartoffelkraut hing schwach in der Luft, ein paar Bienen summten träge durch die immer schwächer werdenden Lichtstrahlen. Die große Ulldraeleiche auf dem Innenhof, der mächtigste Baum von allen, färbte ihre Blätter.

Matuc, ein Mann mittleren Alters und mit den ersten grauen Strähnen zwischen den schwarzen Haaren, dankte Ulldrael dem Weisen für die Ruhe, die auf dem von den Mönchen geleiteten Gut herrschte, und schüttelte die letzten Körner aus dem Stoffbeutel.

Er verharrte einen Moment regungslos, blinzelte in die Sonnen und dachte mit Wehmut an die frostigen Temperaturen, die ihnen im Norden Tarpols bevorstanden.

»Ihr werdet mir in den kalten Tagen sehr fehlen«, sagte der Mönch leise in Richtung der beiden strahlenden Kugeln und schlenderte zurück zum Haupthaus, ein altes Backsteingebäude, das bereits, wie der Orden, viele Jahrhunderte überdauert hatte.

Als er das vielfache, gedämpfte Stimmengemurmel aus der Eingangshalle hörte, beschleunigte Matuc seine Schritte. Um diese Zeit sollte eigentlich niemand außerhalb der zugewiesenen Räume sein, ein derartiger Auflauf konnte fast nur Schlechtes bedeuten.

Mit Schwung öffnete der Bruder die schwere, angelehnte Eichentür und sah die Rücken der Novizen, die auf etwas vor ihnen auf dem Boden starrten.

»Aus dem Weg«, herrschte der Mönch sie an und bahnte sich den Weg frei. »Lasst mich durch, ihr unnützen Kerle!«

Auf den Lehmfliesen lag zu seiner Überraschung Bruder Caradc, die Augen weit geöffnet und Schaum vor dem Mund, dünnflüssiger Speichel lief in dicken Bahnen die Wangen herab. Der Atem ging stoßweise, die Brust hob und senkte sich schnell, unrhythmisch.

»Hat er wieder eine Vision?«, fragte Matuc und kniete neben dem Halbbewusstlosen nieder.

»Wir wissen es nicht, Bruder Matuc. Wir hörten ihn in der Halle schreien, und als wir nachsahen, lag er auf dem Boden«, antwortete einer der Aspiranten unsicher. »Wir wussten nicht, was wir tun sollten.«

Der Mönch formte die Umhängetasche zu einem Knäuel und legte sie behutsam unter den Kopf von Caradc. »So etwas habe ich bei ihm noch nie erlebt. Normalerweise bekommt er einen glasigen, abwesenden Blick, aber das hier erscheint mir sehr seltsam. Holt den Vorsteher her. Vielleicht will Ulldrael eine wichtige Botschaft senden.« Matuc wischte seinem Mitbruder den Speichel ab und streichelte beruhigend dessen Kopf. »Und beeilt euch. Sagt, dass es dringend sei.« Er warf den anderen, die immer noch wie eine Meute neugieriger Hunde um die beiden herumstanden, einen bösen Blick zu. »Ihr anderen, verschwindet wieder in eure Studierzimmer. Los!«

Gehorsam, wenn auch zögerlich, gingen die jungen Männer. Der Mönch war mit dem Visionär alleine.

Die glatten Wände der Halle warfen die lauten Atemgeräusche als Widerhall zurück, jeder mühsam errungene Luftzug seines Mitbruders erschien Matuc doppelt so laut.

»Was ist denn? Was hast du?«, wollte er wissen.

Der Liegende griff nach seiner Hand, öffnete den Mund, aber nur ein heiseres Krächzen und verzweifelte Laute drangen aus seiner Kehle.

Plötzlich änderte der Speichel seine Farbe in hellrosa, Caradc bekam einen Hustenkrampf, und seine Augen weiteten sich.

»Der Tadc … Vorsicht … töten«, stammelte er undeutlich, jeder Buchstabe wurde herausgepresst.

»Ruhig, Caradc.« Matuc tupfte ihm die Stirn ab. »Was will Ulldrael von uns?«

»Tadc … töten … Dunkle Zeit«, stieß der Visionär hervor, der Griff um Matucs Hand verstärkte sich und wurde mit einem Mal schmerzhaft. Dünne Blutfäden sickerten aus den Ohren und Nasenlöchern, Caradc schrie auf und begann zu zittern. Sein ganzer Körper zuckte hin und her, wie eine gefangene Schlange wand er sich auf dem Boden.

Matuc hatte Mühe, den Liegenden zu halten, hilflos und verwirrt musste er die Leiden seines Mitbruders ansehen. Welche Botschaft mochte Ulldrael wohl schicken, dass sie seinen treuen Diener dermaßen quälte?

Caradc erbrach Blut, tiefrot lief die Flüssigkeit über die Kleidung auf die Fliesen, füllte dort kleine Rillen und Unebenheiten der Oberfläche aus.

»Tadc … Gefahr … jemand … töten«, heulte der Visionär und sackte zusammen. Er packte Matuc im Genick und zog dessen Ohr an seinen Mund. »Die Dunkle Zeit … kehrt zurück«, flüsterte er.

Inzwischen lag der Kopf des Mannes in einer riesigen Lache aus Blut, zu der immer neues aus Mund, Ohren, Nase und Augen hinzufloss.

»Vorsteher, zu Hilfe!«, rief Matuc aufgeregt. Seine Kleidung sah aus, als ob er ein frischgeschlachtetes Schwein umarmt hätte. »Caradc stirbt!«

Die Zeit schlich dahin, noch immer war niemand zu sehen.

Der Visionär gab ein schmerzerfülltes Stöhnen von sich, das sich zu einem grausamen Schrei steigerte.

Matuc dachte, seine Ohren würden taub, irgendwo hörte er das Splittern von Glas, dann erstarb Caradcs Stimme.

Das Echo hallte für einige Momente durch das Haupthaus, dann trat eine unheilige Stille ein.

Der Visionär war tot.

Jetzt erst näherten sich schnelle Schritte, die Türen zu den Studierzimmern flogen auf. Der Vorsteher kam mit wehender Robe die Treppe herabgelaufen, hinter ihm folgten mit entsetzten Gesichtern die Mönche und Aspiranten.

Matuc starrte auf seine blutigen Hände. »Ulldrael hat ihn getötet«, wiederholte er flüsternd. »Die Macht des Gottes war zu groß für seinen Verstand und Körper.«

»Was ist passiert?« Vorsteher Tradja, ein erhabener Mann im Herbst seines Lebens, holte tief Luft und stellte seine Ledertasche mit Verbandszeug zu Boden. »Was hat er gesagt?«

Matuc erhob sich; kleine, rote Tropfen lösten sich von seiner Robe, fielen zu Boden und klatschten hörbar in die Blutlache.

»Ulldrael wollte uns vor der Rückkehr der Dunklen Zeit warnen.«

»Wie sollte die Bedrohung neu erstehen? Das Böse ist von Ulldart vertrieben.« Der Vorsteher strich sich über den Bart und blickte nachdenklich auf den Toten. »Was hat er noch gesagt?«

»Wenn der Tadc stirbt, droht uns allen Gefahr, sagte Caradc.« Matuc ließ die Hände sinken, das warme Blut an seinen Fingern begann klebrig zu werden. »Ich glaube, dass jemand versuchen wird, den Thronfolger umzubringen.«

Tradja nickte kaum merklich. »Das darf nie geschehen. Wir müssen sofort zum Kabcar und ihn warnen.« Er deutete auf die Gruppe der Aspiranten. »Spannt die Kutsche an, es muss so schnell wie möglich geschehen.«

»Aber es ist in ein paar Stunden finster, und der Weg zum Palast …«, warf einer der jungen Männer ein, doch der Vorsteher winkte ab.

»Selbst wenn es Steinbrocken regnen würde, müssten wir hinaus. Der ganze Kontinent steht auf dem Spiel, sollte dem Tadc etwas zustoßen.« Eilig lief eine Gruppe hinaus und bereitete die Abfahrt vor. »Die anderen bringen Caradc in den Betsaal und bahren ihn dort auf.

Er wurde nach dem Willen des Gottes zum Märtyrer, der sich zum Wohle aller Menschen auf Ulldart geopfert hat. Ulldrael ist weise, gerecht und mächtig.« Der Vorsteher verließ die Halle und ging zu den Stallungen.

Matuc, immer noch verwirrt wegen der Ereignisse der letzten Minuten, gab wie gelähmt Anweisung, den Toten zu waschen und zu balsamieren.

»Die Blutlache bleibt«, ordnete er an, als sich ein Novize mit Eimer und Lappen näherte. »Sie wird uns immer an Caradc und sein Opfer erinnern.«

Nachdenklich und traurig blickte er auf den roten, feucht schimmernden Fleck. Niemals wieder durfte Ulldart unter die Knute eines Kriegsfürsten fallen. Der Freund hatte sie durch seine Warnung alle gerettet.

I.

»Sinured war der Befehlshaber der glorreichen barkidischen Armee, errang Dutzende von Siegen für das Reich und sonnte sich in seinem Ruhm, denn er hatte ein großes Ansehen bei dem einfachen Volk, das ihn als Held feierte.

Innerlich sehnte sich Sinured aber nach mehr Macht und strebte insgeheim den Platz des Königs an, der ihm von Rechts wegen nicht zustand. Um sein Ziel zu erreichen, war er zu jedem Opfer bereit, und da Ulldrael der Gerechte auf seine innigen Gebete nicht antwortete, schaute er nach anderen Verbündeten.

Und Sinured ging den Pakt mit dem Furchtbarsten ein.

›Wenn du mir hilfst, mächtiger Tzulan, werde ich dir ein Reich erobern und deinen Namen mit dem Blut meiner Gegner auf die Wände ihrer Festungen schreiben‹, schwor der Barkit. ›Keiner darf es länger wagen, sich mir in den Weg zu stellen. Ich werde meine Feinde dir zu Ehren opfern und mir einen Thron aus ihren Schädeln und Gebeinen errichten.‹

Tzulans Geist erhörte mit Freude die Bitten des mächtigen Kriegsherrn. ›Du wirst die alten Götter verbieten lassen, die Tempel und Kultstätten zerstören und nur mich als alleinige Gottheit preisen. Dafür verleihe ich dir Macht, wie sie bisher keiner der Sterblichen erhalten hat.‹

Und Tzulans Geist stattete seinen Diener mit den absonderlichsten und abscheulichsten Fähigkeiten aus, die ihn im Kampf unbesiegbar machten ...«

Ulldartischer Geschichtsalmanach,
XXI. Band, Seite 1045

Ulsar, Hauptstadt des Königreichs Tarpol, Spätherbst 441 n. S.

Wie immer ging der Trompeter bei Sonnenaufgang auf den Kasernenhof, setzte die Fanfare an die Lippen und schmetterte das morgendliche Wecksignal.

Laut und deutlich drangen die Töne durch die Räume und ließen die Kaserne mit ihren fünfhundert Soldaten zum Leben erwachen.

Die Sergeanten brüllten kurz darauf auch die letzten verschlafenen Mannschaftsdienstgrade aus den harten Betten.

Die Schornsteine der Küche spien dicke Rauchwolken in den zartrosafarbenen Himmel, der unbeliebte Brei aus Hafer, getrockneten Früchten, Milch und viel Wasser köchelte bereits seit einer halben Stunde in den riesigen Kesseln.

Das übliche geschäftige Treiben setzte ein. Überall rasselten Wehrgehänge, schwere Stiefel trampelten über den Hof, denn keiner der Soldaten wollte zu spät zum Antreten erscheinen.

Einzig in einem Zimmer der Kaserne blieb alles still.

Unter einem Berg aus Kissen, Decken und Federbetten drangen gleichmäßige Schnarcher hervor, ein Schmatzen ertönte hin und wieder, wenn der Lärm auf dem Hof vor dem Fenster zu laut wurde und der Schläfer sich gestört fühlte.

Auch das sanfte Klopfen an der Tür bewirkte nichts, und selbst als das leise Pochen zu einem trommelwirbelgleichen Hämmern wurde, bewegte sich der Kissenberg kaum merklich.

Stoiko stand vor der Tür seines Herrn, in der einen Hand das überladene Tablett mit Brot, Keksen, Käse, Wurst, Honig und vielem mehr, die andere schmerzte inzwischen vom unentwegten Anklopfen. Schließlich betrat er das Schlafzimmer, wobei er darauf achtete, dass die Tür sehr laut ins Schloss fiel.

Sachte wehten die schweren, dunklen Gardinen hin und her, die jeden Sonnenstrahl mühelos schluckten, aber der Kissenberg schnarchte weiter.

Der Diener, zugleich Vertrauter und Erzieher, stellte das Tablett vorsichtig auf den Nachttisch, riss die Vorhänge zur Seite, ließ Licht und kühle Morgenluft in den Raum.

Der unsichtbare Schläfer grummelte etwas und kroch tiefer unter die Decken.

»Guten Morgen, Herr«, sagte Stoiko honigsüß und lupfte einen Zipfel des Federbettes, »Ihr müsst aufstehen.«

»Ich bin der Tadc, niemand befiehlt mir«, kam es undeutlich aus dem weichen Berg. »Ich kann schlafen so lange ich will und wie ich will.«

»Sicher, Herr.« Der langjährige Diener und Vertraute des Thronfolgers seufzte leise, zu bekannt waren ihm die morgendlichen Rituale. »Aber Ihr habt um zehn Uhr ein Treffen mit den Obersteuerbeamten, dann müsst Ihr mit Eurer Leibgarde exerzieren. Nach dem Mittagessen stehen Fechtunterricht und Reitstunden an.«

Die Decken zitterten, der Unsichtbare darunter rutschte noch ein Stück tiefer in Richtung Fußende. »Ich will nicht. Geh weg. Sag ihnen, ich sei krank oder sonst was.«

»Das geht nicht, Herr.« Stoiko grinste und goss heiße Milch in den Silberbecher. »Außerdem will Euch Euer Vater sehen. Ihr wisst doch hoffentlich noch, dass er der Kabcar von Tarpol ist und sehr gereizt reagiert, wenn man seinen Aufforderungen nicht nachkommt?«

Der Diener strich sich die schulterlangen, braunen Haare aus dem Gesicht und klemmte aufsässige Strähnen hinter dem Ohr fest. Der Schalk glänzte wie immer in seinen Augen. »Herr, die Kekse sind noch warm, und die Milch schmeckt mit einem Löffel Honig besonders gut. Ich habe sie mit einer Prise Zimt verfeinert, mmh.« Er schnupperte geräuschvoll, wobei der mächtige Schnauzer ein bisschen vibrierte, und ahmte ein lautes Schlürfen nach.

Der Kissenberg explodierte förmlich. Der Tadc von Tarpol, ein Jüngling mit reichlich Übergewicht, blassblondem, dünnem Haar und einem breiten Pfannkuchengesicht, tauchte aus seinem Lager auf wie ein Wal aus dem Meer.

»Finger weg von meinem Frühstück, Stoiko!« Die unsympathisch hohe Stimme des Thronfolgers schnitt schmerzhaft in das Gehör des Dieners, der den Mund verzog. »Du hast bestimmt schon gegessen.«

»Vor drei Stunden, Herr«, sagte der Mann mit dem mächtigen Schnauzbart, zufrieden, dass seine List funktioniert hatte.

»Wie kannst du nur so früh aufstehen. Da ist die Welt draußen doch noch dunkel.« Gierig stopfte er sich zwei Kekse in den Mund und kippte einen Schluck Milch hinterher.

»Ich lasse Euch dann in Ruhe frühstücken«, Stoiko verneigte sich, »klingelt, wenn Ihr fertig seid und angezogen werden wollt.« Der Tadc winkte huldvoll und verbiss sich in einem Stück Dauerwurst.

»Irgendjemand sollte dem kleinen Prinzen den Hintern versohlen«, murmelte der Vertraute zwischen den Zähnen hindurch, als er draußen vor der Tür stand.

Seit der Geburt des Tadc vor fünfzehn Jahren, der mehr oder weniger gut auf den Namen Lodrik hörte, musste er sich mit dem Thronfolger auseinander setzen. Er hatte ihm die Windeln gewechselt, ihm Gehen und Sprechen beigebracht, aber niemand wusste so genau, warum der Junge aus der Art schlug.

Seine Vorfahren entstammten einer stolzen Reihe von Soldaten und Heerführern, was ihn offensichtlich überhaupt nicht interessierte.

Auf dem Pferd machte er eine so gute Figur wie ein Hund auf dem Eis, der Säbel war ihm zu schwer, und das Rechnen verstand er nur mit Mühe.

Vorsichtshalber hielt man ihn auch von Banketten, Bällen und Empfängen fern, und wenn er aus irgendeinem Grund anwesend war, dann wurde er weitab auf Logen oder Emporen untergebracht, um seinen Vater nicht zu blamieren.

Der Kabcar von Tarpol, ein alternder Haudegen und Kämpfer, war enttäuscht von seinem einzigen Sprössling und er machte aus diesem Umstand gewiss keinen Hehl. Das Volk nannte den dicken Jungen spöttisch »Tras Tadc« – Keksprinz.

Neulich wäre Lodrik sogar beinahe an einem seiner geliebten Lebkuchen erstickt, als er die Dekormandel unachtsamerweise ohne zu kauen mitgeschluckt hatte. Seitdem wurde auf Nüsse, Mandeln und ähnliche Verzierungen, die eine Gefahr für den prinzlichen Hals darstellen konnten, verzichtet.

Die letzte Hoffnung des Kabcars war die Unterbringung seines Sohnes in der Kaserne der Hauptstadt, um ihn entweder doch für das Militär zu begeistern oder ihm wenigstens so Disziplin beizubringen. Ein eher erfolgloses Unterfangen, wie Stoiko fürchtete.

Eine Viertelstunde später läutete die Klingel im Dienstbotenzimmer Sturm.

»Hörst du nicht? Der gnädige Herr ist fertig mit dem Essen«, sagte Drunja besorgt, die eigens zum Beköstigen des Thronfolgers eingestellt worden war, als sich Stoiko keinen Finger weit bewegte.

»Hoffentlich hat er das Tablett nicht für einen großen Kuchen gehalten und sich die Zähne ausgebissen«, hetzte Stallknecht Kalinin und rollte mit den Augen. »Wenn er noch mehr zunimmt, muss ich ihm einen Ackergaul kaufen, oder den Pferden bricht das Kreuz durch.«

»Halt dein Maul, oder ich lasse dich als Gaul satteln. Mal sehen, was du dann sagst.« Stoiko erhob sich langsam und fühlte sich bleischwer. »Ich denke, dass aus dem Jungen doch noch etwas werden kann, wenn nicht alle auf ihm herumhacken würden. Bereite ihm heute Mittag sein Lieblingsessen, Drunja. Nach dem Treffen mit den Obersteuerbeamten ist er immer gereizt, und das machen weder meine Nerven noch die des Reit- oder Fechtlehrers mit.« Die Köchin nickte und überprüfte die Vorratsregale.

»Was dem Jungen fehlt, ist eine ordentliche Tracht Prügel, wenn du mich fragst.« Kalinin schlug mit der flachen Hand auf den Tisch, dass ein paar Brotkrümel hoch in die Luft flogen. »Zack, zack, ein paar rechts, ein paar links, und er würde spuren.«

Stoiko ging zur Tür. »Das habe ich auch schon vorgeschlagen, aber der Kabcar hat es mir verboten. Und jetzt bedauert mich, ich muss ihm in die Kleider helfen.«

»Die gehen doch ohnehin nicht mehr zu«, feixte der Stallknecht und imitierte den watschelnden Gang des Thronfolgers. »Der Stoff ist eingelaufen, ruft den Schneider!«

Drunja prustete los, der Diener verschwand kopfschüttelnd.

Lodrik hatte bereits mit dem Ankleiden begonnen, als Stoiko das Zimmer betrat. Sein rechter Strumpf fehlte, das Hemd war schief zugeknöpft, und die Perücke rutschte auf dem Kopf hin und her.

»Wo warst du? Ich kann meinen anderen Strumpf nicht finden!«, jammerte der Tadc mit unglücklichem Gesicht, die blassblauen Schweinsäuglein blinzelten Mitleid erregend.

»Ach, Herr«, der Diener zog mit geübtem Griff das fehlende Stück unter dem unordentlichen Kleiderstapel hervor, »nehmt einfach den so lange.«

Bis der Rock, das Hemd, die Schuhe, das Gewand

und der Mantel korrekt auf den Leibesmassen Lodriks saßen, vergingen etliche Minuten.

Die Obersteuerbeamten empfingen die beiden Spätankömmlinge äußerst indigniert, als wären sie die Richter und hätten zwei abgehalfterte Landstreicher vor sich.

Ihre hohen, gepuderten Perücken rochen durchdringend nach Parfüm und Lavendel, um die Motten abzuwehren.

Stoiko entschuldigte wortreich die Verspätung und machte sich aus dem Staub, während sich der Thronfolger in sein mathematisches Schicksal ergab und die folgenden Stunden mit dem Versuch verbrachte, Zinsberechnungen anzustellen.

Nachdem Lodrik die Beamten zur Verzweiflung gebracht hatte, verwirrte er später mit Hilfe undeutlicher Befehle und unmöglicher Kommandos die fünfzig Mann seiner Leibgarde, die wie kopflose Hühner über den Exerzierplatz stolperten, weil sie versuchten, den Anordnungen ernsthaft nachzukommen.

Oberst Soltoi Mansk, der Kommandant der Hoheitlichen Leibwache und der Kaserne, stand am Fenster seiner Amtsstube und beobachtete die peinliche Szenerie mit wachsendem Entsetzen. Dem Jungen konnte er aber auch nicht in die Parade fahren, eine solche Demütigung des Tadc vor aller Augen hätte seine Degradierung bedeutet.

Als gleich drei Soldaten der Leibgarde zusammenstießen und einer dabei seine Hellebarde fallen ließ, über die ein Vierter stürzte, musste er handeln. Er pfiff auf die möglichen Konsequenzen.

»Sergeant, blase Er Alarm. Ich möchte eine Übung ansetzen, um die Schnelligkeit der Truppe zu überprüfen«, rief er dem grinsenden Fanfarenträger im Hof zu.

Der musikalische, vor unterdrückter Heiterkeit etwas zittrig geblasene Befehl unterbrach die zirkusreife Vorstellung auf dem Exerzierplatz. Die Leibgarde rannte als Schnellste von allen Einheiten auf ihren Posten.

Lodrik sah den vorbeihastenden Männern hinterher, ließ den Säbel sinken, zuckte mit den Achseln und ging in das Gebäude.

»Es wird Zeit, dass der Thronfolger von hier verschwindet.« Der Oberst besah sich die strahlenden Gesichter seiner Leute, die froh waren, den Fängen des Jünglings entkommen zu sein. »Bevor die Ersten an Desertion denken.«

»Mein Sohn ist ein Versager.« Unheilvoll schwebte der Satz im Teezimmer des Kabcar. Es roch nach Gewürzen und starkem Tabak, im Aschenbecher glühte die Pfeife des Regenten auf und erlosch.

Oberst Mansk rührte in seinem Getränk und zog es vor, auf den Boden der goldbemalten Tasse zu starren.

»Er ist zu nichts nütze, außer als keksfressende Spottfigur, über die sich nicht nur die Tarpoler amüsieren.« Grengor Bardri¢, Herrscher über Tarpol, Verwalter von neun Provinzen, Sieger in unzähligen Bauernerhebungen und Ausbilder von erfolgreichen Scharmützeleinheiten, ließ die Schultern sinken. »Die anderen Königshäuser lachen sich hinter vorgehaltener Hand schief, wenn er auf festlichen Banketts erscheint und sich die Backen voll stopft, anstatt Konversation zu betreiben.«

»Er hat bestimmt auch seine guten Seiten, Hoheit«, meinte der Oberst schwach und ohne den Blick zu heben.

»Nach allem, was ich gehört habe, hat er die vortrefflich verborgen«. Der Kabcar verschränkte die Arme hinter dem Rücken und sah aus dem Fenster.

Dunkle Regenwolken ballten sich am Horizont zusammen, ein kühler Wind pfiff durch die Ritzen der Fenster und brachte die Flammen der aufgestellten Leuchter zum Flackern. Das Land schien verschlafen, fast lethargisch auf den Wintereinbruch zu warten.

»Irgendwie muss ich den Bengel doch zu einem Mann erziehen. Wie, bei Ulldrael, soll er das Reich führen, wenn sein einziges Interesse beim Essen liegt? Ich fürchte, das tarpolische Reich wird mit mir sterben, Mansk.«

Der Offizier räusperte sich. »Nicht doch, Hoheit. Die Einheiten sind stark wie nie zuvor, die Provinzen einigermaßen ruhig, die Bevölkerung scheint zufrieden.« Der Oberst stellte die Tasse ab und sah den Herrscher an. »Gebt ihm noch etwas Zeit ...«

»Aber nicht in Eurer Kaserne, wie?!« Grengor riss sich vom Anblick der Wolken los und drehte sich auf den Absätzen herum. »Keiner erträgt ihn länger als einen Monat. Wo er ist, bringt er nur Ärger, die Beschwerden und Gerüchte häufen sich. Ich weiß ehrlich gesagt nicht, was ich noch mit ihm tun soll.«

Der Kabcar goss sich einen weiteren Tee ein und verfolgte den aufsteigenden Dampf mit den Augen. »Dazu kommt noch, dass irgendwelche Verrückte versuchen, ihn umzubringen, seit die Nachricht über die Vision dieses Mönchs aus den Mauern des Palastes gedrungen ist. Erst neulich erwischten die Wachen einen Tzulani, der sich mit einem Dolch einschleichen wollte. Vor drei Tagen gab ein Unbekannter einen vergifteten Kuchen für Lodrik ab, der einem Vorkoster das Leben nahm. Es ist zum Verzweifeln.«

Mansk hob die Tasse wieder an die Lippen und nahm einen Schluck von dem starken Schwarztee, in den er einen Löffel Kirschmarmelade versenkt hatte.

»Vielleicht fehlt ihm nur der Umgang mit der Verantwortung, Hoheit. Was tut er denn schon großartig hier? Er bekommt Hilfe bei allem, was er macht, selbst beim Ankleiden hilft Stoiko ihm. Wie soll er da jemals lernen? Es heißt, ein Mann wächst mit seinen Aufgaben.«

»Papperlapapp. Höchstens sein Bauch würde wachsen, weil er vor lauter Kummer noch mehr Kekse, Kuchen und Torten in sich hineinstopfte.« Grengor nahm eine Glaskaraffe aus dem kleinen Regal über dem Kamin und kippte sich einen Schnaps in den Tee. Nach kurzem Zögern schenkte er einen großzügigen Schluck nach. Dann schlürfte er andächtig. »Vielleicht käme es aber auf einen Versuch an.«

Außer dem Prasseln des Kaminfeuers war nun nichts zu hören, die dicken, dunkelblauen Teppiche an den Wänden dämpften alle störenden Geräusche ab – der Hauptgrund, weshalb der Kabcar den Raum so sehr liebte. Hier vergaß er für ein paar Stunden den Druck seiner Verantwortung, die Menschen und den Umstand, dass er der Herrscher Tarpols war. Ohne seinen stark mit Alkohol versetzten Tee konnte und wollte er nicht mehr arbeiten, geschweige denn Beschlüsse fassen.

Ein Jammer, dass seine Frau bei der Geburt Lodriks gestorben war, sie hatte die Geborgenheit des Zimmers immer sehr gemocht. Welche Ironie, dass sein nichtsnutziger Sohn ausgerechnet hier gezeugt worden war.

Leise klopfte es an die Tür, und sowohl Mansk als auch Grengor empfanden den Laut als Ungeheuerlichkeit.

»Was?!«, bellte der Kabcar, und ein Livrierter steckte vorsichtig den Kopf herein.

»Euer Sohn erwartet Euch im Audienzzimmer, Hoheit.«

»Sag ihm, ich komme gleich.« Der Bedienstete verschwand.

Grengor zog die dunkelgraue Uniform zurecht, entfernte ein paar Fussel von den Goldstickereien, nahm seinen Säbel, den er als Stock benutzte, und schritt zum Ausgang. »Ihr kommt mit mir, Oberst. Ich benötige unter Umständen Eure Hilfe.«

In einem Zug leerte Mansk die Tasse und sprang auf. »Wie Ihr befehlt, Hoheit.« Er eilte zur Tür und öffnete sie für den Kabcar. »Was habt Ihr vor? Sollte Euch vielleicht eine Idee gekommen sein?«

»Seid nicht so neugierig, Mann.« Grengor lächelte plötzlich und legte dem Offizier die Hand auf die Schulter. »Aber Ihr wart es, der mich auf die richtige Spur gebracht habt. Schlimmer als es ist, kann es ohnehin nicht mehr werden.«

»Es sei denn, dem Tadc würde ein Leid geschehen«, warf der Oberst ein, ließ Tarpols Herrscher den Vortritt und zog die Tür des Teezimmers zu.

»An manchen Tagen wäre für mich der Tausch, die Rückkehr der Dunklen Zeit gegen diesen Sohn, fast schon eine gewisse Erlösung, das könnt Ihr mir glauben, Mansk.«

Federnden Schrittes schlug Grengor den Weg zu den Audienzräumlichkeiten ein, während ein besorgter Oberst Mansk über die Worte des unvermittelt gut gelaunten Kabcar nachgrübelte.

Das Audienzzimmer, ein großer, heller Saal mit vielen goldenen Verzierungen, riesigen Bildern ehemaliger Herrscher und martialischen Säulen, war wie immer gefüllt mit Kanzlern, Beamten und Schreibern, und vor den Türen stand eine Schlange von Bittstellern.

Egal ob Kaufleute, Bürger, Bettler oder Bauer, jeden Tag kamen sie in Scharen zum Palast und wollten ihre Anliegen vorbringen, am besten dem Kabcar persönlich.

Als Oberst Mansk und Grengor die Leute passierten, sprachen einige Mutige den Herrscher an, verlangten weniger Steuern, beschwerten sich über ihren Großbauer oder »hätten eine gute Idee zur Aufbesserung der Staatskasse« – dubiose Lotterie-Ideen oder Pfandverschreibungen und dergleichen mehr.

Grengor Bardri¢ winkte ihnen allen majestätisch zu, schritt, den Säbel schwenkend, zügig aus und verschwand im Audienzzimmer, während Mansk mit ein paar Dienern die aufdringlichsten Schreihälse an die frische Luft beförderte.

Nach ein paar Minuten herrschte wieder Ruhe im Gang, der Offizier ordnete seine Kleidung und betrat den Raum.

Der Kabcar thronte erhöht auf dem riesigen, mit Schnitzereien verzierten Holzsessel, der mit Pelzen und weichen Stoffen ausgeschlagen war; um ihn herum wieselten Hofschranzen und Schreiber.

Der Ausrufer an der Tür stieß mit dem Meldestab drei Mal auf den Boden. »Oberst Mansk, Befehlshaber des Ersten Regiments, Kommandant der Hoheitlichen Leibwache und …«

»Ja, ja. Das weiß ich, ich habe eben noch mit ihm Tee getrunken«, meinte Grengor unwirsch und bedeutete dem Offizier herzukommen. »Ihr stellt Euch hinter mich, damit ich den Rücken frei habe.« Ein Diener brachte dem Kabcar einen Becher, der verdächtig nach Grog roch. »Und jetzt schickt den Tadc herein. Ich sehne mich nach meinem Sohn.« Leises Gelächter quittierte die ironische Bemerkung des Herrschers.

Der Offizier biss sich auf die Unterlippe, um nicht laut loszulachen, als der Thronfolger das Audienzzimmer betrat. Eine zu offensichtliche Verletzung des Protokolls war nie gut, aber das Bild, das sich bot, war einfach zum Schreien.

Auf der Stirn des dicken Jünglings prangte eine stattliche Beule, den rechten Arm trug er in der Schlinge, die Hand war verbunden, und die Augen waren rot vom Weinen.

Einige der Beamten zückten blitzartig ihre Taschentücher, andere wandten sich mit bebenden Schultern ab. Ein heiteres Raunen ging durch den Raum, das sich verstärkte, als der Tadc, gestützt von seinem Vertrauten Stoiko, auf seinen Vater zu hinkte.

»Reitunterricht?«, fragte Grengor scheinbar belustigt, sein Sohn nickte stumm, um Fassung ringend.

»Ihr hättet ihn sehen sollen, wie er mit dem halbwilden Rappen umgesprungen ist, hoheitlicher Kabcar.« Stoiko verneigte sich und versuchte einmal mehr die Situation zu retten. »Wir haben ihm alle abgeraten, aber der Tadc war so mutig und hat ihn ohne Hilfe bestiegen. Das Biest hat sich gewehrt und ihn fünf Mal abgeworfen, doch letztendlich hat der Tadc ihn besänftigt.«

Die Riege aus Kanzlern und Beamten klatschte höflich, die Schreiber senkten die Köpfe und kritzelten, um ein weiteres Abenteuer des Thronfolgers aufzunotieren.

Lodrik schniefte und lächelte unsicher. »Ja, so war es.«

»Es freut mich, dass mein Herr Sohn über Nacht zu einem tapferen Mann geworden ist.« Der Kabcar prostete ihm zu. »Vielleicht besteht noch Hoffnung für Ihn. Eines Tages.« Er deutete auf die verbundene Hand. »Gebrochen?«

Stoiko verneinte. »Ein kleiner Schnitt mit dem Säbel, als er ein besonders waghalsiges Manöver versuchen wollte und die Klinge des Lehrers mit der bloßen Hand abfing. Er ist recht geschickt, Hoheitlicher Kabcar.«

Wieder Applaus des Hofes, wieder tunkten die Schreiber die Federn in ihre Tintenfässer und kritzelten.

»Er reift von Tag zu Tag mehr, findet Ihr nicht auch, Oberst?« Lächelnd wandte sich Grengor zu dem Offizier, der seine Handschuhe vor den Mund hielt, um das breite Grinsen zu verbergen.

»O ja, gewiss, Hoheitlicher Kabcar.« Mansk hüstelte. »Das Kommandieren beherrscht er beinahe perfekt. Meine Männer sind ganz ..., wie soll ich sagen, ... aus dem Häuschen.«

Lodrik strahlte und reckte sich ein bisschen, nur um mit einem Schmerzenslaut wieder zusammenzusinken.

Der Kabcar stellte den Grog ab und klatschte in die

Hände. »Nun lasst uns alleine. Mein Sohn und ich haben etwas Familiäres zu bereden. Die Audienz ist für heute beendet.«

Grengor nickte dem Ausrufer zu, der die Botschaft nach draußen verkündete. Die Hofgesellschaft zog sich schnell aus dem Saal zurück.

Nach einer Weile waren der Offizier, Stoiko, Lodrik und der Herrscher Tarpols allein.

»Jetzt die Wahrheit, Stoiko. Die Schreiber und das neugierige Volk sind weg.« Die Miene des Kabcar vereiste. Langsam lehnte er sich in seinen Thron zurück und schlürfte am Becher.

Mansk wurde unwohl, weil er mit einem Wutausbruch des Regenten rechnete. Passenderweise kündigte fernes Grollen ein Gewitter an.

»Und trag das nächste Mal bei deinen Berichten nicht so dick auf. Dass du lügst, weiß jeder, aber muss es derart übertrieben sein?«

Der Vertraute des Tadc verzog die Mundwinkel und verneigte sich. »Entschuldigt, Hoheit, aber ich dachte mir, dass es ein besseres Licht auf den Thronfolger werfen würde. Immerhin wird es ja auch für die Nachwelt festgehalten. Und wenn Lodrik dann erwachsen und ein kräftiger Mann geworden ist, der Euer Reich wunderbar regiert, wie würde es klingen, wenn es hieße: Der Tadc fiel mit fünfzehn Jahren vom zahmsten Pferd im königlichen Stall, weil er den Steigbügel mit dem Fuß nicht richtig zu fassen bekam?«

»Nicht sehr gut«, pflichtete Grengor ihm bei, »keineswegs gut. Ich danke dir für deine große Zuversicht, was meinen Sohn angeht. Und was ist mit seiner Hand passiert? Wirklich ein waghalsiges Manöver?«

»Ich wollte …«, sagte Lodrik, aber der Kabcar schnitt ihm das Wort ab.

»Halte Er den Mund. Mit Ihm rede ich später. Und du, sprich.«

»Der Fechtmeister ist ganz aufgelöst, Hoheit.« Stoiko verneigte sich erneut, dem Tadc liefen die Tränen über die Wangen. »Lodrik sollte einen Ausfallschritt machen und dabei einen Schlag gegen seinen Kopf führen. Dabei geriet er ins Ungleichgewicht, als sein rechter Reitsporn den linken Zeh durchbohrte. Vor lauter Schreck ließ er den Säbel fallen, und als er ihn aufheben wollte, griff er wohl aus Versehen in die Klinge, Hoheit.«

»Es ist nicht die Schuld des Fechtmeisters, Herr Vater, bitte bestrafe Er ihn nicht«, Lodrik hatte seine Stimme erhoben.

Grengor sah ihn kühl an. »Wenn ich alle die mit dem Tode bestrafen lassen würde, bei deren Unterricht Er sich verletzt hat, wäre ich der letzte Mensch in Tarpol.« Der Herrscher wurde gegen Ende des Satzes immer lauter. »Vermutlich gäbe es dann auch keine Pferde mehr, keine Hunde, Raubvögel oder andere Tiere. Er lässt die Reitsporen zum Fechten an? Er humpelt, weil der Sporn Ihm den Zeh durchbohrt hat?«

Grengor beugte sich vor, die Hände umklammerten die Sessellehnen. Weiß traten die Knöchel hervor, die Arme zitterten, und die Halsadern des Regenten standen dick hervor. Mansk machte vorsichtshalber einen Schritt zurück.

»Wie soll mein Herr Sohn denn ein Reich regieren? Wie, frage ich Ihn?« Lodrik starrte seinen Vater an, das Kinn bewegte sich, und immer mehr Tränen quollen aus den Augenwinkeln. »Schau Er sich einmal an, mit dem Mondgesicht, dem Wampen und der Geschicklichkeit eines Fingerlosen. Er kann nicht reiten, nicht kämpfen oder kommandieren.« Grengor hämmerte mit der Faust auf den Sessel. »Und das Schlimmste ist, dass von einem solchen unförmigen Klotz die Zukunft Ulldarts abhängt! Ich habe Angst um den Kontinent, wenn Er nur aus dem Zimmer geht!« Der hohe Raum verstärkte die Lautstärke der Schreierei Grengors, der letzte Satz hallte noch immer zwischen den Wänden und Säulen hin und her.

Der Tadc weinte und wimmerte nun ungehemmt, was den Regenten aber nur zu neuen Tiraden anstachelte.

Der Offizier sah das Mitleid in den Augen Stoikos, und auch er fühlte so etwas wie Verständnis für den Jungen. Die anfängliche Schadenfreude war verschwunden.

»Er ist eine Blamage für uns, für Tarpol und vielleicht sogar für ganz Ulldart. Was hat Ulldrael der Weise sich dabei gedacht, als er diese Prophezeiung schickte?« Der Kabcar beruhigte sich allmählich wieder, suchte eine gemütliche Sitzposition und nahm den Grogbecher wieder in die Hand.

»Aber ich werde Ihm beibringen lassen, wie ein zukünftiger Regent zu sein hat. Und Oberst Mansk hat mich auf die Idee gebracht.« Der Offizier warf dem Herrscher einen erstaunten Blick zu. »Ihr sagtet zu mir, dass ein Mann an seinen Aufgaben wüchse, oder?«

Mansk nickte langsam und überlegte insgeheim, welches Schicksal er dem jungen Tadc mit seinen Worten eingehandelt hatte. Auch Stoiko machte ein fragendes Gesicht.

Lodrik schnüffelte bloß und zog ein Taschentuch aus dem Uniformärmel. Laut dröhnte das Schneuzen durch den Saal. Alle Ahnen und verblichenen Regenten schauten beinahe vorwurfsvoll aus ihren Gemälden auf den dicken Jungen herab.

»Ich habe in der Tat eine Aufgabe für meinen Herrn Sohn, der Ihn auf das Regieren und Herrschen vorbereiten wird.«

»Ich will nicht«, kam es bockig vom Tadc, der sich noch mal schnäuzte und seinen Vater anfunkelte.

»Doch, Er wird. Zuerst wollte ich Ihn zum Wohle Tarpols im tiefsten Keller des Palastes unterbringen, aber ich habe eine bessere Idee.« Grengor stand auf. »Niemand wird einmal sagen sollen, die Linie der Bardri¢s hätte nach mir einen unfähigen Kabcar auf den Thron gesetzt.« Er schritt die Stufen hinab und stellte sich vor seinen übergewichtigen Sprössling. »Er reist morgen ab.«

Die Augen des Tadc weiteten sich. »Aber wohin? Ich will nicht weg. Der Winter kommt, und da ist das Reisen furchtbar anstrengend.«

»Höre Er auf zu jammern, oder ich schlage Ihm hier und jetzt eins mit dem Grogbecher aufs Dach, dass Seine Schindeln wackeln, Herr Sohn«, schrie der Kabcar unvermittelt und stieß mit dem Säbel auf den Marmorboden. Der Oberst und Stoiko bewegten sich keinen Finger breit, aber der Tadc zuckte zusammen, als ob der Blitz eingeschlagen hätte. »Er wird zusammen mit Stoiko, Seiner Leibwache und einem Berater in aller Frühe und Stille von hier verschwinden.«

Mansk verhielt sich mucksmäuschenstill, um nicht die Aufmerksamkeit des Regenten auf sich zu ziehen. Hatte er da etwas von einem Berater gesagt?

»Er wird in die Provinz Granburg reisen und dort den Gouverneur ablösen. Wasilji Jukolenko ist mir schon zu lange ein Dorn im Fleisch.«

Mansk fielen bei dieser Verfügung die Handschuhe zu Boden, der Diener zog beide Augenbrauen ungläubig nach oben, und Lodrik glotzte seinen Vater mit offenem Mund blöde an.

»Ja, aber wie … ich meine …«, stotterte der Tadc, doch die gebieterisch erhobene Hand Grengors ließ ihn verstummen.

»Ich bin noch nicht fertig mit meinen Ausführungen, Herr Sohn. Er wird nicht als Tadc dort eintreffen, vielmehr wird Er sich als Sohn eines Hara¢ ausgeben, der sich das Amt erkauft hat. Niemand kennt meinen Herrn Sohn so hoch im Nordosten und abseits des Lebens, also braucht Er auch keine Angst vor möglichen Attentätern zu haben.« Der Regent stellte den leeren Becher ab und fixierte die blinzelnden Schweinsäuglein seines Thronfolgers. »Wenn ich Ihn zurückbeordere, erwarte ich, dass aus Ihm ein Mann geworden ist, der alles das kann, was ein zukünftiger Kabcar beherrschen muss. Stoiko sorgt mir dafür, dass es so geschieht.«

Grengor setzte sich wieder, Lodrik starrte auf seine Füße. Weit weg von den köstlichen Keksen, von warmer Milch und warmen Betten waren schlechte Aussichten.

»Hoheit, mit Verlaub, die Idee ist großartig.« Der Diener lächelte wieder. »Aber meint Ihr nicht auch, dass es vielleicht ein bisschen zu viel Verantwortung für den Anfang ist?«

»Wenn ich morgen stürbe, säße er auf dem Thron. Das wäre in meinen Augen zu viel Verantwortung für den Anfang«, antwortete Grengor. »Besteht Er den Probelauf in Granburg, schafft Er es auch, Tarpol würdig zu regieren. Gelingt es Ihm nicht, ist der Keller des Palastes immer noch frei, und ich setzte einen anderen ein, den ich mir notfalls von der Straße hole. Hat mein Herr Sohn das verstanden?«

Der Tadc schluckte geräuschvoll und nickte hastig.

»Wen geben wir ihm als persönlichen Leibwächter und Waffenlehrer mit, Oberst Mansk?«

Am Tonfall erkannte der Offizier, dass er nun an der Reihe war. Aber er hatte überhaupt keine Lust auf die kalten Winter im Nordosten, die einem den Atem zu Eis gefrieren ließen. Er beschloss, sich geschickt und mit Fingerspitzengefühl aus der Affäre zu ziehen.

»Hoheit, ich bin untröstlich, aber ich habe Verpflichtungen in der Hauptstadt.« Der Kabcar drehte bei den Worten verwundert den Kopf in seine Richtung. »Ich weiß jedoch jemanden, der bestens dafür geeignet ist«, beeilte sich Mansk zu sagen. »Da gibt es einen erfahrenen Recken aus einer Scharmützeleinheit, der bisher jeden Gegner vom Pferderücken geholt oder mit dem Säbel ins Jenseits befördert hat. Er wäre genau der richtige Mann für diesen vertrauensvollen Posten.«

Stoiko schickte dem Offizier, der sich gerade um die Reise und den Aufenthalt von unbestimmter Dauer drückte, einen unverhohlenen Blick der Missgunst hinüber.

Grengor überlegte kurz. »Ihr verbürgt Euch für ihn?«

Mansk nickte. »Keiner könnte geeigneter sein, Hoheit.«

»Gut, ich verlasse mich auf Euch.« Der Kabcar erhob sich und ging zur Tür. »Sollte meinem Herrn Sohn etwas zustoßen, bedenkt das, bricht wahrscheinlich die Dunkle Zeit wieder an. Aber Euer Kopf wird, ganz egal was mit Ulldart geschieht, auf jeden Fall rollen. Ich hoffe für Euch, dass der Soldat etwas taugt.« Der Diener grinste den Offizier breit an und zwinkerte fröhlich. »Bis denn. Morgen möchte ich die Visage meines Herrn Sohnes nicht mehr in der Stadt sehen.« Ohne einen weiteren Gruß verschwand der Regent.

»Ihr seid ein Glückspilz«, sagte Stoiko zu dem Oberst, dessen Gesicht eine weißliche Färbung angenommen hatte. »Ihr sitzt hier im gemütlichen Zuhause, während der Tadc und ich uns in Granburg den Hintern abfrieren. Wer weiß, was dort oben alles passieren kann. Man hört viel über wilde Tiere.« Der Offizier wurde eine Spur weißer und griff gedankenverloren nach seinem Hals.

»Ist es wirklich so kalt in Granburg?«, fragte Lodrik und betastete seine verbundene Hand. »Dann will ich nicht. Außerdem tut mir bestimmt alles weh, wenn wir mit der Kutsche fahren.« Der Tadc berührte vorsichtig seinen Arm und verzog das Gesicht. »Wie weit ist es nach Granburg, Oberst?«

»Schätzungsweise vierhundert Warst.« Mansk überlegte, ob er nicht vielleicht doch selbst mitkommen sollte, dann könnte er sich wenigstens an Ort und Stelle umbringen, wenn der dicke, ungeschickte Junge vom Pferd fiel und sich den Hals brach. Andererseits schreckten ihn die Reise und die Gedanken an die Wintermonate ab. Er würde doch lieber Waljakov mitschicken.

»Was? So weit? Dann will ich nicht.« Lodrik zog eine Schnute und setzte in seinem runden Gesicht wenigstens so einen Akzent. »Wir könnten doch so tun, als ob wir abreisen und schleichen uns wieder her, Stoiko, oder?!«

Der Vertraute schüttelte den Kopf. »Ich will Euren Vater nicht verärgern. Er wird sicher Späher aussenden, um zu sehen, ob wir wirklich in Granburg ankommen. Er ist da ein sehr vorsichtiger Mann.«

»So ein Mist.« Der Thronfolger suchte mit seiner unverletzten Hand in seiner Bauchbinde und förderte einen verdrückten Keks hervor, den er sich mit einer schnellen Bewegung in den Mund schob.

Stoiko und der Oberst seufzten gleichzeitig, als sie dem hinauswatschelnden Lodrik nachschauten.

»Ich sehe meinen Kopf schon rollen«, murmelte der Offizier ahnungsvoll.

»Wer hatte denn die Idee, dass Aufgaben einen Mann ausmachen?«, warf der Diener des Tadc ein.

»Ich hatte es doch nicht so gemeint, wie es der Kabcar verstanden hat.« Mansk zog die Handschuhe über und wünschte sich, ein unbekannter Aspirant in einem Ulldraelkloster zu sein.

»Ihr bleibt hier, seht es so. Während ich erfriere. Auch kein schöner Tod, erzählt man sich.« Stoiko klapperte mit den Zähnen und schüttelte sich.

»Was tust du? Es ist nicht kalt hier drin.«

»Ich übe, Oberst. Ich übe.«

II.

»Tzulans Geist lockte Ulldrael mit einer List an einen Ort jenseits von Raum und Zeit, warf einen mächtigen Zauber über ihn und zwang ihn zu einem hundertjährigen Schlaf, damit er auf seinem Kontinent nicht eingreifen könne.

Und Sinured tötete den weisen König Hultras, den Herrscher von Barkis, hinterrücks und eigenhändig. Danach brachte er dessen Frau und die vier kleinen Kinder auf den höchsten Turm der Burg und warf sie von den Zinnen, damit kein legitimer Nachfolger existiere. Sinured bezichtigte einen der Ratgeber der furchtbaren Tat, schuf falsche Beweise und erzwang Geständnisse auf der Folter.

Als das Volk hörte, dass der König tot und keiner der Erben lebendig war, verlangte es, dass Sinured den Thron besteigen solle. Der Kriegsherr lehnte, listig wie er war, zunächst ab, entschied sich dann aber nach scheinbarem, großem Zögern doch dafür.

Und die Menschen jubelten dem neuen Herrscher von Barkis zu, von dem sie sich so viel versprachen ...«

ULLDARTISCHER GESCHICHTSALMANACH,
XXI. Band, Seite 1046

Provinz Granburg, Königreich Tarpol, Winter 441 n. S.

Die ersten dreihundert Warst legte die Reisegruppe auf dem Repol mit Hilfe von gemieteten Handelsschiffen sehr schnell zurück, dann jedoch mussten sie ihren Weg zu Land fortsetzen.

Der Winter, in Ulsar nur ein drohender Schatten, hatte weiter nordöstlich seine eisige Hand mit Macht ausgestreckt, und je weiter sie in Richtung Granburg kamen, desto kälter wurde es. Lodrik hatte das Gefühl, dass sie niemals in der Provinzhauptstadt angelangten.

Abgesehen von kleineren Ebenen waren kahle Laubwälder das Hauptbild, das sich dem Tadc aus seiner Kutsche heraus bot.

Trostlos und ohne Leben breiteten sie sich aus, Menschen entdeckte man unterwegs selten. Nur vereinzelte Rauchsäulen, die in den grauen Himmel stiegen, verrieten ein verstecktes Dorf, ein Gehöft oder einen einsamen Köhler. Es sah zu allem Überfluss nach Schnee aus.

Die Gruppe reiste in einem Gebiet, das vom tarpolischen Straßenbauprogramm offensichtlich nicht viel gehört hatte. Entweder die Bauern und Adligen ignorierten die Anweisungen des Kabcar, oder die Nachricht mit dem Befehl zur Erhaltung der Wege war noch nicht bis hierher vorgedrungen. Vermutlich lag der Bote mit gebrochenem Genick im Graben, weil sein Pferd ein Schlagloch übersehen hatte.

Eingepackt in dicke Pelze und mit mehreren Decken behängt, saß der Tadc in der schaukelnden Kutsche, die bei jeder Unebenheit bedrohlich ächzte und knarrte, und versuchte, die Langeweile zu bekämpfen. Die Kälte kroch beißend in die Kleidung, der Atem wurde zu schneeweißen Dampfwolken.

»Schau mal, Stoiko, ich bin ein Drache«, sagte der Junge und hauchte den Diener an.

Der Mann, ebenfalls in Unmengen von wärmender Kleidung eingemummelt, spielte den Erschrockenen. »Ulldrael hilf! Die Bestie stinkt gar sehr aus dem Hals. Ich sterbe.«

»Das ist nicht wahr.« Der Tadc war beleidigt. »Ich stinke nicht aus dem Hals.«

»Doch, das tut Ihr, Herr. Wir alle stinken, und das nicht nur aus dem Hals. Ich wünschte, ich läge in einer großen Wanne mit heißem Wasser und jungen Mädchen, die ich …«

Stoiko bemerkte das fragende Gesicht des Thronfolgers und hielt inne. Er hatte vergessen, dass das weibliche Geschlecht für seinen Schützling immer noch gänzlich uninteressant war.

Jeder fünfzehnjährige Bauernbursche hatte schon eine Nacht mit einem Mädchen verbracht. Manchmal fragte er sich, ob der Tadc jemals Gefallen an anderen Dingen finden würde, die nichts mit Essen zu tun hatten.

»Vergesst es, Herr.«

»Was willst du mit jungen Mädchen? Die albern doch nur und machen sich lustig über einen.« Lodrik sah ihn verständnislos an. »Ich fände ein kleines Boot schöner.«

»Gewiss, Herr«, der Diener seufzte, schloss die Augen und blieb in Gedanken bei einem Zuber und Mädchen. Vielen Mädchen.

»Stoiko. Ich habe Hunger.«

Der Diener sah, wie sich sein beginnender Traum verabschiedete, die Mädchen aufsprangen und wegrannten, der Zuber verschwand und er nackt im Schnee saß.

»Herr, nehmt die Tasche unter Eurem Sitz. Da sind noch Kekse drin«, sagte er leise und hoffte, dass die jungen Frauen zurückkämen.

»Nein, sind sie nicht.« Lodriks Stimme klang furchtbar quengelnd. »Ich habe sie vorhin schon aufgegessen, als du geschlafen hast.«

»Dann gibt es eben keine mehr.« Stoiko hatte keine Lust, sich mit dem Tadc auf eine Diskussion einzulassen. Die »eiserne Reserve« befand sich auf dem Wagendach bei den anderen Gepäckstücken, und er wollte nicht deswegen anhalten lassen. »Ihr müsst warten.«

»Ich habe aber jetzt Hunger und nicht später. Die Kekse, Stoiko, sofort!« Der Thronfolger schraubte seinen schönsten Tenorton in den Gehörgang des Dieners, der daraufhin entnervt die Augen öffnete.

»Ich habe vom Kabcar den Auftrag bekommen, Euch zu einem Mann zu machen. Männer essen keine Kekse. Jedenfalls nicht ständig. Außerdem jammern sie nicht unentwegt.« Stoiko sah den erstaunten Ausdruck des Tadc. »Euer Vater hat gesagt, ich soll eine schärfere Gangart mit Euch einlegen, Herr, und das werde ich auch tun.«

»Ich will ...«, setzte Lodrik an.

»Und sagt jetzt bloß nicht: Ich will nicht!« Der Diener starrte die Schweinsäuglein seines Gegenübers nieder. »Es reicht. Wenn Ihr den Gouverneursposten besetzt, solltet Ihr einigermaßen glaubwürdig erscheinen als Sohn eines Hara¢, und der vertilgt bestimmt nicht andauernd Kekse. Reißt Euch ein wenig zusammen. Ulldrael der Gerechte weiß, dass ich der Letzte bin, der auf Euch herumhackt, aber nehmt Euch meinen Ratschlag zu Herzen.«

Lodrik schluckte laut, kämpfte die Tränen nieder und sah aus dem Fenster. »Ich versuche es, Stoiko«, murmelte er. »Bin ich wirklich so schlimm?«

»Ihr müsst noch viel lernen, Herr, das ist alles.« Stoiko war versöhnlicher gestimmt und klopfte dem Tadc aufmunternd auf die Schulter. »Wir kriegen das schon hin.« Der Diener gab sich im Stillen eine Mitschuld an der verweichlichten Art des Thronfolgers. Vielleicht hatte er ihn all die Jahre zu sehr verwöhnt. Er würde sich anstrengen, dass es besser würde.

Der Kutscher brüllte eine Verwünschung, es gab plötzlich einen gewaltigen Schlag, der die beiden Insassen durcheinander wirbelte, dann hing das Gefährt vorne rechts herab.

Die Stoffjalousien hatten sich durch den Ruck entrollt, wodurch im Innern Dunkelheit herrschte. Lodrik lag halb auf Stoiko, der sich ächzend von dem Gewicht des Thronfolgers zu befreien suchte.

»Herr, würdet Ihr bitte aufstehen? Ich bekomme keine Luft mehr.«

Langsam kam die Kutsche zum Stehen, der Fahrer fluchte Worte, die Lodrik noch nie in seinem Leben gehört hatte. Waljakov, der große, muskulöse Leibwächter, gab lautstarke Befehle an die Wachen.

»Ich sehe nichts.« Der Tadc versuchte sich aufzurichten, doch die dicken Pelze machten ihn noch unbeweglicher, als er ohnehin schon war. »Es geht nicht, Stoiko.«

Als Waljakov die Tür öffnete, purzelte Lodrik sehr unhoheitlich aus der Kutsche und fiel in den Matsch. Eingedenk der scharfen Worte seines Vertrauten, wuchtete er sich auf die Beine und gab sich Mühe, immer noch erhaben zu wirken, trotz des gelblich braunen Drecks, der an seinen Sachen klebte.

Stoiko kletterte ebenfalls etwas ungeschickt aus dem Fahrzeuginneren. »Was war denn das? Lag eine Kuh auf der Straße, oder haben wir etwa einen Riesen überfahren?«

Der Leibwächter deutete auf das zerstörte rechte Vorderrad. »Der Kutscher konnte dem Schlagloch nicht rechtzeitig ausweichen. Der Aufprall hat die Speichen komplett zerstört.« Acht Mann versuchten gerade die Kutsche anzuheben, damit ein weiterer einen Baumstamm zum Aufbocken unterlegen konnte. Die restlichen Wachen, die nichts mit der Reparatur der Kutsche zu tun hatten, blieben in den Sätteln und spähten aufmerksam in der Gegend umher. »Wir hatten großes Glück, dass es uns nicht die Achse zerschlagen hat.«

Verstohlen musterte Lodrik den Mann, den Oberst Mansk zu seinem persönlichen Schutz abgestellt hatte.

Waljakov, gut einen Kopf größer als der Diener, trug einen schlichten, eisernen Brustpanzer sowie Arm- und Beinschienen über der Winterkleidung. Der kahlrasierte Kopf wurde durch einen gefütterten Helm vor den frostigen Temperaturen geschützt.

Etwas Unheimliches, so fand der Tadc, hatten die eisgrauen Augen des muskulösen Mannes, die unentwegt auf der Suche nach einer möglichen Bedrohung zu sein schienen. Angreifer hatten von diesem Mann keine Gnade zu erwarten.

Waljakov trug, entgegen der Sitte des Landes, keinen Vollbart, sondern hatte am Unterkiefer entlang und um das Kinn silbrig weiße Haare stehen lassen. Eine Eigenart von ihm war es, den linken Unterarm so gut wie nie zu bewegen, sondern ihn in Gürtelhöhe in der Nähe des Säbelgriffs ruhig am Körper zu halten.

Und noch etwas war Lodrik aufgefallen. Der Leibwächter lief, ritt und bewegte sich so selbstverständlich mit der ganzen Rüstung und den schweren Wintersachen, als ob er eine leichte Stoffhose und ein Seidenhemd tragen würde. Stoiko, an sich ein recht stattlicher Mann, wirkte neben diesem Kerl wie ein Knabe.

»Wenn die Männer schnell arbeiten, sind wir in einer Stunde so weit, Herr. Glücklicherweise haben wir ein Ersatzrad dabei«, sagte Waljakov, verneigte sich und ging nach vorne, um dem Beifahrer zu helfen, die Pferde ruhig zu halten.

Stoiko hatte die Gedanken seines Schützlings erraten. »Man erzählt sich, er habe mehr als fünfzig Männer im Duell erschlagen und mehrere Dutzend erfolgreiche Scharmützel für Euren Vater angeführt.«

»Das glaube ich auf Anhieb.« Lodrik versuchte den Dreck vom Bärenfell abzuschütteln, doch die feuchte Erde hielt sich. »Er kann mir bestimmt mehr beibringen als mein alter Fechtlehrer.«

Der Diener wiegte den Kopf hin und her. »Er soll kein einfacher Mann sein und zu Wutausbrüchen neigen. Das solltet Ihr wissen, wenn Ihr bei ihm im Unterricht seid.«

»Da ich auch kein einfacher Mensch bin, verstehen wir uns bestimmt auf Anhieb«, sagte der Tadc zuversichtlich und ging ein paar Schritte auf und ab.

Stoiko teilte die Ansicht des Thronfolgers nicht unbedingt und sah vor seinem geistigen Auge die schlimmsten Auseinandersetzungen.

»Was ist mit seiner Hand, die er die ganze Zeit über unbeweglich hält?«, fragte Lodrik. »Sie sieht irgendwie seltsam aus.«

»Das war wohl Unachtsamkeit. Soviel ich weiß, hat er die Hand in Jugendjahren in der Ausbildung verloren. Man erzählt sich innerhalb der Garde, dass sie einem Wurfbeil zum Opfer gefallen sei.« Stoiko zog die eigene Hand in den Ärmel seiner Jacke und imitierte einen Stumpf. »Seine Familie ließ den besten Heiler kommen, den es gab, und der hat ihm dann aus einem Kriegshandschuh die mechanische Hand angefertigt. Angeblich benutzt er irgendwie die Muskelreste des Unterarms, um die Finger zu öffnen und zu schließen. Der Griff soll stahlhart sein. Und einen kräftigen Schlag an den Kopf haben einige seiner Gegner nicht überlebt.«

»Es ist schon ein bisschen unheimlich.« Der Tadc wackelte mit den Fingern. »Ob er wohl Schmerzen hat?«

Der Diener zuckte mit den Schultern und drehte sich um. »Auf alle Fälle zeigt er sie nicht.«

Das Gefährt war auf einer kleinen Anhöhe zum Stehen gekommen, die einen wunderbaren Ausblick geboten hätte, wäre der winterliche Tag freundlicher zu der Reisegruppe gewesen.

Wolkenschleier verdeckten die Fernsicht, und der leichte Nebel, der in den Kronen der kahlen, erstarrt wirkenden Bäume hing, machte die Gegend auch nicht unbedingt gastfreundlicher.

»Ich glaube, ich mag Granburg nicht.« Lodrik ließ den Blick über das trostlose Stück Land schweifen. »Warum schickt mich mein Vater rechtzeitig zum Wintereinbruch hierher? Warum nicht ans Meer oder dorthin, wo etwas los ist?«

Stoiko überhörte die Fragen des Thronfolgers, der nur zu gut wusste, weshalb er hier war, und schaute sich ebenfalls um. »Wartet auf den Frühling, Herr. Dann sieht es bestimmt schön aus.« Der Vertraute beschloss, einen Kunstgriff zu versuchen. »Und die Küche ist hervorragend, was man hört.«

»Wirklich?« Das Gesicht des Tadc hellte sich auf.

Der Vertraute nickte eifrig und hoffte nur, dass es einigermaßen stimmte.

»Seht, dort drüben«, unterbrach Waljakov die beiden und zeigte in Richtung Waldrand, aus dem eine Gestalt hervorgestolpert kam, hinfiel und sich schnell wieder aufrappelte.

Die Wachen machten gleichzeitig ihre Armbrüste schussbereit und verfolgten den Menschen, der torkelnd auf die Reisegruppe zulief, mit aufmerksamen Blicken. Undeutlich nahm Lodrik Hilferufe wahr.

»Was hat das zu bedeuten?«, murmelte der Junge.

Zwei große, schwarze Hunde brachen unvermittelt aus dem Unterholz hervor und machten sich ohne einen Laut an die Verfolgung des Flüchtenden.

Der Leibwächter kniff die Augen zusammen. »Das sind borasgotanische Kampfhunde. Die wildesten Biester, die es gibt. Ich habe einmal gesehen, wie zwei von ihnen einen ausgewachsenen Stier zerfetzt haben.« Er hob wie beiläufig den rechten Arm, die Soldaten legten die Armbrüste an. »Noch sind sie nicht in Reichweite, aber ich werde sie ohne zu zögern abschießen, sollten sie näher kommen.«

Die Gestalt war erneut gestürzt. Nur mit viel Mühe kämpfte sie sich wieder auf die Beine und taumelte weiter. In wenigen Momenten würden die Hunde über ihr sein.

»Kannst du nichts tun, Waljakov?« Lodrik hatte die Hände zu Fäuste geballt, gebannt von dem ungleichen und ungerechten Wettlauf.

»Diese Kampfhunde sind teuer und gehören mit Sicherheit einem Adligen, Herr.« Der Leibwächter ließ das Geschehen auf dem Feld nicht eine Sekunde aus den Augen. »Vermutlich ist es eine Bestrafung, und Ihr seid als Gouverneur noch nicht im Amt. Eine Einmischung wäre nicht sehr ratsam.«

Die schwachen Hilferufe klangen nun deutlicher zu den Männern herüber. Es war eine Frau, die dort unten um ihr Leben lief.

»Das ist mir egal, Waljakov. Tu etwas, ich befehle es dir!« Der junge Tadc hatte eine Zornesfalte auf der geröteten Stirn. Stoiko hatte so etwas bei dem Thronfolger noch nie gesehen.

Ein kurzer Befehl des Leibwächters und zehn Männer preschten die Anhöhe hinunter, um sich in Reichweite für die Fernwaffen zu bringen.

Doch bevor der erste Schuss abgegeben wurde, erreichten die mehr als kalbgroßen Hunde ihr Ziel, rissen es zu Boden und versenkten die messerartigen Zähne in das Fleisch der Frau.

Die erschütternden Schreie des Opfers gellten in den Ohren Lodriks, während sich die Hunde durch die Kleidung wühlten und große Brocken aus ihr herausrissen. Die gefrorene Erde färbte sich blutrot, die Frau verstummte.

Als die Tiere die Reiter bemerkten, hielten sie kurz inne, bissen noch einmal zu und rannten zurück zum Wald. Die Bolzen der Armbrüste schlugen wirkungslos hinter ihnen ein.

Der aufgeschlitzte, warme Leib dampfte in der kühlen Luft, kleine Dunstwolken stiegen auf.

Lodrik war entsetzt und fassungslos zugleich. Ein Mensch, eine Frau, war eben vor seinen Augen von riesigen Monstren in Stücke gerissen worden.

Er glaubte plötzlich, das Blut zu riechen, und die Kekse kamen ihm hoch. Würgend übergab er sich, und wenn ihn ein reichlich blasser Stoiko nicht gehalten hätte, wäre er die Anhöhe hinuntergerollt.

Auch die Soldaten schauten voller Abscheu zum Feld hinüber. Die zehn ausgeschickten Männer ritten zu der Frau, einer stieg ab und untersuchte sie. Nach wenigen Lidschlägen saß er auf, und der Trupp kehrte zurück.

»Nichts zu machen, Herr«, rief derjenige, der sie sich angesehen hatte. »Die Hunde haben ihr den halben Kopf und den Hals dazu abgerissen, ihre Gedärme und der Bauch waren zerfetzt.« Der Tadc übergab sich ein weiteres Mal geräuschvoll.

Waljakov nickte, das markante Gesicht war ausdruckslos.

»Da war noch etwas, Herr.« Die Wache reichte dem Leibwächter einen kleinen silbernen Ring. »Den trug sie am Finger. Ihr Kind wäre in ein paar Wochen zur Welt gekommen.«

Lodrik fiel bewusstlos zur Seite, da es dem Diener unmöglich war, das Gewicht des Tadc alleine zu halten.

»Würdet Ihr mir bitte zur Hand gehen, Waljakov. Er ist verdammt schwer«, stöhnte der Vertraute.

Als ob er einen Sack Federn aufnehmen würde, zog der Leibwächter Lodrik hoch und warf ihn sich ohne merkliche Anstrengung über die Schulter, um ihn in das Gefährt zu tragen.

»Ihr könnt einsteigen. Die Kutsche ist fertig«, sagte er teilnahmslos zu Stoiko, scheinbar unbeeindruckt von den Ereignissen, doch der Diener bemerkte den kalten, wütenden Glanz in den Augen des Soldaten. »Wir schaffen es noch vor Einbruch der Dunkelheit zum nächsten Gasthaus. Vielleicht erfahren wir, wer die Frau war.« Waljakov steckte sich den Ring mit der Linken in die Manteltasche.

»Ihr wollt sie doch nicht dort auf dem Feld liegen lassen?« Stoiko hatte den Brechreiz erfolgreich überwunden, nur die Blässe hielt sich in seinem Gesicht. Beinahe wäre auch er vorhin in Ohnmacht gefallen.

Der große Mann schüttelte den Kopf. »Nein. Ich erledige das und komme nach. Es wird nicht lange dauern.«

Der Diener sah, wie Waljakov sein Pferd bestieg und regungslos auf der Anhöhe wartete, während die Kutsche losfuhr. Rasch war der Soldat hinter einer Biegung verschwunden.

Stoiko betrachtete den Horizont hinter sich und sah bald darauf eine dünne Rauchfahne aufsteigen, Hufschlag näherte sich von hinten der Kutsche.

Der Leibwächter brachte sein Pferd auf gleiche Höhe mit Stoikos Fenster, und es roch plötzlich ein wenig nach Petroleum.

»Kein Fuchs oder Wolf wird sie fressen können.« Waljakov drückte seinem Tier die Sporen in die Flanke und setzte sich wieder an die Spitze der Gruppe.

Der Diener lehnte sich für einen Moment in den gepolsterten Sitz und betrachtete den besinnungslosen Tadc. Dann suchte er die kleine Flasche mit dem alkoholischen Inhalt. Nach dieser widerlichen Begrüßung brauchte er dringend einen großen Schluck.

»Auf Granburg! Willkommen, Stoiko, willkommen Gouverneur!«

Nach drei Warst war die Flasche leer, Stoiko eingeschlafen und Lodrik immer noch im Reich der Träume.

III.

»Sinured erkannte den Wunsch der Menschen nach einer neuen, glorreichen Zeit. In jedem Barkit saß der Wunsch nach Kampf und Krieg, denn es war ein stolzes, kampferprobtes und kampflustiges Volk.

Also ließ er die Kunde verbreiten, Tarpol rüste sich für einen Krieg. Schon bald meldeten sich viele der Männer freiwillig zum Heer, die Flotte wurde um ein Vielfaches erweitert, sodass das Königreich mehr Krieger als alle anderen Länder in seiner Umgebung hatte.

Sinured versetzte in einer finsteren Nacht vier Markierungssteine entlang der tarpolischen Grenze in Richtung Barkis und wartete auf die Patrouille aus Tarpol. Mit dem ersten Morgengrauen erschien eine Schar Bewaffneter, Sinured stellte sie zum Kampf, und die tarpolischen Soldaten, in der Meinung, sie befänden sich immer noch auf ihrem Gebiet, verteidigten sie wie die Löwen. Doch es half nichts.

Sinured stellte die Steine wieder an ihre alten Plätze zurück und schickte eine Nachricht an Tarpol, um dem König den Krieg zu erklären. Dessen Truppen hätten einen Einmarsch vorbereiten wollen und seien gestellt worden. Seine Getreuen beschworen die Wahrheit seiner Worte, die Spuren sprachen für sich.

Laut hallten die Kriegsrufe durch Barkis, die Männer waren bereit, Sinured zu folgen ...«

ULLDARTISCHER GESCHICHTSALMANACH,
XXI. Band, Seite 1047

Westtarpolische Küste,
Winter 441 n. S.

»Segel voraus!« Laut und begeistert kam die Meldung aus dem Ausguck, und die Männer, die gerade an Deck zu tun hatten, begannen bei der hoffnungsvollen Nachricht zu johlen. »Etwa drei Meilen gerade vor uns. Sieht aus wie'n schwerer palestanischer Kaufmann, und der Kahn liegt verdammt tief im Wasser, Jungs!«

Kapitän Torben Rudgass, der Befehlshaber an Bord der *Grazie,* hob sein Fernrohr vor das rechte Auge und grunzte zufrieden, als er das Schiff näher betrachtete.

Der Mann im Krähennest hatte sich nicht getäuscht. Nur träge hob und senkte sich der Bug in den Wellen, die gegen die Planken schlugen, als wäre das Holz eine starre Kaimauer.

Ein Händler mit Gewürzen, Seidenstoffen oder Getreide käme gerade recht, denn die Männer wurden allmählich gereizt. Seit acht Wochen segelten sie an der nordwestlichen Küste Tarpols, und kein dicker Fisch war ihnen bisher ins Netz gegangen.

»Was macht unser Passagier?« Torben, ein kräftiger Mann um die Dreißig mit kurzgeschorenen hellblonden Haaren und geflochtenem Bart, überlegte, ob er sich den Abstecher in Richtung des Palestaners erlauben sollte.

Wie alle Rogogarder verstand er sich und seine Mannschaft als Freibeuter. Die Bezeichnung ›Pirat‹ hörte man im Inselreich nur sehr ungern.

Zwar hatte der seltsame Mann unter Deck viel Gold bezahlt, damit sie ihn am nächsten rundopâlischen Hafen absetzten, aber die Münzen würden im Vergleich zu einer ordentlichen Prise wenig wert sein. Gesehen hatte ihn der Kapitän zu Beginn der Fahrt, als er vor vier Tagen in Gustroff mit zwei schweren Seesäcken an Bord ging und die Fahrt gezahlt hatte. Danach nur noch einmal, mitten in der Nacht.

Damals stand der mittelgroße, eher schmächtige Passagier im Umhang an Deck und betrachtete schweigend die Sterne. Als er mit ihm einen kleinen Plausch zur Befriedigung seiner Neugier halten wollte, verschwand der Kerl mit einem Nicken in seine Kabine, wo er auch sein Essen einnahm. Die Mannschaft machte sich bereits Sorgen wegen der Geheimnistuerei und befürchtete einen bösen Geist.

»Er schläft«, antwortete sein Maat Krenzen, der an der Seite des Kapitäns stand. »Er meinte, er wolle nicht gestört werden.«

»Glaubst du, dass ihn das Entern des Händlers stören wird?«, grinste Torben und beförderte einen dicken Strahl Spucke über Bord.

»Oh, wenn die Jungs entsprechend leise beim Zuschlagen sind, wird er nichts hören.«

Torben lachte, dass die Creolen an seinen Ohrläppchen leise klingelnd aneinander schlugen, und hob wieder das Fernrohr.

»Was hältst du von ihm? Ich tippe, er ist irgendso ein in Ungnade gefallender Adliger oder Hauptmann, der sich wegen Ehrverlust schmachvoll und klammheimlich aus seinem Land abgesetzt hat.«

»Vielleicht flüchtet er auch vor 'nem unehelichen Kind, Käpt'n«, Krenzen kratzte sich am Hintern und beobachtete die Piraten, die aufmerksam in ihre Richtung sahen und darauf warteten, dass ein Befehl kam. »Nein, du hast schon Recht. Einen Akzent hab ich allerdings noch nicht bei ihm gehört. Klingt ziemlich astrein, sein Ulldart. Zu rein. Als ob er's studiert hätte. Und vom Körperbau her steht er den meisten Soldaten, die ich gesehen habe, in einigem nach. Also wohl eher ein Adliger als ein Kämpfer.«

»Mir soll's egal sein, warum er bei uns mitfährt. Er hat bezahlt, er kommt in Rundopâl an Land.«

»Hat er nicht gemeint, so schnell wie möglich?«

»Wir machen doch so schnell wie möglich, oder?« Torben zeigte auf das Handelsschiff, die grüngrauen Augen blitzten gut gelaunt. »Wir entern den so schnell wie möglich, verschwinden so schnell wie möglich, um die Ware und unseren geheimnisvollen Freund so schnell wie möglich in Rundopâl loszuwerden.« Die Männer lachten.

»Was, bei allen Verdammten, hat der Pfeffersack denn geladen?«, murmelte der Schiffsführer leise, nachdem er den Tiefgang der möglichen Beute noch mal inspiziert hatte.

»Könnte das nicht auch eine Falle sein, Käpt'n?« Der Maat kratzte sich den Bart, in dem die Läuse wieder einen Freudentanz veranstalteten. »Kein Palestaner ist so dumm und kreuzt hier oben so dicht an Rogogard vorbei und hisst dann noch die gotterbärmliche palestanische Flagge.«

»Du hast Recht, Krenzen. Vermutlich haben sie den Laderaum voller Söldner und warten nur auf einen Angriff.« Torben hob den Kopf zum Ausguck. »Haben sie uns gesehen?«

»Aye! Sie setzen gerade Vollzeug, Käpt'n«, brüllte der Mann von oben herunter. »Macht sie aber auch nicht viel schneller.«

Einen Moment lang kämpfte der Befehlshaber der *Grazie* gegen das flaue, ungute Gefühl im Magen, doch dann siegte die Aussicht auf eine Prise.

»Dann wollen wir mal schauen, ob sie es auf uns abgesehen haben oder ob sie wirklich nur reichlich dämlich sind.« Der Kapitän befahl einen Kurs, der das rogogardische Schiff, von den Ausmaßen nur etwa die Hälfte des Palestaners, auf eine Parallelbahn mit dem Händler brachte.

Nach wenigen Meilen hatte man mit dem Flüchtenden, der den Namen *Fröhlicher Gruß* trug, gleichgezogen. In noch sicherem Abstand segelten die Schiffe nebeneinander her.

Auf dem Handelsschiff standen die Männer an der Reling und glotzten unsicher, während die rogogardischen Piraten Beschimpfungen und handfeste Obszönitäten hinüberriefen.

»Seid ein bisschen leiser, ihr Schreimöwen, sonst wird unser Passagier noch wach.« Torben spähte wieder durch das Fernrohr und versuchte, eine verdächtige Bewegung irgendwo an Deck auszumachen, die auf die Anwesenheit von Bewaffneten schließen ließ.

»Provoziert sie«, sagte er zu Krenzen. »Geht näher rann und schießt Brandpfeile hinüber. Wollen doch mal sehen, ob sie das nicht aus der Ruhe bringt.«

Als die *Grazie* ihren Kurs änderte, versuchte der Palestaner den Abstand zu halten, doch die Manövrierfähigkeit des rogogardischen Schiffes und die Geschwindigkeit verschafften den Piraten den nötigen Vorteil. Bald schossen ein Dutzend brennende Pfeile durch die Luft und bohrten sich in die Segel, ins Deck und die Takelage.

Zwar flogen ein paar gegnerische Geschosse zurück, doch sie richteten keinen nennenswerten Schaden an, während auf dem palestanischen Händler erste Rauchschwaden aufstiegen.

»Entweder sie haben gute Nerven und ein Wunder parat. Oder da säuft uns gerade die fetteste Beute ab, die wir je hätten machen können«, sagte der Maat und spielte nervös mit seinem Entermesser.

Die vierzig Rogogarder standen an der Bordwand zum Entern bereit, Wurfhaken waren ausgeteilt worden, die gezogenen Waffen blitzten.

Auf der anderen Seite signalisierte einer der palestanischen Matrosen hektisch mit Wimpeln, und Krenzen entzifferte die schnell gefuchtelte Nachricht nur mit etlicher Mühe.

»Sie machen das Angebot, dass sie uns freiwillig die Hälfte ihrer Ware abgeben würden, falls wir sie anschließend weiterfahren ließen. Klingt doch annehmbar, oder?!«

»Ich weiß nicht. Irgendetwas macht mich unsicher.« Torben hatte den Händler nicht eine Sekunde aus den Augen gelassen.

Die Matrosen rannten hin und her, um das Feuer zu löschen, das sich in der Takelage auszubreiten drohte. Andere kümmerten sich um Verwundete, die im Pfeilhagel angeschossen worden waren.

»Wenn ich nur wüsste, was nicht stimmt.« Aufmerksam ließ er den Blick über die gegnerische Bordwand streifen. Da bemerkte er plötzlich etwas, das einem dicken Eisenbolzen glich.

Hastig drehte er die Linse schärfer und konzentrierte sich auf seine Entdeckung.

Tatsächlich sah es aus, als schaue ein massiver, fingerdicker Bolzen, der von innen durch die Planke geschlagen worden war, wenige Zentimeter aus dem Holz.

»Für was würdest du einen Eisenbolzen benutzen?«, fragte er den Maat, der sich wieder nachdenklich den Bart kratzte.

»Zum Festmachen?«, schlug Krenzen vor und nahm die Sehhilfe, die ihm der Kapitän wortlos reichte, zur Hand, um sich das Stück genauer zu betrachten.

Die Piraten wurden unruhig. Nur wenige Taulängen entfernt schwamm ein Handelsschiff, das offensichtlich schwer geladen hatte, und sie mussten untätig herumstehen.

»Was ist jetzt? Sollen wir ewig auf das Gold warten?«, rief einer.

»Nicht, dass die Palestaner noch der Heldenmut packt und sie uns rammen wollen«, fügte ein anderer hinzu. Die Männer begannen zu murren.

»Haltet das Maul«, herrschte Torben sie an. »Dort

drüben ist eine Schweinerei im Gange, und so lange ich nicht weiß, um was es geht, warten wir.«

»Käpt'n, da ist noch einer.« Der Maat zeigte auf einen Punkt ungefähr acht Meter links von dem ersten Bolzen. »Ist dir aufgefallen, dass keiner der Matrosen Waffen trägt?«

Natürlich hatte er es beiläufig bemerkt, aber dem Umstand keine Beachtung geschenkt.

»Mir ist die Sache nicht geheuer.« Torben wandte sich zum Steuermann um. »Abdrehen, Vollzeug setzen und nichts wie weg von hier.«

Keiner seiner Männer bewegte sich. »Was sollen wir? Käpt'n, das …«

»Schnauze halten und ab in die Wanten!«, brüllte Torben und hob drohend die Faust.

Den lauten Befehl hatte man auch an Deck der *Fröhlicher Gruß* gehört, und plötzlich erwachte das vermeintliche Händlerschiff zu gefährlichem, tödlichem Leben.

Die seitliche Bordwand klappte auf acht Metern Länge und zwei Metern Höhe herab. Die überraschten Piraten sahen die Läufe von zahlreichen Speer- und Pfeilschleudern, und ihre Hoffnung auf reiche Beute verwandelte sich in blankes Entsetzen. Wie gelähmt standen die Männer an Deck.

»O du große Walscheiße«, flüsterte Torben, dann schüttelte er in letzter Sekunde seine Erstarrung ab und warf sich hinter der Reling in Deckung.

Einen Lidschlag später surrte es über ihm, in das Geräusch von splitterndem Holz mischten sich die Schreie seiner Männer.

Der Kapitän behielt den Kopf unten und lauschte, wann das tödliche Schwirren endlich aufhörte, aber alle paar Sekunden erfüllte neuerliches, unheilvolles Rauschen die Luft.

Die Schreie, anfangs laut und durchdringend, hörten nach der vierten Salve auf.

Mit einem dumpfen Krachen durchschlug ein letzter Speer die Reling, hinter der Torben lag, und bohrte sich einen fingerbreit vom Kopf des Schiffsführers entfernt durch das Holz.

Dann herrschte Grabesstille, nur das Knarren der Schiffe, die sacht in den Wellen dümpelten, war zu hören.

»Jemand an Bord?«, kam es spöttisch von der *Fröhlicher Gruß*. »Ich würde gerne mit dem Kapitän des Kahns hier reden. Lebt er noch?«

Der Pirat überlegte eine Weile, ob er sich tot stellen sollte, aber die Aussicht zwischen Leichen, Raubfischen und Ungeheuern im Meer zu treiben, war auch nicht besonders angenehm.

»Aye«, rief Torben endlich, der mit Schaudern seinen Maat betrachtete. Ein Speer hatte Krenzen die Brust durchbohrt und an den Großmast genagelt. Einige seiner Männer waren gruppenweise durch die unterarmdicken Schleudergeschosse zusammengesteckt worden und erinnerten den Rogogarder unpassenderweise an Brathühner auf einem Spieß. »Was gibt's?«

»Ihr könnt herauskommen, wir schonen Euer Leben. Immerhin seid Ihr ja der Anführer. Aber wenn Ihr Euch zu viel Zeit lasst, überlege ich es mir noch mal anders.«

Torben erhob sich vorsichtig und streckte den Kopf über die Reling.

Die Bolzen, die er gesehen hatten, hielten dicke Eisenringe auf der Innenseite der Bordwand, an denen wiederum Ketten befestigt waren, die die zugbrückenähliche Klappkonstruktion in einem Neunzig-Grad-Winkel zum Schiffsrumpf arretierte. Unter Deck standen dicht an dicht die Speer- und Pfeilschleudern, die freies Schussfeld erhalten hatten, als die Wand abgesenkt worden war.

Auf Deck gingen nun vierzig Bewaffnete in Position, die Hälfte davon hielt zu allem Überfluss noch Armbrüste in der Hand.

Ein Mann in palestanischer Offiziersuniform, auffälliges Rot mit Schwarz und gelben Stickereien, zog seinen Federhut und grüßte höfisch.

»Ich bin Commodore Erno DeRagni, Befehlshaber dieses schönen Schiffes. Mit wem habe ich das Vergnügen?«

»Kapitän Torben Rudgass, Rogogardische Flotte«, antwortete der Pirat und beobachtete die Szene mit Misstrauen. Insgeheim rechnete er damit, gleich von einem Bolzen getroffen zu werden. »Was geschieht nun mit mir?«

»Rogogardische Flotte?« DeRagni brach in Hohn triefendes Gelächter aus. »Ein Spaßmacher, selbst im Angesicht der Niederlage, nicht wahr? Wir holen Euch an Bord und legen Euch in Ketten. Dann fahren wir den nächsten tarpolischen Hafen an und arrangieren mit dem dortigen Richter eine schnelle Verhandlung. Immerhin seid Ihr in tarpolischen Gewässern, und Eure Verurteilung soll doch mit rechten Dingen zugehen. Oh, der Prozess ist leider ein Privileg, das Euren Männer nicht gestattet wird.«

Der Offizier nickte seiner Entermannschaft zu, die die *Grazie* mit Hilfe von Bootshaken heranzog, breite Planken auslegte und das blutgetränkte Deck des rogogardischen Schiffes betrat.

Die Soldaten gingen schnell vor. Die Handgriffe saßen, jeder nur verwundete Pirat erhielt von den Palestanern den Gnadenstoß, die Toten wurden achtlos in die Ladeluke geworfen.

Torben wandte sich nicht ab, als er seine verletzten Männer der Reihe nach sterben sah. Ihre Tode empfand er schlimmer als den Gedanken an sein eigenes Ende, und die unbändige Wut über seine eigene Dummheit, der palestanischen Falle auf den Leim gegangen zu sein, fraß sich tief in ihn hinein.

»Ich habe noch einen Passagier dabei«, sagte der

Rogogarder resigniert, dem zwei Soldaten in der Zwischenzeit die Hände auf den Rücken gebunden hatten. »Er hat mit der Sache nichts zu tun. Lasst ihn in Ruhe.«

Commodore DeRagni, kaum älter als Torben, kam elegant über das Brett gesprungen und blickte sich an Deck des Piratenschiffs um. »Wer ist denn so verzweifelt, dass er freiwillig eine Überfahrt mit Halsabschneidern riskiert?« Mit dem rechten Fuß rollte er einen Liegenden auf den Rücken, der bei der Berührung leise aufstöhnte und sich am Knöchel des Offiziers festklammerte.

Mit einer schnellen Bewegung zog DeRagni das Rapier aus der Scheide und durchbohrte den Oberkörper des verletzten Piraten auf Herzhöhe. Torben machte einen drohenden Schritt vorwärts. Seine Bewacher rissen ihn zurück und hielten ihn mit eisernem Griff fest.

»Ach, sieh an? Geht Euch das Schicksal Eurer Männer zu Herzen, Kapitän?« DeRagni reinigte gespielt gelangweilt seine Waffe an der Kleidung des Toten. »Dann hätten sich die Leute vorher überlegen müssen, wen sie angreifen. Palestan lässt sich nicht ewig alles gefallen.«

»Ich gebe einen Dreck auf den Krämerstaat.« Torben spuckte aus. »Ich würde immer wieder Freibeuter werden und arrogante Händler jagen, bis sie alle aus dem Meer verschwunden sind.«

»Das dürft Ihr alles dem Richter erzählen«, meinte der Commodore, »aber ich vermerke Euer Geständnis mit Wohlwollen. Strafmildernd wird es sich allerdings nicht auswirken.« Die palestanischen Soldaten lachten.

Die Entermannschaft trug derweil die Proviant- und Wasserfässer aus den Laderäumen der *Grazie*, bugsierte sie an Bord der *Fröhlicher Gruß*, die Waffen, Bolzen und Pfeile wechselten ebenfalls die Besitzer. Torben erkannte unter der Beute auch die beiden schweren Seesäcke des Fremden.

Einer der Palestaner löste sich aus der betriebsamen

Hektik und erstattete DeRagni mit einem ratlos wirkenden Gesicht Bericht.

»Wir haben keinen Passagier entdecken können, Commodore. Weder im Laderaum noch in der Kombüse oder in den anderen Decks.«

»Habt ihr die Fässer untersucht, bevor ihr sie rübergebracht habt?«

Der Soldat überlegte einen Moment. »Ja, Commodore. Es fand sich aber auch nichts, abgesehen von Heringen, Gurken, Zwieback und Fett.«

Torben blickte nicht minder erstaunt als der Soldat, hatte er eigentlich mit der Entdeckung des Fremden gerechnet. »Das ist seltsam«, murmelte er leise. DeRagni dreht sich zu ihm um.

»Mir scheint, Euer Gast ist ein Meister im Versteckspiel. Nützen wird es ihm freilich nicht sehr viel, denn das Schiff wird jetzt und hier versenkt.«

Der Commodore erteilte den Rückzugsbefehl, Rudgass wurde grob über die Planke auf die *Fröhlicher Gruß* geschoben.

Aus dem Laderaum der *Grazie* ertönten dumpfe Axtschläge, dann zeigten das laute Krachen von Holz und mehrere Flüche, dass der Durchbruch gelungen war.

Lidschläge später erschienen die letzten Angehörigen des palestanischen Enterkommandos, nass von oben bis unten und mächtige Äxte in den Händen haltend, die im Laufschritt auf das umgebaute Händlerschiff zurückkehrten.

Die *Fröhlicher Gruß* stieß ab und setzte Segel, Schützen deckten die *Grazie* mit einem Schauer Brandpfeile ein, um alles über Deck, was das rogogardische Schiff irgendwie über Wasser halten könnte, zu vernichten.

Torben Rudgass sah die brennende *Grazie*, auf der er fünf Jahre als Kapitän verbracht hatte, Stück für Stück untergehen.

Polternd fiel die kokelnde Rahe aufs Deck und zerschlug ein großes Stück davon, feurige Segelfetzen schwebten tänzerisch auf die Wasseroberfläche nieder und erloschen mit einem lauten Zischen.

Das Schiff bekam Schlagseite, und als sich der Rumpf ächzend nach Steuerbord senkte, stürzten ein paar der toten Piraten aus der Ladeluke und klatschten ins Wasser.

»Kein schöner Anblick, nicht wahr?« DeRagni stand plötzlich neben dem Rogogarder und beobachtete das sterbende Schiff in seinem Todeskampf. »Ich habe schon zu viele palestanische Händlerschiffe in diesem Zustand gesehen, als dass ich Mitleid mit irgendeinem Seeräuber hätte. Mein Vater ließ wegen Männern wie Euch sein Leben, Rudgass.« Der Offizier ließ Vollzeug setzen und ging in Richtung Kapitänskajüte.

Torben konnte sich vom Anblick der feuerumhüllten *Grazie* nicht losreißen, es hatte etwas Faszinierendes und Grausames zugleich, dem Ende seines Schiffes zuzusehen.

Und trotz der Trauer und der Wut fragte er sich, was wohl aus seinem geheimnisvollen Passagier geworden war.

Nach acht Tagen unter Deck im feuchtesten Winkel des palestanischen Schiffes waren die Wut und der Hass tief im Inneren von Torben Rudgass verflogen.

Der Rogogarder fror ganz erbärmlich, das kalte Meereswasser umspülte unentwegt seine Füße und ließ die Haut aufquellen. Die scharfkantigen Eisenringe scheuerten schmerzhaft das Fleisch von den Gelenken und jede Bewegung verursachte ein Stechen, sodass der Pirat bereits die ersten Zeichen von Wundbrand spürte.

Die Ratten hielten sich noch zurück und fraßen lediglich seinen Zwieback, wenn er nicht aufpasste. Offenbar hatten sie noch keinen Gefallen an Menschenfleisch gefunden.

Plötzlich fiel Licht in den finsteren Verschlag, zwei Palestaner erschienen und lösten die Ketten von den Plankenhalterungen, damit sich Torben erheben konnte.

»Der Commodore will dich sehen«, sagte der Mann mit der Lampe, während der andere dem Rogogarder auf die Füße half.

»Wie weit ist es noch bis zur tarpolischen Küste?«, fragte Torben. »Ich will nicht länger in diesem nassen Loch verfaulen. Hängt mich lieber gleich auf.«

»Das entscheidet der Commodore.« Der Pirat erhielt einen Stoß in den Rücken, sodass er in Richtung der schmalen Holzleiter stolperte und sich an ihr den Kopf anschlug. »Wir steuern Ludvosnik an, eine der größeren Hafenstädte, die einen eigenen hoheitlichen Gerichtshof hat. Es wird noch eine Zeit lang dauern, bis du baumelst.«

Schwerfällig erklomm Torben die Sprossen und stand nach einer Weile an Deck des Palestaners. Die frische Brise und feinen Gischtspritzer wirkten belebend, tief atmete er ein und freute sich einen kurzen Augenblick über die scheinbare Befreiung aus dem dunklen, feuchten Holzgefängnis.

Auf dem Oberdeck herrschte geschäftiges Treiben, die *Fröhlicher Gruß* segelte mit Vollzeug und pflügte für ein so breites, schweres Händlerschiff mit beachtenswerter Geschwindigkeit durch die Wellen.

Die palestanischen Matrosen turnten in der Takelage umher, zurrten Seile fest und begannen gerade mit dem Setzen zusätzlicher Segel am Bug des Schiffes. Kein Zweifel, die *Fröhlicher Gruß* hatte es verdammt eilig.

Seine Bewacher zogen ihn an der Kette hinter sich her zur Kapitänskajüte, die Männer, an denen sie vorübergingen, warfen dem Piraten hasserfüllte Blicke zu.

Torben schätzte, dass sie ihm am liebsten jetzt und hier ans Leben gegangen wären, er kam sich unterwegs vor wie bei einem Spießrutenlauf.

Kurze Zeit darauf stand er in der geräumigen Kapitänskajüte, der Commodore saß nachdenklich hinter einem mächtigen Schreibtisch, auf dem in Ölpapier eingeschlagene Gegenstände lagen, und kaute auf einem Stück Süßholz.

Die palestanischen Wachen drückten den Rogogarder auf einen Stuhl vor dem Tisch und stellten sich an die Tür.

DeRagni sagte nichts und schien die Anwesenheit Torbens nicht bemerkt zu haben, sondern bearbeitete das Stückchen Holz weiter mit den Schneidezähnen, die Augen auf die Arbeitsplatte gerichtet. Der Pirat wartete ab.

Als ob er in Gedanken weit entfernt gewesen wäre, regte sich der Commodore plötzlich, nickte dem Rogogarder zu und platzierte einen Holzbecher, den er aus der Schublade des Tisches nahm, vor seinem Gefangenen. Dann förderte der Palestaner aus den Tiefen des Faches eine Karaffe mit goldgelber Flüssigkeit zu Tage und schenkte zuerst Torben, dann sich selbst ein.

»Was wisst Ihr über Euren ehemaligen Gast?« Der Commodore erhob sein Glas auffordernd und nippte daran.

Torben schnupperte zuerst an der Flüssigkeit, die nach starkem Alkohol roch. Als er einen Schluck nahm, rann es wie flüssiges Feuer die Kehle hinab und verbreitete im Magen eine nicht unangenehme Wärme, die sich bald im ganzen Körper verteilte.

»Das ist ein sehr guter Branntwein, Commodore«, sagte der Rogogarder, »vermutlich habt Ihr ihn vergiftet und Euch ein Gegengift eingeflößt, oder? Alle Palestaner sind hinterhältig. Das weiß jedes rogogardische Kind.«

»Ihr tut mir Unrecht, Rudgass.« DeRagni lächelte, zog sich mit der freien Hand die gelockte Perücke vom Kopf und warf sie gekonnt auf den vorgesehenen Halter. »Ich habe Euch versprochen, dass Ihr einen Prozess bekommt, warum sollte ich Euch dann vorher umbringen? Das würde keinen Sinn ergeben. Außerdem habt Ihr meine Frage noch nicht beantwortet.«

Torben ahnte, was ihm bevorstand und leerte den Becher in einem Zug. Der Commodore füllte nach.

»Ich kann Euch nichts über den Passagier sagen, außer, dass es ein Mann war, ein bisschen kleiner als ich und etwas schmächtiger gebaut. Wir haben ihn in Gustroff an Bord genommen und ihn für einen Adligen oder einen Offizier gehalten, der sich aus irgendeinem Grund von zu Hause abgesetzt hat.«

DeRagni lehnte sich vor, seine natürlichen, schwarzen Haare klebten am Schädel, die Pupillen waren stecknadelgroß und verrieten die angespannte Neugier des Palestaners. »Woher wollt Ihr das denn wissen? Hatte er eine Uniform an?«

»Nein, das nicht. Aber er sprach eine Art Ulldart, als ob er die Sprache studiert hätte. Keine Mundart, keine Besonderheit, kein Akzent. Wie aus dem Lehrbuch für Beamte.« Der Rogogarder zog die Augenbrauen zusammen. »Weshalb interessiert Euch ein Toter?«

Der Commodore deutete auf die eingewickelten Gegenstände. »Ich glaube, dass Euer Gast mehr als nur ein gewöhnlicher Passagier war, nach der Art seiner Ausrüstung zu schließen.« Er schlug eines der Öltücher zurück, und eine breite, aus verschiedenen Einzelstücken gearbeitete Gürtelschnalle glänzte im einfallenden Sonnenlicht.

»Fällt Euch etwas auf?« DeRagni schob die Schnalle über den Tisch. »Betrachtet sie genau. Nehmt sie in die Hand.«

Torben stellte den Becher ab und nahm den Gegenstand auf.

Schwer lag das gravierte Metallstück in seiner Handfläche, und der Pirat drehte und wendete es nach allen Richtungen, ohne etwas entdecken zu können.

»Wer auch immer das Stück angefertigt hat, war ein ziemlicher Meister seines Fachs.« Er legte die Gürtelschnalle zurück. »Mir wäre sie nur etwas zu schwer und zu groß.«

»Ich habe zuerst das Gleiche gedacht, Rudgass.« Der Palestaner klappte eine Strebe des Metallstücks hoch, und die Gürtelschnalle fiel auseinander.

DeRagni brauchte eine gewisse Zeit und mehrere Anläufe, bis er die Teile neu angeordnet und zusammengesetzt hatte, doch als er fertig war, hielt er ein gefährlich aussehendes Messer mit dünner Klinge und rasiermesserscharfer Schneide in den Fingern.

»Interessant, nicht wahr?«

Torben hatte das Tun des Commodore mit zunehmendem Interesse verfolgt und schaute verblüfft auf das Endergebnis. »Wie seid Ihr darauf gekommen?«

»Es war ein Zufall.« DeRagni öffnete ein weiteres Tuch, in dem ein kostbar aussehender Ring lag. »Als ich diesen Stein untersuchen wollte, bemerkte ich, dass sich die Fassung drehen lässt.« Er demonstrierte es dem Rogogarder, der Edelstein mit der Fassung klappte nach hinten und offenbarte dem erstaunten Piraten einen Hohlraum, der mit einem weißlichen, fast farblosen Pulver gefüllt war.

»Wohl kaum eine Arznei«, Torben kratzte sich am Kopf, die Ketten rasselten bei den Bewegungen, und das Reiben der Metallringe verursachte ein schmerzhaftes Ziehen, doch der Rogogarder war zu abgelenkt von den Erkenntnissen des palestanischen Offiziers.

»Oh, bestimmt heilt sie Schlafstörungen«, der Commodore schloss den Ring wieder und legte ihn zurück. »Als ich das entdeckte, habe ich alle Gegenstände untersucht, die in den beiden Seesäcken waren.«

Das nächste Tuch wurde zurückgeschlagen, und Torben sah weitere vier Ringe, diesmal mit kostbaren Rubinen als Schmuck.

»Eine hübsche Kombination, wäre viele Münzen wert«, rutschte es dem Rogogarder heraus. DeRagni grinste, während er die Ringe anzog und sie ins Licht hielt.

»Vermutlich sind die so bereits unbezahlbar, aber diese Juwelen bergen ein Geheimnis.« Der Palestaner ballte eine Faust, drückte sie mit den Ringen nach unten auf die Arbeitsplatte des Tisches und zog sie von rechts nach links.

Es gab ein schabendes Geräusch, die Rubine hinterließen tiefe Furchen im Holz. »Wenn ich jemandem damit ins Gesicht schlüge, würde ihn hinterher nicht einmal sein eigener Vater erkennen.« Der Commodore hielt Torben die Faust direkt vor die Nase. »Diese Steine sind so scharf geschliffen, dass sie einen Menschen nach einem guten Treffer an der richtigen Stelle verbluten lassen.«

Der Pirat zog den Kopf zurück, um sich aus der Reichweite der Schmuckstücke zu bringen.

»Ihr habt Recht, unser Passagier war ein gefährlicher Mann. So etwas hat kaum ein gewöhnlicher Mensch dabei, abgesehen davon, dass sich die wenigsten solche Anfertigungen leisten können. Es sieht aus, als ob er ein gekaufter Mörder gewesen wäre. Assassine, nennt man sie nicht so?«

DeRagni nickte. »Vermutlich hat die Palestanische Flotte einer hoch gestellten Persönlichkeit das Leben gerettet, in dem sie die *Grazie* aufgebracht hat. Aber ich bin noch nicht fertig mit meiner kleinen Vorstellung, denn abgesehen von den ganzen seltsamen Waffen, Giften und anderen Sachen, habe ich noch mehr gefunden.«

Er hob den zweiten Seesack auf den Tisch und räumte ihn aus: drei Perücken, falsche Bärte in allen Variationen, drei verschiedene tarpolische Trachten, Puder, Haarfärbemittel, Münzen unterschiedlicher Währungen und ein getragenes, dunkelbraunes Kleid mit passender Stola und Weste.

»Das ist alles sehr ungewöhnlich.« DeRagni entfernte den Stöpsel von einem kleinen Fläschchen, und sofort verteilte sich schwerer, süßer Parfümgeruch in der Kajüte. »Der Assassine hat wirklich an alles gedacht. Seid Ihr Euch immer noch sicher, einen Mann an Bord Eures Schiffes gehabt zu haben, Rudgass?«

Der Pirat zuckte ratlos mit den Schultern. »Ich glaube gar nichts mehr.«

Der Commodore fixierte ihn wieder mit dem angespannten, neugierigen Blick. »Soll ich Euch etwas verraten? Ich denke, dass Ihr sehr wohl wusstet, wen Ihr da mitgenommen habt.« Der Mann spielte mit den Haaren der dunklen Perücke. »Vermutlich hat Agarsien einen Mörder angeheuert, um mit dessen Hilfe die reichen Kaufleute der besten palestanischen Kontore im Norden Rundopâls zu beseitigen, und ihr rogogardischer Abschaum helft ihnen dabei. Oder hat Rogogard am Ende den Assassinen selbst gekauft?«

»So ein Unsinn.« Torben wollte aufstehen, aber seine Bewacher waren zur Stelle und drückten ihn in den Sitz. »Wir heuern keine Mörder an. Wir entern Schiffe und schlitzen euch dann die Kehlen lieber eigenhändig auf.«

»Ihr könnt sagen, was Ihr wollt. Ich werde Eurem Gedächtnis ein wenig auf die Sprünge helfen, und falls Euch doch noch etwas einfallen sollte, habt Ihr Gelegenheit, es mir mitzuteilen.« DeRagni schenkte sich nach und winkte den Matrosen zu. »Schafft den Piraten an Deck und verpasst ihm zwanzig Hiebe mit der neunschwänzigen Katze. Vielleicht kehrt sein Erinnerungsvermögen zurück, oder es verbessert sich wenigstens ein bisschen. Einen angenehmen Tag wünsche ich, Kapitän.«

»Du hundsfotziger, palestanischer Seeteufel!« Der

Rogogarder wehrte sich gegen die kräftigen Hände, die ihn in die Höhe zerrten und zum Ausgang schleiften, doch die Tage unter Deck hatten ihre Spuren hinterlassen.

Die beiden Matrosen schoben und drückten ihn zurück an die Luft, wo sie ihn über das Geländer auf die Holzplanken des Oberdecks warfen.

Der Sturz war eigentlich nicht sehr tief, und unter normalen Umständen hätte es Torben nichts ausgemacht, doch die Ketten verhinderten, dass er sich abfangen konnte.

So schlug er der Länge nach hin, die Eisenringe rissen die verkrusteten Wunden an den Gelenken wieder auf. Stöhnend versuchte der Pirat, sich zu erheben, doch die Fesseln hatten sich verheddert, sodass er wie ein verschnürtes Kalb auf den Planken lag.

Eine der beiden Wachen schleifte ihn zum Großmast, während die andere die Peitsche vom Haken nahm und sie in einen mit Salz gefüllten Eimer steckte.

Die übrige Besatzung der *Fröhlicher Gruß* hatte die Vorbereitungen bemerkt und versammelte sich allmählich, um das Spektakel mitanzusehen.

Torben warf einen Blick auf die Lederriemen, an deren Enden Glasstücke, Nägel und Eisenspäne eingeflochten waren. Von seiner Haut würde nach zwanzig Schlägen mit diesem Monstrum nicht mehr viel übrig bleiben, und er hoffte inständig, nach dem fünften oder sechsten Hieb ohnmächtig zu werden.

Die Vorkehrungen waren beendet, der Rogogarder stand mit dem Bauch voran am Großmast, die Hände um das glatte Holz gebunden. Die Matrosen und die Soldaten feuerten den Mann mit der Peitsche an, der zwei Schritte Anlauf nahm und mit viel Wucht aus der Drehung zuschlug.

Der Schmerz kündigte sich nicht vorher an, er schoss ohne Vorwarnung heiß und stechend durch den Rücken des Piraten, doch Torben schrie nicht. Die Männer johlten, während die Peitsche erneut traf, diesmal noch stärker. Es fühlte sich an, als ob ihm jemand glühenden Draht über die Haut zog.

Jetzt hagelten die Schläge in schneller Folge auf den Rücken, immer wütender drosch der Matrose zu, um den Rogogarder endlich zum Schreien zu bringen. Nach dem fünfzehnten Hieb legte er eine Pause ein, rieb die Lederriemen mit frischem Salz ein und lockerte den Schlagarm für die letzten fünf Hiebe.

Torben fühlte einen großen, ständigen Schmerz, sein Blick war verschwommen, und eine gnädige Ohnmacht stand kurz bevor. Die Haut hing in rot gefärbten Fetzen herab, Blut lief über die Hose und tropfte auf die Planken.

Die letzten Schläge nahm er nur noch als Nadelstiche wahr, erst als ihm der Eimer mit dem Salz übergekippt wurde, verließen ihn die Kräfte, und er sank lautlos zusammen.

Die Matrosen machten ihn los, trugen ihn zurück unter Deck und befestigten seine Ketten wieder an der Bordwand.

Der Pirat zuckte nicht ein Mal zusammen, als das Meerwasser, das durch undichte Stellen in sein feuchtes Verlies einsickerte, seinen offenen Rücken berührte.

IV.

»Sinured überrannte das unvorbereitete Tarpol, tötete den König und seine ganze Familie und setzte seinen ersten Sohn als Herrscher ein. Danach griff er Rundopâl an, den Verbündeten Tarpols, und besetzte auch dort das ganze Land. Wieder kam einer seiner Söhne auf den Thron.

Zahlreiche Menschen aus Rundopâl und Tarpol wurden verschleppt und nach Barkis gebracht, um als Sklaven zu arbeiten und die neue Hauptstadt des Despoten zu errichten.

Sinured verkündete, dass ihm Tzulans Geist in den Kämpfen beigestanden habe. Ulldrael sei ein zu schwacher Gott, als dass er etwas bewirken könne. Zum Beweis habe ihm der mächtige Kriegsgott versprochen, ihn zukünftig bei all seinen Zügen zu begleiten und zum Sieg zu führen. Die barkidischen Truppen, noch immer benommen von den vielen gewonnen Gefechten, jubelten und verlangten nach weiteren Schlachten.

Und Sinured führte sie nacheinander gegen Borasgotan, Hustraban und Serusien, die ihre Kräfte in gemeinsamen Armeen zu einen versuchten, doch die Macht Tzulans schien größer als die Ulldraels des Gerechten. Tausende von Menschen fielen in den Gefechten, andere wurden nach Barkis verschleppt.

Große Verzweiflung machte sich unter den übrigen Völkern auf Ulldart breit, denn keiner konnte Sinured die Stirn bieten …«

ULLDARTISCHER GESCHICHTSALMANACH,
XXI. Band, Seite 1048

Zwanzig Warst östlich von Umanjansk, Provinz Granburg, Königreich Tarpol, Winter 441 n. S.

Der Gasthof tauchte kurz nach Einbruch der Dämmerung aus dem milchig trüben Zwielicht auf. Aus den Fenstern fiel ein matter Schimmer nach außen und lockte Reisende mit der Aussicht auf eine warme, gemütliche und vor allem helle Unterkunft.

Die Nebelschwaden waren am Ende der Etappe noch dichter über die Straße gewabert, sodass schließlich niemand mehr aus der Gruppe an ein schnelles Vorankommen glaubte. Zu der Kälte gesellte sich ein feiner, dünner Feuchtigkeitsfilm, der sich auf den Mänteln der Wachen und auf den Pferdedecken absetzte, wo er nach einiger Zeit Tropfen bildete, die zu Boden perlten.

Nach der unerfreulichen Episode in der Nähe des Birkenwäldchens hatten Stoiko und Lodrik tief und fest geschlafen, der eine wegen des ungewöhnlich vielen Alkohols, der andere, weil er vorerst keine Lust verspürte, neuerliche Bekanntschaft mit der Provinz Granburg zu machen.

Wann immer der Thronfolger erwacht war, hatte er sich einfach umgedreht und sich aufs Einschlafen konzentriert.

Im Halbschlummer sah er manchmal die Frau, die vor den Hunden floh, dann wurde er plötzlich selbst gejagt, während sein überdimensional großer Vater die borasgotanischen Hunde lachend anfeuerte. Erholsam war der Schlaf gewiss nicht, aber seinem Empfinden nach besser als die Aussicht.

Seit einer halben Stunde saßen sich Stoiko und Lodrik schweigend gegenüber. Beide waren in Gedanken versunken, während die Kutsche langsam ihren Weg über die holprige Straße fortsetzte.

Waljakov erschien am rechten Fenster, zügelte sein Pferd und steckte den Kopf herein.

»Der Gasthof liegt direkt vor uns, in wenigen Minuten müssten wir in der warmen Schankstube sitzen und etwas Warmes zu essen bekommen.«

»Das ist das einzig Erfreuliche, was ich in den letzten Tagen gehört habe.« Der Tadc rutschte auf dem Sitz hin und her, ganz ungeduldig bei der Vorstellung von einem gebratenen Hühnchen mit Gemüse und Kartoffeln, als Nachtisch vielleicht noch ein Stück Torte hinterher.

»Ich denke, dass es in Eurem Sinne ist, wenn ich einen meiner Leute losschicke, der uns vorsichtshalber anmeldet.« Der Leibwächter schaute fragend ins Innere der Kutsche.

»Ja, ja. Das ist eine gute Idee«, stimmte der Tadc zu. »Sie sollen einen Rehbraten für mich vorbereiten. Dazu eine Suppe, Brot, Käse, Kartoffeln ...«

»Ich lasse ausrichten, dass sie das Beste auftischen sollen, Herr«, unterbrach Waljakov die Aufzählung des Thronfolgers. »Aber ich glaube nicht, dass wir in der Gegend mit viel zu rechnen haben, denn Wild habe ich bisher keines gesehen.«

»Ist ja auch kein Wunder, wenn borasgotanische Kampfhunde durch die Gegend laufen«, murmelte Stoiko. »Vermutlich haben die Biester alles zerfetzt, was sich bewegt. Wir können von Glück sagen, wenn der Koch des Gasthofes noch lebt.«

Lodrik zog die Nase hoch und angelte ein Taschentuch aus dem Mantelärmel, um sich kräftig zu schnäuzen. »Ich werde als Erstes eine Steuer auf Kampfhunde einführen«, sagte er. »Oder noch besser, ich werde sie verbieten.«

»Das klingt ja richtig klug, was Ihr da sagt, Herr«, kommentierte der Diener und mimte Überraschung. »Wie seid Ihr denn darauf gekommen?«

»Vor der Abfahrt habe ich mit den Obersteuerbeamten

gesprochen, und die meinten, dass Steuern immer gut sind, um Geld einzunehmen oder Dinge zu verhindern.«

»Da gibt es aber ein paar Schwierigkeiten. Wenn die Hunde einem Adligen gehören, wird es mit der Steuer sehr schwer fallen, eine Summe zu finden, die sie nicht bezahlen können, denn über Geld verfügen die Oberen meistens«, gab Waljakov zu bedenken. »Ein Verbot bringt allenfalls schlechtes Blut und wird die Stimmung bestimmt nicht zu Gunsten des neuen Gouverneurs heben. Jedenfalls nicht unter den Adligen. Außerdem dürfen nur mit der Zustimmung des Kabcar neue Steuern eingeführt werden.«

»Abwarten.« Der Tadc wagte wieder einen Blick aus seinem Fenster. »Ich sehe das Licht vom Gasthof. Immerhin scheint noch jemand da zu sein. Schickt endlich einen Soldaten vor, Waljakov. Ich erwarte einen gedeckten Tisch, wenn ich ankomme.«

Der muskulöse Leibwächter deutete eine Verbeugung an, ritt aus dem Sichtfeld Lodriks und gab mit lauter Stimme Befehle. Die Geschwindigkeit der Kutsche hatte sich erhöht, offenbar sah der Wagenlenker jetzt mehr.

»Wie heißt Waljakov eigentlich mit Vornamen?«, fragte Lodrik plötzlich. »Wir sind nun seit ein paar Wochen unterwegs, aber ich kann mich nicht erinnern, dass eine der Wachen oder du ihn mit seinem vollständigen Namen angesprochen hat.«

»Das ist eine seltsame Geschichte, Herr«, antwortete der Vertraute. »Er kam in die Dienste Eures Vaters, bestand die Aufnahmeprüfung und kämpfte seither in Scharmützeleinheiten. Ich habe mir die Lohnlisten durchgesehen, aber auch dort erscheint nirgends ein Hinweis auf den Vornamen.«

»Vielleicht ist Waljakov ja sein Vorname?«, mutmaßte der Tadc. »Ich werde ihn bei Gelegenheit danach fragen. Auf alle Fälle ist es ungewöhnlich.«

»Ich würde sagen, es passt zu diesem ungewöhnlichen Mann, Herr.« Stoiko machte keinen Hehl daraus, dass es ihm egal war, ob der Leibwächter einen Vornamen hatte oder nicht. »Er ist loyal und ein Garant für Eure Sicherheit. Mehr muss ich derzeit nicht wissen. Und wer weiß, unter Umständen vertraut er Euch das Geheimnis einmal an.«

»Interessieren würde es mich schon.« Lodrik rutschte hin und her. »Wie lange dauert denn das noch? Ich bin wirklich kurz vor dem Verhungern.«

Tatsächlich hielt das Gefährt eine knappe Viertelstunde später vor einem größeren Gehöft, an dessen Haupthaus über der Tür ein Holzschild mit einem aufgemalten Napf genagelt worden war, das mittlerweile reichlich verwittert wirkte.

Lodrik und Stoiko stiegen aus, der Wirt kam heraus und beeilte sich, die hohen Gäste zu begrüßen.

»Solch hochherrschaftlicher Besuch zu einer solchen Stunde ist ungewöhnlich, wenn auch nicht minder ehrenvoll für mich«, sagte der bärtige, leicht dickliche Mann, der ungefähr die Größe des Thronfolgers hatte und intensiv nach Schweiß roch. »Kommt herein und genießt meine Spezialitäten, die ich für Euch zubereitet habe.«

Eine kleine Prozession, bestehend aus dem Tadc, seinem Diener, Waljakov und einem halben Dutzend Soldaten, folgte dem Gutsbesitzer ins Innere des Gebäudes, das von rußenden Talgkerzen beleuchtet wurde.

Der Schankraum war erfüllt von den unterschiedlichsten Düften, sodass keiner der Männer einschätzen konnte, was ihnen am stärksten auf die Riechorgane schlug. Schweiß mengte sich zu Tabak, Küchengerüche schwebten umher, mischten sich mit dem Qualm des offenen Kamins, der wohl nicht richtig zog und den Raum ordentlich mit Rauch eindeckte.

Vier Tische standen wie zufällig verteilt in der Stube, zwei davon waren besetzt.

An dem einen saßen drei Holzfäller, unschwer an den muskulösen Oberarmen und den riesigen Äxten, die neben ihrem Tisch lagen, zu erkennen. Der andere wurde von einer Reisegruppe belegt, die ähnlich durchgefroren wirkte wie die Neuankömmlinge.

Alle hatten tiefe Schüsseln mit einer dunklen, dampfenden Flüssigkeit vor sich, die verdächtig nach Eintopf aussah.

Lodrik warf seinem Diener einen viel sagenden Blick zu. »Ich hoffe, dass das da nicht das Beste ist, was die Küche zu bieten hat.« Er deutete auf die Brühe, die sehr zähflüssig zu sein schien. »Du hast mir versprochen, dass das Essen hier etwas Besonderes ist.«

»Etwas Besonderes wird es zweifelsohne sein«, schätzte Stoiko den Geschmack des Gerichts. »Die Frage ist eher: Überleben wir es?«

Der Wirt kam aus der Küche zurück und führte die Gruppe an die freien Tische, während ein Knecht und eine Magd riesige Krüge mit Bier und zahlreiche Tonbecher anschleppten und den Gästen einschenkten.

»Ich habe nur für Euch den Eintopf eingedickt, Kartoffeln nachgeschüttet und zusätzliche Würstchen hineingegeben, edler Hara¢«, verkündete der dicke Mann stolz. »Ihr könnt in wenigen Minuten essen. Trinkt so lange schon von meinem selbst gebrauten Bier. Ich habe die Rezeptur von meinem Vater.«

Waljakov nippte am Becher des Tadc, zog die Wangen nach innen und schüttelte sich. »Das ist ja verflucht bitter! Aus was ist das Gebräu?«

»Es ist eine Mischung aus Kräutern, Wurzeln und Pilzsud, Herr«, erklärte der Wirt leicht enttäuscht. »Es schmeckt Euch nicht?«

»Bring uns Wasser. Das sollte dir Antwort genug sein«, meinte Waljakov, dem der Ekel deutlich anzusehen war. Die Holzfäller grinsten ungeniert und leerten ihre Humpen in einem Zug.

Lodrik war verstimmt. »Ich hätte es gerne versucht, Waljakov. So schlecht war es bestimmt nicht.«

Der Leibwächter schauderte. »Ihr hättet Euch auf der Stelle übergeben, glaubt mir. Ich weiß nicht, welche Sorten von Pilzen und Wurzeln sein Vater benutzt hat, aber er war gewiss senil oder seine Zunge ohne jede Empfindung.« Waljakov schob sich ein Stück Brot in den Mund, um den Geschmack aufzusaugen, dann spuckte er den Klumpen ins Feuer. »Wenn der Eintopf nur halb so schlimm ist, werde ich den Kerl erschlagen.«

»Wenn der Eintopf wirklich schlecht ist, hast du meine Erlaubnis«, sagte der Tadc huldvoll und schenkte sich von dem Wasser ein, das in der Zwischenzeit gebracht worden war.

Mit der Zeit vertrieb das Feuer die Kälte aus den Körpern der Neuankömmlinge, nach und nach legten sie Mäntel, Handschuhe und Kopfbedeckungen ab.

Waljakov sah mit der glänzend polierten Glatze noch eindrucksvoller aus. Sie verlieh ihm ein brutales Äußeres, das jeden potenziellen Angreifer abgeschreckt hätte.

Stoiko warf einen abschätzenden Blick durch den Raum.

Die Reisegruppe am Nachbartisch unterhielt sich leise und nahm keine Notiz von den Herrschaften, die die Hälfte der Sitzgelegenheiten besetzt hatten, die Holzfäller lachten hin und wieder dröhnend, schlugen die Becher zusammen, dass es laut schallte, und leerten Liter um Liter der bitteren Flüssigkeit.

Nach einer halben Stunde hievte der Wirt mit Hilfe seines Knechts einen großen Topf auf den Tisch des Tadc, die Magd verteilte die Holzteller und -löffel. Waljakov warf sie einen schüchternen Blick zu und errötete.

»Diesmal versuchst du den Eintopf«, sagte der Leibwächter und nickte Stoiko aufmunternd zu.

Sehr vorsichtig kippte sich der Diener mit einer

großen Kelle eine sehr kleine Portion auf den Teller und tauchte den Löffel ein.

»Das Holz wird nicht angegriffen, ein gutes Zeichen«, versuchte Stoiko zu scherzen und schlürfte einen Teil des Eintopfs.

Sein skeptisches Kauen veränderte sich, wurde schneller und seine Miene hellte sich auf. »Es ist gut, etwas rustikal vielleicht, aber gut. Man kann es essen, würde ich meinen.«

Der Wirt nickte begeistert. »Ich habe das Rezept von meinem Va ...«, er sah zu Waljakov hinüber, »meiner Mutter, wollte ich sagen.«

»Ulldrael möge sie segnen«, brummte der Leibwächter und schob den Wirt zur Seite.

Alle am Tisch hatten sich die Schüsseln gefüllt und schaufelten den heißen Eintopf in sich hinein, der wirklich erstaunlich gut schmeckte, und selbst Lodrik war einfach nur dankbar für etwas Warmes im Bauch. Zwischendurch erschien einer der Soldaten und meldete dem Leibwächter, dass sich die Einheit im Stall niedergelassen habe und Essen fasste.

Waljakov ging mit dem Mann hinaus, um sich die Unterbringung persönlich anzusehen und Wachen für die Nacht einzuteilen.

Lodrik lehnte sich auf seinem Stuhl zurück und strich sich über den Bauch, der sich stattlich über den Gürtel wölbte und den Thronfolger erheblich drückte. Kein Zweifel, er hatte sich gehörig überfressen, und auch die anderen Männer am Tisch machten einen äußerst zufriedenen, satten Eindruck. Dem Tadc fielen allmählich die Augen zu.

»Stoiko, ich bin unsagbar müde. Ich will ein Bett und sofort schlafen.«

Der Diener nickte und winkte den Wirt herbei. »Ist das Zimmer für den Hara¢ bereit? Er ist schläfrig und würde sich gerne hinlegen. Ich hoffe, die Unterkunft in deinem Gasthof ist sauber, sonst müssten wir uns über dein Gehöft beschweren oder dein Haus zumindest in schlechter Erinnerung behalten.«

»Keine Angst, Herr.« Der Dicke verneigte sich. »Ich garantiere Euch eine einwandfreie Nachtruhe und einen störungsfreien Schlaf, soweit es in meiner Macht steht.«

Lodrik, Stoiko und die sechs Soldaten standen auf, um sich in Richtung der Treppe zu bewegen, die in die oberen Räume führte, als die Eingangstür aufgerissen wurde.

Kalte Luft und ein paar mutige Nebelschwaden drangen ins Innere, das Kaminfeuer flackerte höher, angefacht durch den Zug, den die offene Tür verursachte.

Die Reaktion der Soldaten war geschult. Drei von ihnen stellten sich vor Lodrik und versperrten einem möglichen Angreifer, aber auch dem Tadc die Sicht, die anderen deckten den Rücken des Thronfolgers und zogen kampfbereit ihre Schwerter.

Die Reisegruppe am anderen Tisch schaute nur überrascht und war offensichtlich zu träge, um zu handeln, während die Holzfäller alarmiert nach ihren Äxten tauchten und von ihren Plätzen aufsprangen, die Gesichter in Richtung Eingang gewandt.

Ein junger Mann in völlig durchnässtem Umhang trat in die Stube, seine Augen verrieten Sorge und große Angst. Die dunkelblonden, feuchten Haare lagen glatt am Kopf, die Haut im Gesicht und an den Händen war rot von den eisigen Temperaturen, durch die er offensichtlich länger unterwegs gewesen war.

Als er die Männer mit den Äxten und gezogenen Schwertern bemerkte, hielt er inne und wollte rückwärts wieder hinaus, doch die muskulösen Oberarme Waljakovs legten sich wie aus dem Nichts von hinten um seinen Oberkörper und drückten die Luft aus den Lungen.

»Was willst du, Junge?« Der Leibwächter schüttelte den bewegungsunfähigen Mann wie eine nasse Ratte, die Füße hingen mehrere Finger breit über dem Boden. »Weshalb stürmst du wie ein Dämon hier rein?«

»Ihr könnt ihn ruhig loslassen, Herr.« Der Wirt kam hinter seiner Deckung, ein mannsdicker Holzpfosten, hervor, warf dem jungen Mann einen bösen Blick zu und strich sich die Schürze glatt. »Er heißt Nurjef der Seiler und kommt aus dem Dorf Olnjak, ganz hier aus der Nähe. Er ist ein Hitzkopf, aber ansonsten harmlos.«

Waljakov hatte seine schraubstockähnliche Umklammerung nicht gelockert, eisern hielt er den Störenfried im Griff und drückte das Regenwasser aus der nassen Kleidung, das in kleinen Bächen zu Boden lief.

Nurjef begann zu japsen und lief immer bläulicher an. »Bitte, gebt mich frei. Ich bekomme keine Luft mehr«, keuchte der Seiler.

Der Leibwächter öffnete die Arme, und der Mann fiel auf die Knie, rang nach Atem und hustete. Mittlerweile waren weitere Wachen in der Schankstube erschienen und umringten den Mann, zwei zogen ihn in die Höhe und setzten ihn auf einen Stuhl.

»Nurjef, was hast du dir dabei gedacht, hier wie ein Wirbelwind hereinzuplatzen?« Der Besitzer des Hofes beugte sich zu dem Seiler hinunter und schlug die Hände zusammen. »Die Herrschaften hätten dich um ein Haar getötet.«

»Es ist doch ohnehin alles vergebens«, murmelte Nurjef und starrte ins Feuer, seine Atemzüge waren noch immer beschleunigt. Waljakov stand direkt hinter ihm und beobachtete jede seiner Bewegungen mit Misstrauen.

Lodrik drängelte sich durch die Soldaten und ging zum Stuhl des Seilers.

»Ich bin Hara¢ Vasja und in naher Zukunft Gouverneur dieser Provinz. Was hast du für einen Grund, auf diese Art und Weise einen Gasthof zu betreten? Ist es ein Notfall?«

Nurjef sah langsam auf, zog die Nase hoch und spuckte aus. »Ich gebe nicht viel auf Statthalter, egal ob sie neu oder alt sind.«

Der Leibwächter machte einen Schritt vorwärts und schlug mit der mechanischen Hand zu, dass das Blut aus dem Mund des Seilers spritzte und der Mann wie vom Blitz gefällt zu Boden fiel.

Die Holzfäller murrten und fassten ihre Äxte fester, die Wachen hoben drohend die Schwerter in ihre Richtung.

Stoiko sah die Gefahr einer handfesten Auseinandersetzung mit den Einheimischen und breitete beschwichtigend die Arme aus.

»Aber, aber, nicht doch. Wir wollen niemanden verletzen.« Er schenkte Nurjef einen kurzen Blick. »Jedenfalls nicht ernstlich.« Der Diener streckte dem Seiler die Hand hin, um ihm auf zu helfen, doch der Mann erhob sich, ohne die Geste zu beachten. Seine Augen sprühten Wut und Zorn, ein dicker Blutfaden sickerte aus dem Mund, die Unterlippe war aufgesprungen.

»Jetzt wisst ihr, warum ich nichts von Herrschaften halte.« Er tupfte sich das Blut mit dem Ärmel ab. »Ich suche meine Frau. Sie wollte heute Morgen in den Wald, um Pilze zu sammeln und Wurzeln auszugraben.« Lodrik verzog angewidert das Gesicht, was der Seiler mit einem verachtenden Lächeln bedachte. »Wir einfachen Leute haben in Granburg nichts anderes zu essen, Herr Gouverneur. Die Adligen, die unter dem Schutz des derzeitigen Statthalters ihren Angelegenheiten nachgehen, beanspruchen dreißig Teile der Ernte für sich und haben die Jagd für uns verboten.«

»Du musst das Benehmen von Waljakov entschuldigen, aber er ist den granburgischen Ton seinem Herrn gegenüber nicht gewohnt.« Stoiko lächelte gewinnend und reichte dem Seiler seinen Becher. »Wohin wollte deine Frau?«

»In den Wald, ungefähr drei Stunden Fußmarsch von hier. Ich mache mir große Sorgen und als ich die ganzen Leute mit gezogenen Waffen sah, bekam ich es einfach mit der Angst zu tun.« Nurjefs Blick hatte sich geändert, die tief sitzende Sorge war zurückgekehrt. »Die Wölfe sind bereits in den Wäldern unterwegs, und eine Schwangere wäre eine leichte Beute.«

»Sagtest du ›Schwangere‹?« Waljakov tauschte mit dem Diener einen schnellen Blick aus und nahm langsam den Ring aus der Tasche, den er der Toten abgenommen hatte. »Ich hoffe inständig, dass es nicht ihr Ring ist, den ich hier habe.«

»Ja, das ist ihr Ring. Ich habe ihn ihr im Frühjahr zu unserer Hochzeit geschenkt. Sie hat ihn aber noch nie abgenommen.« Mit bleichem Gesicht und zitternden Händen nahm der Seiler das schlichte Schmuckstück. »Was ist mit ihr?«

Waljakov öffnete den Mund, aber Stoiko kam ihm zuvor. »Seiler, es tut uns sehr Leid. Deine Frau und dein Kind sind tot.«

Nurjef umschloss den Ring mit der Faust und krümmte sich zusammen, Schluchzer drangen aus seiner Kehle. Lodrik fühlte sich erneut elend.

Einer der Holzfäller trat drohend an den Leibwächter heran. »Was habt ihr mit der Frau gemacht? Habt ihr sie getötet, oder wie seid ihr in den Besitz des Rings gekommen?«

»Hätte ich dann den Ring vorgezeigt? Überlege vorher, bevor du etwas sagst«, sagte Waljakov herablassend und sah den Mann nur kühl an. »Sie wurde von Kampfhunden getötet. Wir konnten nichts dagegen unternehmen, sie war zu weit von uns entfernt.«

Es war mit einem Mal ruhig in der Schankstube, lediglich das Prasseln des Feuers durchdrang die Stille, die sich über den Raum gelegt hatte.

Der Wirt senkte langsam den Kopf, den Mund zu einem dünnen Strich verzogen. Die Holzfäller fassten ihre Äxte so fest, dass die Knöchel weiß hervorstanden, und einer der Kutscher der Reisegruppe murmelte eine Verwünschung.

»Weiß jemand etwas über diese Kampfhunde?«, fragte Lodrik leise und ging zu dem Kutscher hinüber. »Du hast doch etwas gesagt?!«

»Diese Bestien gehören Hara¢ Tarek Kolskoi«, sagte der größere der Holzfäller und ließ die Axt sinken. Sein Freund tat es ihm nach. »Er veranstaltet Jagden zusammen mit dem Gouverneur und dem Brojak Wanko. Er lässt das Wild der Gegend zu Tode hetzen, und wenn einmal zufällig einer der Dorfbewohner im Wald ist, nimmt er auch darauf keine Rücksicht.« Er entblößte den Oberarm, der zahlreiche verheilte Bissspuren zeigte. »Ich habe einen Monat gebraucht, bis ich wieder Bäume fällen konnte. Der Hund hat mich nur deshalb am Leben gelassen, weil sein Herr nach ihm gerufen hatte. Ansonsten wäre ich so tot wie die Frau des Seilers.«

Nurjef sprang mit einem Schrei auf, öffnete die Tür so ungestüm, wie er hereingekommen war, und verschwand in der nebligen Dunkelheit.

»Komm zurück, du Narr. Du wirst irgendwo im Nebel gegen einen Baum laufen oder in ein Sumpfloch fallen.« Der Wirt schaute nach draußen, bis Waljakov die Tür schloss. »Ich hoffe, er macht keinen Ärger.« Der Hofbesitzer ging zurück hinter den Tresen. »Der Hara¢ versteht keinen Spaß, es sei denn er macht selbst einen.«

»Schöne Zustände sind das hier«, sagte Lodrik und schüttelte den Kopf. »Wenn ich Gouverneur bin, ändert sich das, das verspreche ich.«

Er nickte den Soldaten zu, die mit ihm und Stoiko zusammen die Treppe nach oben gingen.

Der Leibwächter bestellte sich beim Wirt einen heißen Gewürzwein und setzte sich schweigend an den Kamin.

Die Reisegruppe zog sich ebenfalls in die Zimmer zurück, auch die Holzfäller verschwanden aus der Schankstube.

Der Wirt brachte Waljakov das dampfende Getränk und nahm nach einer Weile des unsicheren Herumstehens neben ihm Platz.

»Glaubt Ihr, dass der junge Herr tatsächlich etwas ändern kann? Er erscheint mir, mit Verlaub, noch sehr jung, um sich gegen amtserfahrene Männer und Großbauern in den Ratssitzungen durchzusetzen«, meinte der dicke Mann, darauf bedacht, nicht anmaßend zu wirken und seinen Kopf in Gefahr zu bringen.

»Willst du mir irgendetwas sagen, Wirt?« Waljakov, der die ganze Zeit in die herunterbrennenden Flammen gestarrt hatte, schaute gelangweilt. »Du glaubst also nicht, dass der junge Hara¢ die Kraft hätte?«

»Nein, nein«, der Mann gestikulierte beschwichtigend mit den Händen, »so habe ich das nie gesagt. Es ist nur, dass die Menschen große Hoffnungen in ihn setzen werden, wenn er solche Versprechungen macht. Granburg ist nicht so wie die anderen tarpolischen Provinzen. Hier weht der Wind noch rauer als an einer stürmischen Küste. Ich wollte von Euch wissen, ob er das Zeug dazu hat.«

»Ich kenne ihn nicht lange, und wenn ich ehrlich sein soll«, der Leibwächter stand auf, leerte den Becher und drückte ihn dem Mann in die Hand, »verschwende nicht allzu viel Hoffnung, du könntest schrecklich enttäuscht werden.« Waljakov streckte sich und ging hinaus.

Der Wirt spielte mit dem leeren Gefäß, drehte und wendete es in seinen fleischigen Fingern. »Es wäre ja auch zu schön gewesen.«

V.

»Sinured verbot den Glauben an Ulldrael, ließ alle Tempel abreißen, Haine verbrennen, Priester und Mönche töten. Nichts sollte mehr an Ulldrael den Gerechten erinnern, und die Barkiten vergaßen sehr schnell.

Auch in den besetzten Gebieten ordnete er solche Maßnahmen an, und während die Flamme des wahren Glaubens immer mehr erlosch, brannten die Opferschalen zu Ehren Tzulans immer heller und höher in der Dunkelheit, die sich über Ulldart gelegt hatte. Die Himmel verfinsterten sich, es wurde nicht mehr richtig Abend und nicht richtig Morgen, einzig die Nacht war dunkel wie immer. Manche sagten sogar, dunkler als je zuvor.

Sinured peitschte seine willigen Truppen weiter an. Bald gehörten ihm Serusien, Palestan und Agarsien. Auf dem Schlachtfeld erschien er unverwundbar, Pfeile prallten wirkungslos von ihm ab, Schwerter und Keulen fing er mit der bloßen Hand, und seine Gegner, die sich ihm mutig in den Weg stellten, spaltete er mit wenigen Hieben in vier Teile.

Die Kühnsten aus den ulldartischen Reichen fielen dem Barkit zum Opfer, die Ritterschaft wurde kleiner, bis keiner mehr wagte, in einem Gefecht in seine Nähe zu kommen.

Und die Schrecken sollten kein Ende haben ...«

Ulldartischer Geschichtsalmanach,
XXI. Band, Seite 1049

Westtarpolische Küste,
Winter 441 n. S.

Heftig rollte die *Fröhlicher Gruß* von rechts nach links; der kräftige Wellengang brachte das umgebaute Händlerschiff zum Schlingern und schleuderte alles, was nicht vertäut oder in irgendeiner Form festgemacht war, durch die Gegend.

Torben Rudgass rutschte in seinem Holzverschlag hin und her. Kraftlos und halb ohnmächtig hing er an den eisernen Ketten, die verhinderten, dass er mit dem Kopf in der Wasserpfütze endete und zufällig erstickte.

Nach der Folter hatte man ihn hier liegen lassen, die Wunden scheuerten sich an den Planken immer wieder auf, und die Ratten interessierten sich allmählich für den Mann, dessen Abwehrversuche nur noch sporadisch erfolgten.

Der Rogogarder hatte mit seinem Leben abgeschlossen, er rechnete nicht damit, den Aufenthalt unter Deck zu überleben. Richtig wach wurde er schon lange nicht mehr. Er tauchte immer nur kurz aus der fiebrigen Ohnmacht auf, der unruhige Schlaf brachte keine Erholung, zumal das Pfeifen der Ratten zu aufdringlich war. Das Essen, das ihm die Wachen hinstellten, kam lediglich den Tieren zugute, die den Zwieback und die Suppe schneller fraßen, als der Mann die Hand danach ausstrecken konnte.

Die Rollbewegungen des Schiffes wurden immer heftiger, Torben wurde so hart gegen die Bordwand geworfen, dass er mit einem Schmerzensschrei aus dem Halbschlaf erwachte.

Die *Fröhlicher Gruß* ächzte und stöhnte Besorgnis erregend, und der Pirat fragte sich, weshalb der Kapitän nicht einen sicheren Hafen angelaufen hatte, anstatt sie alle in Gefahr zu bringen.

Trotz der Schmerzen zog er sich an den Planken hoch und lauschte aufmerksam auf Geräusche. Nichts war zu hören, nicht einmal die Ratten fiepten.

»Die Ratten sind still«, murmelte der Pirat überrascht und blickte sich um.

Erst bei genauerem Hinsehen entdeckte er die pelzigen Körper, die regungslos im Wasser des Kielraums trieben. Auch um seine Schale mit Suppe lagen tote Ratten.

Torben hob eines der Tiere auf und begutachtete es genauer.

Sehr schnell entdeckte er den schaumigen Speichel im Rachen und rund um das Maul des Nagers. Aus den Nasenlöchern tropfte dünnflüssiger Schleim.

»Verdammt, der palestanische Hund wollte mich doch vergiften.« Torben warf die Ratte weg und stieß die Suppenschale um. »Das hast du dir so gedacht, DeRagni.«

Mit einem lauten Krach rammte die *Fröhlicher Gruß* etwas. Die Planken in Torbens Holzverlies rissen auf, und eiskaltes Meerwasser ergoss sich in einem dicken Schwall über den Piraten und in das Rauminnere.

Der Rogogarder wurde durch den Wasserdruck nach hinten geschleudert, die Kettenhalterungen hatten sich aus dem zerstörten Holz gelöst und den Gefangenen freigegeben. Zwar lagen immer noch die Ringe um Hand- und Fußgelenke, aber er konnte sich bewegen.

Die Freude wurde schnell durch das eindringende Wasser gedämpft, das in Windeseile höher und höher stieg.

Glücklicherweise hatten sich die Wachen nicht die Mühe gemacht, sein Gefängnis sorgsam abzusperren, und so gelang es Torben, den Raum zu verlassen und mit einiger Mühe die steile Leiter zu erklimmen, die nach oben an Deck führte.

Über sich erkannte er durch die Luke einen sturmbewölkten Himmel. Wahre Sturzbäche prasselten auf die *Fröhlicher Gruß* herab, und zerfetzte Segelstücke knatterten laut im peitschenden Wind.

Das Schiff krängte in dem Moment nach Steuerbord, als der Pirat aus der Luke kletterte, der geschwächte Mann verlor das Gleichgewicht und fiel in einen Stapel Seile.

Eigentlich hatte er gedacht, dass ein Aufschrei über Deck ginge, wenn der Gefangene versuchte, in die Freiheit zu flüchten, aber es blieb alles still.

Von der Mannschaft, die bei einem solchen Unwetter damit beschäftigt sein sollte, die Segel zu reffen, fehlte jede Spur. Unkontrolliert surrte das Steuerruder auf dem Oberdeck, die Positionslichter waren verloschen, und das Krähennest war unbesetzt. Die *Fröhlicher Gruß* war zu einem Geisterschiff geworden.

Mit zusammengebissenen Zähnen kam Torben aus dem Seilstapel heraus und kroch auf allen Vieren über die schwankenden Holzplanken in Richtung Kapitänskajüte, in der ein unruhiges Licht flackerte. Der Pirat wollte wissen, was hier vorging, ungeachtet der Schwierigkeiten, die im dadurch blühten.

Die Tür zur Kajüte klappte im Takt der Wellen auf und zu, und auch wenn das Schiff auf einem Felsen oder ähnlichem festlag, hob und senkte sich der Rumpf immer noch, das Krachen und Splittern der Holzverstrebungen wurde lauter. In wenigen Minuten würde die komplette linke Rumpfseite aufgerissen sein, und von da an war es nur eine Frage von Sandkörnern, wann die *Fröhlicher Gruß* auf den Grund sinken würde.

Torben stand auf und wankte hinein, die Ketten klirrten hinter ihm her.

DeRagni lag mit dem Gesicht nach oben auf dem Schreibtisch, aus seiner Brust ragte sein eigener Degen, der ihm mit Wucht durch den Leib gerammt worden war und ihn auf der Arbeitsplatte des Tisches fest hielt, sodass er trotz des Seeganges nicht herab rollte.

Die Augen des Palestaners waren weit aufgerissen, als habe er sich im Tod sehr erschrocken, das Entsetzen stand ihm ins Gesicht geschrieben. Die Sachen des geheimnisvollen Passagiers fehlten, die beiden Seesäcke waren verschwunden.

Der Pirat konnte sich keinen Reim darauf machen. Seine vagen Vermutungen gingen in Richtung Meuterei der Mannschaft, die vielleicht den wertvollen Schmuck haben wollte.

Ein neuerlicher Ruck zeigte dem Rogogarder, dass er nicht mehr allzu viel Zeit hatte, und so verließ er die Kajüte, um nach einer Möglichkeit zu suchen, die ihn von Bord des verfluchten Schiffes bringen konnte.

Das große Beiboot pendelte, so bemerkte er zurück an Deck, in seiner Halterung.

»Also doch keine Meuterei«, sagte sich Torben, der sich an einem herunterhängenden Seil fest halten musste, um nicht über die Reling gespült zu werden. »Aber wo sind die Männer abgeblieben?«

Mit dem Boot jetzt in See zu stechen wäre bei diesem Wellengang Selbstmord, außerdem konnte er in seinem Zustand die Winde nicht bedienen, um es zu Wasser zu lassen. Also brauchte er eine andere Lösung.

Der Mann beschloss, in der Kombüse nach einem leeren Fass zu suchen, das ihn beim Kentern des Schiffes vor dem Ertrinken bewahren sollte.

Der Weg dorthin schien ihm unendlich weit. Obwohl der Sturm sich allmählich legte, spülte das Meer immer noch eine Woge nach der anderen über Deck, die letzte hätte ihn beinahe über Bord geworfen.

In der Kombüse erwartete ihn die nächste Überraschung. Der Smutje lag ausgebreitet neben der Kochstelle, vor dem Mund hatte sich der gleiche Schaum gebildet, den Torben bei der toten Ratte gesehen hatte; dünner Schleim sickerte aus der Nase des Mannes.

»Das kommt davon, wenn man von der Ration des Gefangenen isst.« Der Pirat stieg über den Toten, taumelte zuerst gegen den Arbeitstisch und dann gegen den erloschenen Herd, bis er bei den Vorratsfässern angelangt war.

Noch immer fand er keine Erklärung für die Sache, die an Bord vorging, aber dafür war ihm die Zeit zu kostbar, um länger darüber nachzugrübeln.

Eines der Fässer erschien ihm recht. Schnell kippte er das Sauerkraut bis auf einen kleinen Rest auf den Boden, dann suchte er den Deckel des Behälters, steckte sich ein paar Küchenmesser ein und kehrte mit seinem Fund schweratmend an Deck zurück.

Seine Lunge brannte wie Feuer, die Muskeln an Armen und Beinen zitterten, und nur noch mit äußerster Anstrengung gelang es ihm, in das Fass zu klettern.

Er wollte gerade den Deckel aufsetzen, als er die dunkle Gestalt bemerkte, die sich an der Winde des Beibootes zu schaffen machte.

Sie trug die Kleidung eines palestanischen Seemannes, doch an der Seite hing ein für Mannschaftsmitglieder eher ungewöhnliches Kurzschwert.

Offensichtlich hatte der Palestaner Torben und sein Sauerkrautfass, das hinter dem Großmast und im Rücken des Unbekannten stand, nicht bemerkt, oder er war zu sehr in seine Arbeit vertieft. Auf alle Fälle kümmerte er sich nicht um den ausgebrochenen Piraten.

Der Rogogarder sah die beiden Seesäcke des Fremden im Beiboot liegen, und er war sich sicher, dass sie sich vor wenigen Minuten noch nicht dort befunden hatten.

Torben kam allmählich ein seltsamer Verdacht. Sollte sein geheimnisvolle Passagier doch nicht mit der *Grazie* untergegangen sein? Hatte der Fremde vielleicht die Mannschaft vergiftet und den Kapitän getötet?

Die *Fröhlicher Gruß* rutschte knarrend ein Stück tiefer, das Fass kippte um und rollte in Richtung Reling.

Gerade noch rechtzeitig hatte sich der Pirat in das Innere des Behälters zurückgezogen und den Deckel mit dem Griff nach innen aufgesetzt.

Die heftigen Drehungen verursachten ihm Übelkeit, doch er klammerte sich an den Henkel und zog ihn fest zu sich heran, um das Fass so dicht wie möglich zu schließen.

Der Behälter polterte gegen irgendetwas und kam zum Stehen. Torben nutzte die kurze Phase der Ruhe und zog die Ketten durch den Griff, um mehr Zugkraft aufbringen zu können.

Dann legte sich die *Fröhlicher Gruß* nach Steuerbord, rutschte von dem Felsen, auf den sie aufgelaufen war, und begann zu sinken.

Das Fass rollte los, hüpfte über die Reling und plumpste ins Wasser.

Der Pirat betete zu allen Göttern, dass sie ihn beschützen sollten. Der Behälter erwies sich als leidlich wasserdicht, nur wenige Tropfen Flüssigkeit sickerten am Deckel durch, während Torben einen wilden Ritt auf den Wellen absolvierte.

Nach einer scheinbaren Ewigkeit verließen in die Kräfte, aber auch der Sturm schien schwächer zu werden.

Mit Hilfe der Messer und ein paar Kettengliedern verkeilte er den Deckel, dann schloss er vor Müdigkeit und Erschöpfung die Augen und glitt in tiefe Dunkelheit.

Torben erwachte mit dem beißenden Geruch von Sauerkraut in der Nase, und vorsichtig schlug er die Augen auf.

Der Deckel des Fasses war weg, sodass der Pirat den hellen, feinen Sand sehen konnte, auf dem der Behälter gestrandet war. Das Meer plätscherte leise, kleinere Wellen liefen den Strand hinauf, an dem Muscheln, Seetang und Treibholz angespült lagen. Die Sonnen versteckten sich irgendwo hinter dem Nebelschleier, und es war empfindlich kalt.

Jetzt erst bemerkte der Rogogarder, dass er am ganzen Leib zitterte und erbärmlich fror. Mit steifen Gliedern kroch er aus dem Fass, über und über mit dem restlichen Sauerkraut behangen, das er eigentlich als Proviant für die Tage auf See vorgesehen hatte.

Es roch intensiv nach frischem Tang, und so wie der Strandabschnitt aussah, über den er sich gerade schleppte, musste der Sturm der letzten Nacht verheerend gewesen sein.

Schwerfällig rollte sich der Pirat nach ein paar Metern auf den Rücken und betrachtete die Sonnen, die als graue, helle Bälle durch den Dunst schimmerten.

»Überlebt hast du, jetzt musst du sehen, wie's weitergeht«, murmelte Torben zähneklappernd. Noch hatte er keine Ahnung, wo er sich befand.

Langsam wälzte er sich auf die linke Seite und sah direkt vor sich das Fundament einer Kaimauer, nur wenige Zentimeter von seinem Gesicht entfernt.

Da er spürte, dass seine Beine jeden weiteren Dienst verweigerten, verlegte er sich auf lautes Rufen, in der Hoffnung, ein Fischer oder Spaziergänger würde ihn hören.

Tatsächlich vernahm er nach einer Zeit Schritte, die im Sand knirschten und sich ohne Zweifel auf ihn zu bewegten.

»Siehst du, ich habe gleich gesagt, dass jemand überlebt hat«, sagte eine ältere Frau, die eine Spur Triumph in ihrem Tonfall hatte.

»Die Möglichkeit war aber sehr gering, das musst du zugeben, Laja«, hielt eine zweite Frau dagegen. »So wie das Schiffswrack dort drüben auf den Klippen aussieht, muss der Steuermann so blind wie der alte Dubjuschek gewesen sein.« Beide sprachen Ulldart, allerdings mit einem stark rollenden »r« in den Wörtern, sodass sich der Pirat sicher war, an der tarpolischen Küste gelandet zu sein.

»Dich möchte ich mal am Steuer eines solchen Kahns sehen, wo du noch nicht einmal mit einem Ruderboot geradeaus fahren kannst«, lachte die Ältere, die Schritte kamen immer näher. »Sieh mal. Er hat die Augen auf.«

»Und er trägt Ketten und ist von oben bis unten voller Sauerkraut«, fügte die andere trocken hinzu, die plötzlich in Torbens Gesichtsfeld auftauchte und sich zu ihm hinunter beugte. »Verstehst du mich?«

Torben nickte schwach. »Hilfe«, flüsterte er, das laute Rufen hatte seiner Stimme den Rest gegeben. Er sah inzwischen alles verschwommen und so undeutlich, dass er sogar ein Walross für einen Menschen gehalten hätte.

Jetzt erschien auch die zweite Frau, die sich auf einen Stock stützte und den Rogogarder mit zusammengekniffenen Augen musterte. Dann wurde ihre Miene eine Spur freundlicher.

»Keine Angst, Junge. Wir kriegen dich wieder auf die Beine.« Sie klopfte mit dem Stockende an die rechte Handgelenkfessel, Torben zuckte zusammen. »Die werden wir dir auch abnehmen, sobald wir dich in mein Haus verfrachtet haben.«

Weitere Schritte kamen über den Strand, eine leise Unterhaltung klang zu den dreien herüber, die sich mit der Herkunft des Mannes beschäftigte.

»Ihr könnt euch später noch Gedanken machen, wo er herkommt und was er ist. Er braucht jetzt erst mal Pflege. Kommt her und bringt ihn in mein Haus.«

Der Mann schloss müde die Augen, hilfreiche Hände hoben ihn auf eine Bahre und trugen ihn vom Strand weg.

Torben erlebte alles wie im Traum, der Weg durch das

Dorf, vorbei an staunenden Kindern und Erwachsenen, das Betreten das Hauses seiner Wohltäterin und endlich das Liegen in einem weichen Bett, in dem er sofort einschlief.

Ein stechender Schmerz im Rücken ließ ihn schreiend erwachen. Er lag auf dem Bauch, seine Kleider fehlten, und etwas brannte fürchterlich auf seinem Schulterblatt. Doch als er versuchte, sich aufzurichten, drückten ihn Hände sanft, aber bestimmt wieder zurück auf das Lager.

»Du wirst stillhalten, sonst bekomme ich den Sand niemals aus deinen Wunden gewaschen«, sagte die ältere Frau, die am Strand Laja genannt worden war. »Es sieht schlimm aus, aber es gibt keine Verletzung, die ich bisher nicht geheilt bekommen habe.« Wieder stach es, aber Torben war diesmal auf den Schmerz vorbereitet und knurrte nur leise. »Schon besser, Junge. Du hast es gleich überstanden, danach bekommst du eine schöne heiße Suppe, die dich wieder zu Kräften bringt.«

»Ich heiße Torben Rudgass, nicht Junge.« Der Pirat versuchte den Kopf zu drehen, konnte die Frau aber nicht sehen. »Ich habe mich noch gar nicht bedankt, dass man mir die Fesseln abgenommen hat.«

»Unser Schmied ist ein sehr geschickter Mann, der mit dem Hammer sehr gut umzugehen weiß. Er hat deine Ketten gesprengt, ohne auch nur die Haut zu ritzen.« Laja strich ihm über den Kopf. »Keine Angst, du bist hier in Sicherheit. Später wird der Richter herkommen und dich befragen wollen. Er ist natürlich neugierig, was für ein Schiff das war und was du dort gemacht hast.«

Torben überlegte fieberhaft. »Ich sollte als Sklave verkauft werden, es waren palestanische Händler, die ...«

»Nein, nein. Mich interessiert es nicht«, unterbrach die Frau ihn.

Der Pirat hörte, wie sie aufstand, etwas vom Tisch nahm und zum Kopfende des Bettes kam. Er roch die Suppe, bevor er sie sah, und sie weckte einen enormen Hunger in dem Rogogarder.

Dann stand Laja vor ihm und hielt ihm die tiefe Schüssel hin.

Die Frau war um die Fünfzig, hatte langes, schwarzes Haar mit grauen Strähnen darin und ein freundliches, wettergegerbtes Gesicht. Die braunen Augen strahlten eine gewisse Sanftmut aus, verrieten aber gleichermaßen Energie und starken Willen. Sie trug eine abgetragene, dunkelbraune Tracht mit grünen und dunkelgelben Stickarbeiten, die linke Hand ruhte auf dem Stockgriff.

»Iss das.« Laja reichte Torben das Gefäß mit der dampfenden Flüssigkeit. »Du musst dich stärken, bevor der neugierige Kerl herkommt. Ich bin nebenan in der Küche, wenn du mich brauchst.«

»Danke. Für die Freundlichkeit und die Pflege stehe ich in deiner Schuld.« Der Pirat machte sich über die Suppe her, die mit extra viel Fleisch zubereitet worden war, und gönnte sich hinterher ein kleines Schläfchen, das aber nur kurz dauerte, weil sich der Richter mit viel Getöse in der Stube ausbreitete und Torben ohne Rücksicht auf dessen Zustand verhören wollte.

Der Pirat erzählte dem Mann die Geschichte, die er sich im Halbschlaf ausgedacht hatte. Er wäre ein Fischer gewesen, der von palestanischen Händlern als Sklave verkauft werden sollte. Das Schiff sei eine Sonderkonstruktion für Sklavenjagd auf See gewesen, mit dem die Händler andere Schiffe aufgebracht hatten. Im Sturm hatte er sich befreien und mit dem Fass absetzen können.

Der Richter nickte viel, lauschte gebannt und verstand das Ganze wohl eher als Märchenstunde, die ein bisschen Abwechslung in das ansonsten langweilige

Dorfleben brachte. Zum Schluss wünschte er ihm gute Besserung und sagte ihm alle Hilfe der tarpolischen Regierung zu, die er brauchte, um zurück in sein Heimatdorf zu kommen. Danach verabschiedete er sich und ging.

Laja stand in der Tür, beide Hände auf den Stock gestützt, und lächelte wissend.

»Du bist ein großartiger Geschichtenerzähler, Torben Rudgass. Der alte Narr mag dir vielleicht glauben, aber ich nicht.«

Der Pirat spürte ein leichtes Unbehagen, die Blicke der Frau schienen jeden Winkel seiner Gedanken zu durchdringen und ihn der Lügen, die er dem Mann aufgetischt hatte, zu überführen.

»Ich bin aber wirklich ein Fischer gewesen, der …«

»Du bist zur See gefahren, das stimmt. Aber du hast nicht die üblichen Schwielen eines Fischers. Außerdem trägt dein Körper alte Narben, die man sich nicht an Netzen, sondern an Schwertern oder Dolchen holt. Ich denke, du bist ein Pirat, der von den Palestanern gefangen genommen wurde.« Laja kam zu ihm ans Bett, wobei sie den rechten Fuß etwas nachzog. »Ich mag die Palestaner auch nicht, Torben, und deshalb bist du mir herzlich willkommen.«

Der Rogogarder kratzte sich verlegen am Kopf. »Und ich dachte, ich sei überzeugend.«

»Für den Alten, ja«, winkte sie ab und lachte. »Und weil er nicht der Hellste ist, haben wir ihn ja auch gewählt, aber jeder im Dorf, der nur einen Funken Grips im Kopf hat, wird sich die Wahrheit oder zumindest einen Teil davon denken können. Keine Angst, wir alle bevorzugen den Handel mit Rogogard, anstatt teure Ware aus Palestan zu kaufen. Deshalb habe ich gesagt, du bist hier sicher.«

»Aber was ist, wenn jemand dem Richter die Wahrheit sagt?« Torben verzog das Gesicht, als er eine unachtsame Bewegung machte und sich die Wunden auf seinem Rücken schmerzhaft zurückmeldeten.

»Keiner der Bewohner wird dich beim Richter anzeigen, dafür garantiere ich.« Laja sah dem Piraten in die Augen. »Du wirst lange brauchen, bis du wieder richtig auf den Beinen stehst.«

»Ich habe alle Zeit der Welt, denn ich habe kein Schiff und keine Mannschaft mehr.« Der Rogogarder schaute aus dem Fenster und betrachtete die Sonnen, die durch die verschneiten Bäume schienen. »Und ich wäre auch besser mit meinen Leuten zusammen gestorben, glaube ich.«

Laja drückte unvermittelt mit dem Stock auf den Verband, und Torben war so überrascht, dass er einen Schmerzensschrei ausstieß.

»Die Schmerzen zeigen dir, dass du überlebt hast. Es war der Wille der Götter und des Meeres, dass du weiter auf dem Lebenspfad läufst, wie es dir bestimmt ist. Wären die Götter anderer Meinung gewesen, würdest du auf dem Grund der See liegen. Also sei nicht wehleidig und undankbar, sondern fang von vorne an.«

Der Pirat schwieg und sah Laja mit funkelnden Augen an.

»Ich wollte nur, dass du dich daran erinnerst, Torben.« Die Frau verließ das Zimmer. Der Mann war allein und überdachte die Worte seiner Wohltäterin.

Nach kurzer Zeit kehrte sie zurück und brachte die nächste Schüssel mit Suppe, die einem Fischeintopf sehr ähnlich war. Als sie gehen wollte, hielt Torben sie am Handgelenk fest.

»Du hast Recht mit dem, was du vorhin gesagt hast. Es tut mir Leid, wenn ich wie ein selbstmitleidiges Kind geklungen habe.«

Laja lächelte wieder. »Du bist nicht nur ein zäher Mensch, du hast auch noch Verstand dazu. Das gefällt mir an einem Mann.«

»Habt ihr am Strand noch andere gefunden? Tote vielleicht?«, fragte der Pirat, während er sein Essen hineinschaufelte. Die Frau schüttelte den Kopf.

»Das war eigentlich sehr seltsam. Niemand außer dir wurde angespült, nur ein paar Sachen vom Schiff und die Trümmer eines Beibootes.«

Torben verschluckte sich. »Die Trümmer eines Beibootes, sagst du? Lagen vielleicht noch zwei große, lederne Seesäcke darin? Das ist sehr wichtig für mich.«

Laja musterte ihn aufmerksam. »Ich weiß es nicht. Die Männer und Frauen des Dorfes haben den Strand direkt nach dem Sturm gefleddert und alles, was einigermaßen wertvoll ausgesehen hat, mit nach Hause genommen. Ich wollte auch etwas haben, aber ich fand nur dich.« Sie kicherte. »Warum?«

Torben verfluchte seine Verletzungen und die Schwäche, die ihn daran hinderten, sich den Strand selbst anzusehen. »Laja, ich muss dir eine seltsame Geschichte erzählen.«

»Ich hoffe, es ist keine Lügengeschichte, wie du sie dem Richter angedreht hast«, meinte sie und hob scherzhaft den Stock, wurde aber mit einem Schlag ernst, als sie sah, wie wichtig Torben die Sache zu sein schien. »Es geht vermutlich um das Schiff, oder? Ich habe mir schon Gedanken darüber gemacht, weshalb der Kapitän oder der Steuermann nicht rechtzeitig einen sicheren Hafen angelaufen haben, anstatt vor der klippenreichen Küste zu kreuzen.« Sie setzte sich auf einen Schemel.

Der Pirat nickte. »Das ganze Unglück begann in Gustroff«, sagte er und schilderte den geheimnisvollen Fremden, dessen seltsame Ausrüstung und was er in jener Sturmnacht an Bord der *Fröhlicher Gruß* alles gesehen hatte.

Am Ende der Erzählung wirkte Lajas Gesicht sehr interessiert. »Glaubst du, er hat sich irgendwie an Bord des palestanischen Händlers geschlichen und die Mannschaft vergiftet?« Die Frau spielte nachdenklich am Knauf des Stocks.

»Ich bin auch zu der Vermutung gekommen, gerade weil DeRagni dieses seltsame weiße Pulver im Ring gefunden hatte. Was wäre, wenn der Fremde noch mehr von diesem Zeug gehabt und es heimlich in den Topf geschüttet hätte?« Torben war ganz aufgeregt.

»Möglich wäre das schon«, stimmte Laja zu. »Es gibt solche Mittel, aber es müsste schon ein sehr starkes Gift gewesen sein, das eine ganze Mannschaft schnell töten kann. Vermutlich hat er die Leute nur deshalb kurz vor dem Sturm umgebracht, weil er sich mit der See und dem Wetter nicht auskannte. Das erklärt auch, weshalb das Schiff in die Klippen gerast ist. Und DeRagni hat er getötet, weil er vermutlich nichts von dem Eintopf zu sich genommen hatte. Du sagtest, du hast in der Nacht eine Gestalt mit einem Kurzschwert an der Winde des Beibootes gesehen?«

Der Pirat nickte. »Jeder, der sich nur ein bisschen mit dem Meer auskennt, weiß, dass ein Beiboot der palestanischen Bauart im Sturm schneller kentert, als ein Stück Blei im Wasser sinkt. Er hätte sich besser auch ein Fass gesucht wie ich.«

»Was erneut dafür spricht, dass der Fremde wenig Kenntnis von der Seefahrt besaß, was ihn letztendlich das Leben gekostet hat«, ergänzte Laja mit zufriedenem Gesicht und stampfte mit dem Stock auf. »Er hat seine Strafe für den Mord an den Menschen erhalten, auch wenn es nur Palestaner waren.«

»Es hätte mich schon interessiert, wie der Assassine es geschafft hat, an Bord der *Fröhlicher Gruß* zu kommen und so lange unentdeckt zu bleiben«, murmelte Torben, der eine zunehmende Müdigkeit spürte. Ein ausgedehntes Gähnen ließ sich nicht länger unterdrücken.

»Ich glaube nicht, dass es dir der Assassine gesagt

hätte, wenn du ihm begegnet wärst.« Sie deckte ihn vorsichtig zu. »Du schläfst jetzt besser. Wir können später noch darüber reden. Gute Nacht, Torben.«

Laja stand vom Schemel auf und ging hinaus.

Der Rogogarder versank in kürzester Zeit in unruhige Träume, die sich immer wieder um den geheimnisvollen Passagier drehten, der so vielen Menschen einen heimtückischen, qualvollen Tod gebracht hatte.

VI.

»Und Sinured opferte Tzulans Geist Menschen in großen Mengen. Manche sagen, es waren so viele, dass sie tausend große Kornspeicher gefüllt hätten. Er machte keinen Unterschied, ob Mann oder Frau, ob Kind oder Greis, selbst Säuglinge wurden zu Ehren des Gebrannten Gottes auf abscheulichste Art und Weise getötet.

Und Tzulans Geist verlangte mehr und mehr. Sinured gab ihm reichlich und vergrößerte das Wohlwollen des Gebrannten Gottes. Seine Soldaten fingen die Menschen wie das Vieh und trieben sie auch wie Schlachtvieh zu den Altären und Opferstätten. Der Boden färbte sich rot, und an manchen Stellen entstand ein Sumpf von Blut, so gesättigt war das Erdreich.

Der Hunger des Gebrannten Gottes war letztendlich so gewaltig, dass Sinured ganze Städte zu Ehren Tzulans verbrannte. Die Tore wurden von außen mit mächtigen Baumstämmen und Felsen verbarrikadiert, ringsherum zogen Bogenschützen auf, die jeden Flüchtling, der versuchte, den Flammen in der Stadt über die Mauer zu entkommen, abschossen und zurück in das Innere warfen.«

ULLDARTISCHER GESCHICHTSALMANACH,
XXI. Band, Seite 1050

Provinzhauptstadt Granburg, Königreich Tarpol, Winter 441 n. S.

Nach dem Aufenthalt im Gasthof benötigte die Reisegruppe des Tadc noch weitere drei Tage, bis sie in Sichtweite der Provinzhauptstadt Granburg kam. Kurz vor der Abreise hatte es zu schneien begonnen, zuerst in ganz kleinen, zarten Flocken, dann wurden die Kristalle immer dicker, und der Schnee fiel so dicht, dass die Fernsicht erheblich eingeschränkt wurde. Ein Umstand, den der kahlköpfige Leibwächter aufs Äußerste verwünschte.

Ein weißes, eiskaltes Leintuch legte sich über die Landschaft, schluckte jedes Geräusch und zauberte eine unheimliche Stille über die Provinz, die Lodrik stets dann auffiel, wenn die Gruppe eine Pause einlegte.

Waljakov schien, wie immer während der gesamten Reise, an allen Ecken des Trosses gleichzeitig zu sein und gönnte seinem Schlachtross keine ruhige Minute. Die Stimmung, die durch die Vorkommnisse im Gasthof merklich gedrückt worden war, hob sich allmählich wieder, abgesehen von der Nörgelei Lodriks über das bescheidene und keineswegs vorzügliche Essen.

Der Tadc hegte nach wie vor die Absicht, etwas gegen den Adligen und dessen mörderische Kampfhunde zu unternehmen. Stoiko hatte sich aus dem Gepäck die Gesetzesbücher herausgeben lassen, die sich mit der Rechtsprechung und Urteilsfällung beschäftigten.

»Eigentlich solltet Ihr das machen, Herr. Es ist Eure Aufgabe als zukünftiger Gouverneur, Menschen zu richten, und ohne das Wissen über die Gesetze wird es Euch sehr schwer fallen.« Der Diener blätterte in den Seiten des dicken Werkes. »Und was ich bisher gelesen habe, sieht es für eine Bestrafung sehr schlecht aus. Das einzige wäre, den Adligen zu zwingen, dem Seiler eine

Entschädigung zu zahlen, vorausgesetzt die Frau ist nicht seine Leibeigene gewesen.«

»Ich kenne die Gesetzestexte des Königreiches, die auch in allen Provinzen gelten, Stoiko. Die Seiten noch mal zu lesen langweilt mich. Ich verlasse mich lieber auf meine Intuition. Oder was meinst du?«

Stoiko klappte den Wälzer zu, dass es staubte. »Ihr macht es Euch ein wenig zu leicht, Herr. Ihr seid in Granburg nicht der Tadc, dem alle gehorchen müssen, sondern der Sohn eines Hara¢, der jede seiner Entscheidungen als Gouverneur mit den entsprechenden Passagen im Kodex rechtfertigen muss.« Der Diener reichte Lodrik das Buch, das er sichtlich unwirsch entgegennahm.

»Ich mag es nicht, wenn andere Recht haben«, murmelte der Tadc und vertiefte sich in die Paragrafen, aber nur um festzustellen, dass sein Diener die Wahrheit gesprochen hatte. Der Adlige war, so Leid es dem Jungen tat, in diesem Fall nicht angreifbar.

Die Kutsche hielt an, die Gruppe hatte das Stadttor erreicht, an dem vier Wachen in dicken Mänteln alle Neuankömmlinge kontrollierten.

Als sie Eskorte und Gespann sahen, nahmen sie vorsichtshalber Haltung an, einer lief los, um den Kommandanten zu holen.

Waljakov saß ab und verschwand zusammen mit fünf der Leibgardisten im Wachturm, um die hoheitlichen Reisedokumente, ausgestellt vom Minister für Wasser- und Straßenwege persönlich, abzugleichen, die den problemlosen Eintritt in die Stadt erlaubten.

Nach etlichen Minuten Aufenthalt kehrte der Leibwächter zurück, kletterte in die Kutsche und erstattete Stoiko und dem Tadc Bericht.

»Wir sind nicht unbedingt willkommen hier, das hat mir der Kommandant des Wachpersonals ziemlich deutlich gemacht. Es hat sich herumgesprochen, dass der alte Gouverneur sein Amt abgeben muss, und es scheint, als wäre er zumindest bei den Soldaten beliebt.« Er suchte ein Stück Papier aus seiner Tasche. »Das ist der Plan, nach dem wir zum Gouverneurspalast finden. Ich hätte nicht gedacht, dass die Stadt so groß ist.«

»Also, los. Ich will in ein großes warmes Zimmer mit heißer Milch und einem warmen Bad«, sagte Lodrik ungeduldig. »Wir waren mehr als einen Monat unterwegs, und ich habe Lust auf Kekse.«

»Ich bin schon unterwegs, Herr.« Waljakov verneigte sich und kletterte ins verschneite Freie, kurz danach setzte sich der Tross wieder in Bewegung.

Lodrik schaute neugierig aus dem Fenster des Gefährts und versuchte, einen Eindruck von der Stadt zu erhalten, in der er als Gouverneur die nächste Zeit herrschen sollte.

Die wenigen Leute, die er auf den breiten Hauptstraßen sah, waren vermummt bis zum Haaransatz, zogen Schlitten mit Brennholz hinter sich her oder hatten dicke Bündel Reisig unterm Arm. Keiner würdigte die Kutsche eines Blicks und wenn doch, dann geschah es eher flüchtig und ohne großes Interesse.

Die großen Fachwerkhäuser wirkten grau und verlottert, scheinbar fehlte den meisten Bewohnern das Geld, um ihre Behausungen richtig in Ordnung zu halten. Hochbetrieb herrschte lediglich in den Gaststätten, an denen sie vorbeifuhren.

Hinter den bunten, beschlagenen Glasfenstern erkannte Lodrik schemenhaft breite Gestalten, die Krüge und Gläser schwenkten, ab und zu drangen lautstarke Gesänge durch das Glas nach außen, die für den zukünftigen Gouverneur mehr nach spontanem Gegröle als nach eingeübten Noten klangen.

Der Tadc schüttelte sich, als er an den Geruch des Wurzel-, Rinden- und Pilzbieres im Gasthof denken musste. Unbegreiflich, dass jemand so etwas freiwillig trinken konnte.

Als sie die *Goldene Kugel* passierten, wurde ein betrunkener Gast vom Wirt auf die verschneite Straße befördert und beinahe von der Leibwache des Tadc niedergetrampelt. Erst im letzten Moment wichen die Berittenen aus, der Mann erhob sich und torkelte orientierungslos zwischen den Pferdeleibern von rechts nach links.

Waljakov zügelte sein Tier und drängte den Betrunkenen an den Straßenrand, wo er ihn mit einem kraftvollen Tritt in den Rücken in die Nebengasse beförderte.

»Die Granburger versuchen offensichtlich, ihre Sorgen im Alkohol zu ertränken«, meinte Stoiko, der aus dem anderen Fenster schaute und den Vorgang beobachtete. »Keine sehr ansehnliche Provinzhauptstadt, wenn Ihr mich fragt, Herr.«

Lodrik hatte den Gouverneurspalast entdeckt, der im Gegensatz zu allen anderen Gebäuden durch die protzige Fassade und die Blattgoldarbeiten aus der Masse herausragte, und klatschte begeistert in die Hände.

»Sieh mal, dort werden wir wohnen, Stoiko. Ist das nicht schön?«

»Immerhin scheint einer zu wissen, wie man in dem Elend gut leben kann.« Der Diener zog die Handschuhe straff. »Ich bin gespannt, wie Gouverneur Wasilji Jukolenko aussieht. Er regiert schon mehr als sechs Jahre in dieser Provinz, das wird seine Spuren hinterlassen haben.«

Lodrik kratzte sich am Kinn, an dem ein paar Büschel einsamer Barthaare juckte. »Der Kabcar hat gesagt, dass er ihm ein Dorn im Fleisch wäre. Weshalb eigentlich, Stoiko?«

»Soviel ich weiß, kritisiert er den Herrscher bei den Adligen von Granburg, bemängelt seine Außenpolitik und seine Innenpolitik. Er ist ein reaktionärer Mensch, der dem Adel gerne wieder seine volle Machtposition zusprechen und Tarpol am liebsten in selbstständige Grafschaften umwandeln würde«, berichtete Stoiko. »Er hetzt die Mächtigen der Provinz gegen Euren Vater auf, natürlich ganz versteckt und ohne Zeugen. Der Kabcar hat nur zufällig von den Machenschaften gehört, konnte aber Jukolenko noch nichts nachweisen.« Der Diener suchte nach der Lederrolle, in der die Einsetzungsurkunde von Lodrik wasserdicht aufbewahrt lag, und balancierte sie auf der flachen Hand. »Diese Papiere bedeuten inoffiziell die Abstrafung des Gouverneurs für das Gerede und die kleinen Spielchen, die er seit Jahren betreibt. Die Adligen und Jukolenko werden sehr wohl wissen, was die Absetzung bedeutet.«

Die Kutsche fuhr in den kopfsteingepflasterten Innenhof des Palastes und kam zum Stehen.

Der Leibwächter öffnete den Wagenverschlag und half Lodrik aus dem Inneren des Gefährts.

Heimlich hatte der Tadc mit einem roten Teppich oder wenigstens einer Ehrengarde gerechnet, aber zu seinem Erstaunen zeigte sich niemand auf dem Hof. Am Eingang zum Palast standen lediglich zwei Livrierte, die die Neuankömmlinge sehr überrascht musterten, sich aber nicht bewegten.

Eiskalt pfiff der Wind den Boden entlang und wirbelte Schnee umher.

»Haben wir uns verfahren, Waljakov?« Lodrik schaute den massigen Leibwächter unsicher an. »Ich sehe zwar einen Palast, aber keinen Gouverneur, der mich begrüßt. Dabei hat sich inzwischen bestimmt herumgesprochen, dass ich sein Nachfolger bin, oder?«

Stoiko erschien an seiner Seite, zog den Schal vors Gesicht und musterte die Szenerie. Das große Gebäude schien wie ausgestorben, kein Licht brannte. »Eine Ruine könnte nicht einladender sein, Herr«, bemerkte der

Diener spitz. »Und wenn ich noch länger in der Kälte stehen muss, bricht mein Schnauzbart ab.«

Waljakov, dem die Temperaturen wenig auszumachen schienen, winkte einen der beiden Livrierten mit einer energischen Handbewegung zu sich heran.

»Wo ist Gouverneur Jukolenko? Mein Herr, der Hara¢ und zukünftige Statthalter, will sofort mit ihm reden.« Die Hände in die Hüften gestemmt, stand der Leibwächter drohend vor dem Bediensteten, der sichtlich beeindruckt von dem Soldaten war. »Sofort«, wiederholte er noch einmal und legte die mechanische Hand an den Säbelgriff.

»Der gnädige Herr ist in der Oper, zusammen mit seiner Familie und dem Hof. Anschließend findet das jährliche Bankett der Großbauern statt, auf dem der Gouverneur Ehrengast ist«, sagte der Livrierte hastig und versuchte ein Lächeln. »Wenn er aber gewusst hätte, dass Ihr heute erscheint, dann …«

Der Kahlköpfige ließ die grauen Augen böse aufblitzen, dass dem Mann der freundliche Gesichtsausdruck im Gesicht erstarb. »Wo ist dieses Bankett?«, fragte Waljakov, der den Wachen mit einer Geste das Absitzen signalisierte.

»Gleich hier in der Nähe, Herr, die Straße runter und dann die vierte rechts ab, im *Granburgs Bestes*, direkt neben der Oper. Sie müssten inzwischen beim Essen sein. Wenn Ihr wollt, lasse ich einen Laufburschen schicken, der den Gouverneur …«

»Nein«, hallte Lodriks hohe Stimme über das verschneite Pflaster. »Ich werde mir das Bankett selbst ansehen.« Der Tadc drehte sich auf dem Absatz und stieg in die Kutsche ein. »Na, los. Worauf wartest du, Stoiko?« Der Junge schaute aus dem Fenster und nickte Waljakov zu. »Du wirst uns mit zehn deiner besten Männer begleiten.«

Der Leibwächter deutete die übliche knappe Verbeugung an, wählte sicherheitshalber ein Dutzend Bewaffnete aus und stieg in den Sattel. Die restlichen Wachen brachten die Pferde in die Stallungen.

Polternd setzte sich die Kutsche in Bewegung und schaukelte die Straße hinunter in Richtung Bankett.

»Das war eine sehr gute Idee von Euch, Herr. Den Großbauern werden die Augen übergehen, ganz zu schweigen vom Gouverneur, wenn der Nachfolger plötzlich erscheint, seine Aufwartung macht und beim schönsten Essen die Abberufung Jukolenkos auf den Tisch wirft.« Stoiko rieb sich die Hände und freute sich. »Wirklich sehr gut, Herr.«

Lodrik stutzte. »Von der Seite habe ich es noch gar nicht betrachtet. Ich meine, es wäre ein ziemlicher Affront gegen den Mann. Ihn so bloßzustellen vor allen Leuten bedeutet eigentlich die Kriegserklärung, oder?«

»Ihr wolltet das gar nicht?« Jetzt war es an dem Vertrauten, ein verdutztes Gesicht zu machen.

»Nun, ja. Ich habe Hunger, hast du das schon vergessen? Und bevor ich in dem verlassenen Palast verhungere, gehe ich dorthin, wo es etwas zu essen gibt.« Lodrik grinste. »Aber deine Idee werden wir auch noch in die Tat umsetzen, keine Angst. Doch zuerst wird gegessen.«

»Sicher, Herr.« Der Diener schaute zur Decke und seufzte. »Zuerst wird gegessen. Lasst mich Euch noch schnell ein paar Ratschläge geben, bevor wir in die Höhle des Löwen gehen.«

Wasilji Jukolenko setzte den silbernen Pokal ab, wischte sich den dünnen Schnurrbart ab und schaute in die illustre Runde, die sich auf seine Kosten im *Granburgs Bestes* versammelt hatte.

Achtzehn Großbauern gaben sich die Ehre, heute Abend zu erscheinen, sieben Adlige stopften sich die kulinarischen Kostbarkeiten und Delikatessen in den Mund, als ob sie ihre Henkersmahlzeit vor sich hätten.

Je mehr Gold diese Menschen haben, desto geiziger werden sie, dachte der Gouverneur und streckte sich ein wenig. Seine graue Uniform mit den silbernen Ketten und grünen Stickereien saß tadellos am Körper, der mit den Jahren in Granburg etwas aus der Form geraten war. Das schüttere Haar wurde durch die übliche silberne Hochperücke verborgen.

Nachdenklich zwirbelte er am dünnen Schnurrbart, während er mit der anderen Hand nach dem Unterarm seiner Gattin Kaya griff und sich in deren Richtung beugte.

»Erinnere mich daran, dass ich später noch ein paar Worte mit Ormov wechsle. Er wird wissen, warum es Ijuscha abgelehnt hat, mein Gast zu sein. Es wird Zeit, dass ich diesem Kerl eine Lektion erteile. Das ist das dritte Mal, dass er durch Abwesenheit glänzt.«

Die Frau mit dem Schönheitsfleck auf der rechten Wange lächelte den Gästen zu und nickte ganz leicht.

»Wie du möchtest. Aber unterschätze ihn nicht. Vielleicht stellt er sich immer nur so begriffsstutzig, immerhin ist er nicht umsonst zum Großbauer geworden.«

Der Gouverneur richtete den Oberkörper wieder auf und wandte den Blick nicht von der Tafel.

»Von mir aus. Aber er ist der Einzige, der es wagt, weniger Abgaben als verlangt abzuliefern, mit der unsinnigen Begründung, seine Landpächter hätten sonst zu wenig zum Leben.« Jukolenko nahm einen Schluck von dem Wein. »Ich werde ein paar Männer losschicken, die handfesten Druck bei seinen Bauern ausüben. Ewig lasse ich mir nicht auf der Nase herumtanzen.« Er senkte die Stimme. »Schau dir die hier an, so müsste Ijuscha sein. Ich kontrolliere sie. Wenn ich pfeife, kommen sie wie die Hunde gekrochen, um mir einen Gefallen zu tun.«

Einer der Großbauern schaute zu Jukolenko, winkte ihm mit einer Rehkeule und lachte, dass ihm die Bissen aus dem vollen Mund fielen.

Der Gouverneur lächelte zurück und prostete ihm zu. »Sie sind ja so dankbar«, flüsterte er Kaya zu und drückte ihre Hand, bevor er sich erhob und lautstark räusperte, um die Aufmerksamkeit der Gäste zu wecken.

»Ihr Edlen, hört mir einen Augenblick zu, bevor Euch der Nachtisch die Ohren verstopft.« Die Männer an der großen Tafel lachten. »Wie jedes Jahr lade ich meine Freunde zum Essen, um die vergangene Zeit in einer zwanglosen Runde zu bereden und neue Vorhaben vorzustellen.«

»Das wissen wir auch sehr zu schätzen, Gouverneur«, unterbrach ihn Brojak Kaschenko und zeigte auf den überladenen Tisch. Die anderen lachten wieder und schwenkten die Krüge.

Jukolenko zwang sich zu einem Lächeln, obwohl er derartige Unterbrechungen hasste.

»Vielen Dank, Kaschenko. Wir alle haben viel zusammen erlebt und erreicht, unser Wohlstand ist gestiegen, die Bewohner sind so friedlich wie selten zuvor. Das alles zeigt, dass eine harte Hand besser regiert, als alle Versprechungen nach Reformen und Änderungen jemals bringen würden.« Die Adligen und Großbauern gaben ihre einstimmige Zustimmung, in dem sie mit ihren Bechern auf die Tafel schlugen.

»Wie Ihr alle gehört habt, ist mein Nachfolger hierher unterwegs, so lauten jedenfalls die Gerüchte, die man sich erzählt. Man erzählt sich auch, dass er Neues bringen möchte und dem Volk Aussichten auf Verbesserungen macht. Wenn er lange im Amt bleibt, könnte alles das, was wir uns in den letzten Jahren aufgebaut haben, zunichte gemacht werden. Kommt das einfache Volk auf den Feldern und auf der Straße erst mal auf den Geschmack der neuen Führung, wird es schwierig, alte Strukturen neu zu etablieren.« Jukolenko beschwor mit Absicht die schlimmsten Befürchtungen der Gäste herauf, er brauchte ihre Unterstützung und ihre Angst, die sie zu allem fähig machen würde. »Ich denke, ich spreche im Interesse aller, wenn ich sage, dass der neue Mann nicht lange in Granburg bleiben darf.«

Die Brojaken und Adligen entfachten mit ihren Behältern ein wahres Donnergrollen, das unheilvoll durch die Gassen und Straßen der Provinzhauptstadt rollte.

»Wenn Ihr unsere Hilfe braucht, dann sagt, wann und wo wir sein müssen, Gouverneur«, grölte Kaschenko übermütig, dessen Gesicht vom Alkohol gerötet war. »Wir wollen den Neuen auch nicht hier!«

Jetzt riefen die Gäste alle durcheinander, jeder wollte den anderen mit Unterstützungszusagen überbieten.

Jukolenko konnte ein breites, zufriedenes Grinsen nur mit Mühe zurückhalten. Sein Plan begann so tadellos, wie er es sich vorgestellt hatte.

»Entschuldigung, Gouverneur.« Ein Mann um die Vierzig mit freundlichen Gesichtszügen und einem breiten Schnauzbart war fast geräuschlos an seiner Seite aufgetaucht. Dicke, kostspielige Pelze, in denen noch einige widerständige Schneeflocken beharrlich gegen die Wärme des Raumes kämpften, hingen um den Körper des Fremden, in dessen Augen eine Spur Verschlagenheit glänzte. »Ich bin Stoiko Gijuschka, Diener und Vertrauter des Hara¢ Vasja. Mein Herr lässt fragen, ob denn vielleicht noch ein Platz an der reichlich gedeckten Tafel frei wäre.« Er nickte in Richtung der massiven Holztür, in der ein dicker Knabe und ein riesiger Mann standen. »Er ist weit gereist und entsprechend hungrig.«

Der Lärm im Raum erstarb langsam, alle schauten auf die Neuankömmlinge.

Der Gouverneur riss sich vom Anblick des beeindruckenden Muskelberges auf zwei Beinen los, stand auf und eilte zum Eingang.

»Aber selbstverständlich, lieber Hara¢ Vasja. Ich biete Euch meinen Stuhl an, da Ihr ohnehin bald anstatt meiner regieren werdet. Natürlich könnt Ihr mit meiner Zusammenarbeit rechnen, bis Ihr in alle Angelegenheiten eingeweiht seid.«

Jukolenko hielt an und verbeugte sich tief vor dem riesigen Mann, der irgendwie belustigt zu sein schien, was den Gouverneur verunsicherte.

»Ich danke Euch für das freundliche Angebot«, sagte der Junge mit hoher Sopranstimme huldvoll und neigte den Kopf. »Im übrigen redet Ihr zu dem Falschen.«

Jukolenko zuckte herum, errötete und verbeugte sich noch tiefer.

»Verzeiht mir, aber ich habe nicht damit gerechnet, dass mein Nachfolger so jung ist.« Der Gouverneur konnte die gespannte Stille im Raum nach diesem protokollarischen Fehltritt geradezu greifen.

Doch das peinliche Versehen schien den Jungen nicht weiter zu beschäftigen, er steuerte vielmehr direkt auf den freien Sessel am Kopfende der Tafel zu. Der bösartig aussehende Riese mit dem martialischen Säbel an der Seite folgte ihm auf dem Fuß, während sich der Diener bereits neben dem Möbelstück positioniert hatte. »Kommt. Ihr dürft mir Gesellschaft leisten.«

Mit einem sehr zufriedenen Ausdruck auf dem breiten Pfannkuchengesicht ließ sich der Hara¢ auf die Sitzfläche plumpsen, leerte den Teller Jukolenkos wie selbstverständlich auf den Boden und stapelte Fleisch, Gemüse und Brot darauf, bis auch der Rand restlos überfüllt war.

»Was feiert Ihr denn? Hat jemand Geburtstag, oder ist das heute ein granburgischer Festtag?«

Etwas fassungslos beobachtete der Gouverneur, wie der Junge das Essen verschlang.

»Nein, Herr. Es ist so, dass ich alle meine Freunde einmal im Jahr zu einem Bankett einlade. Eine nette Gewohnheit, die inzwischen zur Tradition wurde.«

»Gut. Ich werde sie beibehalten, auch wenn ich nicht

weiß, wer hier drin mein Freund ist.« Lodrik zwinkerte gut gelaunt in die Runde der schweigenden Männer und langte zu. »Ihr wart vorhin sehr fröhlich. Das scheint vorbei, seit ich den Raum betreten habe. Weshalb?« Der Junge knabberte an einem Stück Knochen und leckte sich die Finger.

»Brojak Kaschenko hat einen Witz erzählt«, versuchte Jukolenko zu erklären. Er wusste nicht, was er von dem dicken Knaben halten sollte. Auf den ersten Blick schien er nicht sehr intelligent zu sein, andererseits könnte sein Gehabe gespielt sein, um ihn zu prüfen. Die Fragen, die der Hara¢ stellte, entsprangen entweder abgrundtiefer Unbedarftheit oder Kalkül, und bevor der Gouverneur nicht sicher war, woher sie stammten, wollte er lieber vorsichtig sein.

»Ich mag Witze. Brojak Kaschenko, könntet Ihr den Witz für mich noch einmal zum Besten geben?« Lodrik schwenkte den Knochen hin und her und schaute erwartungsvoll in die Runde.

Ein Tischnachbar rempelte den Großbauern an, der mit offenem Mund und glasigen Augen in die Luft starrte.

»Ach, ja, der Witz. Einen Moment, Herr, ich habe ihn gleich wieder.« Die Stirn legte sich in Falten, dann schlug sich der Mann an den Kopf. »Ich glaube, ich habe ihn vergessen. Muss wohl am Alkohol liegen, Hara¢.«

»Macht ja nichts, er wird Euch eines Tages wieder einfallen, Brojak Kaschenko.« Der Tadc hielt mit dem Kauen inne und wandte sich der Gouverneursgattin zu. »Und wer seid Ihr, wenn ich fragen darf? Vermutlich Gouverneur Jukolenkos Eheweib.« Er nahm ihre Hand und drückte einen dicken Kuss mit den fettverschmierten Lippen darauf. »Es freut mich, Eure Bekanntschaft zu machen.«

Kaya ließ die Hand auf dem Tisch liegen, als wäre sie mit der Pest in Berührung gekommen. Die Mundwinkel der schönen Frau zuckten verräterisch, ihre Abscheu war offensichtlich.

Stoiko amüsierte sich königlich. Nicht nur, dass Jukolenko sich ganz fantastisch blamiert hatte, sein Schützling stellte die Nerven aller Anwesenden mit der üblichen Art, die der Kabcar auf Bällen so fürchtete, auf eine harte Probe. An dem Gesicht des Statthalters erkannte der Diener, dass der Mann wohl nicht recht schlau aus Lodrik wurde, und das war auch gut so.

Stoiko kam zum dem Entschluss, dass der Aufenthalt des Tadc im *Granburgs Bestes* nicht allzu lange währen durfte, sonst würde Jukolenko die Naivität des Jungen durchschaut haben.

Er kniff ein Auge zu, das verabredete Zeichen für die in der Kutsche schnell einstudierte Vorstellung.

»Brojak Kaschenko, leiht mir bitte für einen Moment Euer Ohr.« Lodrik ließ den Knochen fallen und wischte sich die Hände ab.

»Verfügt über mich, Hara¢.« Der angetrunkene, großspurige Großbauer erhob sich schwankend und verneigte sich unsicher.

»Ich bin neu in Granburg, und vermutlich liegt es daran, dass ich die regionalen Besonderheiten noch nicht kenne. Wir haben in der Nähe ein Dorf passiert, es hieß Olnjak. Wem gehört es?«

»Die Frage kann ich vielleicht besser beantworten«, warf Jukolenko ein, der unentwegt an seinem Schnurrbart gezwirbelt hatte. »Das Dorf und die Einwohner sind Brojak Wanko unterstellt, er sitzt gleich dort.« Kaschenko setzte sich, dafür stand ein recht protzig ausstaffierter Mann um die fünfzig Jahre auf, der einen stattlichen Vollbart trug.

»Wenn Euch einer der Dörfler belästigt hat oder Euch etwas verweigert wurde, so sagt es frei heraus. Ich lasse eine sofortige Bestrafung anordnen.« Der Großbauer machte ein grimmiges Gesicht.

Stoiko grinste, und auch Waljakov zeigte eine Spur Zufriedenheit. Also hatten die Kampfhunde nichts in der Nähe von Olnjak zu suchen gehabt, das wollten sie noch einmal von einem Adligen bestätigt haben. Wenn sich Lodrik jetzt noch an das erinnern konnte, was ihm der Diener auf der Fahrt hierher eingebläut hat, dann könnten sie den Besitzer der Tiere, der mit Sicherheit auch unter den Gästen saß, in eine Falle manövrieren.

»Nein, nein. Die Leute waren sehr nett. Aber angenommen, ich hätte einen Eurer Dorfbewohner verletzt oder getötet, was wäre dann?«

»Ich würde annehmen, Ihr hättet die entsprechenden Gründe dafür gehabt«, sagte Wanko.

»Und wenn es durch meine Unachtsamkeit entstanden wäre?« Lodrik hielt sich an die Anweisungen seines Dieners und spulte die Fragen der Reihe nach herunter.

Die Augen des Brojaken glänzten unwillkürlich auf, er spürte die Gelegenheit, schnelles Geld machen zu können. »Ich würde annehmen, Ihr wärt so gnädig, mir eine Entschädigung zu zahlen, wie es üblich ist. Und natürlich der Familie, wenn es eine geben sollte, die diesen großen Verlust zu verschmerzen hat.«

»Wie viel wäre das, angenommen es war eine schwangere Frau, die durch meine Kutsche überrollt wurde?« Der Junge machte ein sehr unglückliches Gesicht.

Wanko wechselte mit dem Gouverneur einen Blick. »Das wäre natürlich schlimm, Hara¢. Welch ein Unglück den Mann treffen würde, das wäre kaum in Münzen umzurechnen.« Der Adlige überlegte nur sehr kurz. »Zweihundert Waslec für mich, weil zwei Arbeitskräfte verloren gehen und die Steuer ausfällt, und fünfzig Waslec für den Mann, selbstverständlich nur in Gedanken.«

»Da habe ich aber großes Glück, dass mir das nicht passiert ist«, meinte Lodrik. Wanko schaute enttäuscht.

»Aber ein anderer hat nicht auf sein Eigentum Acht gegeben. Ist Hara¢ Kolskoi anwesend? Und Ihr bleibt bitte stehen, Brojak Wanko.«

Als sich der aufgerufene Adlige erhob, bekam der angehende Gouverneur unvermittelt einen verwirrten Gesichtsausdruck, dann winkte er Stoiko zu sich herunter.

»Ich habe vergessen, was wir dann machen wollten«, flüsterte er.

»Damit habe ich eigentlich schon viel früher gerechnet«, murmelte der Diener und frischte in aller Eile das Gedächtnis des Jungen auf, der sich daraufhin Kolskoi zuwandte.

Der Mann blickte mit stechend grünen Augen auf Lodrik. Er wirkte im Gegensatz zu dem gut genährten Großbauern recht schmal, die Hände waren sehnig, jeder einzelne Knochen war unter der Haut sichtbar. Die dürre Hakennase stach aus dem Gesicht mit dem kleinen Kinnbart hervor wie ein Adlerschnabel, eine dünne Narbe lief über die rechte Wange bis zum Mund. Er trug das schulterlange, schwarze Haar offen.

Lodrik räusperte sich. »Ihr seid im Besitz von borasgotanischen Kampfhunden, nicht wahr?«

»So ist es. Ich nehme sie mit zur Jagd, um das Wild aufzustöbern.«

»Diesmal haben sie jedoch eine schwangere, junge Frau aus Olnjak gestellt und vor unseren Augen zerrissen.« Der Junge versuchte, den Blick des Hara¢ zu erwidern, was ihm aber nur kurze Zeit gelang und so schaute er lieber auf den sichtlich nervösen Wanko. »Ihr werdet von Hara¢ Kolskoi Eure Entschädigung von zweihundert Waslec erhalten, die fünfzig anderen Waslec gehen an den Seiler Nurjef, der der Gatte der Frau war.«

»Aber Kolskoi ist mein Freund. Ich kann von ihm nicht verlangen, dass er mir das Geld gibt«, protestierte Wanko, obwohl Jukolenko im Rücken des Jungen beschwichtigend gestikulierte.

Stoiko beugte sich wieder herunter und soufflierte erneut. Jetzt kam es auf jedes Wort an.

»Ihr wolltet also von Eurem zukünftigen Gouverneur eine Entschädigung verlangen und von Hara¢ Kolskoi deshalb keine, weil er Euer Freund ist? Eine seltsame Gesetzgebung hat Granburg.« Lodrik hob die Stimme. »Dennoch sind die Frau und das ungeborene Kind tot, egal ob Kolskoi Euer Freund ist oder nicht, Brojak Wanko. Was sagt Ihr dazu, Gouverneur?«

»Ich denke, dass es eine Sache zwischen den beiden Adligen ist, Hara¢«, sagte Jukolenko, der die Goldgier Wankos verfluchte. »Ich werde mich nicht einmischen.«

Wieder tuschelten Lodrik und Stoiko, der Diener zog ein ledernes Dokumentenfutteral heraus und reichte es dem Jungen. »Wenn das so ist, übernehme ich ab sofort den Posten des Gouverneurs.« Lodrik brach das Siegel auf, zog das Pergament heraus und verlas das Einsetzungsschreiben des Kabcar. »Kraft des mir verliehenen Amtes bestehe ich auf die vorhin von Brojak Wanko erhobenen Schadensansprüche. Hara¢ Kolskoi wird einmal zweihundert Waslec an Brojak Wanko und an Stelle der fünfzig besser hundert Waslec an den Seiler Nurjef aus Olnjak zahlen. Es waren ja auch zwei Menschen, die gestorben sind, wie Ihr vorhin eigens betont habt, was die Entschädigung natürlicherweise verdoppelt.«

Der Junge schaute abwartend in die Runde, aber es regte sich kein Widerstand gegen das Machtwort des neuen Gouverneurs.

»Schön, dass wir uns einig geworden sind, hohe Herren.« Lodrik hob den Becher. »Auf Granburg und den neuen Statthalter.«

Jukolenko war der Erste, der seinen Pokal in die Luft hielt, nach und nach folgten die Adligen und Großbauern seinem Beispiel. »Auf Granburg und den neuen, weisen Statthalter«, sagte der Mann, während er Blicke mit Wanko und Kolskoi austauschte. »Möge er so lange wie möglich im Amt bleiben.« Die Hochrufe kamen sehr zögerlich und verhalten.

»So, ich bin satt«, gähnte Lodrik und stemmte sich etwas unbeholfen aus dem Sitz. »Ich werde in meinen Palast fahren und mir ein Zimmer suchen.«

»Nehmt den Gästetrakt, bis alles für Euch hergerichtet wurde, Exzellenz«, empfahl Jukolenko und öffnete dem Jungen die Tür.

»Vielen Dank. Nachdem ich umgezogen bin, werdet Ihr im Gästetrakt unterkommen, bis ich mich in den Arbeitstag eingewöhnt habe, Hara¢ Jukolenko. Ich wünsche Euch noch einen schönen Abend, werte Herren.« Lodrik nickte in die Runde und verschwand nach draußen, dicht hinter ihm Waljakov und Stoiko.

Der abgesetzte Gouverneur schlug die Tür mit einem lauten Krach zu, dass die Gläser auf dem Tisch erbebten.

Wanko sah betreten unter sich, Kolskoi schnitzte wütend mit dem Messer am Holz herum, und die anderen Gäste verhielten sich still.

»Wir müssen ihn los werden«, meinte Kolskoi nach einer Weile und rammte die Klinge mit einem kraftvollen Stoß tief in den Tisch. »Er hält uns zum Narren, und wir können froh sein, dass sich diese Vorstellung nicht in aller Öffentlichkeit abgespielt hat. Das eben war schon schlimm genug.« Er warf Wanko einen Blick zu. »Und Ihr seid ein kompletter Idiot!«

»Ich bin ganz Eurer Meinung, Hara¢. In beiden Fällen«, stimmte Jukolenko zu, der sich wieder auf seinen alten Platz neben seine Frau gesetzt hatte und die Fäuste ballte. »Aber ich glaube, dass der Vertraute das Problem ist und nicht der dicke, aufgeblasene Gernegroß. Dieser Diener hat ihm alles vorgesagt.«

»Dann sollten wir dafür sorgen, dass ihm etwas zustößt«, schlug Kolskoi vor. »Wie wäre es mit einer Jagd? Oder einem Ausflug an die Berghänge?« Die anderen lachten leise.

Jukolenko lehnte sich zurück und legte die Fingerspitzen der rechten Hand an die Stirn. »Noch nicht. Wir sollten abwarten und erst so viel wie möglich über den Fettsack und sein merkwürdiges Gefolge herausfinden. Wenn er der Liebling eines Beraters oder einer anderen einflussreichen Persönlichkeit am Hofe des Kabcar ist, könnte ein Unfall unangenehmere Folgen haben, als uns allen lieb wäre. Von ungefähr kann diese Einsetzung eines unerfahrenen Jungen als Gouverneur nicht kommen, da ist etwas faul.« Der Mann zwirbelte den Schnurrbart. »Auf alle Fälle werden wir ihm die Zeit zur Hölle machen, Freunde.« Die Adligen und Großbauern murrten ihre Zustimmung, die alte Zuversicht kehrte zurück.

»Er wird ohne seinen Vertrauten nicht lange durchhalten. Und, mal sehen, vielleicht wird dieser Diener ganz plötzlich krank, was viel besser wäre als ein unerklärlicher Sturz die Hänge hinunter. Unsere kalte Luft und eisigen Winter verträgt eben nicht jeder.«

Jukolenko lachte, die Männer und seine Frau stimmten mit ein.

»Eure Vorstellung war gut«, lobte Waljakov, der zum zweiten Mal seit der Abreise aus Ulsar in der Kutsche saß, auf dem Rückweg zum Palast. »Für einen Moment dachte ich, Kolskoi stürzt sich entweder auf Euch oder auf Wanko.«

Lodrik winkte ab. »Das waren alles Einfälle meines genialen Dieners. Ich wäre nie auf die Idee gekommen, die Adligen so aufs Glatteis zu führen, aber es hat mir sehr viel Spaß bereitet.«

»Das dürft Ihr nicht sagen, Herr«, wiegelte Stoiko ab, »Ihr wart wirklich sehr überzeugend. Natürlich wird Wanko die zweihundert Waslec später zurückgeben oder Kolskoi überhaupt erst gar nicht zukommen lassen, aber immerhin erhält der Seiler Geld, mit dem er etwas anfangen kann, auch wenn es die Frau bestimmt nicht ersetzt. Und wir haben einen Eindruck von den Herren der Provinz erhalten. Und ich muss sagen, der Eindruck ist nicht gerade der beste.«

»Ich fürchte fast, wir haben zu sehr, wie sagt man gleich, auf den Putz gehauen«, gab Lodrik zu bedenken. »Ich habe mir mit meinem Auftritt bestimmt nur Feinde gemacht, wo ich doch eine ruhige Zeit haben wollte.«

»Es ist auf alle Fälle besser, wenn Waljakov morgen mit Eurem Fechtunterricht beginnt, Herr.« Stoiko rieb sich nachdenklich am Kinn. »Und ich sollte meine alten Kenntnisse ebenfalls wieder auf Vordermann bringen. Ich werde das Gefühl nicht los, dass das besser wäre. Der Gouverneur hat die Adligen und Großbauern mehr oder weniger an einer Leine, an der er nur ziehen muss, wenn er sie benötigt, so schätze ich die Lage zumindest ein. Und Kolskoi gehört zu den gefährlicheren.«

»Ich werde Leute losschicken, die in den Spelunken ein paar Erkundigungen einholen, wie es in der Provinz und in der Stadt mit dem Beliebtheitsgrad Jukolenkos, der Großbauern und der Adligen aussieht«, meinte Waljakov. »Und was den Unterricht angeht, ich werde auch etwas für Eure Form einplanen, Herr, damit Euer Körper ein paar Pfunde loswird.«

Lodrik blinzelte. »Ich soll abnehmen? Mitten im Winter?«

»Waljakov hat Recht«, unterstützte Stoiko den Vorschlag des Leibwächters. »Ihr solltet an Gewicht verlieren, das macht Euch beim Fechten schneller.«

»Von mir aus«, grummelte der Tadc und verschränkte die Arme vor dem breiten Bauch. »Ich wusste, dass die Idee meines Vaters nicht gut war. Ich werde ja zu einem völlig neuen Menschen gemacht.«

»Und das ist, mit Verlaub gesagt, nur zu Eurem Vorteil«, warf der Diener ein. »Ihr werdet es als Herrscher einmal mit allen Königen Ulldarts aufnehmen können, wenn Ihr durch meine und Waljakovs Schule gegangen seid, Herr.«

»Ich will es aber nicht mit allen Königen des Kontinents aufnehmen, Stoiko, das bringt nur unnötigen Ärger«, widersprach Lodrik. »Ich hätte jetzt gerne einen Keks als Belohnung für meinen Auftritt in dem Gasthof.«

»Schlagt Euch die Kekse aus dem Kopf«, knurrte der Leibwächter halblaut, und fügte, nachdem er die überraschten Gesichter von Stoiko und Lodrik bemerkte, ein schnelles »Herr« hinzu. Glücklicherweise hielt die Kutsche in diesem Augenblick, und Waljakov verließ fluchtartig das Gefährt.

»Er ist schon ein seltsamer Mensch«, sagte der Tadc nach einer Weile des Schweigens. »Aber er scheint zuverlässig zu sein.«

Stoiko hatte die Augenbrauen zusammengezogen. »Ich denke, dass hinter diesem Mann mehr steckt, als wir alle ahnen.« Er folgte seinem Schützling, der aus dem Inneren geklettert war und zum Palast ging. »Wir werden sehen.«

VII.

»Und Sinured veränderte sich. Einst war er ein gut aussehender, kräftiger Mann mit langen, schwarzen Haaren.

Doch nun hinterließ Tzulans Geist sein Zeichen an ihm: Die Haut Sinureds färbte sich schwarz und glich der eines Verbrannten. Seine Haare wurden dagegen schlohweiß, seine Zähne zu langen, furchtbaren Reißzähnen, mit denen er seinen Gegnern die Adern zerriss. Die Gestalt, ohnehin schon groß und muskulös, wuchs um einiges, dass er alsbald eine neue Rüstung benötigte. Seine Kräfte wuchsen von Tag zu Tag, bis er über die Stärke von zehn ausgewachsenen Männern verfügte.

Sein Gebaren glich zusehends dem einer wilden Bestie, das Fleisch aß er nur noch roh, und einige sagten, er trinke das noch warme Blut seiner Gegner. Die Zeit spielte für ihn keine Rolle, denn er alterte nicht mehr.

Auf dem Schlachtfeld führte er eine eisenbeschlagene Deichsel als Keule, sein Schwert war so hoch wie zwei ausgewachsene Männer und schwer wie ein großes Weinfass, sein Schild glich von den Ausmaßen her einem Mühlstein und hatte dessen Gewicht.

So kam er aus zweierlei Gründen zu seinem Namen, denn einmal vollführte er ungeheuerliche Grausamkeiten, zum anderen sah er auch aus wie eine wilde Bestie. Das einfache Volk gab ihm den Beinamen ›Das Tier‹, und Sinureds Taten sprachen Bände.

Längst gehorchten die Soldaten nur noch, weil sie Furcht vor dem Wesen hatten, das einmal Sinured gewesen war. Dennoch stürmten und verwüsteten sie weiter, denn sie fanden schon lange Gefallen an dem Morden und Plündern. Bestien und unbeschreibliche Ungeheuer kamen aus den Sümpfen, angelockt von dem Blutgeruch der Opfer, und schlossen sich der Armee an.«

ULLDARTISCHER GESCHICHTSALMANACH,
XXI. Band, Seite 1051

Satucje, an der Westtarpolischen Küste, Winter 441 n. S.

Torben saß am Tisch, rührte den starken Tee in der Holzschale und beherrschte sich, um nicht ständig an den juckenden Wunden am Rücken zu kratzen. Es wertete das als Zeichen der schnellen Heilung, die ohne die Hilfe von Laja niemals möglich gewesen wäre.

Die Tage, die er in dem kleinen Dorf verbrachte, liefen alle sehr ähnlich ab. Während er auf dem Lager ungeduldig auf seine Genesung wartete, erzählte die betagte Frau zum Zeitvertreib des ungeduldigen Kranken Geschichten aus dem eigenen Leben, dem Dorf und Tarpol.

Der Pirat erfuhr auf diese Weise, dass ihr Mann als Fischer zur See gefahren war. Palestaner hatten ihm Zusammenarbeit mit Piraten und Schmuggelei unterstellt, ihn misshandelt und das Schiff einfach versenkt. Der Fischer schwamm zwar noch bis nach Hause, aber er starb an Entkräftung und Unterkühlung. Passiert war das Ganze vor mehr als dreißig Jahren, doch der Hass Lajas gegen die Kauffahrer würde sich niemals legen.

Ein Blick aus dem Fenster genügte Torben, um sich die klirrende Kälte vorzustellen. Der Winter hatte die Küste fest im Griff, eisige Winde peitschten die Wellen gegen die provisorische Hafenmauer, die unter der immensen Wucht aber glücklicherweise nicht zusammenbrach.

An ein Auslaufen brauchten die Männer des Dorfes nicht zu denken, das tosende Wasser würde die Boote innerhalb weniger Augenblicke zu Kleinholz verarbeitet haben.

Torben fühlte sich heute in der Lage, in Richtung Rogogard aufzubrechen, um seine Erlebnisse erzählen zu können und andere vor dem gleichen Schicksal zu bewahren. Denn er vermutete, die Palestaner verfügten über weitere der umgebauten Jagdschiffe vor Tarpols

Westküste. Das Kapern würde zu einer gefährlicheren Sache werden, als sie früher ohnehin schon gewesen war.

Aber von hier aus würde ihn keine der Nussschalen nach Rogogard bringen, er musste also in die nächst größere Stadt. Der Pirat hatte den Richter bereits um Hilfe gebeten, aber das damals gemachte Angebot stellte sich als ein leeres Versprechen heraus, und jetzt musste Torben sehen, wie er alleine nach Ludvosnik kam.

Ein paar von Lajas Freunden hatten dicke Kleidungsstücke und gefütterte Stiefel gespendet, damit der Rogogarder nicht erfrieren musste, wenn er sich auf den Weg machte. Einige der Dorfbewohner waren mit dem Untergang der *Fröhlicher Gruß* zu ein bisschen Wohlstand gekommen, und irgendwie machten alle Torben für das kleine Glück verantwortlich, was ihn wiederum zu einem gern gesehenen Menschen werden ließ.

Im Besitz der beiden Seesäcke zu sein bestritt allerdings jeder. Alles mögliche sei gefunden worden, nur keine ledernen Behältnisse, auf die die Beschreibung des Piraten gepasst hätte.

Der Rogogarder beschloss, dass es für alle das Beste war, anzunehmen, der Mörder der Besatzung sei mit seiner rätselhaften Ausrüstung untergegangen.

»Ich hoffe, dass ich dich eines Tages wiedersehe, Torben.« Laja kam mit einem Arm voll Holz herein und beförderte die Scheite in den bulligen, kleinen Ofen, der in der Mitte des Raumes stand.

»Die Ladung des ersten palestanischen Schiffes, das ich geentert habe, werde ich dem Dorf schenken«, antwortete der Pirat. »Das ist das Mindeste, womit ich mich für die Hilfe erkenntlich zeigen kann.«

»Oh, ich hätte eine bessere Idee«, sagte die Frau und wärmte sich die Hände. »Du kannst wieder ein palestanisches Schiff in unsere Klippen jagen, das würde den Menschen hier noch besser gefallen.« Sie reichte ihm einen gefüllten Rucksack. »Den Proviant wirst du sicher brauchen. Es ist zwar kein langer Weg nach Ludvosnik, aber zu der Jahreszeit kann sich die Strecke sehr ziehen.«

Torben warf sich den Mantel über und setzte die Fellkappe auf. »Ich danke dir. Ich komme zurück, darauf kannst du dich verlassen.« Er hing sich den Rucksack über die Schulter und nahm Laja in die Arme. Die betagte Frau wischte sich eine Träne aus dem Augenwinkel.

»Ich werde dich vermissen, du Pirat«, sagte sie und betrachtete ihn lange. »Pass auf dich auf, ich weiß nämlich nicht, ob du immer so viel Glück hast wie damals, als dich die Flut bei uns an Land spülte.«

»Ich gebe schon auf mich Acht, versprochen.« Torben schluckte schwer, ließ seine Lebensretterin los und ging zur Tür.

Als er die Tür öffnete, standen alle Dorfbewohner vor dem Haus Lajas Spalier, und während er die Reihen durchschritt, klopften sie ihm auf die Schultern und wünschten ihm alles Gute.

Der Rogogarder war tief gerührt, weil er hier eine Herzlichkeit spürte, wie er sie nur selten in seinem Leben erfahren hatte.

Am Dorfausgang drehte er sich noch einmal um und winkte, bis ihm der Arm wehtat, die Menschen schwenkten noch lange ihre Tücher und Mützen zum Abschied. Dann stapfte der Pirat die verschneite Straße entlang, in der Hoffnung, vielleicht auf einen Schlitten zu stoßen, der ihn mitnehmen würde.

Doch offensichtlich verspürten die wenigsten Tarpoler derzeit Lust, ihre Körper der Kälte auszusetzen, so musste Torben laufen.

Er hatte sich ausgerechnet, dass er auf der Küstenstraße rund drei Tage lang unterwegs sein würde, bis er sein Ziel erreichte. Unterkunft wollte er sich unterwegs suchen, vielleicht bei einem Fischer oder einer ontarianischen Handelsstation, falls es keinen Gasthof auf der Strecke geben sollte.

Laufen und vor allem ständiges Laufen auf unbeweglichem, solidem Boden war dem Rogogarder verhasst, lieber hätte er ein schwankendes Schiffsdeck unter den Füßen spüren mögen, als sich mühselig durch den lockeren Schnee zu kämpfen. Das war nicht sein Element.

Nach sechs Stunden Marsch musste er feststellen, dass er sich übernommen hatte. Die Sonnen versanken allmählich im Meer, und weit und breit entdeckte er weder eine Siedlung noch ein anderes Zeichen menschlicher Spuren. Wenn er bis abends nicht eine Bleibe gefunden hatte, könnte es seine letzte Nacht auf Ulldart gewesen sein.

Die Beine wurden immer schwerer, die Ausdauer schien nicht die Beste, und der Schweiß rann ihm unter der Kleidung in Strömen den Körper hinab.

Mit zusammengebissenen Zähnen setzte Torben einen Fuß vor den anderen und redete sich immer wieder ein, dass hinter der nächsten Biegung der schmalen Straße ein Dorf auf ihn wartete.

Nach einer weiteren Stunde zu Fuß wollte ihn gerade jede Zuversicht verlassen, als er einen verwitterten Wegweiser fand, dessen Aufschrift ihm eine Kutschstation nach zwei Warst versprach.

Mit großer Anstrengung brachte der Rogogarder auch die letzten Schritte hinter sich, um dann vor einem halbzerfallenen Gebäude zu stehen, in dem sich kein Funken Leben mehr regte.

»Besser als nichts«, murmelte Torben und betrat das Innere, um sich einen einigermaßen geschützten Platz für die Nacht zu suchen.

Schnell hatte der müde Pirat einen Raum gefunden, der ihm zusagte. Mit ein paar alten Balken machte er sich ein großes Feuer auf dem Steinboden, damit er die nächtliche Kälte überlebte. Der Rauch zog durch das kleine Loch in der Decke ab, und Torben bereitete sich auf den Schlaf vor. Er war von dem anstrengenden Marsch so zerschlagen, dass er sich nicht einmal etwas zu essen machte, sondern direkt neben dem Feuer einschlief, sobald er den Kopf nur ein wenig gesenkt hatte.

Ein Geräusch, das nach dem Schnurren einer Katze klang, weckte ihn. Zunächst ließ er die Augen geschlossen und lauschte. Das Feuer brannte noch immer, wie er an der Wärme im Gesicht und an dem Schein, der durch die Lider hindurchdrang, feststellte.

Das Geräusch war ziemlich laut und kam aus der Richtung ihm gegenüber, von der anderen Seite des Feuers.

Langsam schlug er die Augen auf und spähte verschlafen durch die Flammen, um nach der vermeintlichen Katze zu sehen, die sich auf der Suche nach Wärme in seine Unterkunft eingeschlichen hatte.

Der Umriss des Wesens, das dort hockte, war eindeutig zu groß und zu gewaltig für einen Mäusejäger. Das Feuer brannte unregelmäßig, erschwerte Torben die Sicht, aber je mehr er sich anstrengte, umso mehr erkannte er, dass es sich bei dem nächtlichen Besucher um alles andere, nur nicht um eine Katze handelte.

Der knochige Kopf war flach, die gelben Augen mit den rot leuchtenden Pupillen lagen tief im Schädel, und anstatt eines Mundes hatte das Wesen ein breites Maul, aus dem spitze, lange Zähne hervorstanden. Der muskulöse, menschengroße Körper steckte in zerlumpten Kleidern, der Pirat erkannte dichte Behaarung unter dem zerrissenen Stoff.

Torben schätzte, dass ein einziger Schlag der kräftigen, krallenbewehrten Hände einen Mann mühelos ins Jenseits befördern könnte.

Das Wesen hatte inzwischen aufgehört, die tiefen, schnurrenden Laute von sich zu geben und beobachtete den Rogogarder regungslos, die Pupillen strahlten in tiefem Rubinrot.

Torben rutschte rückwärts, bis er die Wand in seinem Rücken spürte. Seine Gedanken überschlugen sich.

Immer wieder hatte ihm seine Mutter damals die Geschichten von den Monstren erzählt, die in den Sümpfen Ulldarts lebten und Menschen fraßen, aber dass er unbedingt jetzt auf eines treffen musste, passte ihm überhaupt nicht. Eigentlich hatte er vorgehabt, wenn überhaupt, auf See zu sterben, und nicht im Magen einer solchen Kreatur zu enden, die aus Tzulans verfaulten Körperteilen entstanden war.

Als einzige Waffe hatte er das Brotmesser Lajas dabei, das Wesen ihm gegenüber trug zu allem Überfluss noch ein verrostetes Schwert an der Seite.

Torben hatte eine Idee. Langsam bewegte er sich in Richtung seines Rucksacks und kramte mit zitternden Händen seinen Proviant heraus, während die Kreatur den Piraten nicht eine Sekunde aus den Augen ließ, die Hand drohend am Schwertgriff.

Der Rogogarder wickelte die Hartwurst aus dem Leinenbeutel und warf sie dem Wesen hin.

Vorsichtig schnüffelte die Bestie an dem Gegenstand, bevor sie ihn aufhob und herzhaft zubiss. Nach wenigen Lidschlägen war die Wurst verschwunden.

Torben atmete auf, opferte dem Wesen den Laib Brot und das Trockenobst, das er bekommen hatte, und hoffte, dass der Hunger gestillt wurde. Während es alles gierig in sich hineinstopfte, beobachtete es den Mann unentwegt aus den Augenwinkeln.

»Essen gut?«, fragte Torben nach einer Weile und machte ein freundliches Gesicht, darauf bedacht, nicht durch eine unachtsame Geste einen Angriff herauszufordern. »Schmecken? Gut?«

»Habe schon besser gegessen«, knurrte das Wesen tief und rülpste. »Wer bist du?«

Der Mann war mehr als überrascht, als er die Worte in schlechtem Ulldart hörte. Am liebsten hätte er seinem

Gegenüber den Proviantrucksack ins Gesicht geworfen. »Du sprichst meine Sprache?«

»Deine und meine, aber nicht sehr gut. Zähne behindern.« Zum Beweis entfernte das Wesen ein Stück Hartwurst aus einer Zahnlücke und lutschte es vom Fingernagel. »Warum geben mir Essen und nicht versuchen mich zu töten?«

Der Rogogarder lehnte sich zurück und blinzelte. »Ich habe nichts, um dich zu töten.«

Der Gast lachte kehlig, und Torben konnte nicht anders als miteinzustimmen. »Du bist ehrlich, deshalb werde ich nicht töten. Und du hast Essen gegeben. Ich Pashtak.« Die Augen strahlten rot. »Ich geben dir auch Essen.«

Er reichte Torben ein stark riechendes Bündel, das fast den selben bestialischen Geruch verströmte wie das Wesen. »Du besser halten in Feuer bevor essen, ja?!«

»Danke. Ich bin Torben Rudgass, Kapitän der ...«, er schwieg plötzlich. »Ich bin Torben Rudgass.«

Pashtak nickte, warf ein paar Scheite aufs Feuer und rückte näher an die Flammen. »Wird kalt sein heute Nacht und schneien. Besser großes Feuer.«

»Sind da noch mehr draußen? Ich meine, wie du?«

»Nein. Ich bin der Einzige. Wir alle nicht gleich. Ich auf Wanderschaft, auf Suche nach nächstem Sumpf, um zu leben. Weißt du, wo nächster Sumpf? Oder wo gehen nach Tûris?«

Der Rogogarder schüttelte den Kopf. »Tut mir Leid, ich bin selbst nicht von hier.«

»Macht nichts. Werde finden«, meinte Pashtak zuversichtlich und legte sich neben das Feuer. »Schlaf gut.«

»Ich werde es versuchen.« Torben blieb mit dem Rücken an der Mauer, zog die Decken fester um sich und beschloss mit diesem Gast vor sich nicht einzuschlafen, auch wenn Pashtak einen friedlichen Eindruck machte. Die Geschichten über die Sumpfbestien waren in seinem Kopf zu lebendig.

Alle Schreckensbilder verhinderten allerdings nicht, dass der Pirat nach ein paar Stunden vor lauter Müdigkeit einschlief, der lange Marsch durch den Schnee hatte seinen Tribut gefordert.

Torben erwachte und stellte voller Erstaunen fest, dass er noch lebte.

Von Pashtak fehlte jede Spur, aber er hatte nachts wohl neues Holz nachgelegt, sodass der Raum warm und trocken war und der Pirat sich nicht mit der lästigen Arbeit des Feuermachens aufhalten musste.

Der Schnee fiel vor dem Fenster in feinen Flöckchen auf die weiße Erde. Torben entschied, bald aufzubrechen.

Nachdem er das halbvergammelte Stück Fleisch lange in den Flammen geröstet und anschließend hungrig verschlungen hatte, machte er sich auf den Weg.

Die Landschaft präsentierte sich dem Wanderer in eintönigem Grau, der Wind pfiff Torben eisig um die Nase, und nur selten hörte er Tierstimmen. Hin und wieder fühlte er sich verfolgt, doch er redete sich ein, dass es wohl an der unvermittelten Begegnung mit Pashtak lag.

Unterwegs grübelte er viel über die Zusammenkunft mit der Sumpfbestie. Sicherlich, die meisten von ihnen waren bösartig und töteten Menschen, aber Pashtak hatte ihn nachdenklich gemacht. Vom Königreich Aldoreel erzählt man sich in Rogogard, dass es sogar einen Friedensvertrag mit den Wesen abgeschlossen hatte. Er versuchte, sich an die alten Geschichten, die man sich über die Ungeheuer erzählte, zu erinnern.

Tzulan soll der Legende nach diese Kreaturen geformt und sie auf allen Kontinenten während des Kampfes der Ersten Götter gegen die Zweiten Götter verteilt haben. Und nachdem Taralea Tzulan in kleine Stücke zerrissen und verteilt hatte, wanderten die Ungeheuer dort hin, wo die Fetzen des Gebrannten Gottes auf die Welt stürzten und Sümpfe bildeten. Für Torben war es schwer zu glauben, dass man mit solchen Missgeburten Verträge abschloss. Seiner Meinung nach hatten die Tûriten das Problem besser gelöst, indem sie eine Kopfprämie auf die Bestien in ihrem Reich aussetzten. Aber warum wollte das Ungeheuer ausgerechnet dorthin, wo es am unsichersten lebte?

Das Marschieren fiel dem in Gedanken versunkenen Freibeuter heute wesentlich leichter. Er hatte herausgefunden, wie man einigermaßen schnell im lockeren Schnee vorwärts kam, und so schaffte er es gegen Abend, in die Nähe eines Fischerdorfes zu gelangen.

Nach einer Nacht in einem Ziegenstall betrat der Pirat am folgenden Tag hungrig die Stadt Ludvosnik, in der er eigentlich nach dem Willen von DeRagni hätte hingerichtet werden sollen.

Torbens erster Weg führte gewohnheitsmäßig in den Hafen, in dem zahlreiche große und kleine Schiffe schwammen.

Hauptsächlich lagen palestanische Händler am Kai vertäut, es fanden sich aber auch zwei mutige Agarsiener, die gerade ihre Fracht löschten, und etliche Fischerkähne. Kisten voller Krabben und Krebse stapelten sich auf dem Kopfsteinpflaster der Hafenmauer, Matrosen und Tagelöhner verluden den Fang auf Karren, die die Ware zum Markt brachten.

Tief atmete der Rogogarder die Luft ein und freute sich über das geschäftige, allzu vertraute Treiben. Bald wollte er selbst wieder an Bord eines Schiffes sein, das Rollen der See unter den Planken spüren und vor allem eines: Palestaner jagen.

Die besten Aussichten auf eine sichere Überfahrt nach Rogogard hatte Torben auf einem der agarsienischen Händler.

Ihre Schiffe unterschieden sich von den palestanischen vor allem durch den etwas längeren Rumpf und die Ruderreihen auf jeder Seite. Pro Ruderbank bewegten mindestens ein Seemann, ein Freier Ruderer oder Sklave den Riemen, wenn der Wind in den Segeln der beiden Masten fehlte oder der Kapitän Aussicht auf fette Beute hatte. Auch die Agarsiener scheuten vor der Kaperei nicht zurück, überließen diese gefährliche Art des »Handels« aber lieber den kräftigeren Rogogardern, die sich weitaus besser auf den Umgang mit Entermesser und Enterhaken verstanden.

Torben wunderte sich, dass gleich zwei Agarsiener so tief in die nördlichen Gefilde vorgestoßen waren, denn die vorherrschende Position hatten hier, dank der zahlreichen Kontore, die Palestaner mit ihren schwerfälligeren, dafür unwettertauglicheren Seglern inne.

Der Kapitän des agarsienischen Händlers *Selina* erklärte sich bereit, den Pirat mit an Bord zu nehmen und ihn an der ersten rogogardischen Insel abzusetzen. Torben sollte, nachdem er ausreichend im seemännischen Fach geprüft worden war, als zweiter Steuermann arbeiten.

Die *Selina* lief allerdings erst am folgenden Tag aus, und der großzügige Schiffsführer gewährte dem Rogogarder einen Vorschuss von zwanzig Waslec, die er in einer der Hafenkneipen ausgeben wollte. Den Spaß hatte er sich nach seinen Erlebnissen verdient.

Der starke Grog schmeckte Torben an diesem Abend außerordentlich gut, der Wirt der *Schaluppe* geizte glücklicherweise nicht mit dem Rum, und so torkelte ein sehr betrunkener Pirat am frühen Morgen durch die Gassen Ludvosniks.

Der alkoholisierte Orientierungssinn verweigerte jedoch bald den Dienst, und nachdem Torben zum vierten Mal wieder an der inzwischen geschlossenen *Schaluppe* angekommen war, setzte er sich erst einmal in den Schnee und übergab sich. Dann sank er nach hinten um und betrachtete kichernd den ausnahmsweise klaren Sternenhimmel.

»Bei allen Teufeln der Untiefen, ich bin so blau wie das Meer«, seufzte der Rogogarder glücklich und räkelte sich in den weißen Kristallen, um eine angenehme Schlafposition zu finden.

Nach wenigen Minuten wurde ihm kalt, der Frost schlich sich unter den Mantel und die dicke Kleidung, sodass der Pirat zähneklappernd auf die Beine kam. Die Wirkung des Alkohols verflog dank der Luft und Kälte allmählich.

Fluchend zog er den Stiefel aus dem Erbrochenen und versuchte zum fünften Mal, aus dem Gewirr der Sträßchen in Richtung Hafen zu finden, um an Bord der *Selina* auf den Morgen zu warten.

Schritte knirschten hinter ihm auf dem verschneiten Kopfsteinpflaster, die sich rasch näherten.

Torben drehte sich erleichtert um und hoffte, dass er nicht zu derangiert aussah, damit der Mensch nicht vor lauter Furcht die Wache zusammenschrie.

»Entschuldigt bitte, aber ich wüsste gerne, wie ich zu den Kais komme«, nuschelte der Pirat und zeigte ein alkoholseliges Lächeln. »Ich glaub, ich hab mich nämlich verlaufen.«

»Ich bringe Euch hin«, sagte der Mann, den Torben dank seines Rumkonsums und des Umhangs des Gegenübers nur verschwommen wahrnahm, freundlich. »Ich wollte auch dorthin.« Er hakte sich unter und leitete den Betrunkenen.

»Das ist seht nett von Euch«, lallte Torben und hickste. »Seid Ihr auch Seemann wie ich?«

»Ich bin Passagier und möchte nach Tûris. Und Ihr?« Zielstrebig steuerte der Mann durch die Gassen.

»Oh, ich will nach Rogogard«, antwortete der Pirat, der sich ein wenig mitgeschleift vorkam. »Auf welchem Schiff reist Ihr denn, hm?«

Der Mann zögerte einen Moment. »Auf der *Stern*.«

Torben runzelte die Stirn und blieb stehen. »Ich kenne

die *Stern* aber gar nicht. Und ich bin die ganze verdammte Kaimauer zwei Mal hoch und runter gelaufen.«

»Dann habt Ihr sie übersehen«, sagte der andere ungeduldig und zerrte den Rogogarder am Arm weiter. »Sie ist einer der kleinen Fischerkähne und heute Morgen eingefahren.«

Der Mann hatte sie tatsächlich an den Hafen gebracht und ging in Richtung der Kais.

Torben wurde langsamer, riss sich mit einer linkischen Bewegung aus dem Griff seines Führers los und blieb wieder schwankend stehen.

»Das kann auch nicht sein, weil die Boote erst heute Mittag zurückgekommen sind.« Er streckte dem Mann den Zeigefinger unter die Nase und reckte den Kopf beleidigt nach vorne. »Ihr wollt mich wohl für dumm verkaufen, was?!«

Als Antwort schlug sein Begleiter den Umhang zur Seite, zog sein Schwert und setzte die Spitze auf Torbens Brust.

»Spring«, befahl er und nickte zum Hafenbecken, das sich rechts des Piraten befand.

»Wenn ich Euch beleidigt habe, dann tut es mir Leid.« Torben versuchte die Klinge mit dem Daumen zur Seite zu schieben. »Aber mich gleich ins eiskalte Wasser zu werfen, ist übertrieben. Ich würde innerhalb weniger Augenblicke sterben.«

»Ganz recht.« Der Mann schlug dem Rogogarder die flache Seite des Schwertes mit Wucht auf den Oberarm, sodass Torben zur Seite taumelte und auf das Hafenbecken zu stolperte.

Einen Lidschlag lang rang er an der Mauerkante um sein Gleichgewicht und hätte es um ein Haar gehalten, als er einen Fußtritt in den Hintern bekam, der ihn nach vorne katapultierte.

Wie ein Stein fiel der Pirat nach unten und klatschte ins dunkle Wasser.

Die Kälte raubte ihm die Luft, und für einen Moment glaubte er, das Herz setze aus. Prustend kam er an die Oberfläche, während sich die Kleidung vollsog und ihn unnachgiebig auf den Grund des Hafenbeckens zog.

Am Pier erkannte er die teilnahmslose Gestalt, die ihn in diese lebensbedrohliche Lage gebracht hatte und scheinbar abwartete, wann er endlich untergegangen sei.

Torbens Kräfte erlahmten zusehends, das eisige Wasser raubte ihm wichtige Wärme, die Pelze und Wollwäsche wurden so schwer, dass er sich mit den Schwimmbewegungen nicht mehr lange halten konnte. Stufen oder ein Seil gab es an dieser Stelle der Hafenmauer nicht.

Der Mann über ihm fuhr plötzlich mit einem Fluch herum und verschwand von der Kante.

Der Rogogarder hörte ein wütendes Fauchen und das Klirren von Schwertern, dann versank er in den schwarzen Fluten.

Ein starker Arm riss ihn zurück und verhinderte, dass er in der Tiefe verschwand. Torben hustete und übergab sich mehrmals, während ihn etwas vollständig aus dem Wasser hievte.

Auf der Mauer wurde er sanft auf den Boden gelegt, ein rubinrot leuchtendes Augenpaar erschien dicht vor seinem Gesicht.

»Pass besser auf«, knurrte die Stimme Pashtaks, dann verschwand das Wesen.

Die Schiffe rund um den Pirat erwachten zum Leben, Rufe wurden laut, und Licht näherte sich.

»Den kenne ich. Der hat auf der *Selina* angeheuert«, sagte ein Mann, viele Hände hoben ihn hoch und trugen ihn an Bord des agarsienischen Händlers.

Die Matrosen zogen ihm die nassen Sachen aus und steckten ihn unter einen Berg Decken.

»Die Männer machen sich auf die Suche nach der Bestie«, versprach der Kapitän, der die Arbeiten überwachte. »Man hat gesehen, wie sie sich an dir zu schaffen gemacht hat. Um ein Haar hätte sie dich gefressen, glaub mir. Die Biester sind wirklich dreist. Der Winter treibt sie sogar bis in die Stadt.«

Torben hob die Hand, war aber zu schwach und immer noch zu alkoholisiert, um etwas sagen zu können.

»Du ruhst dich aus, damit du morgen deinen Dienst versehen kannst«, ordnete der Schiffsführer an und verließ das Quartier.

»Ich bring dir den Kopf von dem Vieh«, zwinkerte ihm der Maat zu, klopfte auf ein breites Entermesser und folgte den anderen Seeleuten.

Der Rogogarder war verzweifelt, denn ganz Ludvosnik würde den Falschen jagen.

»Hoffentlich erwischen sie dich nicht«, murmelte er und wünschte Pashtak in Gedanken alles Gute.

Am folgenden Morgen glitt die *Selina* mit vollen Segeln durchs Wasser, Torben stand an Deck und wechselte sich mit dem ersten Steuermann ab, um ein Gefühl für das Schiff zu bekommen. Der agarsienische Händler reagierte etwas schwerfälliger als die *Grazie*, war ansonsten doch von seinen Eigenschaften her vergleichbar.

Pashtak war allem Anschein nach in der Nacht seinen Verfolgern entkommen. Die Männer kehrten in den frühen Morgenstunden enttäuscht an Bord zurück, auch die Wache hatte keine Erfolge zu vermelden.

Der Rogogarder gab bei Fragen vor, sich durch den Sturz an nichts mehr erinnern zu können, um die Angelegenheit nicht noch mysteriöser zu machen, denn die Wahrheit hätte ihm keiner der Matrosen geglaubt.

Er wusste selbst nicht mal, warum der Mann von gestern beabsichtigt hatte, ihn umzubringen. Ein normaler Räuber hätte versucht, ihm wenigstens seine Börse wegzunehmen.

»Nussschale voraus«, meldete der Ausguck, »da hält ein Ruderboot auf uns zu.«

Der Kapitän kam auf das Oberdeck und schaute durch sein Fernrohr. »Da möchte jemand an Bord genommen werden. Segel reffen. Mal sehen, ob sich da ein Geschäft anbahnt.«

Das Boot, in dem vier Ruderer und ein fünfter Mann saßen, kam näher und erreichte die *Selina*.

Ein kräftiger Mann mit Schnurrbart und Pelzmütze erhob sich und ging zum Bug, die trachtenähnliche Kleidung wies ihn als einen einigermaßen wohlhabenden Rundopâler aus.

»Ich möchte nach Kurlanja. Könnt ihr mich mitnehmen? Ich bezahle gut«, rief er.

»Wir fahren nicht nach Kurlanja, aber ich kann Euch bei Hublinka absetzen, dort findet Ihr ein Schiff, mit dem Ihr Eure Fahrt fortsetzen könnt«, schlug der Kapitän vor. »Kommt an Bord, der Wind steht derzeit noch günstig, und die Arme meiner Ruderer sind noch ausgeruht.«

»Wie viel kostet mich das?«, fragte der Rundopâler abschätzend. »Mehr als fünfzig Waslec werde ich nicht zahlen!«

»Das ist für die Überfahrt in Ordnung. Und für weitere fünfzig Waslec bekommt Ihr etwas zu essen und eine Kabine«, antwortete der Kapitän grinsend. Torben und die Matrosen lachten. »Es sei denn, Ihr wollt an Deck schlafen und habt genügend Vorräte dabei.«

»Ihr seid ein Halsabschneider, Kapitän, aber ich komme trotzdem an Bord«, stimmte der andere missmutig in das Geschäft ein, aber an seinem Gesicht erkannte man, dass auch er ganz zufrieden mit dem Preis war.

Unbeholfen kletterte der Mann das Fallreep hinauf, während seine Sachen mit ein paar Stricken hochgezogen wurden.

Als Torben das Gepäck des Rundopâlers sah, stockte ihm der Atem. Dort waren die beiden ledernen Seesäcke, die er damals auf der *Grazie* und der *Fröhlicher Gruß* gesehen hatte.

»Was ist denn? Hast du einen Geist entdeckt?« Der erste Steuermann hatte das erschrockene Gesicht des Rogogarders bemerkt.

»Nein, nein. Es geht schon wieder. Mir war nur einen Moment lang schwindelig, muss wohl von den vielen Litern der Eisbrühe stammen, die ich im Hafenbecken geschluckt habe«, sagte Torben und ließ den Rundopâler keinen Moment aus den Augen.

Es gab gewiss mehrere Möglichkeiten, wie der Mann in den Besitz der Säcke gekommen sein könnte, aber die schlimmste von allen war, dass der Unbekannte den Untergang der *Fröhlicher Gruß* überlebt hatte und selbst auf die *Selina* gekommen war.

Verzweifelt versuchte sich der Pirat zu erinnern, welche Verkleidungen er in der Kabine DeRagnis in den Seesäcken gesehen hatte. War nicht sogar eine solche rundopâlische Tracht dabei gewesen?

Torben beschloss, sich den Inhalt der Säcke bei nächster Gelegenheit anzusehen.

In dem Moment kam der Rundopâler auf das Oberdeck, um den Kapitän zu begrüßen, und der Rogogarder machte sich hinter dem ersten Steuermann ganz klein.

»Es ist sehr nett von Euch, mich aufzunehmen.« Der Mann streckte die Hände aus und ergriff die Rechte des Schiffsführers. »Meinen herzlichen Dank dafür. Ich bin Jero Haikoff.«

»Ihr habt Waslec, ich nehme Euch mit, so einfach ist das, und da ich keine verderbliche Ware an Bord habe, macht ein kurzer Halt nichts aus«, meinte der Kapitän und winkte einen der Matrosen herbei, der dem Rundopâler die Kabine zeigen sollte.

»Ich wüsste nicht, was ich ohne Euch getan hätte. Das letzte Schiff ist mir vor der Nase weggefahren und zu dieser Jahreszeit ist es sehr schwer, auf die Schnelle Ersatz zu finden.« Er reichte dem Kapitän einen Beutel mit Gold. »Ich möchte während der Fahrt nicht gestört werden, ich muss dringende Dokumente durcharbeiten und Rechnungen überprüfen. Lasst die Mahlzeiten bitte in meine Kabine bringen.«

Der Schiffsführer nickte. »Ich wollte, alle Passagiere wären so pflegeleicht wie Ihr, Herr Kaufmann.«

»Wie kommt Ihr darauf, dass ich Kaufmann bin?« Jero zog interessiert die Augenbrauen in die Höhe.

Der Kapitän lächelte. »Ihr seid nicht angezogen wie ein Fischer, Ihr wollt Dokumente und Rechnungen durchsehen, und Ihr redet ein sehr reines, studiertes Ulldart.«

»Mein Kompliment, Ihr wärt besser Spion geworden.« Der rundopâlische Händler verzog anerkennend den Mund. »Ich möchte dann in meine Kabine. Und sagt dem Steuermann, dass er das Schiff ruhig lenken soll. Ich werde leicht seekrank.«

»Über meinen ersten Steuermann mache ich mir da keine Gedanken, und Herr Rudgass hat sein Handwerk auch gelernt«, beruhigte der Kapitän.

Jero, bereits auf der Treppe in Richtung Deck, blieb stehen und drehte sich herum. »Rudgass? Ist das nicht ein rogogardischer Name?«

Torben beschloss, die Flucht nach vorne anzutreten. »Ja, das stimmt. Ich bin von Rogogard. Weshalb fragt Ihr?«

Der rundopâlische Kaufmann musterte den Pirat kritisch. »Ich kannte einen Rudgass. Ich glaube an Bord der *Grazie*, kann das sein?«

Torben schien zu überlegen. »Das müsste mein Vetter gewesen sein, er war dort Kapitän. Die Leute sagen, wir würden uns sehr ähnlich sehen.«

»In der Tat. Es wird Euch freuen zu hören, dass es ihm gut geht. Ich bin erst vor kurzem mit ihm gereist. Ein tüchtiger Mann, nicht wahr?!«

»Wenn er nur halb so gut wie sein Vetter ist, dann kommt er in allen Gewässern zurecht«, lobte der Kapitän die Leistungen des Rogogarders.

»Dann bin ich ja beruhigt. Die Rogogarder sind bekannt für ihre seemännischen Leistungen gerade in den rauen Meeresgebieten Ulldarts«, stimmte Jero zu und stieg die Treppe hinab, um unter Deck zu verschwinden.

Torben war sich nun sicher, dass es der unheimliche Gast von damals war, aber nicht, ob ihn der Mann erkannt hatte. Ein Gedanke festigte sich zusehends im Kopf des Piraten, den er unbedingt so schnell wie möglich in die Tat umsetzen wollte, bevor er seine ungeheuerliche Entdeckung dem Kapitän der *Selina* mitteilen wollte.

Die Gelegenheit zum Durchsuchen der Kabine des Kaufmanns ergab sich, sehr zur Enttäuschung des ungeduldigen Torben, erst einen Tag, bevor der gut gekleidete Rundopâlers von Bord gehen wollte.

Als der Pirat Jero am Nachmittag am Bug des Schiffes stehen sah, nutzte er den Augenblick und schlich sich in die Kabine des Passagiers. Das Schloss der Tür öffnete er mit dem Zweitschlüssel, den er vom Kapitän unter einem Vorwand erschwindelt hatte.

Auf dem kleinen Schreibtisch neben der Talgkerze stapelten sich Papiere mit unendlichen Zahlenreihen, Kaufdokumente und ontarianische Schuldwechsel, mehrere Kleidungsstücke des Mannes hingen ordentlich an den Haken an der Wand aufgereiht. Die beiden Seesäcke lagen unter der Hängematte. Hastig zerrte Torben sie hervor und durchwühlte sie in aller Eile.

Schon beim ersten Gegenstand begannen die Hände des Rogogarders zu zittern. Er hielt das Kurzschwert, das er in jener stürmischen Nacht auf der *Fröhlicher Gruß* an der Seite des unbekannten Matrosen gesehen hatte, in den Händen.

»Ich wusste es«, murmelte er und suchte weiter.

Er fand Perücken, Kleidung, Schminke, falsche Schnurrbärte und mehrere kleine Gegenstände, die in Ölpapier eingeschlagen waren. Er sparte sich die Mühe, die Sachen auszuwickeln, er wusste auch so, was er sehen würde.

Prüfend fuhr er mit der Hand über das Innenfutter des zweiten Seesacks, das seinem geübten Auge zu dick vorkam, und tatsächlich entdeckte er eine versteckte Seitentasche, in der mehrere Papiere verborgen lagen.

Torben zog aus dem Lederumschlag eine Kohlezeichnung eines pausbäckigen Jungen heraus, dessen Gesicht rund und feist wirkte. Darunter stand »Hara¢ Vasja, Granburg«.

Rasch stopfte er alles wieder in die Seesäcke, versuchte, einigermaßen Ordnung zu schaffen, und verließ fluchtartig die Kabine des Assassinen.

Kaum auf dem schmalen, dunklen Gang, machten sich erste Zweifel breit.

Die Glaubwürdigkeit seiner Entdeckung und vor allem seiner Erzählung waren sehr gering, der Kapitän der *Selina* kannte weder ihn noch den Passagier richtig, und im Endeffekt hatte der Assassine mehr Gold, um den Schiffsführer auf seine Seite zu ziehen. Was sollte er also tun?

Sein Weg führte den aufgeregten Piraten an Deck, auf dem die Matrosen mit gefüllten Essschalen saßen, der Geruch von Eintopf hing in der Luft und erinnerte den Piraten an seinen eigenen Hunger.

Er beschloss, die Sache mit dem Assassinen auf später zu verschieben, vielleicht kam ihm bei Kartoffeln, Brühe und Gemüse die richtige Idee.

Als Torben mit Schwung die Kombüse betrat, prallte er beim Anblick des Rundopâlers erschrocken zurück.

»Du kommst zu spät«, begrüßte ihn der Smutje und rührte in einem fast leerem Kessel. »Ich kann die Reste zusammenkratzen.«

Der Kaufmann lächelte den Rogogarder an. »Es ist eine vorzügliche Suppe, ich habe zugesehen, wie der

Maat sie zubereitet hat. Es ist erstaunlich, was man aus den wenigen Zutaten und den richtigen Gewürzen machen kann.« Er nickte den beiden Männern zu und ging an Deck zurück.

»Wie lange war er hier drin?«, fragte Torben und schaute auf den Boden, ob er vielleicht nicht die Spur eines weißen Pulvers ausmachen konnte.

»Kurz bevor die Suppe fertig war. Warum?« Der Smutje schaute ihn verwundert an und hielt ihm die gefüllte Kelle hin.

»Nur so. Oh, ich nehme lieber ein Stück Zwieback, wenn es möglich ist. Ich fühle mich vom Magen her immer noch nicht besonders wohl«, log er.

Der Smutje zuckte mit den Achseln und reichte ihm vier Stücke aus dem großen Fass, legte noch einen gepökelten Hering dazu. »Wie du möchtest. Und jetzt verschwinde, ich muss aufräumen.« Der Ton klang etwas beleidigt, vielleicht weil Torben die Suppe verschmähte.

Der Rogogarder verließ die Kombüse und schaute misstrauisch auf den Zwieback. Die Matrosen waren inzwischen fertig mit der Mahlzeit und machten sich wieder an ihre Arbeit. Torben fragte sich, ob sie alle schon das Gift in sich trugen.

Der erste Steuermann winkte den Piraten zu sich. »Dort drüben ist die Küste.« Er deutete auf die graue Linie, die sich in einiger Entfernung aus vom Wasser abhob. »Halte drauf zu, bis du die Einzelheiten erkennen kannst, dann bringst du das Schiff auf Parallelkurs in Richtung Kalisstron, bis du den Hafen Hublinkas erkennst. Wenn es soweit ist, lass mich wecken.« Er schlug Torben auf die Schulter und verschwand.

Der Rogogarder hielt den Kurs, die Landmasse kam immer näher und war bald deutlicher zu sehen.

Kahle Klippen erhoben sich drohend aus dem Wasser, die laute Brandung klatschte gegen das Gestein, und meterhohe Gischtwolken stoben in die Luft. Einige Warst voraus wandelte sich das Bild, flacher Kieselstrand erlaubte dem Meer, seine Wellen sanft ausrollen zu lassen.

Jero erschien an Deck, ging zur Reling und betrachtete das Naturschauspiel.

Torben erkannte, dass er das Kurzschwert angelegt hatte, in der rechten Hand hielt er eine Sanduhr, die zu Zweidrittel abgelaufen war.

Nach einiger Zeit drehte sich der Rundopâler um, hob die Uhr vor die Augen und beobachtete mit einem leisen Lächeln, wie die letzten Körner von oben nach unten rieselten. Dann stellte er sie auf die Bordwand und wartete, die Arme vor der Brust verschränkt.

Als Ersten erwischte es einen Matrosen, der gerade die Wanten erklomm.

Krämpfe rasten plötzlich durch seinen Körper, er begann zu zucken und zu schreien, dann lösten sich die Finger, und er stürzte auf das Deck. Schnell scharten sich einige Männer um den Toten, andere riefen nach dem Kapitän.

Der Schiffsführer kam in dem Moment aus seiner Kabine, als der zweite Matrose mit Krämpfen und Schaum vor dem Mund neben dem Toten zusammenbrach. Auch von unten drangen erschrockene Rufe aus dem Ruderdeck.

»Was zum Teufel geht hier vor?« Der Kapitän kniete neben einem der Männer nieder und begutachtete ihn.

Torben klammerte sich an sein Steuerrad und starrte auf das Deck. Der Assassine hatte wieder eine Mannschaft vergiftet, und nur Ulldrael wusste, wie viele Menschen er auf diese Weise schon umgebracht hatte.

Immer mehr Besatzungsmitglieder brachen zusammen, darunter auch der Kapitän, zuckende Leiber lagen auf den Planken, die qualvollen Schreie wollten nicht enden.

Ruhig stand Jero an der Reling und sah den Seeleuten zufrieden beim Sterben zu.

Der Rogogarder hatte begriffen, dass er die Sache nur überleben konnte, wenn er auch »starb«. Ulldrael wusste, dass er gewiss kein Feigling war, aber auf einen offenen und aussichtslosen Kampf mit diesem gefährlichen Mann wollte er sich nicht einlassen.

Also brüllte er auf, hielt sich den Bauch und ließ sich in die Speichen des Steuerrades sinken, damit er das Geschehen an Deck unter halbgeöffneten Lidern heraus mitverfolgen konnte.

Der Assassine setzte sich langsam in Bewegung, durchschritt das Knäuel der Sterbenden und ging in seine Kabine, um kurz darauf mit den Seesäcken wieder zu erscheinen. Griff einer der Matrosen Hilfe suchend nach seinen Stiefeln, trat er dem Mann ins Gesicht oder stieg über ihn. Dann nahm er sich eine der Äxte, die neben dem Großmast standen, und verschwand wieder. Bald drangen gleichmäßige, dumpfe Schläge aus dem Kielraum.

Torben verstand das als gnädigen Wink Ulldraels, der ihm offensichtlich wohl gesonnen war, erhob sich und ging so leise wie möglich zum kleinen Beiboot.

Quietschend und kreischend setzte sich die Winde in Bewegung, Stück für Stück senkte sich der Rumpf der Wasseroberfläche entgegen, bis er nur noch wenige Handbreit entfernt war.

Plötzlich hielten die Axtschläge unter Deck inne.

Der Pirat kappte die Haltetaue des Flaschenzugs und sprang in das Boot. Er legte sich wie noch nie zuvor in die Riemen und versuchte, so schnell wie möglich eine sichere Entfernung zwischen sich und die *Selina* zu bringen.

An der Bordwand erschien unvermittelt Jero, eine gespannte Armbrust, die aus der Waffenkammer stammte, im Anschlag.

Torben warf sich flach auf den Boden des Bootes und kroch unter die Ruderbank, als sich der Bolzen fingerbreit neben seinem rechten Ohr ins Holz bohrte. Die

Metallspitze glitzerte feucht, die Flüssigkeit roch Ekel erregend.

Wunderbar, noch mehr Gift, dachte der Rogogarder und seufzte leise.

Wie der Blitz kroch der Pirat unter seiner Deckung hervor und begann erneut zu rudern, während der Assassine fluchend die Waffe nachlud.

Torben glaubte, seine Muskeln platzten, doch er hielt den mörderischen Takt bei.

Zum zweiten Mal hob Jero die Armbrust, wieder tauchte Torben unter die Bank.

Diesmal nagelte das Geschoss seinen Hemdsärmel in den Rumpf des Bootes, achtlos zerriss der Pirat die Kleidung und bot dabei alle Kräfte auf.

Die Handflächen brannten bereits schmerzhaft, der Schweiß rann in Kübeln den Rücken hinab, doch immer noch befand er sich in der Reichweite der Schusswaffe.

Wieder sirrte ein Bolzen heran, erst im letzten Moment ließ sich Torben zur Seite fallen und wich dem Geschoss aus.

Vor lauter Aufregung rutschte der Rogogarder vom rechten Rudergriff ab und kippte nach hinten von der Bank, sein Kopf schlug dabei hart auf die Planken. Benommen richtete er sich auf und blickte auf den Assassinen, der den Auslöser der Armbrust zog.

Torben sah den Bolzen rasend schnell näher kommen, und glaubte sogar das Zischen zu hören, als das Geschoss die Luft durchschnitt, doch er nahm alles doppelt wahr, nicht in der Lage zu reagieren. Jero schrie triumphierend auf.

Der Bolzen sackte mit einem Mal ab und fiel wenige Handbreit vor dem Beiboot ins Wasser.

Der Pirat starrte auf die Kreise auf der Meeresoberfläche, die der Einschlag verursachte hatte. Sein Kopf wurde wieder klar, und er verstand, dass er sich außerhalb der Reichweite der Waffe befand.

»Du kriegst mich auch diesmal nicht, Mörder«, schrie Torben und sprang auf. »Ich bin dir zum zweiten Mal entwischt!« Das Boot kam gefährlich ins Wanken.

»Zum dritten Mal«, korrigierte der Assassine und lud ungerührt nach. »Die Bestie hat dich in Ludvosnik aus dem Hafenbecken gefischt, sonst wärst du tot und ich brauchte mich nicht mit dir herumzuärgern.« Er sah abschätzend in den Himmel, befeuchtete einen Finger und prüfte den Wind.

»Ich werde dich entlarven«, brüllte Torben, setzte sich schnell hin und legte sich erneut in die Riemen. »Du wirst für den Tod meiner Männer büßen.«

Jero hob die Armbrust, zielte scheinbar in den Himmel und feuerte. »Da bin ich aber gespannt, Kapitän Rudgass«

Der Rogogarder paddelte hektisch nach rechts, einen Moment darauf krachte der Bolzen in das Heck. Torben ruderte weiter, um die Entfernung zu vergrößern.

Der Assassine warf die Waffe zornig ins Wasser. »Wenn ich dich noch einmal sehe, wirst du unser Zusammentreffen nicht überleben, ich gebe dir mein Wort! So viel Glück kannst du nicht haben.«

Mehr und mehr entfernte sich das Boot vom agarsienischen Händler, Torben schloss die Augen und konzentrierte sich auf einen regelmäßigen Rudertakt, damit er schnell Land erreichte.

Wenn er schon seine Männer und die der *Selina* nicht hatte retten können, so wollte er wenigstens den unbekannten Harac vor dem Anschlag des Assassinen bewahren.

Außerdem wusste der Freibeuter nun, wohin der Mann wollte, und nun konnte er sich in aller Ruhe auf das Treffen mit dem heimtückischen Mörder vorbereiten. Die Sache wollte er zu Ende bringen. Rogogard musste bis dahin auf seine Rückkehr warten.

VIII.

»Die Mönche in den noch nicht besetzten Gebieten beteten ohne Unterlass zu Ulldrael, bis die dringlichen, verzweifelten Worte an das Ohr des Betäubten drangen und ihn aus seinem Zauberschlaf weckten, den Tzulan über ihn geworfen hatte.

Als Ulldrael erwachte und sah, was alles geschehen war, erschien er allen Königen Ulldarts im Traum und rief sie zu einer Versammlung. Dort sprach er zu ihnen: ›Einst haben die Götter gesagt, sie würden sich nie mehr in die Belange der Menschen einmischen, aber nun ist es an der Zeit, dass ich meinem Volk beistehe. Sammelt eure letzten Truppen bei der Stadt Taromeel und rennt gegen Sinured und seine abscheuliche Armee an. Habt Vertrauen, meine Kinder, denn ich werde euch helfen.‹

Und so zogen Aldoreel und Ilfaris ihre Armeen zusammen, viele Freiwillige schlossen sich den Truppen auf dem Zug nach Taromeel an, um ihnen in der letzten und entscheidenden Schlacht beizustehen.

Stolz wehten die Banner aller Königreiche auf dem Hügel bei Taromeel, der bis heute noch Wunderhügel heißt, während auf der anderen Seite die finstere Streitmacht Sinureds übermächtig und Furcht einflößend aufmarschierte.

Eins zu zwanzig standen die Freiwilligen dem feindlichen Heer gegenüber, und all ihr Mut wollte sie verlassen, als ein Lichtstrahl die Finsternis, die seit mehr als fünfzig Jahren herrschte, durchbrach.«

ULLDARTISCHER GESCHICHTSALMANACH,
XXI. Band, Seite 1052

Provinzhauptstadt Granburg, Königreich Tarpol, Frühjahr 442 n. S.

Lodrik saß im muffigen Kanzleizimmer und schielte über den Berg von Akten, der sich auf seinem Schreibtisch auftürmte.

»Das sind alles Papiere, die man zur Regierung einer Provinz benötigt?« Seine hohe Stimme klang etwas mutlos und unsicher. »Ich hätte nicht gedacht, dass es so viele sind.« Er blätterte lustlos in den Seiten. »Jukolenko hat jeden Tag eine andere Ausrede, um mir nicht helfen zu müssen, und alleine stehe ich bei den meisten Aufzeichnungen vor einem Rätsel. Rechnungen, Zahlen und Vermerke über Sachen, die ich stellenweise nicht mal entziffern kann.« Der jugendliche Gouverneur sackte im Sessel zusammen.

Stoiko stand auf der anderen Seite des Tisches und warf einen unglücklichen Blick auf das Durcheinander. »Ich sehe schon. Das ist ein großes Problem direkt am Anfang der Regierungszeit.« Der Vertraute kramte in seiner Dokumententasche und fischte ein großes Blatt heraus. »Die Erkundigungen, die Waljakovs Männer eingezogen haben, sind höchst interessant und entmutigend zugleich. Die Großbauern stehen dem ehemaligen Gouverneur sehr nahe. Entweder er hält sie sich mit Geld bei der Stange, oder er erpresst sie.«

Lodrik zog einen Schmollmund. »Geh unsere Sachen packen. Granburg verwalten zu können ist unter den Umständen wohl mehr als unmöglich. Und das Essen ist so miserabel, dass ich an Gewicht verloren habe.« Zur Demonstration zog er an der Weste, die wesentlich lockerer als früher um seinen Körper lag.

»Na, der Gewichtsverlust geht zum Großteil auf Waljakovs Fechtstunden zurück. Und Ihr seid in der Tat schneller geworden, Herr«, lobte Stoiko. »Die leicht schmalere Taille steht Euch eigentlich ganz gut.« Er wedelte mit dem Blatt. »Und ganz so aussichtslos ist es dann doch nicht, denn ich habe einen Namen gehört, der im Gegensatz zu den anderen Großbauern gerne von den Leuten ausgesprochen wird.« Er blickte auf die handschriftlichen Notizen. »Er heißt Ijuscha Miklanowo, und hat seine Besitzung rund vierzig Warst von hier. Ich habe ihn eingeladen. Da er sich für das Bankett Jukolenkos entschuldigen ließ und derzeit nicht in der Gegend ist, wird es ein bisschen dauern, bis ihn meine Nachricht erreicht hat und er herkommen kann.« Stoiko schaute Lodrik an. »Ich denke, dass wir in ihm einen Verbündeten finden könnten, Herr.«

»Das wäre sehr schön.« Lodrik stand auf, zog die Hose hoch und machte den Gürtel ein Stückchen enger. »Ich glaube, ich lasse die Gouverneursgeschäfte ruhen und unternehme einen kleinen Ausritt. Es schneit heute ausnahmsweise nicht, und ich will die Gelegenheit nutzen, um mir die nähere Umgebung anzusehen. Alleine.«

Der Vertraute öffnete den Mund zum Protest. »Es kennt Euch zwar noch keiner persönlich, trotzdem ist es meiner Meinung zu gefährlich. Ich sage Waljakov, dass er eine kleine Eskorte zusammenstellen soll.«

»Du kannst auch gleich der Küche Bescheid sagen, dass sie einen Proviantsack packen sollen. Ich ziehe mich um und gehe in die Stallungen, um dort zu warten.«

Der Junge verließ die Kanzlei, während Stoiko Waljakov über die Pläne des Gouverneurs in Kenntnis setzte.

Seit zehn Tagen lebte der Tadc nun als Hara¢ Vasja in der Provinzhauptstadt. Jukolenko war Lodrik gegenüber immer sehr freundlich und betont höflich, letztendlich kümmerte er sich aber nicht so um den Jungen, wie es einem Gouverneur eigentlich zugestanden hätte. Der Hara¢ musste vor drei Tagen sogar die übliche Audienz absagen, weil er keinen Überblick über die Bittschriften hatte, die sich in den Schubladen häuften. Übermorgen standen gerichtliche Streitfälle auf dem Tagesplan, die durch ein Machtwort des Statthalters geschlichtet werden sollten. Außerdem befanden sich die Kanzleien und Akten in Jukolenkos Trakt, sodass Lodrik jedes Mal kreuz und quer durch unendlich lange Gänge laufen und zahlreiche Treppen steigen musste, bis er in seinem eigentlichen Amtsbereich war.

Immerhin hatte er schon einige Akten durchgesehen und mit Stoikos Hilfe versucht, Ordnung in das Durcheinander zu bringen, das offensichtlich absichtlich hinterlassen wurde, dennoch stand der Junge kurz davor, Granburg sich selbst zu überlassen und in die Reichshauptstadt zurückzukehren.

Das einzige, was ihn davon abhielt, sofort aufzubrechen, war der Gedanke an ein ungemütliches Verließ in einer abgelegenen Burg seines Vaters, in dem er bis an sein Lebensende hocken würde.

Lodrik schlurfte durch den Gang in Richtung Schlafzimmer, wobei er alle paar Meter die Hose hochziehen musste, obwohl der Gürtel bereits ein Loch enger saß als gewöhnlich.

Die täglichen, schweißtreibenden Fechtstunden mit Waljakov genoss der Hara¢. Der Leibwächter hetzte ihn zwar über die Plonge wie es noch kein Lehrer vor ihm getan hatte, doch Lodrik spürte, dass seine Bewegungen an Ungeschicklichkeit verloren.

Die Manöver, die ihm der muskulöse Mann beibrachte, waren ungewöhnlich und jenseits von allem klassischen Buchwissen über den Umgang mit dem Säbel, das sich der Junge angelesen hatte. Trotzdem verspürte er eine gewisse, plötzliche Begeisterung für das Fechten.

In Gedanken bei Ausfallschritten und Hiebtechniken, zog sich Lodrik um, ohne auf die Hilfe Stoikos zurückzugreifen – Waljakov hatte auf der Reise und hier mit schöner Regelmäßigkeit gestichelt, und diese Bemerkungen war der Junge mehr als überdrüssig. Er stellte seine Garderobe seit dem vierten Tag selbst zusammen, achtete dabei aber immer darauf, dass die Kleider nicht zu kompliziert waren und so wenig Knöpfe wie möglich hatten.

Für den Ausritt wählte er einfache Wollkleidung, schnallte sich in der Rüstkammer einen leichten Lederpanzer darüber und legte den Säbel an. Um sich vor dem scharfen Wind zusätzlich zu schützen, nahm er einen warmen Pelzmantel vom Haken, die blonden Haare verschwanden unter einer dick gefütterten Pelzmütze, Handschuhe aus gegerbtem Leder von der Dicke eines kleinen Astes bewahrten die Finger vor Erfrierungen.

Der Stallmeister hatte die Pferde bereits satteln lassen, der Proviantsack hing fest verzurrt an der Seite von Lodriks Reittier.

Der jugendliche Gouverneur hatte plötzlich eine abenteuerliche Eingebung.

»Sag Waljakov, ich sei schon mal vorausgeritten.« Er stieg auf. »Ich will die Umgebung selbst ein bisschen erkunden, dann errege ich auch nicht so viel Aufsehen.«

»Exzellenz, das geht nicht!«, rief der Stallmeister entsetzt. »Waljakov wird mich umbringen. Er hat gesagt, ich solle Euch unter keinen Umständen aus den Stallungen lassen.«

»Keine Angst. Ich übernehme die Verantwortung.« Lodrik drückte dem Pferd die Fersen in die Flanke und trabte zum Tor hinaus. »Wir treffen uns auf dem Hügel vor der Stadt.«

»Kommt zurück, Exzellenz!« Der Mann lief ein paar Meter hinter dem Gouverneur her und blieb dann außer Atem stehen.

»Hol Waljakov und sag ihm, der Gouverneur wäre ohne meine Zustimmung unterwegs«, befahl er einem

Knecht und ließ die Schultern sinken. »Warum tut er mir das an?«

Lodrik trabte neugierig durch die Straßen Granburgs. Keiner der Wachen oder der Menschen, die ihm unterwegs begegneten, schenkten ihm besondere Beachtung.

Manche grüßten ihn mit einem flüchtigen Kopfnicken, da sie wegen des Pferdes und der besseren Kleidung in ihm einen Adligen oder reichen Bürger vermuteten, jedoch redete ihn niemand als Gouverneur an.

Unbehelligt, abgesehen von aufdringlichen Bettlern, die er mit ein paar hingeworfenen Waslec zufrieden stellte, kam er aus der Stadt und lenkte das Pferd auf den vereinbarten Hügel, um einen besseren Überblick zu erhalten.

Weit breitete sich Granburg unter ihm in der Ebene aus, eingeschlossen von viel verschneiter Landschaft. Die dicken, grauen Stadtmauern hoben sich gegen das helle Weiß des Schnees deutlich ab, schützten die dahinterliegenden Häuser vor Räubern und Sumpfbestien.

Tief atmete Lodrik die kalte, klare Luft ein und freute sich. Keine Diener, kein mürrischer Waljakov und auch kein allgegenwärtiger Stoiko, der ihn mit besserwisserischen Anweisungen schikanieren konnte.

Zwar genoss der Junge die Annehmlichkeiten des Palastes sehr, aber die Gelegenheit, für kurze Zeit ungestört ausreiten zu können, war vorhin einfach zu verlockend gewesen. Außerdem würde der Leibwächter jeden Augenblick mit der Eskorte aus dem Stadttor kommen. Die Wahrscheinlichkeit, dass ihm etwas zustoßen würde, war somit ohnehin gering.

Es roch für ihn ein bisschen nach Abenteuer, und mit dem schweren Säbel an der Seite fühlte er sich jeder Gefahr gewachsen.

Lodrik rückte zufrieden die Waffe zurecht, doch unglücklicherweise drückte die metallbeschlagene Scheide recht unsanft in die weiche Flanke des Pferdes, das daraufhin erschrocken auf die Hinterhand stieg und den Hügel auf der anderen Seite hinunterpreschte.

Querfeldein ging der wilde Ritt, über brache, weiße Felder, vorbei an kleinen Dörfern und durch verschneite Wälder. Lodrik klammerte sich verzweifelt in die Mähne und ließ sein Pferd entscheiden, wohin es gerade mit ihm auf dem Rücken wollte.

Nach einer langen Zeit wurde das Tier allmählich müde, verringerte seine Geschwindigkeit und blieb mitten auf einem Waldweg stehen.

»Das ist eine sehr gute Idee, du blödes Vieh.« Der Gouverneur rutschte vorsichtig aus dem Sattel, nahm die Zügel und klopfte dem schweißgebadeten Pferd auf den Hals. Sein Hintern schmerzte, die Muskeln in den Beinen und Oberarmen zitterten.

»Wir machen eine Pause. Aber zuerst suchen wir uns ein Dorf oder ein Gasthaus, wo wir dich wieder trocken bekommen, sonst holst du dir bei der Kälte den Tod. Obwohl ich ihn dir kurz gegönnt hätte, nach dem Theater, das du veranstaltet hast.« Er führte das erschöpfte Tier aus dem Wald und schaute sich um.

Weit und breit war kein Zeichen menschlicher Zivilisation zu entdecken. Das einzige Geräusch erzeugte der Wind, der in den Wipfeln der Bäume ein leises, rauschendes Lied sang.

»Da siehst du, was du gemacht hast. Das sieht nicht gut für uns aus«, murmelte Lodrik und stapfte den Weg entlang.

Das letzte Dorf, an das er sich erinnern konnte, lag mindestens eine Viertelstunde zurück, wenn nicht sogar noch länger, und sein Pferd brauchte dringend einen trockenen, warmen Stall und etwas zu fressen, wenn er den Heimweg auf ihm antreten wollte. Ganz zu schweigen von seinem Bedürfnis nach einem heißen Tee und Berge von Essen.

Die Sonnen sanken tiefer, zarte Dunstschleier stiegen auf. Der Hara¢ bekam ernste Zweifel an seiner Eingebung, alleine auf Erkundungsritt zu gehen.

Nach einer Viertelstunde entdeckte Lodrik aus einem nahen Wald eine dünne, weißliche Rauchsäule aufsteigen, die er zunächst für Nebel gehalten hatte.

»Aha, wir haben doch Glück«, sagte er zu seinem Reittier, »und wenn es nur ein Kohlenmeiler ist, der uns da erwartet.«

Müde bahnten sie sich einen Weg durch den lockeren Schnee und kam an den Rand der Fichtenansammlung.

Der Gouverneur roch nun auch das Feuer, das irgendwo vor ihnen brannte und eine warme Unterkunft versprach.

Das Pferd schnaubte nervös und blähte die Nüstern.

»Was denn? Wir haben es doch gleich geschafft.« Aufgeregt zerrte das Tier am Zügel und befreite sich mit einem mächtigen Ruck aus der Hand Lodriks.

Das Pferd galoppierte ein paar Schritte am Wald entlang, dann schien die Schneedecke unmittelbar neben dem Vierbeiner zu explodieren.

Ein riesiges Wesen, eine Mischung aus Bär und Wolf mit weißem, zottigem Pelz, brach aus seinem Versteck hervor, fiel das Pferd brüllend an und warf es zu Boden. Die mächtigen, zahnbewehrten Kiefer zerrissen die Kehle der wiehernden und um sich tretenden Beute.

Der jugendliche Gouverneur wartete nicht ab, bis das Ungeheuer ihn entdeckte, sondern drehte sich um und rannte voller Angst in den Wald, während er hinter sich das Splittern der Knochen seines Pferdes hörte.

Lodrik keuchte und schnaufte, warf den Säbel weg, streifte die Pelzmütze vom Kopf und löste die Spange des schweren Pelzmantels in der Hoffnung, durch die Gewichtsreduzierung an Schnelligkeit zuzulegen.

Äste und Zweige zerkratzten sein Gesicht, Dornenranken zerrissen die Kleidung und schrammten über die Haut, doch der Junge blieb nicht stehen, obwohl das Herz wie eine Tanztrommel in seiner Brust schlug.

Ein paar Mal stürzte er in den kühlen Schnee, doch die Angst vor dem riesigen Wesen verlieh ihm ungeheure Kräfte.

Mit einem Mal lichtete sich das dichte Unterholz. Lodrik stand völlig außer Atem vor einer kleinen, palisadenumzäunten Siedlung, die aus zehn baufälligen Hütten bestand.

Aus dem Wald drang Krachen und Knirschen, als ob sich etwas Großes hindurch bewegen würde.

»Ho!«, rief er und rannte zum Tor. »Ich brauche eure Hilfe!«

Hinter den Palisaden erschienen drei mit Speeren bewaffnete, vermummte Gestalten, die Lodrik aufmerksam beobachteten.

»Ich werde von einem Untier verfolgt. Bitte, lasst mich rein!«

Einer schüttelte stumm den Kopf und bedeutete dem Gouverneur wegzugehen, die anderen hoben die Speere.

»Versteht ihr nicht? Ich will rein! Ich bin der Gouverneur!« Lodrik stand fast unmittelbar vor dem Holztor. »Das Ungeheuer ist direkt hinter mir. Bitte, ich habe viel Gold!«

Wieder schüttelte der Mann den Kopf, seine Begleiter schwenkten drohend die Speere und gaben seltsam stöhnende Laute von sich.

Das Krachen im Unterholz wurde lauter, Lodrik machte einen Satz nach vorne und trommelte verzweifelt an das Holz.

Über ihm erschien ein vierter Mann, der keinen Schal vor dem Gesicht trug, und Lodrik erstarrte.

Der Großteil der rechten Gesichtshälfte bestand aus verrottendem Fleisch, das Auge war halb eingefallen und nur als erbsengroßes, schwarzes Etwas zu erkennen. Der Fäulnisprozess hatte einen Teil der Wange bereits zerstört, der Junge sah auf verfärbte Kieferknochen und Zahnstummel.

Keuchend wich Lodrik zurück und begriff, vor was er stand. Er hatte eines der so genannten Totendörfer gefunden, Orte, wo die Einwohner Tarpols solche Menschen hinbrachten, die an unheilbaren oder ansteckenden Krankheiten litten. Ausgestoßene, Krüppel oder Missgeburten wurden ebenso hierher verfrachtet, um zu sterben.

»Verschwinde, Junge«, sagte der Mann undeutlich. »Besser, du wirst von dem Kullak gefressen, als hier zu enden.«

Der Gouverneur starrte auf die Palisaden. Das Grauen fesselte ihn so sehr, dass er die Gefahr durch das Untier völlig vergessen hatte.

Ein Armbrustbolzen bohrte sich knapp unter dem entstellten Mann ins Holz.

»Weg, da«, hallte die tiefe Stimme Waljakovs über die Lichtung, »oder der nächste Schuss trifft dich!«

Lodrik drehte sich um und sah den Leibwächter zusammen mit mehreren Bewaffneten aus dem Wald reiten, die Männer auf den Palisaden verschwanden fluchtartig. Von drinnen hörte man das Dröhnen eines Rufhorns.

Waljakov brachte sein Pferd neben dem zitternden Lodrik zum Stehen und streckte die Hand aus. »Steigt auf, Herr. Wir müssen weg von hier, bevor sie ihren Mut wieder finden.«

»Es tut mir Leid, ich wollte nicht ...«, stammelte der Junge, doch der Leibwächter zerrte ihn hinter sich auf den Pferderücken.

»Darüber können wir später reden, Herr. Ich möchte nach Granburg, bevor es dunkel wird und die Wölfe kommen.«

Sie ritten schweigend durch den Wald zurück in Richtung Provinzhauptstadt.

Lodrik sah später den Kadaver seines Pferdes neben dem des Kullak, zwei Soldaten der Leibwache lagen tot im Schnee.

Der Gouverneur klammerte sich an Waljakov und drückte das Gesicht tief in den Pelzmantel. Er wollte von dieser Provinz nichts mehr hören und sehen.

»Habt Ihr vergessen, dass das Schicksal des ganzen Kontinents von Euch abhängt?« Stoiko lief mit verschränkten Armen um das Bett des Gouverneurs, in dem der Junge seit seiner Rückkehr vor zwei Tagen steckte. Die Kälte und die Aufregung hatten ihre Spuren an Lodrik hinterlassen, seine Nase sonderte unentwegt Schleim ab, er hustete ständig und rasselte bei jedem Atemzug. »Was wäre wohl, wenn Euch der Kullak gefressen hätte?«

»Dann wäre mir Tarpol jetzt gleichgültig«, gab der Gouverneur schwach zurück.

Eine Stunde lang hielt ihm sein Vertrauter nun eine Moralpredigt, und er hatte inzwischen wirklich verstanden, dass er mit seinem ungeplanten Abstecher ein großes Wagnis eingegangen war.

»Das darf es aber nicht, Herr. Nicht jetzt und nicht später. Ich möchte, dass Ihr so etwas nie wieder tut.« Stoiko kniete sich neben das Bett. »Versprecht es mir. Denkt an Euer Leben, die vielen Menschen auf Ulldart und deren Schicksal.«

Lodrik seufzte. »Ich verspreche es, Stoiko. Und jetzt lass mich bitte schlafen. Ich fühle mich nicht besonders gut.«

Der Mann erhob sich, deutete eine Verbeugung an und verließ das Zimmer, während sich der Junge auf die linke Seite drehte und die Augen schloss.

Immer wieder kehrten die Bilder zurück. Er sah den Kullak, der sein Pferd auffraß, den entstellten Mann und die toten Wachen, die wegen ihm ihr Leben gelassen hatten, alles mischte sich zu einem großen Durcheinander und hinderte ihn am Einschlafen.

Waljakov hatte während des Rittes nichts gesagt, der Tross war schweigend in die Stadt zurückgekommen und ohne Umwege zum Palast geritten. Doch der enttäuschte Blick, den ihm der Leibwächter beim Absteigen zugeworfen hatte, sagte mehr als irgendeine Rede, die ihm Stoiko dafür anschließend hielt.

Gerade hatte Lodrik angefangen zu glauben, dass sich sein Leben ein bisschen zum Vorteil veränderte, dann musste dieser fürchterliche Nachmittag kommen.

Aber immerhin, diesmal war keine einzige Träne aus den Augenwinkeln gelaufen, meisterhaft hatte er die Beherrschung behalten.

Still betete er zu Ulldrael und bat um Nachsicht für sich und um die gnädige Aufnahme der Wachen in die Halle der Furchtlosen.

Lodrik versank doch noch in einem unruhigen Halbschlaf. Albträume jagten den Jungen, schickten ihn auf eine aussichtslose Flucht gegen den monströsen Kullak, der sich plötzlich in den Mann mit dem halbzerfallenen Gesicht aus dem Totendorf verwandelte. Eine verweste Klaue schob sich in das Gesichtsfeld des Gouverneurs und griff nach seinen Augen; die gelben, gebrochenen Fingernägel kamen näher, dann drangen sie in die Pupillen ein.

Schreiend erwachte Lodrik, die Arme schützend vor die Augen gelegt.

Einen Moment lang lauschte er in die Stille des Raumes, bevor er einen vorsichtigen Blick wagte, aber glücklicherweise sah er weder das Ungeheuer noch den Mann aus dem Totendorf.

Das Zimmer war dunkel. Nur die kleine Kerze, die auf dem Nachttisch brannte, sorgte für einen wohlig goldenen Schimmer.

Langsam ließ sich Lodrik in die Kissen des Bettes

zurücksinken und versuchte seine schnellen Atemzüge zu verlangsamen, während er die flackernden Schatten an der Wand betrachtete.

Leise wurde die Tür geöffnet, und ein dem Gouverneur unbekanntes Mädchen streckte neugierig den Kopf herein.

»Hast du eben geschrien?« Sie kam vorsichtig herein und setzte sich auf Lodriks Bettkante. »Du siehst aus, als ob du schlecht geträumt hättest.«

Der Junge war zu verblüfft, um etwas sagen zu können, und starrte sie einfach nur an.

Sie trug ein dunkelrotes, reichlich mit Goldfäden besticktes Samtkleid, das eng am Körper anlag und ihre weiblichen Formen hervorhob. Lange, schwarze Haare rahmten das hübsche Gesicht mit den braunen, leicht mandelförmigen Augen ein, eine kleine Narbe an der rechten Schläfe verlieh ihr etwas Draufgängerisches. Von der Statur her war sie zwar wesentlich schmaler als Lodrik, dafür überragte sie ihn um mindestens einen Kopf.

»Bist du stumm?«, sagte das Mädchen und schaute ihn besorgt an. »Oder soll ich lieber einen der Diener holen?«

Der nass geschwitzte Gouverneur blinzelte, während er sich aufsetzte.

»Nein, das ist nicht notwendig. Ich habe in der Tat schlecht geschlafen.« Er faltete die Hände und schaute sie an. »Um ehrlich zu sein, es war ein grauenvoller Albtraum. Ein Kullak wollte mich fressen.«

»Ich kenne niemanden, der da nicht geschrien hätte«, gab sie zu und lächelte sanft.

»O doch, ich kenne einen, der einen Kullak besiegt hat«, meinte Lodrik und rückte das Kissen in seinem Rücken zurecht. »Die Diener haben erzählt, wie sich die Wachen über Waljakov unterhalten haben. Er muss dem Ungeheuer den entscheidenden Treffer zugefügt haben.

Ohne Rücksicht auf sein eigenes Leben hat er angegriffen, nur um das meinige und das seiner Männer zu retten.«

»Das klingt nach einem entweder sehr mutigen oder sehr leichtsinnigen Mann«, schätzte sie und schaute sich im Raum um. »Dann bist du also der neue Gouverneur.«

»Ja«, Lodrik zögerte. »Warum?«

»Du hast uns schließlich eingeladen«. Der Statthalter machte ein ratloses Gesicht. »Eigentlich hast du meinen Vater eingeladen, Ijuscha Miklanowo. Erinnerst du dich jetzt?«

Lodriks Gedächtnis kehrte zurück. »Ach, ja. Der einzige Großbauer, den Jukolenko nicht besonders leiden kann. Ich wusste nicht, dass er eine Tochter hat. Mein Vertrauter hat nichts davon gesagt.«

»Und ich wusste nicht, dass der Gouverneur kein erwachsener Mann ist«, grinste das Mädchen. »Ich habe dich zuerst für den Sohn des Gouverneurs gehalten.« Sie musterte ihn neugierig. »Du bist ganz schön dick.«

Der Junge war einen Moment sprachlos. »Und du bist ganz schön unverschämt. Ich bin der Gouverneur, da kannst du doch nicht einfach solche Sachen zu mir sagen, auch wenn sie stimmen«, protestierte er. »Und du siehst aus … wie … eine lange Dachlatte!«

»Jetzt bist du unverschämt.« Sie spielte die Empörte und warf die Haare zurück, dann lachte sie. »Aber du hast auch Recht. Meine Mutter war sehr groß. Und sehr hübsch.« Ihre Augen funkelten, und sie sah abwartend zu Lodrik.

»Das kann sein. Ich kenne sie nicht«, sagte der Junge anstatt des erhofften Kompliments, und das Mädchen stand auf. Ihr Gesicht zeigte Missbilligung.

»Ich gehe lieber. Mein Vater wird mich schon suchen.«

»Wohin wolltest du eigentlich?«

»Ich habe den Palast noch nie von innen gesehen, und da Vater gerade mit einem Mann namens Stoiko Gijuschka redet, bin ich auf eigene Faust losgezogen.«

»So etwas kann ein schlimmes Ende nehmen.« Lodrik zog die Decke über den Kopf. »Glaub mir, ich weiß, wovon ich rede.«

Leise fiel die Tür ins Schloss, das Mädchen war verschwunden.

»Ich weiß noch nicht mal ihren Namen«, murmelte der Junge und schloss die Augen, »aber ihre Zunge ist mir zu scharf.«

Nach weiteren zwei Tagen fühlte sich Lodrik wieder genesen. Neugierig hatte er sich zwischendurch nach seiner Besucherin erkundigt.

Die Tochter des Großbauern hieß Norina, sagte zumindest Stoiko, war zwei Jahre älter als der Gouverneur und begleitete ihren Vater auf allen wichtigen Geschäftsreisen, um so viel wie möglich zu lernen.

Miklanowos Äußerungen nach sollte die Tochter als einziges Kind später den Hof und die Güter übernehmen, was nicht den gängigen Traditionen entsprach. Normalerweise musste die Tochter im Falle des Fehlens eines männlichen Erben einen anderen Großbauern oder dessen Sohn heiraten, aber dass eine Tochter selbst die Zügel in die Hand nahm, war noch nie vorgekommen. Vater und Tochter schienen in jeder Hinsicht ungewöhnlich zu sein.

Lodrik stand auf und stellte sich nackt bis auf einen Unterleibswickel vor den Spiegel. Immer noch verfügte er über gewaltige Körpermassen, aber der Bauch und der Hüftspeck schwanden allmählich. Die Worte des Mädchens hatten den schlummernden Ehrgeiz des Gouverneurs endgültig geweckt.

»Ihr werdet alle noch Augen machen«, versprach er seinem Spiegelbild, bevor er sich in die wärmenden

Wollsachen hüllte und den Klingelzug betätigte. Nach kurzer Zeit stand Stoiko im Zimmer.

»Ulldrael sei Dank, Ihr seid wieder auf den Beinen, Herr«, sagte der Vertraute und strahlte. »Ich wollte schon den ansässigen Cerêler herholen lassen.«

Lodrik winkte ab. »Es geht mir wirklich gut. Ich habe, glaube ich, lange genug im Bett gelegen. Was ist mit unseren Gästen?«

»Miklanowo und seine Tochter sind immer noch in der Stadt. Sie haben Quartier in einem der Gasthäuser bezogen, da wir ja den Gästetrakt bewohnen«, erklärte Stoiko und öffnete die Tür. »Während Ihr frühstückt, lasse ich die beiden herrufen, Herr.«

»Eine gute Idee, Stoiko.« Der Gouverneur schlurfte hinaus, die Gänge entlang und zog wie üblich alle paar Meter die Hose hoch. »Ich bin auf den Großbauern wirklich sehr gespannt. Was hältst du von ihm?«

»Ich würde meinen, er entspricht nicht unbedingt in allen Einzelheiten der tarpolischen Tradition eines Brojaken, aber er ist ein äußerst umgänglicher und sehr gebildeter Mensch. Seine Ansichten sind, wie soll ich sagen, etwas revolutionär in manchen Dingen.« Lodrik zog die Augenbrauen hoch. »Keine Angst, er wiegelt das Volk nicht gegen Euren Vater auf«, beruhigte der Vertraute sofort. »Aber Ihr werdet schon noch sehen, was ich meine.«

Eine Stunde später saßen Lodrik und Stoiko in der Kanzlei, Waljakov stand an der Tür und machte wie immer ein grimmiges Gesicht. Er hatte dem Unteroffizier der Wache eine gehörige Lektion in Sachen Palastsicherheit erteilt, nachdem er von dem Besuch Norinas in den Gemächern des Gouverneurs erfahren hatte. Wäre anstelle der Brojakentochter ein Attentäter in das Zimmer Lodriks gelangt, hätte das Schlimmste passieren können.

Es klopfte, und nach einer kurzen Verzögerung trat

ein rundlicher Mann mit stattlichem Vollbart in die Kanzlei, dicht hinter ihm folgte Norina.

»Es freut mich, den neuen Gouverneur von Granburg kennen zu lernen«, begrüßte der Großbauer Lodrik und verbeugte sich, auch Norina machte jetzt einen Knicks. »Die Einladung ist eine große Ehre für mich.«

Der Junge erhob sich und nickte freundlich. »Die Freude ist ganz meinerseits, Brojak Miklanowo. Ich habe schon ein bisschen was über Euch gehört.«

»Ich von Euch ebenfalls«, meinte der Mann und schaute kurz zu seiner Tochter.

»Nehmt doch Platz.« Lodrik zeigte auf die freien Stühle, die ihm gegenüber standen. »Ich muss einiges mit Euch bereden, was die Zukunft der Provinz Granburg angeht.«

»Da bin ich unter Umständen der falsche Mann. Jukolenko wäre bestimmt besser geeignet als ich«, warf Miklanowo ein und setzte sich, Norina wählte den Stuhl zu seiner Rechten.

»Jukolenko ist keine besonders gute Stütze, wie wir feststellen mussten«, sagte Stoiko und schenkte dampfenden Tee aus. »Es sieht so aus, als wolle man den frischen Wind in Granburg nicht wehen lassen, wenn Ihr versteht, was ich meine.«

»Und ich dachte, dass Ihr mir vielleicht bei der Einarbeitung in das Amt zur Hand gehen und vielleicht die ein oder andere Besonderheit der Leute hier erklären könntet«, fügte Lodrik hinzu. »So wie bisher soll es jedenfalls nicht weitergehen.«

Der Großbauer rührte Zucker in der Tasse. »Die Menschen wissen noch nicht genau, was sie von Euch halten sollen, aber die Entscheidung gegen Kolskoi hat die einfachen Leute hellhörig gemacht. Man ist gespannt, und um bei dem Vergleich mit dem Wind zu bleiben, ob die Brise abflaut oder zu einem ordentlichen Sturm wird.«

Stoiko schüttelte den Kopf. »Ein Sturm würde viele

Sachen vernichten, aber eine ordentliche Böe wird genügen, damit sich die Windrichtung ändert.«

»Was ich von Euch wissen will, ist, wollt Ihr mir helfen oder nicht?«, unterbrach Lodrik ungeduldig, der das seltsame Gerede über Unwetter satt hatte. »Ich brauche jemanden, der sich im Land auskennt und Neuerungen, soweit sie mir als Gouverneur möglich sind, aufgeschlossen gegenübersteht. Mehr will ich nicht.«

»Das ist keine leichte Aufgabe, die Ihr von mir verlangt«, antwortete Miklanowo nachdenklich. »Natürlich gibt es in Granburg viel zu tun, aber das wäre sehr zeitaufwändig für mich.«

»Vater, das wäre die Gelegenheit, auf die du so lange gewartet hast«, ereiferte sich Norina und ergriff die Hand des Großbauern. »Du kannst mithelfen, dass sich die Verhältnisse ein wenig zum Guten ändern.«

»Wir wissen selbst, dass Jukolenko und Kolskoi mit den anderen Adligen und Großbauern über sehr viel Macht verfügen, aber wir haben den Willen des Kabcar auf unserer Seite und mit Eurer Hilfe bald auch das Volk in Granburg. Dagegen können sich die anderen nicht durchsetzen«, meinte Stoiko. »Ohne Euch haben wir nur den Kabcar und der ist, mit Verlaub«, er blinzelte Lodrik kurz zu, »weit weg von der Reichshauptstadt nicht viel wert. Die Waffen der Soldaten sind zu wenig.«

»Wie stellt Ihr Euch die Hilfe vor?«, wollte Miklanowo wissen. Seine Frage zeigte das Interesse an der Sache.

»Ihr würdet im Palast als Ratgeber bleiben und mich in Sachen Granburg einarbeiten. Ihr kennt vermutlich genügend Leute, die uns unterstützen könnten und Eurem Wort mehr vertrauen als einem heranwachsenden Mann«, erläuterte Lodrik seine Idee. »Eure Tochter müsste so lange die Güter führen, was sie sowieso später tun soll, wie ich gehört habe.«

»Das schaffe ich leicht, Vater«, sagte Norina. »Außerdem haben wir genügend Verwalter, die die einzelnen Höfe leiten. Ich müsste lediglich die Buchhaltung machen, und das kann ich schon ziemlich lange.«

Miklanowo wiegte den Kopf hin und her. »Ganz wohl ist mir bei der Sache nicht, aber die Gelegenheit ist günstig. Deshalb stimme ich der Sache zu, Gouverneur.«

»Wunderbar«, rief Stoiko und schenkte nach, während er mit der freien Hand Waljakov ein Zeichen gab. Der Leibwächter stapfte hinaus.

»Darf ich Euch etwas fragen?« Der Großbauer nahm eine Pfeife aus der Tasche und begann, sie mit dunklem Tabak zu stopfen.

»Nur zu«, meinte Lodrik und suchte mit den Augen nach einem Tablett mit Plätzchen, aber Stoiko hatte alles Süße aus der Reichweite des Jungen gestellt.

»Wie seid Ihr an das Amt des Statthalters gekommen? Das ist eine Frage, die sich ganz Granburg stellt, denn eine so wichtige Position in die Hände eines, verzeiht mir den Ausdruck, unerfahrenen Jünglings zu legen ist nicht besonders oft geschehen.« Er schlenderte zum Kamin, um sich die Pfeife mit einem glühenden Span anzustecken.

Während Lodrik noch krampfhaft überlegte, hatte Stoiko bereits eine Antwort parat, die sich ziemlich an der Wahrheit orientierte.

»So ganz unerfahren ist er nicht, immerhin kennt er sich mit allen wichtigen Vorgängen innerhalb der Verwaltung aus. Die Praxis fehlt ihm allerdings noch, deshalb ist er auf Wunsch seines Vaters nach Granburg geschickt worden. Sein Vater ist eine einflussreiche Persönlichkeit am Hofe des Kabcar.«

»Das dachte ich mir gleich, sonst wäre so etwas nicht möglich gewesen. Aber sehr lieben kann Euch Euer Vater nicht, sonst hätte er Euch nicht nach Granburg entsandt«, sagte Miklanowo und blies dicke Rauchwolken aus dem Mund. »Jukolenko und seine Freunde werden entsprechende Nachforschungen anstellen, bevor sie etwas gegen Euch unternehmen, das über passiven Widerstand, wie er derzeit gegen Euch angewandt wird, hinausgeht.«

Waljakov kam zurück und flüsterte Stoiko etwas ins Ohr, dann bezog er wieder Position an der Tür. Der Großbauer warf einen Blick auf den Kämpfer. »Aber ich sehe, Ihr habt an Euren Schutz gedacht.«

»Habt Ihr schon eine Idee, was wir als Nächstes tun könnten?« Lodrik rührte sich viel Zucker in den Tee und häufte noch mehr Kirschmarmelade auf den Löffel.

»Ihr könntet ein Fest geben, um Eure Einsetzung als Gouverneur offiziell bekannt zu geben, und den Leuten Gelegenheit für eine Abwechslung geben«, schlug der Großbauer vor. »Dabei stellt Ihr Euch vor. Wir machen uns bis dahin ein paar Gedanken, was an Kleinigkeiten geändert werden kann. Am besten schauen wir uns die Erlasse und regionalen Gesetzeserweiterungen an, die Jukolenko veranlasst hat. Wenn wir davon ein paar revidieren, verstehen die Granburger, dass Ihr einen neuen Kurs einschlagen wollt.«

»Ein sehr guter Vorschlag«, stimmte Stoiko zu, der sich ähnliche Gedanken gemacht hatte. »Sagen wir, das Fest in einer Woche? Das sollte für alle Vorbereitungen genügen, denke ich.«

Miklanowo nickte.

»Ich reise dann sofort zurück.« Norina stand auf. »Ich will die Rechnungsbücher nicht so lange allein lassen.«

Lodrik war ein bisschen enttäuscht. Irgendwie hatte er Gefallen an dem hoch gewachsenen Mädchen gefunden, und er hätte sich gerne länger mit ihr unterhalten, aber offensichtlich hatte sie kein Interesse daran.

»Und wir machen uns direkt hier an die Arbeit«, sagte der Großbauer und küsste seine Tochter zum Abschied auf die Stirn. Der Junge machte ein langes Gesicht.

Waljakov räusperte sich laut. »Es tut mir Leid, aber zuerst ist Zeit für die Fechtstunde des Gouverneurs.«

»Richtig«, pflichtete Lodrik fast überschwänglich froh bei, glücklich darüber, sich vor den staubigen Büchern drücken zu können. »Ich muss mich mit dem Säbel noch besser auskennen, falls Jukolenko etwas planen sollte. Den einen Hieb beherrsche ich noch nicht ganz, außerdem ist meine Kondition noch verbesserungswürdig, hat Waljakov gesagt.« Der Leibwächter nickte zur Bestätigung. »Ich komme nachher vorbei, dann fangen wir an.«

»Wie Ihr wollt, Gouverneur.« Miklanowo warf einen schnellen Blick über die Regale. »Ich beginne derweil mit dem Ordnen des Durcheinanders.«

Lodrik ging mit Waljakov hinaus und musste einem ganzen Rudel Diener ausweichen, die Koffer und Kisten durch die Gänge schleppten, um sie im Hof abzustellen.

»Zieht Jukolenko aus?« Der Statthalter staunte über die Menge an Behältern, die sich auf dem Kopfsteinpflaster stapelten.

»Gezwungenermaßen, Herr«, griente der Leibwächter und zeigte die Zähne. Ein hinterhältiges Lächeln umspielte die Lippen. »Ich habe den Dienern nach Weisung Stoikos den Auftrag gegeben, die Sachen auszuräumen. Wenn Jukolenko und seine Frau vom Theater zurückkehren, werden sie Augen machen.« Lachend gingen der Mann und der Junge in den Fechtsaal.

»Ich möchte dünner werden, Waljakov. Und stärker«, sagte Lodrik, während er den Schutzanzug anlegte. »Kannst du mir dabei helfen?«

Der Leibwächter musterte den Gouverneur fragend.

»Es wird nicht leicht, aber ich kann Euch sehr wohl helfen. Ihr müsst aber alle meine Anweisungen und

Übungen, die ich Euch auftrage, befolgen, sonst wird Euer Vorhaben nicht gelingen. Seid Ihr bereit, literweise zu schwitzen, schmerzende Muskeln und Hunger zu haben? Wollt Ihr das wirklich?«

Lodrik nickte. »Ich werde mein Bestes versuchen.«

»Das zählt nicht, Herr. Entweder tut Ihr Euer Bestes, oder Ihr lasst es sein. Versuche sind halbherzige Dinge.« Waljakov warf ihm den Säbel zu. »Entweder oder, aber nicht vielleicht.«

»Ich habe mich entschieden, und ich will abnehmen.« Der Junge hieb mit dem Säbel in die Luft.

»Dann fangen wir gleich an. Nehmt Eure Waffe in beide Hände und streckt sie gerade nach vorne.« Waljakov machte es ihm vor.

»Und was bringt das?« Lodrik hielt die Waffe in rechten Winkel von sich weg.

»Wartet ein wenig und Ihr werdet sehen«, sagte der Leibwächter leise, »und macht dabei Kniebeugen, bis ich Halt sage.«

Nach wenigen Minuten begannen die Arme des Jungen zu zittern und die Muskeln zu schmerzen.

IX.

»Und der Lichtstrahl blendete die Ungeheuer, die auf Sinureds Seite standen, so sehr, dass sie voller Angst in die Sümpfe flüchteten und blind vor Schrecken etliche der Truppen zu Tode trampelten.

Das Geeinte Heer, wie es von den Menschen genannt wurde, schöpfte neue Kraft, als es sah, dass Ulldrael bei ihnen war, und stürmte gegen den sonst übermächtigen Kriegsherrn an. Sie fuhren in die gegnerischen Reihen wie die Sense des Schnitters in ein Kornfeld, und inmitten ihres Pulks kämpfte eine schimmernde Lichtgestalt, die die Insignien Ulldraels auf Helm und Schild trug.

Viele Tage dauerte der Kampf, aber ohne Unterbrechung schlugen und droschen die Streiter des Geeinten Heeres auf die Truppen Sinureds, die zu Tausenden fielen.

Aber auch das Geeinte Heer hatte furchtbare Verluste, denn Ulldrael konnte nicht an allen Seiten der Schlacht gleichzeitig sein, um allen beizustehen. Das Blut der Getöteten verwandelte das Kampffeld in einen stinkenden Morast, in dem die erbitterten Gegner knietief versanken, doch keine Seite zeigte Gnade.

Sinured verstand, dass Tzulans Geist zu diesem Zeitpunkt nichts gegen Ulldrael unternehmen konnte und es diesmal schlecht für ihn ausgehen würde. Und so nahm er seinen besten Kriegsherren und eine Hand voll Getreuer, um sich zur Küste durchzuschlagen, um mit Schiffen nach Tzulandrien zu flüchten.

Aber Admiral Tûris, ein erfahrener Seemann der Rogogardischen Flotte, hatte ein wachsames Auge auf das Schiff Sinureds geworfen und verfolgte die Bestie bis auf die Hohe See, wo er das Gefährt mit seinen Katapulten zerstörte.

Sinured das Tier sank, von zehn Spießen und zehn Pfeilen durchbohrt, tot auf den Grund des Meeres, und mit ihm sanken die Schlimmsten seiner Gesellen.«

ULLDARTISCHER GESCHICHTSALMANACH,
XXI. Band, Seite 1053

Provinzhauptstadt Granburg, Königreich Tarpol, Frühsommer 442 n. S.

»Den Schwertarm höher, verflucht, Herr!« Waljakov schlug mit Wucht auf die Deckung des Thronfolgers und Gouverneurs, sodass dessen stumpfer Übungssäbel nach hinten federte und den Jungen schmerzhaft am Kopf traf. »Das passiert nämlich, wenn der Abstand zu klein ist.«

Lodrik verzog kurz das Gesicht, täuschte einen hohen Angriff an, nur um die Schneide im letzten Moment schräg gegen den Oberkörper des Leibwächters zu führen.

Grinsend parierte der Mann und fing mit spielender Leichtigkeit auch noch den Tritt ab, der ihn im Schritt getroffen hätte. »Habe ich Euch diese hinterhältigen Tricks beigebracht?« Er rammte Lodrik die Schulter gegen die Brust.

Keuchend hüpfte der Gouverneur rückwärts, weil Waljakov seinen Fuß immer noch nicht losgelassen hatte, dann fegte der Mann auch noch das andere Bein von der Erde.

Schwer fiel der junge Gouverneur auf den Rücken, klirrend prallte sein Säbel neben ihm auf den Holzboden des Fechtsaals.

»Willst du mich umbringen?«, schnaufte er, den Oberkörper auf die Ellbogen gestützt.

»Ich möchte Euch bestens auf einen Kampf vorbereiten«, antwortete der Leibwächter und reichte seinem Schutzbefohlenen die Hand, um ihm beim Aufstehen zu helfen. »Wenn ein Waffengang zu Ende ist, wird einer stehen und der andere tot auf der Erde liegen. Wie der eine gewonnen hat, ist gleich. Was zählt, ist das Überleben.«

»Ernste Worte.« Lodrik klopfte demonstrativ den

Staub von der leichten Lederrüstung, die er bei den Übungsstunden trug. »Aber ich denke, dass du Recht hast.«

»Keine falsche Scham, wenn es um das eigene Leben geht, daran müsst Ihr immer denken, Herr«, betonte Waljakov, die grauen Augen ruhten auf Lodrik. »Nett, ehrlich und den Regeln der Kunst entsprechend könnt Ihr zum Zeitvertreib kämpfen. Bietet sich eine Gelegenheit, ergreift sie.«

Sie gingen hinüber zum kleinen Abstelltisch, wo je eine Karaffe mit Wasser und dunklem, schwerem Rotwein stand. Der Leibwächter goss die Pokale zuerst mit Zweidrittel Wasser voll und füllte den Rest mit dem Alkohol auf. »Auf Eure zukünftigen Erfolge.«

»Da trinke ich nur allzu gerne drauf. Am liebsten wäre es mir aber, wenn ich die ganzen Waffen nicht brauchen würde«, sagte Lodrik und spülte den trockenen Geschmack im Mund hinunter. »Habe ich schon abgenommen?«

Waljakov ließ den Blick aufmerksam über die Statur des Gouverneurs wandern. »Wieder ein bisschen mehr, würde ich sagen, aber es bleibt noch einiges zu tun.« Er setzte die Spitze des Säbels auf den runden Bauch, der sich unter dem Leder immer noch hervorwölbte. »Vor allem der hier muss weg. Er behindert beim Laufen und bedeutet nur unnötigen Ballast.«

»Es ist alles nicht so einfach«, jammerte Lodrik. »Ich schwitze wie ein Schwein, ich laufe mir die Seele aus dem Hals, ich stemme Gewichte, und ich gebe mir bei deinen Übungen die größte Mühe, aber irgendwie dauert es so lange.«

»Nicht aufgeben, Herr«, ermunterte ihn sein Waffenmentor. »Ihr hattet mehr als sechzehn Jahre, um Euch das Fett anzufressen. Da dürft Ihr nicht erwarten, dass es in wenigen Wochen verschwindet. Aber in einem Jahr ...«

»Was?!«, kreischte der Gouverneur. »Bis dahin bin ich verhungert.«

»Ihr habt immer noch genügend Reserven, wenn ich mir das so ansehe«, sagte der Mann, »also keine Angst.«

Unvermittelt stieß er mit seinem Säbel nach dem Kopf Lodriks. Ein Reflex brachte den Jungen dazu, geistesgegenwärtig seine Waffe hochzureißen und den Stoß abzuwehren. Wein und Wasser ergossen sich über den Gouverneur.

»Ihr müsst den Körper dabei ruhig halten«, kommentierte Waljakov. »Das Herumwackeln ist schlecht für das Gleichgewicht. Und für die Kleidung.«

»Sehr komisch.« Lodrik wischte sich das Gemisch aus den Augen. »Mir reicht es für heute. Außerdem wird es Zeit für die Audienz. Ich bin gespannt, was heute auf mich wartet.«

»Nun, gut. Mal sehen, ob überhaupt etwas wartet.« Der Leibwächter deutete einer seiner berühmten Verbeugungen an, die immer so wirkten, als wolle er nur einen Schritt nach vorne machen, anstatt seinen Respekt zu bezeugen.

Lodrik tolerierte die Eigenheit. Nach wie vor wurde er einfach nicht richtig klug aus seinem beschützenden Schatten.

Manchmal hatte es etwas Unheimliches, wie der Kämpfer plötzlich in einer Tür stand oder hinter einer Mauer hervortrat. Seine Allgegenwärtigkeit wurde nach dem Besuch von Norina im Schlafzimmer des Gouverneurs sogar noch schlimmer.

»Ist das heiße Wasser bereit? Ich möchte noch schnell ein Bad nehmen.« Der Junge hängte seine Übungswaffe in den vorgesehenen Halter und schritt in Richtung Ausgang der Fechthalle.

»Ich habe entsprechende Anweisung geben lassen. Das Badezimmer müsste hergerichtet sein, Herr.«

Die beiden betraten den Hof, auf dem gerade ein uniformierter Bote in den Farben der Baronie Kostromo mit einer der Wachen verhandelte.

»Was hat das denn zu bedeuten?«, grummelte Waljakov und änderte seinen Weg. Neugierig folgte Lodrik.

Als die Wache den Hünen auf sich zu kommen sah, sprang sie beinahe in Habacht-Stellung.

»Der Bote hat eine Nachricht von Durchlaucht Aljascha Radka, Vasruca der Baronie Kostromo, die er nur dem Gouverneur übergeben möchte.«

»Her damit«, knurrte der Leibwächter den Mann auf dem Pferd an und streckte die Hand aus.

Offensichtlich fühlte sich der Bote im Sattel sehr sicher, denn die knappe Aufforderung schien ihn nicht zu beeindrucken. »Es tut mir Leid, aber ich habe meine Anweisungen.«

Wie ein Blitz schnellte die mechanische Hand nach vorne, umschloss die Schnalle des Sattelgurtes, aber die Anweisung Lodriks hielt den Leibwächter von weiteren Aktionen ab.

»Halt, Waljakov. Lass ihn.« Der junge Gouverneur lächelte gewinnend.

»Danke, Page«, sagte der Bote. »Und jetzt bring mich zum Statthalter.«

Die Wache verdrehte aus lauter Verzweiflung die Augen, weil sie nicht wusste, wohin mit der angestauten Heiterkeit. Die Lippen zuckten verräterisch.

Der Leibwächter dagegen streichelte mit der freien Hand beruhigend das Pferd, ohne auch nur eine Reaktion zu zeigen.

»Ich bin nicht der Page. Ich bin der Gouverneur«, stellte Lodrik richtig und baute sich ein wenig auf. »Hara¢ Vasja, wenn es recht ist. Mein Vorgänger wurde abgelöst.«

»Ach, was Ihr nicht sagt?« Der Bote lehnte sich in seinem Sattel nach vorne. »Dann bin ich Durchlaucht Radka. Und jetzt genug der Späße. Ich habe dem echten Gouverneur etwas auszurichten.«

»Dann steig einfach ab und sag es mir.« Der Junge wurde angesichts solcher Ignoranz ungehalten.

Als der Mann immer noch keine Anstalten machte, sich vom Pferderücken hinabzubewegen, nickte Lodrik seinem Leibwächter zu, der mit Leichtigkeit die Schnalle des Gurtes abriss und dem Sattel einen kräftigen Stoß gab.

Der überraschte Bote versuchte zwar noch, sich an der Mähne seines Tieres zu halten, schlug aber unsanft auf das Pflaster auf, der Sattel samt Decke begruben den Mann unter sich. Nach einer kurzen Schrecksekunde wühlte er sich frei und sprang auf die Füße, das Gesicht rot vor Zorn.

»Das wird ein Nachspiel haben, Page.« Er drehte sich zu Waljakov. »Und für dich auch.« Wutentbrannt stapfte er zum Palast, wo ihn die nächste Wache aufhielt.

»Den Sturz hätte er sich sparen können«, meinte Lodrik kopfschüttelnd. »Lass ihn ein bisschen schmoren, dann wird er dir irgendwann die Nachricht schon ausrichten. Ich möchte unbedingt in heißes Wasser und mich entspannen.«

Die beiden gingen an dem zeternden Boten vorbei, der die wüstesten Drohungen ausstieß, von denen sich die Eingangswachen allerdings keinesfalls beeindrucken ließen.

»Willst du sie mir vielleicht lieber drinnen sagen?«, versuchte es Lodrik noch einmal.

»Schaff mir den Gouverneur herbei, Page«, fauchte der Mann.

»Wie redest du mit dem Königlichen Gouverneur des Kabcar?«, wies ihn daraufhin die Wache scharf zurecht.

»Ist das ein Spiel? Sind hier vielleicht alle eingeweiht außer dem Gouverneur, oder wie darf ich das alles hier verstehen?«, tobte der Bote, sichtlich unbeeindruckt.

»Entweder du sagst es mir jetzt oder gar nicht mehr. Überlege es dir gut, wenn die Nachricht wirklich so wichtig ist. Es könnte unter Umständen deinen Kopf kosten, wenn mich die Botschaft nicht erreicht«, gab der Junge zu bedenken.

»Verschwinde und geh Kartoffeln schälen, Bäuchlein.«

Die Wachen schauten zuerst Waljakov, dann Lodrik fragend an. Da aber kein Befehl kam, gingen sie nicht gegen den unverschämten Mann vor, sondern begnügten sich damit, ihn mit einer gewissen Schadenfreude vom Betreten des Palastes abzuhalten.

»Ich hoffe nur, meine Boten sind freundlicher, wenn sie unterwegs sind«, überlegte der Gouverneur nach einer Weile.

»Bestimmt, Herr«, beruhigte der Leibwächter und begleitete den Jungen bis vor die Badezimmertür. »Ich warte hier auf Euch.«

Lodrik kniff die Augen zusammen, als sei ihm gerade ein Gedanke gekommen. »Was weißt du über Frauen?«

»Verzeiht, Herr?«

»Ich meine, wie unterhält man sich mit ihnen? Ich glaube, man macht sehr schnell einen Fehler, wenn man nicht aufpasst, kann das sein?«

Waljakov war mehr als irritiert. »Herr, ich bin der Falsche, um Euch in Frauenangelegenheiten zu beraten. Fragt am besten Stoiko.« Er öffnete die Tür und versuchte auf diese Weise geschickt, um die Fortführung des Gesprächs herumzukommen.

»Das werde ich wohl tun«, sagte der Junge gedankenverloren und verschwand im Inneren des Zimmers.

»Wie kommt er denn zu Frauen?«, wunderte sich der Kämpfer halblaut. Dann grinste er plötzlich breit. Sollte die hübsche Norina vielleicht Eindruck bei seinem Herrn hinterlassen haben? Stoiko würde sich sehr wundern, wenn er ihm das beim abendlichen Schachspiel erzählen würde.

»Magst du keine Frauen?« Unvermittelt erschien der Kopf seines Schützlings im Rahmen.

»Äh, doch.« Das Grinsen von eben entglitt ihm fürchterlich. »Ich habe nur keine Zeit, mich um sie zu kümmern.«

»Wegen mir?«

»Unter anderem«, wich Waljakov aus und hoffte, dass dieses unangenehme Verhör bald beendet wäre. »Ich bin nicht gerne in ständiger Gesellschaft von Frauen. Sie reden mir zu viel dummes Zeug. Weiberklatsch und Tratsch, Ihr wisst, was ich meine, Herr.«

»Aha.« Lodriks Kopf verschwand wieder.

Doch der Leibwächter atmete erst auf, als er das Wasser von drinnen plätschern hörte. Erleichtert wischte er sich die Feuchtigkeit von der Glatze. So geschwitzt hatte er höchstens im Verlauf eines Kampfes, stellte er verwundert fest. Stoiko musste unbedingt mit dem Thronfolger reden.

Eine Stunde später betrat ein frisch gewaschener und parfümierter Lodrik als Hara¢ Vasja das Audienzzimmer, um sich mit Streitigkeiten, Bittstellern und allem anderen, was die Granburger zu beklagen hatten, zu beschäftigen.

Allerdings verliefen die Audienzen eher ruhig, weil sich keiner in den Palast wagte, sich über etwas zu beschweren oder eine Angelegenheit klären zu lassen.

Zu Jukolenkos Amtszeiten war das kleine Zimmer eine Abstellkammer gewesen, die Lodrik erst entrümpeln lassen musste. Alleine daran erkannte der Thronfolger, was sein Vorgänger von den Pflichten eines Königlichen Beamten gehalten hatte.

Gewöhnlich sortierte der Gouverneur in der Zeit Akten, wälzte ein paar Verwaltungsbücher oder überlegte, welche Maßnahmen man aufheben könnte, um sich bei der Bevölkerung beliebt zu machen, ohne dabei gegen geltendes tarpolisches Recht zu verstoßen.

Nach einer Stunde reckte er sich müde und fragte

sich, welcher Schneider das Muster für die Beamtenuniformen entworfen hatte.

Die Arme konnte man kaum auf Schulterhöhe heben, der graue Stoff war unbeweglich und wirkte wie eine Korsage, die einen zu einer äußerst unbequemen Haltung zwang. Mehr als zwei Stunden hielt er selten in dem Rock aus, dann schnitt der steife Kragen in den Hals. Direkt weggelassen hatte er die stinkende Hochperücke, in der sich Heerscharen von Motten tummelten. Lieber trug er sein eigenes, dünnes blondes Haar im Nacken verknotet, als diese Flohbrutstätte auf dem Kopf zu haben.

Er beobachtete die vielen Staubkörner, die im milden Sonnenstrahl hin und her tanzten, und in Gedanken kehrte er an die erste Begegnung mit Norina zurück.

Zugegeben, das Mädchen hatte eine spitze Zunge, aber von ihrer offenen Art, die keineswegs so naiv wie die seine war, fühlte er sich angezogen. Ihre prächtigen, schwarzen Haare, die dunklen, geheimnisvollen Augen und diese unauffällige Narbe an der Schläfe, das war ihm am besten in Erinnerung geblieben, dicht gefolgt von ihrer schlanken Figur.

Seufzend blätterte er die Seiten eines Folianten um, dessen Name er gar nicht richtig wahrgenommen hatte.

Wie sollte er es nur anfangen? Sicher, er war der Gouverneur, nein, er war sogar der Tadc, aber ob sich alles mit einem hoheitlichen Befehl machen ließe? Gerade bei Norina war er sich auf eine unbestimmte Weise ziemlich sicher, dass ein Befehl überhaupt nichts bringen würde. Und damals, so fürchtete er, beim ersten Zusammentreffen, hatte er sich ziemlich blamiert.

Laute, erregte Stimmen rissen ihn aus seinen Gedanken. Dann öffnete sich die Tür des Zimmers und Stoiko trat ein.

»Ihr seht mich fassungslos vor freudigem Erstaunen, Herr«, begann der Vertraute, dessen Augen amüsiert glitzerten, »Ihr werdet es nicht für möglich halten, aber wir haben unsere ersten beiden Fälle draußen sitzen.«

»Wirklich?« Lodrik war Feuer und Flamme. Schnell richtete er die Uniform und setzte sich gerade hin, dann drapierte er noch schnell ein paar Gesetzesbücher auf dem erhöht stehenden Schreibpult. »Nur herein mit ihnen.«

Der erste der beiden Männer trug kostbare Gewänder aus bestem Tuch in Braun und Beige mit weißen Stickereien, die Stiefel glänzten frisch poliert, und vom Gesicht des reifen Mannes ging ein erprobtes, geschäftstüchtiges Lächeln aus. Unter seinem Arm trug er ein kleines Päckchen.

Neben ihm lief ein junger Mann in schlichtester Kleidung, die Haut sonnenverbrannt, die Arme sehnig und muskulös von der vermutlich harten Arbeit, die er verrichten musste.

Lodrik vermutete einen Händler und einen Feldarbeiter oder Kleinpächter.

»Exzellenz. Ich freue mich, dass Ihr Zeit gefunden habt, eine Entscheidung zu fällen.« Der gut gekleidete Mann trat vor und verbeugte sich. »Ich heiße Stenka Meschinskaja und bin Schweinehändler von Beruf. Ich habe ein Geschenk für die Mühen, die Ihr Euch mit Eurem Richtspruch macht, mitgebracht.« Er legte das Päckchen auf dem Pult ab und stellte sich wieder nach hinten. »Ich hoffe, es trifft Euren Geschmack.«

»Ich bin Radomil, ein einfacher Landpächter, Exzellenz. Mein Land liegt ein paar Warst von der Stadt entfernt. Und ich hoffe auf Eure gerechte Entscheidung.« Die Stimme klang entmutigt und ohne Hoffnung, als ob der Mann seine Sache bereits verloren glaubte.

»Wer schildert mir den Fall?«, fragte Lodrik gespannt und gab sich Mühe, gerade zu sitzen. Stoiko und Waljakov hielten sich im Hintergrund und beobachteten.

Wie selbstverständlich räusperte sich Meschinskaja.

»Ich bin, wie ich bereits erwähnte, Exzellenz, Schweinehändler und verdiene meinen Lebensunterhalt damit. Mein ganzes Vermögen steckt in den Tieren, die ich pflege und hüte wie meinen Augapfel.« Er warf Radomil einen gifterfüllten Blick zu. »Eine meiner besten Schweineweiden liegt neben dem verfluchten Feld dieses Menschen hier, und durch ein dummes, dummes Missgeschick sind elf meiner besten Tiere in sein Getreide und haben es zum großen Teil gefressen.«

»Dein Hirte hat geschlafen«, protestierte der Landpächter halblaut. »Deshalb sind die Schweine ins Feld und haben alles zerstört.«

»Ich schildere die Umstände, nicht du«, wies ihn der Händler scharf zurecht. »Auf alle Fälle sind die armen Tiere an dem jämmerlichen, giftigen Getreide unter größten Schmerzen gestorben. Das Fleisch war leider auch nicht mehr zu gebrauchen, sodass ich einen Ausfall von mehr als hundert Waslec zu beklagen habe, Exzellenz. Könnt Ihr Euch das vorstellen? Das könnte mein Ruin sein, wenn ich keinen Schadenersatz bekomme.«

Lodrik glaubte einen Moment lang, sich verhört zu haben, und legte die Stirn in Falten. »Und nun erzähle du.« Er deutete auf den Landpächter.

»Seine einfältigen Schweine sind in mein Feld, weil sein noch dämlicherer Hirte unter dem Birnenbaum in der Nähe lag und seinen Rausch ausschlief, Exzellenz.«

»Du wagst es …«, brauste Meschinskaja auf, doch eine Handbewegung des Gouverneurs brachte ihn zum Schweigen.

»Ich bin erst spät am Nachmittag in die Nähe gekommen und habe das Gequieke der Viecher gehört, und dann sah ich die Bescherung«, berichtete der Landpächter weiter, ermuntert von der Unterstützung des Statthalters. Er trat einen Schritt vor. »Das Korn ist zu mehr als der Hälfte gefressen, ich werde den Zins nicht zahlen können, und meine Familie hat nichts zu essen.« Der Mann sah verzweifelt aus.

»Wen interessiert denn deine schäbige Familie? Ich habe einen Ausfall von mindestens ... hundertdreißig Waslec!« Der Händler wandte sich mit gespielt flehender Mine an den Statthalter. »Exzellenz müssen mir helfen. Ich verlange eine Entschädigung von dem Tölpel.«

Lodrik war sich inzwischen sicher, doch alles richtig verstanden zu haben, auch wenn er es kaum glauben wollte.

»Ich habe bemerkt, dass in Granburg nicht alles so läuft, wie ich es gewohnt bin, aber das geht entschieden zu weit.« Er winkte Meschinskaja vor das Pult. »Deine Schweine haben sein Getreide gefressen und sind am unreifen Zeug eingegangen. Und deshalb willst du eine Entschädigung? Hat dein Hirte geschlafen, ja oder nein? Eine Lüge käme dich teuer zu stehen.«

»Nicht wirklich geschlafen. Höchstens gedöst, Exzellenz, aber was macht das schon?« Die Gleichgültigkeit des Geschäftsmannes war erschreckend.

Lodrik erhob sich, die wässrig blauen Augen blitzten mit einem Mal energisch auf, wie sie das öfter taten, seit er in Granburg war. »Ich höre ja wohl nicht richtig, mit welcher Unverschämtheit du hierher kommst! Du wirst dem Landpächter eine Entschädigung für sein Korn zahlen, Händler.«

Meschinskaja wurde plötzlich blass. Man sah ihm an, dass er im Moment nicht wusste, wie ihm geschah. Ähnlich erging es auch Radomil, allerdings aus für ihn erfreulicheren Gründen.

»Wie viel Korn ist an einer Ähre?«, wollte der Gouverneur wissen.

»Etwa zwölf Stück, Exzellenz«, antwortete der Landpächter verdutzt.

»Dann setze ich hiermit die Höhe der Entschädigung fest. Du, Stenka Meschinskaja, wirst ihm, Radomil, für jedes Korn, das deine Schweine gefressen haben, einen halben Waslec zahlen oder ihm fünf Fass Getreide schenken. Das ist mein Richterspruch im Namen des Kabcar.« Lodrik starrte den Händler feindselig an. »Widerspruch?«

»Exzellenz, ich weiß nicht, wieso Ihr für den entscheidet.« Meschinskaja verstand die granburgische Welt nicht mehr. »Gouverneur Jukolenko hat immer ohne jegliche Formalität in solchen Fällen ...«

»Das war der falsche Einwand«, flüsterte Stoiko Waljakov schadenfroh zu.

»Ich bin aber nicht«, Lodrik schrie das letzte Wort beinahe, »Jukolenko! Ich bin Beamter des Kabcar, des Herrschers von Tarpol, und ich treffe keine Entscheidungen zu Gunsten Privilegierter, weil es mir so besser in den Kram passt. Noch ein Wort und ich bestrafe dich wegen versuchter Bestechung eines Königlichen Beamten! Und jetzt raus! Alle beide!«

Der Schweinehändler verbeugte sich widerwillig und griff vorsichtig nach seinem überbrachten Geschenk.

Schwer fiel die Hand des Statthalters auf den kleinen Kasten. »Das bleibt hier. Als Beweis.«

Rückwärtsgehend verließen die Granburger das Zimmer und rempelten beinahe eine elegant gekleidete Frau um, die in der Tür erschienen war.

Zwei Soldaten mit dem Wappen der Baronie Kostromo verhinderten den Zusammenstoß im letzten Augenblick, dann trat die Besucherin ein, ohne sich um den Protest von Stoiko zu kümmern.

Sie war um die dreißig Jahre alt, hatte langes, dunkelrotes Haar, ein äußerst hübsches, aber arrogantes Gesicht und ein paar hellgrüne Augen, die durchdringend und überheblich wirkten.

Das enge, dunkelgrüne Kleid betonte ihre verführerische Figur, Schmuck und Accessoires waren sorgfältig zum Stoff ausgesucht worden, um die Wirkung der Trägerin zu verstärken.

Auf ihren Schultern ruhte ein leichter, weißer Reisemantel, der vor der Brust von Goldketten zusammengehalten wurde. Unauffällig schimmerten kostbare Iurdumeinlagen auf. Vermutlich konnte alleine vom Iurdum, dem seltensten Metall in Ulldart, eine einfache Familie eine Dekade lang leben. Grüne Wildlederstiefel rundeten die eindrucksvolle Erscheinung der Frau ab, die sich noch immer zielstrebig auf Lodrik zubewegte.

Erst als Waljakov ihr groß und breit in den Weg trat, blieb sie stehen.

»Ich bin Aljascha Radka, Vasruca der Baronie Kostromo, und würde gerne den Gouverneur sprechen«, sagte sie mit einer samtweichen Stimme, in der aber der Befehlston unüberhörbar war.

»Er ist derzeit in der Audienz und steht für offizielle Empfänge nicht zur Verfügung, Vasruca.« Stoiko erschien an der Seite des Leibwächters. »Wartet bitte, bis die Audienzzeit vorüber ist. Der Gouverneur kümmert sich im Namen des Kabcar gerne persönlich um die Belange seiner Bürger und Schutzbefohlenen.« Er winkte einen Bediensteten herbei. »Man wird Euch in das Teezimmer führen. Exzellenz wird schon bald zu Euch kommen, Durchlaucht.«

»Ich beuge mich den Gepflogenheiten des granburgischen Statthalters«, sagte sie und neigte lächelnd den Kopf, »auch wenn ich mit einem freundlicheren Empfang gerechnet hätte, nachdem ich meinen Boten vorgeschickt hatte.«

»Euer Bote, Durchlaucht, hat sich nicht so verhalten, wie man es von einem guten Lakaien erwarten durfte«, widersprach Waljakov. »Also wundert Euch nicht, dass die Nachricht nicht von ihm überbracht wurde. Überlegt Euch eine angemessene Bestrafung für Euren Mann.«

»Ich werde es in Erwägung ziehen, auch wenn Euer Ton ebenfalls nicht dem eines guten Lakaien entspricht.

Ich hoffe, der Gouverneur denkt über Eure Bestrafung ebenfalls nach.« Die Vasruca rauschte hinaus.

»Ein starker Auftritt«, sagte Stoiko vor sich hin und wandte sich zu Lodrik. »Und wie wollt Ihr den bösen, bösen Waljakov nun bestrafen?«

»Ich könnte ihn eine Stunde mit meiner Cousine alleine lassen«, schlug der Junge vor.

»Sie ist Eure Cousine?« Der Leibwächter machte ein nicht gerade intelligentes Gesicht.

Lodrik erhob sich und stellte sich zu seinen beiden Vertrauten. »Kostromo entstand, wenn ich mich noch richtig an den Geschichtsunterricht erinnere, im Jahre Zweihundertzwölf nach Sinured, als ein Vasruc namens Sengac einen Aufstand der Minenarbeiter und Holzfäller anzettelte und sich von unserem allseits geschätzten Nachbarn Hustraban lossagte. Zwar schaffte es Sengac immer wieder, kleinere Auseinandersetzungen zu gewinnen, ging aber sicherheitshalber ein Militärbündnis mit Tarpol ein. Richtig?« Stoiko nickte zur Bestätigung. »Und seitdem sind die Beziehungen immer weiter ausgebaut worden. Irgendwann hatten die Bardri¢s mit geschickter Heiratspolitik einen Fuß in der Tür, sodass die derzeitige Vasruca die Nichte meines Vaters ist. Kostromo ist im Grunde nichts anderes als eine Kolonie Tarpols. Meine Tante, die eigentliche Vasruca, ist schon seit mehr als zehn Jahren tot. Sie war aber nie besonders gut gelitten im Palast meines Vaters.«

»Was macht dann die Großcousine hier in Granburg?« Waljakov schaute grimmig. »Und wieso hat sie Euch oder Stoiko nicht erkannt?«

»Wir haben uns glücklicherweise nie kennen gelernt. Dann wäre spätestens jetzt unsere kleine Komödie in Granburg zu Ende gewesen.« Lodrik ging zur Tür und warf einen Blick nach draußen. Das schmale Vorzimmer war leer. »Ich glaube, ich werde die Audienz früher als sonst beenden. Ich bin wirklich gespannt, was sie hier möchte.«

Der Leibwächter und Stoiko begleiteten den Jungen durch die Gänge zum Teezimmer, in dem die Vasruca auf das Erscheinen des königlichen Statthalters wartete.

Als sie Lodrik eintreten sah, stand sie vom Sofa auf und verbeugte sich tief, gewährte dem Gouverneur somit einen deutlichen Einblick in ihr viel versprechendes Dekolletee.

»Exzellenz.« Sie hob den Kopf und schickte ihm einen funkelnden, schelmischen Blick, als ob sie genau wüsste, worauf der Junge eben gestarrt hatte.

»Durchlaucht«, stotterte er und errötete. »Es ist mir eine Ehre, die Vasruca von Kostromo in meinem Palast begrüßen zu dürfen.«

Schnell setzte er sich in den Sessel, verhedderte sich dabei vor lauter Ungeschicklichkeit im Wehrgehänge und saß sehr schräg im Sitzmöbel.

Ein Diener schenkte dampfenden Tee ein.

Es senkte sich eine etwas peinliche Stille auf den Raum herab, nur das Klingeln, das Lodriks Löffel beim Rühren in der Tasse verursachte, war zu hören. Der Junge spürte die forschenden Augen der Frau auf sich ruhen.

Schließlich nahm er all seinen Mut zusammen. »Was verschafft mir das Vergnügen?« Seine Stimme klang zu betont unverbindlich.

»Ich dachte schon, Exzellenz will mich das niemals fragen«, sagte sie und legte ihre Hand beiläufig auf den Unterarm ihres Cousins. »Ich bin auf der Durchreise in Richtung Meer. Ich wollte ein paar Wochen im Sommer nutzen, um in einem meiner Landhäuser ein wenig Salzwasser zu riechen. Es ist gut für die Haut, müsst Ihr wissen«, plauderte sie. »Und da meine Pferde auf der langen Fahrt von Kostromo bis hierher inzwischen etwas müde geworden sind, dachte ich, der Gouverneur könnte mir für ein oder zwei Tage Asyl gewähren, bis sich die Tiere erholt haben.« Sie zog die Hand zurück und nahm ihre Teetasse auf, während sie Lodrik abwartend beobachtete.

»Äh, das dürfte kein Problem bereiten«, beeilte sich der Statthalter zu sagen. Innerlich war er sehr froh darüber, dass sie keinerlei verwandtschaftliche Ähnlichkeiten besaßen, sonst wäre es bestimmt zu ein paar unangenehmen Fragen gekommen, obwohl er fürchtete, dass die Sache noch nicht ausgestanden war. Im entscheidenden Moment hoffte er auf die Unterstützung von Stoiko und Waljakov, die wie die Marmorsäulen dastanden.

»Das ist sehr freundlich von Euch. Ihr seid noch nicht lange im Amt, wie ich unterwegs gehört habe?« Sie nahm einen kleinen, vornehmen Schluck. »Die Leute reden nur gut über Euch, wisst Ihr das? Zumindest setzen sie Hoffnungen in Euch.«

»Ja. Ich hoffe, dass es so bleibt.« Er setzte die Tasse an und verbrannte sich selbstverständlich die Lippen am heißen Porzellan. Er beherrschte sich, nicht laut loszuschreien und zu fluchen.

»Ihr seid außerdem, wenn ich mir die Bemerkung erlauben darf, noch sehr jung für einen Statthalter, Exzellenz.« Wieder dieses Lächeln, für das mit Sicherheit einige Männer in den Tod gegangen wären. »Mein Onkel, der Kabcar von Tarpol, muss große Stücke auf Euch halten, wenn er Euch mit dieser verantwortungsvollen Aufgabe betraut.«

»Sein Vater ist am Hof des Kabcar ein gern gesehener Gast und fähiger Beamter«, meldete sich Stoiko und erschien damit für Lodrik wie für einen Schiffbrüchigen das hilfreiche Brett im tobenden Sturm.

»Ach?!« Aljascha Radkas Neugier war mit einem Mal geweckt. »Wie heißt der Mann, der so einen begabten Jungen hat? Ich würde ihm nur zu gerne meine Aufwartung machen und von den guten Reden der Granburger berichten. Auch den Kabcar wird es mit Sicherheit sehr interessieren.«

»Oh, Ihr werdet meinen Va …« Lodrik bemerkte die drohende Katastrophe, verschluckte sich geistesgegenwärtig am Tee, sprang auf und verschüttete etwas von dem heißen Getränk. Sofort eilten Diener herbei, um die Flecken aus der Uniform zu tupfen.

Ebenso schnell war aber auch Aljascha zur Hand, drückte ihr parfümiertes Taschentuch auf einen Fleck an der Brust und sah dem Jungen in die Augen.

»Habt Ihr Euch verbrannt, Exzellenz?« Betörend drang das Duftwasser in Lodriks Nase, die Stelle, wo ihre Hand lag, wurde angenehm warm. Auch andere, tiefere Bereiche seines Körpers erwärmten sich. Wieder spürte er, wie ihm die Röte ins Antlitz schoss.

»Ich … danke … es geht schon«, wehrte er ab, machte einen Schritt rückwärts und warf um ein Haar mit dem Säbel die Teekanne vom Tisch.

Schnell setzte er sich wieder, diesmal war das Wehrgehänge nicht im Weg. Wie ein Schwarm Fliegen umgaben ihn die Diener und tupften auf dem grauen Stoff herum, bis der Statthalter sie mit einer Handbewegung verscheuchte.

»Ihr werdet also den Kabcar sehen«, half Stoiko aus dem Hintergrund den Faden des unterbrochenen Gesprächs wieder aufzunehmen.

»Das hätte ich nach diesem Vorfall beinahe vergessen«, entschuldigte sich die Frau und nickte dem Vertrauten zu. »Ja, der Herrscher Tarpols will mich in einer dringenden Angelegenheit sehen. Es geht um eine Hochzeit.«

»Ihr wollt Euch des Segens des Kabcars versichern«, schätzte Lodrik und ließ sich sein Gefäß neu füllen. »Das wird ihn freuen, dass seine Nichte so an ihn denkt.«

»Wenn es so wäre«, seufzte sie und schenkte ihm einen Hilfe suchenden Augenaufschlag.

»Das verstehe ich nicht.« Der Gouverneur häufte den

Zucker auf seinen Löffel, ignorierte den mahnend vorwurfsvollen Blick seines Leibwächters und tauchte den kleinen Berg in die Tasse.

»Ihr kennt die Geschichte meiner Baronie, Exzellenz?«, fragte sie, und Lodrik nickte gönnerhaft. »Unangenehmerweise hat Hustraban seit kurzem wieder Ansprüche auf Kostromo angemeldet oder verlangt zumindest eine angemessene Entschädigung für den Ausfall des Iurdums, das in unseren Bergwerken abgebaut wird.«

»Alles dummes Theater. Wie hoch soll die sein?«

Sie schaute über den Tassenrand und machte ein unglückliches Gesicht. »Die Hälfte des Abbaus.«

»Das wird der Kabcar niemals akzeptieren«, kam es augenblicklich von Stoiko.

»Ganz recht«, stimmte sie, etwas überrascht von der Schnelligkeit des Einwurfs, zu. »Und um das Band der Freundschaft und der Zusammengehörigkeit von Tarpol und Kostromo zu festigen, sozusagen als ein Signal an Hustraban, soll ich mich mit einem der Oberen am Hofe in Ulsar vermählen.« Sie beugte sich vor. »Ist Euer Vater ledig? Vielleicht bin ich ja bald Eure Stiefmutter, Exzellenz?«

»Der Vater seiner Exzellenz ist nicht ledig und leider schon verstorben, Durchlaucht«, rettete Stoiko einmal mehr. »Ein tragischer Reitunfall, wie wir erst vor kurzem erfahren mussten.«

»Das tut mir sehr Leid, Exzellenz. Ich werde mich in den paar Tagen ein wenig um Euch kümmern, damit Ihr Euren Schmerz vergessen könnt.« Mitleidsvoll kehrte die Hand auf die Stelle des Unterarms zurück, wo sie vor nicht allzu langer Zeit schon mal so angenehm gelegen hatte. Lodriks Geist und Körper empfanden die Berührung inzwischen als aufregend.

»Ich werde den Gästetrakt herrichten lassen. Miklanowo, einer meiner besten Ratgeber, wird sicher nichts dagegen haben. Er wohnt dort ebenfalls.« Der Junge lächelte sie schüchtern an. »Wo Ihr doch der erste hohe Besuch seid, den ich hier empfangen darf. Ihr werdet doch hoffentlich ein gutes Wort beim Kabcar für mich einlegen, Durchlaucht?«

»Was könnte ich denn anderes tun, bei einem so netten, charmanten jungen Mann wie Ihr es seid, Exzellenz?« Sie legte die andere Hand auf seine und drückte sie herzlich. »Und nun entschuldigt. Ich bin wirklich sehr müde von der Reise.«

»Folgt mir, Durchlaucht. Ich bringe Euch in Eure Unterkunft.« Stoiko wandte sich zur Tür.

»Bevor ich es vergesse: Wie wollt Ihr denn nun Euren Lakai hier«, sie deutete auf Waljakov, »wegen seines unverschämten Tons vorhin mir gegenüber bestrafen?«

Der Leibwächter sah sie böse an, die Wangenmuskeln waren gefährlich in Bewegung. Mit größter Abgebrühtheit hielt das Grün ihrer Augen dem eiskalten, beinahe mordlüsternen Grau Waljakovs stand.

»Ich weiß es noch nicht«, gestand Lodrik. »Vermutlich werde ich ihm ein paar Stockhiebe verpassen lassen. Was meint Ihr?«

»Versucht es mit Maulschellen«, empfahl sie mit einem kühlen Lächeln. »Schließlich hat sein Mund mich beleidigt. Zwanzig Stück mit einem Eisenhandschuh wären angemessen, wie ich finde. Exzellenz.« Sie folgte Stoiko.

Lodrik befahl die anderen Diener hinaus.

»Maulschellen, Herr?« Waljakov näherte sich seinem Schützling. »Ich will nichts gegen Eure Verwandtschaft sagen, man kann sie sich leider nicht aussuchen, aber diese Frau ist mit Abstand das …«

»Ich weiß«, winkte der Thronfolger ab. »Aber was sollte ich denn machen? Natürlich erhältst du keine Bestrafung, obwohl du es vielleicht sogar ein bisschen verdient hättest.«

»Ich höre ja wohl nicht recht, Herr«, brach es aus dem Leibwächter hervor. »Meine Aufgabe ist es …«

»Schon gut, schon gut. Ich nehme alles zurück.« Lodrik schaute auf die Teeflecken. »Meine ganze Uniform ist ruiniert. Das sieht sehr schäbig aus.« Er zog den Gürtel und den Säbel zurecht. »Meinst du, ich gefalle ihr ein bisschen?«

»Wem?«

»Na, Aljascha, meiner Cousine.«

Waljakov schüttelte seufzend den Kopf. »Herr, dieses Weibsbild mag so gut aussehen, dass Spiegel blind werden, aber sie ist raffiniert. Sie würde nur mit Euch spielen. Sie hat mehr Erfahrung in solchen Dingen als Ihr!«, warnte er ernst.

»Wir werden sehen.« Der Gouverneur steuerte auf die Tür zu. »Und nun lege ich eine andere Uniform an. Danach stellen wir eine Liste zusammen, was übermorgen gekocht werden soll und welche Leute kommen.«

»Habe ich etwas versäumt?« Der Leibwächter überlegte angestrengt. »Irgendein Feiertag?«

»Nein. Eher ein spontanes Fest zu Ehren meiner Cousine. Wenn man schon in der Abgeschiedenheit Granburgs ein Familienmitglied trifft, muss das gefeiert werden.«

»Aber sie weiß es doch gar nicht«, versuchte der Kämpfer zu widersprechen.

»Was soll's«, sagte Lodrik und zuckte mit den Schultern. »Immerhin ist sie die Vasruca von Kostromo, da ist ein kleiner Empfang nur üblich und gerechtfertigt.«

»Wie Ihr wünscht, Herr«, kapitulierte Waljakov.

»Ganz recht«, grinste der Statthalter, »wie ich wünsche.«

Es wurde in der Tat ein sehr kleiner Empfang mit Stoiko, Waljakov, Miklanowo und Aljascha als Gäste.

Am Tafelende saß Lodrik, dem die Versammlung sichtlich Spaß zu bereiten schien.

Vom einem Tischgespräch jedoch konnte keine Rede sein. Miklanowo unterhielt sich flüsternd mit Stoiko, eine atemberaubend schöne Aljascha lächelte unentwegt zum Gouverneur hinüber oder erzählte von der Hochzeit mit einem unbekannten Gemahl und wie gespannt sie sei, während Waljakov versuchte, sie mit Blicken zu töten. Wenn sie den finsteren Ausdruck im Gesicht des Leibwächters bemerkte hatte, dann überspielte sie die offensichtliche Beleidigung mit meisterlicher Perfektion.

Bald war das Essen mit granburgischen Köstlichkeiten und Spezialitäten zu Ende, ein kräftiger Verdauungstee wurde gereicht.

Die Versammlung begab sich in die Bibliothek, um den Sonnenuntergang zu bewundern. Im Hintergrund stimmten ein paar Musiker ihre Harfen, Geigen und Gitarren, und schon bald hallten angenehm entspannende Töne durch den Palast, untermalten den Farbenreichtum der sinkenden Himmelsgestirne mit begnadeter Brillanz.

Die Vasruca von Kostromo hakte sich bei Lodrik unter. »Ihr habt keine Gespielin, wie ich voll Erstaunen feststellen musste«, begann sie scherzhaft. »Ihr seid sehr tugendhaft und ein Beispiel für Eure Untergebenen. Habt Ihr überhaupt Laster, mit denen ich Euch beim Kabcar anschwärzen könnte, Exzellenz?« Sie drückte sich an den Jungen, der sich an ihrem Arm wie eine Fliege im Netz einer Spinne vorkam.

»Ich esse zu viel«, antwortete Lodrik, ohne groß nachzudenken. Sein Kopf fühlte sich an, als wäre er rot wie ein überreifer Apfel.

»Ich bitte Euch, Exzellenz! Ihr wirkt eher stattlich als dick.« Sie legte seine schweißnasse Hand auf ihren makellosen Bauch, dann auf die schlanke Hüfte. »Seht Ihr, ich müsste abnehmen.«

»O nein. Nein, Ihr seid wunderschön«, hauchte Lodrik, bei dem alle Dämme brachen, und die alte Tapsigkeit, die der Kabcar auf Bällen immer so fürchtete, kehrte zurück.

Die Frau beugte sich vor und brachte ihren Mund auf die Höhe seines rechten Ohres. »Exzellenz müsste mich einmal ohne die störende Kleidung sehen.« Angenehm wie ein warmer Lufthauch umgab ihn ihr Atem. »Ihr könntet mich heute Abend in meinem Zimmer besuchen, wenn Ihr möchtet.«

Sie drückte seine Hand, befreite sich von seinem Arm und schlenderte in aller Ruhe zum Fenster, hinter dem die Sonnen gerade in einem feuerroten Himmel untergingen.

»Kleine verwandtschaftliche Plaudereien, wie ich vermute?« Stoiko reichte Lodrik ein Taschentuch. »Ihr sabbert, Herr.«

Erschrocken griff der Gouverneur nach seinem Kinn, dann nach dem Stoff, aber sein Vertrauter steckte das Tuch nur lächelnd wieder ein. »Es sollte ein Scherz sein. Aber, so wie es aussieht, ist Eure Großcousine gerade dabei, Euch den Kopf zu verdrehen, kann das sein?«

»Was macht man mit Frauen, wenn man mit ihnen alleine ist?«, fragte der Statthalter, die Augen auf Aljaschas Rücken gerichtet.

»Man redet mit ihnen, trinkt etwas, trägt ein Gedicht vor oder ignoriert sie, je nachdem.« Belustigt beobachtete der Vertraute den Ausdruck auf Lodriks Gesicht. »Oder was habt Ihr gemeint, Herr?«

»Du weißt sehr wohl, was ich gemeint habe«, gab er beleidigt zurück. »Ich meine das, was jeder tut, mit Ausnahme von Waljakov, glaube ich, über das man in meiner Gegenwart aber noch nie gesprochen hat.«

»Ihr habt Euch bisher auch noch nicht dafür interessiert, wenn Ihr ehrlich seid«, grinste Stoiko. »Ich weiß nicht, ob es eine gute Idee ist, ausgerechnet mit Eurer Großcousine den allerersten Schritt auf den Pfad der

Liebesspiele zu wagen. Ich denke, sie wird sich einen Spaß mit Euch erlauben wollen. Obwohl, sie hätte genügend Erfahrung, um Euch in die richtige Bahn des gemeinsamen Liebesglücks zu lenken.« Er strich sich über den Schnauzer. »Wenn sie ihr Angebot ernst meint, wird es eine ziemlich unvergessliche Liebesnacht werden, um die sogar ich Euch beneiden würde. Sie wird Euch alles beibringen, denke ich, was ein Mann wissen muss, wenn es um Frauen geht. Es ist Eure Entscheidung, Herr.«

»Ich werde mich anstellen wie der letzte Idiot«, seufzte Lodrik.

Nur im letzten Moment unterdrückte der Vertraute ein bestätigendes Nicken, verbeugte sich stattdessen und kehrte zu Miklanowo zurück, der sich wie immer vornehm im Hintergrund hielt.

Nach einer Weile löste sich der Brojak von Stoiko und steuerte auf den sinnierenden Statthalter zu. »Ich würde Euch gerne ein paar Vorschläge machen, Exzellenz. Ihr solltet Euch mehr um die Granburger persönlich kümmern.«

»Ich bin eigentlich derzeit nicht in der Laune, mir etwas über die Ausbildung anzuhören«, gestand der Junge. »Dazu sind meine Gedanken zu sehr mit anderen, wichtigeren Dingen beschäftigt.«

Miklanowo verfolgte den stieren Blick des Gouverneurs. »Ich verstehe. Diese Art von Gedanken sind mir aus meiner Jugend nur allzu gut bekannt. Dafür habe ich größtes Verständnis, Exzellenz. Wir reden morgen darüber.« Er zog sich zurück.

Die Musik spielte einen langsamen Tratto, als sich Aljascha Lodrik wieder näherte. »Möchtet Ihr tanzen, Exzellenz? Ich liebe Tratto über alles.«

Lodrik spürte vor Schreck einen leichten Schwindel. Schlimmer hätte es wahrlich nicht mehr kommen können. War er schon in der Kunst der Konversation alles andere als bewandert, so versagte er bei dieser neuerlichen Prüfung mit tödlicher Sicherheit. Wenn es jemand gab, der niemals im Leben einen Takt gefunden geschweige denn gehalten hatte, dann war er es. Höfische Tänze beherrschte er nicht einen.

Aber es war bereits zu spät.

Seine Großcousine wiegte sich mit der Musik und übernahm das Führen, der Gouverneur stolperte ungeschickt hinterher und trat der Frau mehr als einmal auf die Füße.

Bücher und Regale schossen an ihm vorbei. Bei der einen Drehung huschte ein grinsender Stoiko durch sein Gesichtsfeld, bei der nächsten ein wie immer grimmig dreinblickender Waljakov oder ein schwitzender Musiker. Ein neuerliches, sich verstärkendes Übelkeitsgefühl machte sich in seinem Kopf breit, seine Schritte wurden noch unregelmäßiger.

Schließlich schaffte er es, dass das Paar so außer Takt geriet, dass selbst die Musiker durch eine geschickte Veränderung des Tempos nichts mehr machen konnten. In dem Moment hielt die Vasruca inne und strahlte, als ob es der beste Tanz ihres Lebens gewesen wäre.

»Ich bin kein sehr guter Tänzer«, stotterte Lodrik als Entschuldigung und wäre am liebsten im Boden versunken. Aber der Marmor tat ihm den Gefallen nicht, sondern spiegelte seinen hochroten Kopf wider.

»Exzellenz sind nur ein bisschen in der Öde Granburgs eingerostet, weiter nichts«, schwächte sie ab, schenkte ihm einen neckischen Augenaufschlag und einen glühenden Blick. »Ich werde mich jetzt zurückziehen. Es ist schon spät, Exzellenz.« Sie verbeugte sich zuerst vor dem Statthalter, dann vor der Runde und rauschte in ihrem dunkelgrünen Kleid davon.

»Ich bin auch müde. Muss wohl vom Tanzen kommen, das strengt doch mehr an als man glaubt«, sagte Lodrik nach einer Weile, gähnte übertrieben herzhaft und verließ die Bibliothek. Als Waljakov sich ebenfalls in Bewegung setzte, griff Stoiko nach seinem Ärmel.

»Warte noch ein bisschen, oder folge ihm so, dass er es nicht merkt.«

»Du meinst, er will wirklich …«

Stoiko neigte den Kopf. »Er will schon. Es bleibt natürlich nur die Frage, was ihn bei seiner Cousine alles erwartet.«

»Sie ist ein falsches Luder«, brachte es der Leibwächter in seiner unnachahmlich undiplomatischen Weise auf den Punkt.

»Natürlich ist sie das.« Der Vertraute schien darüber nicht sonderlich beunruhigt zu sein. »Aber er wird heute Nacht auf die ein oder andere Weise seine Erfahrung machen. Und auf eigene Erfahrungen ist er besonders angewiesen.«

»Ich werde leise sein«, versprach Waljakov und folgte seinem Schützling.

Der Großbauer strich sich über den stattlichen Bart und kam an Stoikos Seite. »Wisst Ihr etwas über die Hochzeit, von der sie immer wieder während des Essens gesprochen hat, wenn sie den Gouverneur nicht gerade mit ihren Augen verschlungen hat?«

Stoiko lachte. »Es ist lange her, dass ich am Hof des Kabcar war oder ausführliche Nachricht von dort erhalten hätte, was im Palast vorgeht. Ich kann es Euch nicht sagen.«

»Wie würdet Ihr denn eine enge Beziehung schaffen?«

»Ich würde sie dem höchsten Beamten zur Frau geben«, sagte der Vertraute und befahl der Musik mit einem Wink das Schweigen. Gehorsam setzten die Männer ihre Instrumente ab und packten sie weg.

»Ich würde sie, wenn ich der Kabcar wäre, meinen Sohn heiraten lassen«, meinte dagegen Miklanowo bedächtig. »Ein stärkeres Signal an Hustraban könnte es nicht geben, als die Baronie direkt mit der Krone zu verbinden und nicht nur über Familienbande zu sichern. Der arme Tadc. Er müsste dann einiges aushalten, wenn ich Durchlaucht nur nach diesem einen Abend beurteilen müsste. Ist er nicht so alt wie der Gouverneur?« Der Großbauer sah Stoiko fragend an.

Der Vertraute bedachte den kleinen Mann vor sich mit einem lauernden Blick. Sollte er vielleicht mehr ahnen? Aber die Augen des Granburgers waren frei von versteckten Hinweisen auf Unehrlichkeit.

»Ja, in der Tat. Das kommt ungefähr hin«, antwortete er nach einer Weile.

»Aber was kümmert uns der Hof.« Miklanowo prostete ihm mit der Teetasse zu. »Wir haben einen jungen Gouverneur zu unterstützen. Und nun, gute Nacht.«

»Gute Nacht«, verabschiedete sich auch der braunhaarige Vertraute und setzte sich wieder. Mit einer schnellen Bewegung ordnete er den Schnauzer, der sich seiner Meinung nach bei den Worten des Brojaken fast gesträubt hatte. Über das, was er eben gehört hatte, musste er, so abwegig es zuerst aus dem Munde des Großbauern geklungen hatte, noch nachdenken.

Zögernd und mit pochendem Herzen klopfte Lodrik an die Tür seiner Großcousine.

»Herein, Exzellenz«, rief sie von drinnen.

Tief atmete der Gouverneur durch und trat ein.

Lediglich eine Kerze brannte, unmittelbar auf dem Ankleidetisch der Vasruca.

Sie selbst saß vor dem Spiegel und entfernte mit geübten Griffen die Haarspangen aus ihrer Frisur. Wie roter Samt fielen ihre langen Haare auf die Schulter und glänzten im flackernden Licht der Leuchte.

»Ich habe Euch erwartet.« Sie schaute kurz zu ihm und drehte ihm den Rücken zu. »Ich weiß nicht, wo meine Zofe hin ist, und allein werde ich mich vermutlich in hundert Jahren noch nicht aus diesem Kleid befreit haben. Würdet Ihr mir bitte die Haken öffnen?«

Lodrik schloss die Tür und ging langsam auf sie zu. Mit zitternden Fingern pfrimelte er an den Ösen herum, er spürte den Schweiß unter seiner Uniform den Rücken hinablaufen. Es dauerte eine Weile, dann hatte er alle Halterungen aufbekommen.

»Vielen Dank.« Sie erhob sich, und das Kleid rutschte von ihren Schultern. Darunter entblößte sich ein weißes, enges Mieder und eine dicke Lage von Unterwäsche. Allein von diesem Anblick wurde Lodrik beinahe betrunken. So hatte er eine Frau noch nie gesehen.

In diesem Augenblick drehte sich Aljascha um.

Ihre Augen glühten, fordernd reckte sich ihm das Kinn entgegen. Ihre vollen Brüste, nur halb verdeckt durch das Mieder, hoben und senkten sich schnell. »Ihr seid meine Rettung. Ich wüsste nicht, wie ich ohne Euch aus meiner Kleidung kommen würde.« Sie deutete nach unten. »Exzellenz könnte mir vielleicht bei den Schuhen behilflich sein.«

Wie in Trance bückte sich der Junge, atmete ihr Parfüm ein und zog ihr die flachen Schuhe von den Füßen. Etwas unbeholfen stellte er sie zur Seite.

»Und nun die Unterröcke«, flüsterte sie und streichelte seinen Kopf. »Ihr wart noch nie mit einer Frau alleine, nicht wahr?« Die Antwort bestand aus einem heiseren Krächzen, das der Adligen alles sagte. Behutsam platzierte sie seine Hände auf den nächsten Ösen.

Nach und nach legte ihr der Gouverneur nach Anweisung seiner Cousine sämtliche Kleidungsstücke ab, bis sie nackt vor ihm stand.

Lodrik war angesichts so viel bloßer Verführung in Menschengestalt sprachlos.

Er wusste nicht richtig, wohin er zuerst schauen oder greifen sollte. Der Duft ihrer Haut kroch in seine Nase, ihre Brüste, ihre Weiblichkeit, alles wollte er erkunden, am besten gleichzeitig. Ein solches Verlangen war ihm bisher fremd, wenn auch nicht unangenehm. Die Hitze schoss ihm durch den ganzen Körper, seine Gedanken drehten sich.

»Gefällt Euch, was Ihr seht?« Sie lächelte, griff hinter sich nach dem Bett und streifte sich ein Nachthemd über. »Und wenn ich das nächste Mal wieder in Granburg bin, Exzellenz, und Ihr ein Mann seid, zeige ich Euch vielleicht noch viel mehr. Gute Nacht und schlaft gut.« Aljascha deutete auf die Tür. »Und macht keine Flecken in Euer Bett.« Sie legte den Kopf in den Nacken und lachte.

Lodrik schluckte und erwachte aus seiner Erregung. Was auch immer er sich heute vorgestellt hatte, er bekam nicht den kleinsten Hauch davon.

Zu allem Überfluss machte er in seiner Verwirrung noch eine höfliche Verbeugung, bevor er zum Ausgang stakste und fluchtartig den Raum verließ.

Draußen standen wie von Zauberhand postiert wieder die Wachen der Vasruca, die ihn herablassend angrinsten. Die Tür öffnete sich für einen Moment, und Lodrik hoffte, dass seine Cousine es sich vielleicht anders überlegt hätte.

»Ich hätte schon ein bisschen mehr von Euch erwartet, Exzellenz. In Eurem Alter.« Laut hallte der Satz durch den Gang, dann fiel das Holz wieder ins Schloss.

»Ein bisschen mehr was?«, fragte der Junge verdutzt.

Das unverhohlene Gelächter der Soldaten bewies ihm, dass es wohl kein Kompliment gewesen war, sondern die Erniedrigung eher perfekt machte.

»Hört auf zu lachen!«, schrie er.

Verzweifelt versuchten die Männer sich zu beherrschen. Der Gouverneur schaffte es, noch mit einigermaßen Würde um die nächste Ecke zu gelangen, dann lehnte er sich an eine Wand und kämpfte mit den Tränen. Seine Cousine hatte die ganze Zeit über ein übles

Spiel mit ihm getrieben, ihn gedemütigt und auch noch verspottet.

Überlaut hörte er wieder das dröhnende Lachen der Wachen, die vor dem Zimmer seiner Verwandtschaft standen.

Eine schwere Hand legte sich auf seine Schulter. »Herr, geht ins Bett. Morgen sieht die Welt wieder besser aus.« Waljakov war wie aus dem Nichts aufgetaucht. Es zeigte sich deutlich Mitleid auf seinen harten, kantigen Zügen.

»Lass mich in Ruhe!« Der Junge schüttelte die Hand ab und rannte den Gang zu seinen Gemächern hinunter.

Einmal nur von allen gefürchtet zu werden, sie alle zu beherrschen und jeder müsste sich vor ihm verbeugen, das würde ihm jetzt gut tun. Auf alle Fälle sollte seine Cousine dafür bezahlen, wenn er wieder zu Hause im Palast und der Tadc war.

»Ihr werden die Augen übergehen«, schwor er sich beim Entkleiden. »Allen werden noch die Augen übergehen.«

Für die Dauer des Aufenthalts von Aljascha Radka, Vasruca von Kostromo, ließ sich der Gouverneur nicht mehr in ihrer Nähe blicken, was der Frau nichts auszumachen schien. Sie unterhielt sich weiterhin mit allen anderen, als wäre in der besagten Nacht nichts Außergewöhnliches geschehen.

Tatsächlich hatte der Palast Wind vom nächtlichen Abenteuer, das wohl nicht zur beiderseitigen Zufriedenheit verlaufen war, bekommen, und jeder präsentierte eine andere Version des Vorfalls.

Diejenigen, die bis dahin noch nichts davon wussten, erfuhren es aus dem Munde der Durchlaucht persönlich, die natürlich noch ein paar Besorgungen in Granburg zu erledigen und jedem ihrer Bekannten andeutungsweise vom Versagen des Statthalters zu erzählen hatte.

Lodrik verbrachte viel Zeit in der Fechthalle und übte so hart, wie es Waljakov noch nie bei seinem Schützling gesehen hatte.

»Herr, die Wut ist ein schlechter Lehrmeister«, bemerkte er nach einem weiteren Fehler des jungen Gouverneurs.

»Und der Hass?« Ohne Ansatz stieß die Übungsklinge nach dem Herz des Leibwächters. Die mechanische Hand fing die stumpfe Waffe ab und entriss sie Lodrik.

»Beide sind miteinander verwandt, nur Hass hält sich länger.« Wortlos reichte er ihm den Säbel zurück.

Der Junge seufzte. »Ich weiß. Aber irgendwann werde ich es ihr heimzahlen.«

»Ich vermute, Ihr meint Eure Cousine.« Der Mann hob den Säbel und ging in Angriffsposition. »Was ich eben über die Wut gesagt habe, stimmt schon. Aber die Wut kann in einem Kampf auch von Vorteil sein. Nur bei Euch ist sie momentan eher hinderlich, weil sie Eure Konzentration auf Eure Schläge verjagt. Wenn Euch aber in einem Gefecht die Kräfte schwinden, dann erinnert Euch an den gestrigen Abend und hackt Eurem Gegner den Kopf von den Schultern. Setzt die Wut bewusst ein, aber lasst ihr nie die Oberhand. Wird sie zu stark, seid Ihr geliefert, weil sie Eure Sinne blockiert. Vertraut mir, ich weiß, wovon ich rede.«

Unwillkürlich schaute Lodrik auf die mechanische Hand.

»Genau, Herr. Das meine ich, und dabei hatte ich noch großes Glück.«

»Wie ist es passiert? Stoiko sagte etwas von einem Beil.«

»Wir trinken etwas, Herr, und ich erzähle es Euch.« Beide nahmen sich verdünnten Wein und setzten sich. »Es war während eines Kampfes in meinen wilden Jugendjahren. Meine Eltern waren Kaufleute und nahmen mich anfangs mit auf ihre Reisen quer durch Tarpol und die umliegenden Reiche. Ich wusste zu der Zeit allerdings schon lange, dass mich das Dasein als Händler nicht weiter interessieren würde und hatte zusammen mit ein paar Freunden heimlich mit dem Schwert geübt. Es kam, wie es kommen musste. Irgendwann wurde unser Wagen von einer Bande Räuber gestellt. Nachdem alle Wachen getötet worden waren, stand ich allein gegen acht der Halunken. Ich stürmte voller Hass und ohne Umsicht vorwärts, um wenigstens einen mit ins Grab zu nehmen, doch die Mühe machten sie sich erst gar nicht. Ihr Anführer schleuderte sein verfluchtes Wurfbeil und machte mich zum Krüppel.« Er nahm einen großen Zug aus dem Pokal. »Meine Eltern waren zu schwer verletzt, um Hilfe zu holen. Also band ich mir meinen Stumpf ab und schleppte mich die Straße entlang, bis ich die Stadt erreichte. Wir wurden gerettet, mein Vater gab die mechanische Hand in Auftrag, die von einem mächtigen Cêreler angebracht wurde.« Die metallenen Finger wackelten und bewegten sich wellenförmig. »Danach wurde ich Kämpfer und stellte mich, glaube ich, gar nicht so dumm an. Der unorthodoxe Kampfstil, den sich meine Freunde und ich selbst beigebracht hatten, erwies sich als schlagkräftig, und so kam ich zunächst in die Dienste Eures Vaters und dann in Eure.«

»Das ist sehr interessant«, staunte Lodrik. »Hat man die Räuber jemals erwischt?«

»Ich habe sie erwischt.« Der Leibwächter grinste wölfisch. »Alle auf einmal. Und ich habe herausgefunden, dass die Räuber von Ontarianern angeheuert worden waren, um die Konkurrenz aus dem Geschäft zu drängen. Dem Ontarier habe ich natürlich auch einen Besuch abstatten müssen, und er war nicht sehr erfreut.«

»Was hast du mit ihm gemacht?«

Waljakov blinzelte. »Herr. Fragt Ihr mich das allen Ernstes?«

»Schon gut. Ich will es nicht hören. Bis auf eines: Wie lautet dein Vorname?«

»Es ist schon so lange her, dass ich ihn gehört habe, deshalb wollen wir es bei Waljakov belassen, Herr«, antwortete der Mann und stand auf. »Und nun zur nächsten Runde. Ich will sehen, ob Ihr die Wut richtig einsetzen könnt. Und nehmt Euch die letzte Nacht nicht so zu Herzen. Ihr seid jung, da kann so etwas passieren.«

»Aber es ist doch gar nichts passiert!« Lodrik stützte sich auf den Säbel. »Sie hat sich ausgezogen und mich dann rausgeworfen.«

»Da habe ich, wie vermutlich ganz Granburg, inzwischen etwas ganz anderes gehört.«

»Alles Lügen. Aber ich denke, irgendwann bekomme ich meine Gelegenheit, ihr alles heimzuzahlen. Spätestens, wenn ich wieder im Palast bin.« Der Statthalter hob die Waffe. »Ich werde mir etwas Gemeines ausdenken, damit der ganze Kontinent über sie lacht.«

X.

»Indes war die Schlacht geschlagen, die Mehrzahl der barkidischen Truppen tot. Die Leichen türmten sich so hoch wie ein Haus, die Verwundeten erstickten entweder im Blutmorast oder unter den toten Leibern, wenn man sie nicht rechtzeitig zwischen den Gefallenen herauszog.

Ulldrael ging über das Schlachtfeld und weinte über die Toten, die für ihn gestorben waren, und sprach: ›Nie mehr darf so etwas geschehen. Keiner soll je wieder solches Unheil über meinen Kontinent bringen dürfen. Erschlagt alle, die Sinured und seinen falschen Lehren gefolgt sind. Verfolgt seine Kinder, die ihr an ihren weißen Haaren und der roten Blutsträhne erkennen sollt, und legt sie in Ketten oder vernichtet sie, wie es euch gefällt. Der Same des Kriegsherrn muss bis in das letzte Glied ausgerottet werden. Befriedet das barkidische Reich, denn die Menschen dort sind anfällig für falsche Lehren. Nennt es nach dem Mann, der die Bestie auf den Grund des Meeres geschickt hat.‹

Und mit einem Mal erstanden die alten Tempel wieder. Ulldraels Macht errichtete sie dort, wo sie am nötigsten gebraucht wurden, um den Menschen Trost und Zuversicht zu spenden.

Die Menschen im Königreich Barkis mussten all ihre Waffen abgeben, die Statuen von Tzulan und Sinured wurden zerstört, die Hauptstadt der Bestie wurde komplett niedergerissen, seine Festung bis auf den letzten Stein geschleift.

Aus dem Königreich Barkis wurde das Königreich Tûris, benannt nach dem tapferen rogogardischen Admiral, der Sinured für alle Zeiten vernichtet hatte.

Und die Lehren Ulldraels kamen zu neuen Ehren.«

ULLDARTISCHER GESCHICHTSALMANACH,
XXI. Band, Seite 1055

Provinzhauptstadt Granburg, Königreich Tarpol, Sommer 442 n. S.

Die wenigen warmen Monate in der Provinz Granburg standen ganz im Zeichen der Landwirtschaft. Die Kleinbauern und Tagelöhner schufteten auf den Feldern, um das spärliche Korn zu ernten und ausreichend Heureserven anzulegen. In den Scheunen wurde den ganzen Tag über gearbeitet, bis spät in den Abend schlugen die Knechte mit Dreschflegeln die Körner von den Halmen.

Der Gouverneur ritt zusammen mit Waljakov viel durch die Gegend, schaute den Menschen bei der Arbeit zu und legte, sehr zur Überraschung der Leibwache und der Bauern, auch selbst mit Hand an, um ein Gefühl für die Härte der Tätigkeit zu erhalten. Miklanowo hatte ihm diesen Rat gegeben.

»Ein Herrscher sollte am eigenen Leib erfahren, was seine Untertanen leisten, bevor er sich das Brot und den Braten schmecken lässt«, meinte der Brojak. »Diese Weisheit vergessen die anderen Großbauern und Adligen leider nur zu gerne. Deshalb fehlt ihnen auch der nötige Weitblick.«

Auch wenn der Gouverneur Blasen an den Fingern und Handflächen bekam und die Schufterei nicht besonders schätzte, fühlte er doch, dass ihn die Menschen dadurch mit anderen Augen betrachteten als Jukolenko, der sich in seiner Amtszeit darauf beschränkt hatte, Kornsäcke im günstigsten Fall zu zählen.

Die Zeit verging jetzt, wo Lodrik sich ernsthaft um sein Äußeres und um die Belange der Provinz kümmerte, wie im Flug. Sowohl Waljakov als auch der freundliche Großbauer Miklanowo waren hervorragende Lehrer, unter deren Anleitung der Junge schnelle Erfolge verzeichnete.

Stoiko staunte nicht schlecht über die täglichen Fortschritte seines Schützlings, der vor seinen Augen allmählich zu einem jungen Mann heranreifte und inzwischen einen blonden Bart trug. Der Stimmbruch ließ seine einst hohe Stimme dunkler werden, die Augen verloren die wässrige Trübung. Was auch immer Granburg mit ihm machte, es tat ihm gut.

Rund zwanzig Kilogramm nahm Lodrik ab, an Stelle von Fett sah man erste, kräftige Muskelansätze. Der Leibwächter hatte den Jungen rennen, springen und viel schwitzen lassen, unterzog ihn den anstrengendsten Übungen und harter Disziplin, doch letztendlich konnte Lodrik die Veränderungen am eigenen Leib sehen und spüren, was ihn zum Durchhalten und Weitermachen anspornte.

Er strengte sich im Umgang mit dem Säbel besonders an, und wenn er auch nicht unbedingt das war, was Waljakov unter einem Naturtalent verstand, so entwickelte er sich zu einem listenreichen Fechter, der den ungewöhnlichen Stil seines Lehrers sehr gut imitieren konnte.

Der Leibwächter ließ den Gouverneur auch gegen Mitglieder der Wache antreten, und seit kurzem verlor er die wenigsten Kämpfe.

Inzwischen verstand Lodrik die Papiere, die sich in der Kanzlei nicht mehr zu unüberschaubaren Bergen stapelten, sondern fein säuberlich geordnet in Regalen standen. Der Statthalter hob sehr zur Freude der Granburger vier schikanöse Erlasse Jukolenkos auf.

Nun durften sich die Menschen Windbruchholz ohne Entgelt als Feuerholz nehmen und ihre Schweine zur Mast in die Eichenwälder treiben. Die zusätzliche granburgische Kopfsteuer, die Jukolenko zur Deckung von »Verwaltungskosten« eingeführt hatte, fiel ebenso weg wie die erweiterte Getreideabgabe an den Gouverneur.

Die Bücher verrieten, dass der alte Statthalter die vielen Kornsäcke keineswegs zum Selbstbedarf, sondern zum Weiterverkauf genutzt hatte. Den belegten Amtsmissbrauch wollte Lodrik bei passender Gelegenheit nutzen, sollte es zum Prozess gegen seinen Vorgänger kommen.

Jukolenko hatte sich mit seiner Frau voller Wut auf seinen Landsitz zurückgezogen. Dort tagte er unentwegt zusammen mit den anderen Großbauern und Adligen, um eine Lösung für das Problem zu finden, das seit dem Erscheinen Lodriks immer größere Ausmaße annahm.

Waljakov ließ das Haus des ehemaligen Statthalters unter Beobachtung stellen und hatte ein kleines Netz von Spitzeln aufgebaut, das ihn ständig über die neuesten Absichten der konspirierenden Adligen und Brojaken unterrichtete.

Leider war der Erfolg nur mäßig, da die Männer ohne die Anwesenheit von Dienern berieten. Und ohne Diener blieben die Nachrichten reine Vermutungen, gezogen aus aufgeschnappten Bemerkungen oder unvorsichtigen Wortwechseln.

Bisher hatte es noch keiner gewagt, offen gegen den jungen Gouverneur vorzugehen, aber der Leibwächter schätzte, dass es nicht mehr lange dauern könnte, bis sich das drohende Unwetter entlud. Doch er war darauf vorbereitet.

Miklanowo brachte Lodrik viel über die granburgische Mentalität bei. Sagen und Märchen der Provinz zu lesen gehörte genauso zum Tagespensum wie mit Leuten zu reden, die ihm der Großbauer vorstellte.

Ging es um gerichtliche Streitfälle, bei denen die Sachlage nicht ganz klar erschien, entschied Lodrik meistens zu Gunsten des Schwächeren, was ihm mehr Ansehen beim einfachen Mann als bei den reichen Kaufleuten einbrachte. Letztendlich waren dem Gouverneur die Stimmen der Granburger lieber als die der Ontarianer und anderen betuchten Krämer. Und sein erster Fall, die Sache mit dem Schweinehändler und dem Landpächter, erlangte einen Berühmtheitsgrad, wie es sich manche Schreiber für ihre Bücher wünschten.

Trotzdem blieb das Volk auf der Straße dem Gouverneur gegenüber zurückhaltend und vorsichtig, die Audienzstunden wurden eher spärlich besucht. Das Fest, das er anlässlich seiner Einsetzung gegeben hatte, war wohl registriert worden, aber von einer berauschenden Teilnahme seitens der Granburger konnte man wirklich nicht sprechen.

Miklanowo war trotzdem der Ansicht, dass Lodrik bald auch ohne seine Hilfe auskommen würde, und kündigte zum Winter seinen Rückzug aus dem Palast an, um dem Gouverneur eine noch größere Selbstständigkeit in Verwaltungsfragen einzuräumen.

Lodrik, nachdem er sein grundlegendes Interesse an Frauen entdeckt hatte, auch wenn sich die Erfahrung mit seiner Cousine zunächst noch nachhaltig abschreckend auswirkte, übte sich im höflichen, beredten Umgang mit dem weiblichen Geschlecht.

Diesen durchaus interessanten, wenn auch kompliziertesten Unterricht, wie der Gouverneur fand, erhielt er von Stoiko, der ziemlich viel davon zu verstehen schien. Auch Waljakov steuerte seinen Teil dazu bei, obwohl er, das hatte Lodrik verstanden, zurückhaltender war, während sein Vertrauter die kurze, geistreiche Unterhaltung bevorzugte, um dann unmissverständlich zur Sache zu kommen.

Der junge Mann beschloss, in Zukunft eine gesunde Mischung aus beidem zu versuchen, wohl wissend, dass er nicht der begnadetste Redner unter den Sonnen war. Zwar unterhielt er sich inzwischen sehr selbstbewusst mit Dienstmägden, einfachen Frauen und Mädchen, aber die Feuertaufe, der er sich selbst unterziehen wollte, hieß Norina.

Die Faszination für die Tochter Miklanowos wich nicht, obwohl sie sich seit dem kurzen Treffen nicht mehr wieder gesehen hatten. Sie verstärkte sich vielmehr. Hatte Aljascha mit ihrer hinterhältigen Vorstellung eher seine Lust provoziert, glaubte er bei Norina daran, dass sie etwas Höheres, Besseres verband. Seine Unsicherheit blieb trotzdem sehr groß, zumal sie sich damals nicht gerade sehr freundlich verhalten hatte.

Nachricht aus der Hauptstadt Ulsar kam selten und brachte nichts Neues. Seinem Vater ging es gut, eine schwere Erkältung hatte der betagte Mann erfolgreich auskuriert. Sorgen machten sich die Tarpoler, und mit ihnen ganz Ulldart, lediglich um den scheinbar verschwundenen »TrasTadc«, aber der Kabcar hatte verbreiten lassen, dass man den Thronfolger wegen befürchteter Anschläge an einen geheimen Ort gebracht habe.

In der Provinz Worlac herrschten, wie fast immer, Unruhen wegen der angestrebten Unabhängigkeit von Tarpol, was Grengor Bardri¢ derzeit mit zahlreichen Versprechungen nach mehr Unabhängigkeit noch zu verhindern wusste.

Mehr und mehr gefiel Lodrik das Amt des Gouverneurs. Die Adligen und Brojaken verhielten sich still, die Leute begannen ihn zu respektieren, und mit ein bisschen Glück hatten sie vielleicht bis zum Ablauf des Jahres Vertrauen zu ihm gefasst.

Miklanowos Einsatz bei den Granburgern half seinem Ansehen ungemein, auch wenn den Thronfolger ab und zu die Befürchtung überkam, er wäre allein nicht in der Lage, die Provinz zu leiten.

Einladungen von einem der Landadligen, wie es üblich gewesen wäre, gingen im Palast nicht ein. Dafür erwarteten ihn die Granburger in ein paar Wochen bei der ältesten der Stadtscheunen, wo alljährlich das Kornfest stattfand.

Doch zuerst galt es, eine viel erfreulichere Sache in Angriff zu nehmen.

Miklanowo hatte einen Ausflug zu seinem Hof vorgeschlagen, damit sich der Gouverneur bei seinem einheimischen Berater umsehen konnte. Einladen wollte der Brojak außerdem weitere Kleinbauern, die dem Statthalter wohlgesonnen waren und das unmissverständlich mit einem spontanen Fest zum Ausdruck bringen wollten.

Wie immer hatte Waljakov das Gesicht verzogen, aber fast ohne Widerspruch und ohne längeres Genörgel die notwendigen Vorbereitungen getroffen. Ein Dutzend der besten Reiter begleiteten die mit Blattgold verzierte Kutsche des Gouverneurs, in der außer Lodrik noch Stoiko und Miklanowo saßen.

»Ich finde dieses Geprotze äußerst peinlich.« Der junge Mann langte durch das Fenster nach draußen, zupfte ein Stückchen des haardünn gewalzten Edelmetalls ab und ließ es durch die Luft flattern. »Ich kann es kaum glauben, wenn ich an die Unsummen kostbarer Waslec denke, die Jukolenko für solch ein unnützes Zeug ausgegeben hat.«

»Der Kabcar ist nicht viel sparsamer.« Der Brojak schaute über die Felder, auf denen die Bauern, Landpächter und Tagelöhner die Ähren ernteten. »Das ist ja gerade das Leid, dass die Adligen und Reichen des Landes die Kraft ihrer Untergebenen verschwenden.«

»Das klingt schon wieder nach Revolte«, drohte Lodrik scherzend. »Bei einem anderen Königlichen Beamten wärt Ihr einen Kopf kürzer, verehrter Miklanowo. Und was den Kabcar angeht, so kann ich Euch versichern, dass er in der Tat sparsamer ist.«

Stoiko räusperte sich. »Ich würde sagen, er verteilt das Steuereinkommen auf andere Dinge wie Euer Vorgänger, aber sparsamer ist er beileibe nicht. Alleine, wenn ich an die Sammlung von Pfeifen denke, die ich einmal bewundern durfte. Eines dieser kleinen Kunstwerke kostet bestimmt mehr als das Blattgold auf der Kutsche, die zudem völlig schlecht gefedert ist. Wir hätten unsere Reisekutsche nehmen sollen.«

»Oder reiten«, schlug der Statthalter vor und rückte die Kissen in seinem Rücken zurecht, während er gleichzeitig nach dem Trinkschlauch griff, der an der Seitenwand baumelte.

Auch wenn sich der Sommer dem Ende zuneigte, verstanden es die Strahlen der Sonnen noch recht hervorragend, Tarpol mit Wärme einzudecken, ein Umstand, den Lodrik in seinem Metallbrustpanzer sehr bedauerte. Aber für die reifen Felder, eine trockene Ernte, Stroh und Heu war die fast sengende Hitze ein Segen Ulldraels.

Hufschlag war direkt neben dem Fenster zu hören, dann erschien Waljakov auf seinem Lieblingspferd, einem blauschwarzen Hengst mit weißen Fesseln und einem Muskelbau, dass jeder Ackergaul vor Neid erblasste. Das robuste Streitross hörte auf den Namen Treskor und trug den Leibwächter seit mehr als fünf Jahren entweder sicher die Wege entlang oder in die Schlacht. Etliche Narben an den Schenkeln, in der Flanke und an der Brust zeugten von der Kampferfahrung des stolzen Tieres, das selbst im Sturm so ruhig blieb, als stünde es im warmen Stall.

Das alles hatte Lodrik nach und nach während der Reitstunden von seinem Leibwächter erfahren, als er eine spöttische Bemerkung über das breite Pferd machte und der Kämpfer ihm daraufhin die Geschichte des Tieres erzählte. Zu gern hätte der Statthalter das Streitross im Kampf gesehen.

»Wir leuchten mit diesem vermaledeiten Vehikel wie ein Signalturm in der Nacht, Exzellenz«, beschwerte sich Waljakov. »Es wird nur eine Frage der Zeit sein, wann sich die ersten Räuber für die Kutsche interessieren, die so schön nach Gold stinkt.«

»Kein Wegelagerer käme auf die Idee, erstens das Gefährt des Gouverneurs und zweitens einen Trupp schwer bewaffneter Soldaten anzugreifen«, entgegnete Lodrik ruhig.

»Wegelagerer nicht, aber vielleicht verzweifelte, arme Menschen«, raunte Stoiko von der Seite.

»Schwarzmaler«, schimpfte der Gouverneur.

»Was hat er gesagt?«, wollte der Leibwächter wissen.

»Nichts, nichts. Reite wieder an die Spitze und mach dir keine Sorgen. Es wird nichts geschehen«, wiegelte Lodrik schnell ab, bevor Stoiko die Äußerung wiederholen konnte und damit das Misstrauen des Leibwächters schürte. »Und du«, sagte er zu seinem Vertrauten und hob die Augenbrauen, »behalte das nächste Mal deine Vermutungen für dich. Wenn du Waljakov auf solche Gedanken bringst, werden wir vermutlich einfach wenden und in den Palast zurückfahren.«

»Ich habe es ja nur gut gemeint.«

Miklanowo schmunzelte. »Keine Angst, Exzellenz. Ihr seid hier sicher. Eine ruhigere Fahrt kann es nicht mehr geben.«

»Ich habe mit längeren Kutschfahrten so meine Erfahrungen gemacht, Miklanowo. Das letzte Mal, es war bei der Anreise, habe ich unterwegs eine angehende Mutter sterben sehen, weil Kolskoi seine Hunde machen ließ, was sie wollten.« Lodrik erinnerte sich mit Schaudern an die Schreie, die lautlosen Bestien und den blutroten Schnee.

Das Gefährt holperte über die Straße, die Sonnen hitzten den Innenraum weiter auf, sodass die Insassen bald in ein unerholsames Dösen verfielen.

In einem kleinen Bauerndorf, einer Ansammlung von fünf Gehöften und dreißig Hütten, hielt der Tross am späten Nachmittag, um die erschöpften Pferde zu tränken und einige Minuten ruhen zu lassen.

Kühles Quellwasser plätscherte aus der Erde und lief

über eine gemauerte Schräge in ein großes Auffangbecken von mehreren Metern Durchmesser, das als Kuhtränke gedacht war, wie die vielen uralten, vertrockneten Misthaufen bewiesen.

Erschöpft kletterten die drei Männer aus der Kutsche und setzten sich im Schutz einer großen Ulldraeleiche an den Brunnenrand.

Es dauerte nicht lange, dann tauchten die ersten Kinder bei der Reisegruppe auf. Mit offenen Mündern und großen Augen wurden aus sicherem Abstand die Pferde und die Kutsche bewundert, doch die offen getragenen Waffen der Soldaten schreckten die verdreckten Jungen und Mädchen davon ab, sich alles aus der Nähe zu betrachten.

Erwachsene ließen sich dagegen keine blicken.

Lodrik nahm einen Schluck aus der Quelle, goss sich ein wenig davon über Gesicht und Haare, dann ließ er den Blick über die Hütten wandern. Die meisten machten einen fast schon baufälligen Eindruck, dort fehlte die Eindeckung des Daches, woanders hingen die Steine über den Eingängen gefährlich locker. Das einzige Gebäude, das einen halbwegs gepflegten Eindruck machte, war der kleine Ulldraeltempel.

»Eine sehr trostlose Umgebung hier«, stellte der Gouverneur fest.

Miklanowo nickte. »Ich kenne das Dorf. Es hat durch eine Seuche das Vieh verloren. Die Felder in der Umgebung werfen zu wenig ab, als dass etwas für den Handel übrig bleiben würde.«

»Wie bezahlen sie ihre Abgaben an Euch?« Stoiko tauchte die Hände in das Nass und benetzte sich das Gesicht. »Es wird nicht viel dabei abfallen, oder?«

»Ich verlange keine Abgaben von den Menschen hier, weil ich sie sowieso nie bekommen würde«, erklärte der Brojak. »Versucht, einem nackten Mann etwas aus der Tasche zu stehlen, und so wäre es hier. Sie kämpfen um ihr tägliches Überleben, das ist schon genug. Ich helfe ihnen, wo ich nur kann, aber es scheint wie verhext.«

Der Vertraute erkannte, dass hinter Lodriks Stirn etwas vorging. »Habt Ihr eine Idee, Herr?«

Der Gouverneur strahlte mit einem Mal und stand auf. »Wartet es ab.«

Er ging, ohne dass Waljakov es zunächst bemerkte, auf die Gruppe von Kindern zu, die so lange stehen blieb, wie sich nur ein Mann ihnen näherte.

Als der hünenhafte Leibwächter sich aber ebenfalls in Bewegung setzte, um seinem Schutzbefohlenen zu folgen, verschwanden die Jungen und Mädchen in den Häusern.

»Dann eben anders«, murmelte der Statthalter. »Ich will mit den Dorfältesten sprechen«, rief er so laut, wie er konnte. »Ich bin Hara¢ Vasja, auf Geheiß des Kabcars Königlicher Beamter und Gouverneur der Provinz Granburg. Kommt heraus.«

»Was habt Ihr vor?« Waljakov spähte aufmerksam umher.

»Du hast dich vorhin beschwert, dass die Kutsche zu sehr leuchten würde, oder?«, fragte Lodrik. Der Kämpfer grunzte seine Zustimmung. »Also werde ich etwas dagegen tun.«

Zögerlich öffnete sich eine der Holztüren, und ein älterer Mann, in Lumpen gehüllt, trat in den Sonnenschein. Auf einen Stock gestützt, humpelte er auf die beiden zu, um ein paar Schritte vor ihnen auf die Knie zu fallen und das sonnenverbrannte Gesicht in den Dreck zu drücken.

»Habt Erbarmen, Exzellenz!«, wimmerte er. »Unser Dorf hat seine Abgaben nicht bezahlt, aber schont trotzdem unser Leben. Ein furchtbarer Fluch hat unser Vieh getötet, wir haben nichts mehr, was wir abliefern könnten.«

Lodrik nickte seinem Leibwächter zu, der den Alten

einhändig am Kragen packte und vorsichtig auf die Beine stellte wie eine Mutter ein hingefallenes Kleinkind.

»Bitte, Exzellenz, verschont wenigstens unsere Jüngsten mit der Strafe«, jammerte der Mann weiter.

Der Gouverneur sah die Verzweiflung in den fast blinden Augen des Dörflers, der erkennbar um sein Leben und das aller Einwohner bangte.

»Du verstehst mich falsch«, beruhigte er ihn. »Niemand soll bestraft werden.«

Erstaunen machte sich im Gesicht des Alten breit. »Aber die vielen Soldaten?«

»Die sind nur zu meinem Schutz hier, nicht, um irgendwem auch nur ein Haar zu krümmen, es sei denn, er wollte mich angreifen.« Lodrik lächelte. »Ich habe eben erst von eurem harten Schicksal gehört, Alter, und möchte euch helfen.« Er deutete auf die Kutsche und hob die Stimme. »Dieses Gefährt ist auf Befehl eures alten Gouverneurs Jukolenko mit der Hilfe eurer Abgaben mit Blattgold besetzt worden. Ich will diesen Protz und Prunk nicht mehr. Kommt her und reißt euch ab, so viel ihr davon haben möchtet. Jeder soll etwas davon haben, damit hier bald wieder Kühe um die Tränke stehen und die Hütten geflickt werden können.«

»Nicht gerade die üblichste Methode, sich von Gold zu befreien«, flüsterte Waljakov, »aber ein sehr guter Zug.«

»Exzellenz will, dass wir das Gold von der Kutsche bekommen?« Der alte Mann schaute ungläubig. »Alles?«

»Nur zu«, forderte der Gouverneur ihn gut gelaunt auf und trat aus dem Weg.

Langsam humpelte der Alte auf das Gefährt zu, vorbei an den schwer bewaffneten Wachen, die er vorsichtig im Auge behielt, als er sie passierte, dann hielt er an und kratzte einen großen Streifen von der Seitenwand herunter.

Ruckartig drehte er sich um, schaute abwartend in die Runde, aber als keiner der Soldaten ihn anging, schwenkte er den golden glänzenden Fetzen ausgelassen in der Luft.

Mehr Türen öffneten sich auf dieses Signal hin, die Dörfler wagten sich aus ihren Häusern.

»Nur Mut«, rief Lodrik. »Es ist genügend da.«

Die Ersten erreichten den jungen Mann, fielen auf die Knie und küssten seine Schuhe, die Beine, seine Hände und Ringe, um sich danach ihr Stückchen Gold von der Karosse zu klauben.

»Ist ja gut, ist ja gut«, wehrte der Gouverneur ab und half den Knienden auf. »Ich will nicht, dass ihr wegen mir in den Staub fallt. Ein Danke genügt mir voll und ganz.«

Er ging zurück zu Miklanowo und Stoiko, die das Schauspiel verfolgt hatten und sich verneigten, als der Statthalter vor ihnen stand.

»Wir ziehen unseren Hut vor so viel Großmut und Einfallsreichtum«, lobte der Vertraute stellvertretend, ohne dass diesmal der Schalk in seinen Augen blitzte. »Ihr habt schneller gelernt, als wir dachten.«

»Ich kann inzwischen raffiniert sein, wenn ich will. Aber ich habe ja auch sehr gute Lehrer«, gab Lodrik das Kompliment zurück.

Stumm beobachteten sie, wie die Männer, Frauen und Kinder voller Freude auch den letzten Krümel des Edelmetalls vom Holz sammelten und sich dabei immer wieder vor dem Gouverneur verbeugten.

»Ihr wisst, dass dasselbe nun auch dem Palast bevorsteht, oder?«, meinte Stoiko nach einer Weile im Scherz.

»Wieso eigentlich nicht? Bettler und Bedürftige gibt es genügend in Granburg.« Er schlug seinem Vertrauten auf die Schulter. »Ich hatte die Idee zwar auch schon, aber dein Vorschlag macht mich umso sicherer.«

»Dafür wird Euch das einfache Volk lieben«, prophezeite Stoiko und massierte sich die Stelle, wo ihn der Schlag getroffen hatte. »Waljakov sollte Euch mit dem Krafttraining etwas mehr schonen, sonst brecht Ihr mir eines schönen Tages noch alle Knochen, ohne es zu wollen, Herr.«

Mit einem Mal waren die vier von Kindern umringt, die etwas zu essen in der Hand hielten und es dem Gouverneur anboten.

Mit dem Gedanken daran, dass es vermutlich ihre letzten Vorräte waren, die sie ihm schenken wollten, lehnte Lodrik ab, trotz knurrenden Magens.

»Wir müssen weiter«, mahnte Waljakov. »Sonst erreichen wir unser Ziel erst bei Dunkelheit.«

Der Statthalter stemmte sich in die Höhe und stieg in die Kutsche. Kurz vor der Abfahrt streckte er den Kopf aus dem Fenster.

»Ich werde in einem Jahr wieder kommen, und dann möchte ich fette Kühe und nur gut genährte, glückliche Menschen hier sehen.« Die Bewohner jubelten ihm zu, die Kinder rannten noch lange hinter dem Gefährt her.

»Dieses war der erste Streich«, zitierte Stoiko einen alten Spruch. »Und der Zweite?«

»Folgt, sobald wir wieder in Granburg sind«, strahlte Lodrik. »Endlich scheint es so zu laufen, wie ich mir es vorstelle.«

Ein schlichtes Gehöft mit zahlreichen Stallungen und Nebenhäusern hob sich deutlich als Silhouette gegen den abendlichen Himmel ab, Fackeln beleuchteten den Weg von der breiten Straße hinauf zum Tor.

Die Gebäude bildeten in ihrer Anordnung ein geschlossenes Rechteck und formten sich auf diese Weise mit ihren stabilen Mauern zu einer kleinen Festung, sollte eine Räuberbande ein Auge auf das Vieh oder die Vorräte geworfen haben.

Ein paar Männer öffneten beim Nahen der Gruppe das Tor und ließen ihren Herrn samt seines Besuchs ein.

Die Kutsche rollte in den großen Innenhof und hielt vor dem Haupthaus an.

Miklanowo stieg als Erster aus und half dem Gouverneur aus dem Gefährt, ein symbolischer Akt des Willkommensgrußes.

»Seid mir herzlichst auf meinem Grund und Boden willkommen, Exzellenz.« Der Brojak verbeugte sich. »Haus und Hof stehen Euch zur Verfügung.« Mägde reichten Salz, Brot und Wein an die Neuankömmlinge. Waljakov erlaubte den Soldaten mit einem knappen Befehl das Absteigen, bevor er sich selbst von Treskors Rücken schwang.

»Ich bedanke mich für den freundlichen Empfang, selbst wenn er keine Überraschung ist, weil ich Euch dafür zu gut kenne«, erwiderte Lodrik und nahm sich von den Gaben.

»Kommt. Ich führe Euch ein wenig herum, danach ist das Abendessen vorbereitet.« Der Brojak steuerte die Stallungen zu seiner Linken an. »Das Fest wird erst morgen stattfinden. Bis dann wird auch meine Norina wieder hier sein.«

»Ach? Sie ist nicht da?« Zu spät bemerkte der Statthalter, dass er sein Interesse zu offenkundig mit seiner Frage preisgab, und versuchte seine Worte zu überspielen. »Ich meine, weil sie so eine nette Gesellschafterin ist.«

»Ihr seid der erste Mensch, der das von ihr behauptet«, sagte der Mann lachend und strich sich über den Bart. »Den meisten ist ihre Zunge zu scharf. Sie kann ihren Mund einfach nicht halten.«

»Ich weiß«, murmelte Lodrik und schob den Brustharnisch zurecht. Allmählich wurde es Zeit, dass er aus diesem verfluchten Eisenhemd herauskam und sich badete. Er fühlte sich verdreckt, verklebt, sein Schweißgeruch fiel ihm unangenehm auf.

Trotzdem hatte Miklanowo kein Erbarmen mit dem Gouverneur, sondern schleppte ihn voller Stolz durch alle Gebäude, angefangen bei den Ställen über die Gesindehäuser bis zur Waschküche und den Getreidespeicher. Nach einer schier unendlichen Dauer von Treppen, Stufen, Räumen und Fluren ließ es der Brojak genug sein und ging mit seinem Gast zum Haupthaus.

»Bitte verschont mich hier mit einer weiteren Führung«, bat Lodrik. »Ich sehe mir gerne bei Tageslicht alles an, wenn Ihr wollt auch noch einmal das komplette Gehöft, aber ich habe einfach nur Durst und schrecklichen Hunger. Wenn die kleinen Kinder aus dem Dorf mir jetzt wieder Essen schenken wollten, ich würde es ihnen wirklich aus der Hand reißen.«

»Wie nachlässig von mir, Exzellenz.« Sein granburgischer Mentor deutete auf die schwere Holztür, durch deren Ritzen sehr, sehr appetitliche Düfte hervorkrochen.

»Oh, ich rieche Schinken!« Der Statthalter stürmte durch den Eingang und blieb beim Anblick des Tisches stehen. »Nur Brot, Käse und Schinken? Ich dachte, Ihr seid Großbauer?« Mächtige Enttäuschung schwang in seiner Stimme mit. »Versteht mich nicht falsch, es ist gewiss alles sehr gut, aber ich hätte doch gerne nach der langen Fahrt einen Braten sehr begrüßt, zumal ich ihn mir wirklich verdient habe.«

»Verzeiht mir, Exzellenz, aber meine Vorratskammer muss erst aufgefüllt werden. Ich bin wirklich untröstlich. Ein heißer Eintopf soll Euren Hunger stillen.« Der Brojak schaute sehr unglücklich. »Norina ist mit den neuen Beständen hierher unterwegs.«

»Und wenn wir schnell noch einen Jagdtrupp ausschicken, der uns ein paar Köstlichkeiten schießt?«, schlug der Statthalter hoffnungsvoll vor, aber Waljakov schüttelte den kahlen Schädel.

»Es wird zu dunkel. Die Rehe wären uns weit überlegen und würden flüchten, bevor wir sie überhaupt sehen könnten.«

Der Eintopf wurde hereingetragen und von den Mägden in die schön gearbeiteten Porzellanschüsseln ausgeteilt.

»Irgendwie habe ich das alles schon mal mitgemacht«, seufzte der junge Mann. »Vermutlich kommt gleich ein abgehetzter Seiler herein, der seine Frau sucht.«

Etwas verwirrt schaute der Brojak zu Stoiko und dem Leibwächter, aber der Vertraute winkte nur ab.

»Also denn, zu Tisch, Exzellenz. Ich garantiere Euch, dass es schmecken wird. Meine Köchin ist die Beste.« Miklanowo schob dem Statthalter den Stuhl zurecht, bevor er sich sichtlich zerknirscht an die Tafel setzte und selbst den Löffel in den Eintopf tunkte.

Nach dem Essen, das sehr gut schmeckte, verschwand Lodrik gähnend in seinem Zimmer, das ihm der Brojak persönlich zeigte, Waljakov teilte die Wachen ein und Stoiko scherzte ein wenig mit einer der Küchenmägde.

»Oh, bevor ich es vergesse, Exzellenz«, sagte der Hausherr auf dem Weg zur Unterkunft. »Schließt alle Fensterläden heute Nacht und öffnet sie auf keinen Fall, ganz egal, welche Geräusche Ihr hören werdet.«

Miklanowo blieb stehen und stieß die Tür zu einem geräumigen Zimmer auf, das keinen Komfort vermissen ließ – wenn es sich auch nur um recht einfache Annehmlichkeiten im Vergleich zum Palast handelte. Aber Lodrik störte es nicht.

»Warum soll ich es nicht tun? Es wird mit Sicherheit sehr warm werden, die Nacht dagegen verschafft wenigstens ein bisschen Kühlung.« Mit ein paar Handgriffen löste er die Schnallen des Wehrgehänges, kurz darauf polterten Säbel und Brustharnisch zu Boden.

»Es sind, wie soll ich das sagen, nachts fliegende Tiere unterwegs, die sich unter Umständen in Euer Zimmer verirren und Euch beunruhigen könnten.« Der Brojak stellte den Leuchter auf den Tisch. Mit einem Span entzündete er nach und nach die aufgestellten Öllampen im Raum. »Sie sind sehr neugierig, mitunter lästig, aber nicht weiter gefährlich.«

»Ich habe keine Angst vor ein paar Fledermäusen, die mir um den Kopf flattern.«

»Sie sind menschengroß, Exzellenz«, stellte Miklanowo ungerührt richtig und blies das brennende Holzstück aus.

Langsam drehte sich Lodrik um. »Weiß Waljakov Bescheid?«

»Ich werde es ihm sofort sagen, damit er seine Wachen unterrichten kann. Wie gesagt, wenn man sie in Ruhe lässt, sind sie nicht weiter schlimm. Sie kommen nicht immer vorbei, höchstens ein paar Mal im Jahr oder wenn etwas Besonderes passiert ist. Da sie aber mit Sicherheit bemerkt haben, dass ich Besuch bekommen habe, werden sie versuchen, einen Blick auf Euch zu werfen.«

»Was sind das für Wesen? Sind es Ungeheuer?«

»Wir wissen es nicht genau, weil noch keiner mit ihnen geredet hat«, gestand der Brojak. »Sie setzen sich hin und wieder wie steinerne Wasserspeier mit ihren großen Schwingen auf die Giebel und Dächer, hocken dort und beobachten, was um sie herum geschieht, und verschwinden gegen Tagesanbruch. Ins Licht trauen sie sich nicht, soviel wissen wir.«

»Habt ihr nicht versucht, sie loszuwerden?«

»Wir haben keine Ahnung, wie viele es sind, also wäre es töricht, einen Kampf mit ihnen zu beginnen. So lange sie sich friedlich verhalten, lassen wir sie gewähren.« Miklanowo blinzelte dem Statthalter zu. »Wir sind hier auf dem Land, Exzellenz. Da laufen manche Dinge anders als in der Stadt. Angenehme Nachtruhe wünsche ich Euch.« Leise zog er die Tür ins Schloss.

»Ulldrael hilf.« Lodrik schüttelte den Kopf und packte aus seinen Truhen, die die Bediensteten hergebracht hatten, sein Nachtgewand aus.

Nach kurzem Zögern stellte er den Säbel neben das Bett, kramte ein Buch über tarpolische Rechtsprechung in Sonderfällen aus und begann, im Schein der Lampen zu lesen. Noch ein paar Seiten wollte er vor dem Einschlafen bewältigen.

Lodrik schreckte aus seinem leichten Schlummer hoch und griff nach dem Säbel. Er war tatsächlich über dem trockenen Inhalt des Werks ins Reich der Träume gedämmert.

Draußen war es mittlerweile stockdunkel, das Fenster stand immer noch sperrangelweit offen, sachte bewegten sich die Vorhänge im lauen Wind. Einige der Öllampen waren durch den Zug verloschen, die anderen brannten nur noch mit sehr kleiner Flamme, da offensichtlich der Brennstoff zur Neige ging.

Der Statthalter nahm das Buch von seiner Brust, stand auf und schloss, nachdem er sich mit einem Blick vergewissert hatte, dass er alleine war, die Fensterläden und die Fenster, löschte alle Lichtquellen bis auf die neben seinem Bett. Dann kehrte er in sein weiches Nachtlager zurück.

»Das Buch sollte ich mir merken, wenn ich einmal Schwierigkeiten mit der verdienten Ruhe habe«, murmelte der junge Mann und drehte sich auf die Seite. Ein kräftiger Atemstoß und die letzte Lampe erstarb mit einem dünnen Rauchfaden.

Doch der Schlaf blieb aus.

Zuerst war es nur ein ungutes Gefühl, das nach und nach zur Gewissheit wurde, ohne dass Lodrik die Augen öffnen musste. Jemand starrte ihn an.

Langsam setzte er sich auf, nahm den Säbel lautlos in die Hand und spähte in die Dunkelheit.

»Wer da?«, fragte er fordernd. »Und wie bist du hereingekommen?«

Als Antwort öffnete sich zuerst ein glühend purpurnes, stiergroßes Augenpaar direkt neben ihm, dann ein weiteres zu seinen Füßen. Aus einem Schrank leuchteten zwei Punkte in der gleichen Farbe und schließlich auf der anderen Seite des Bettes.

Er packte die Waffe fester. »Ich tue euch nichts, wenn ihr mir nichts tut, einverstanden? Ich habe euch aus Versehen eingesperrt, oder? Das tut mir sehr Leid.« Die Worte sprudelten hervor wie ein Wasserfall. »Aber ihr müsst nur die kleinen Haltehebel lösen, dann könnt ihr hinaus. Das ist ganz einfach. Es hält euch niemand auf, und ich werde nicht schreien oder um Hilfe rufen.« Er hielt kurz inne. »Wer, in Ulldraels Namen, seid ihr eigentlich?«

Die purpurnen Augenpaare rückten näher an die Schlafstätte heran.

Lodrik hörte leises, feines Trappeln, ähnlich wie bei Hunden, aber keine Atemgeräusche. Pergament schien aneinander zu reiben, dann standen sie so nah um ihn herum, dass er sie mit der Hand berühren konnte, wenn er gewollt hätte.

Dieses Verlangen spürte der junge Mann derzeit keineswegs. Am liebsten wäre er aus dem Zimmer geflüchtet, aber etwas sagte ihm in seinem Hinterkopf, dass er nicht weit kommen würde, hätten seine unheimlichen Besucher etwas dagegen. Er wusste nicht einmal, wie sie aussahen. Lodrik erkannte nur die unheimlichen Augenpaare, die etwa in der Höhe wie bei einem sehr großen Mann schwebten.

»Wir sind die Beobachter, Hoher Herr«, wisperte es direkt in seinem Kopf. »Wir schauen den Menschen bei ihren kurzen Leben zu und merken uns die Dinge, die unseren Gebieter interessieren. Nun, da du gekommen bist, Hoher Herr, wollen wir dir dienen, wie wir früher einem anderen gedient haben.«

»Ihr habt also für Jukolenko spioniert?«

Ein leises, vielstimmiges Lachen füllte seinen Schädel. »O nein, Hoher Herr. Er war nichts im Vergleich zu dir. Du bist der Eine, der die guten Zeiten wieder zurückbringt.«

»Ich gebe mir jedenfalls große Mühe, etwas zu verändern.« Lodrik blieb misstrauisch und hoffte auf den Wahrheitsgehalt von Miklanowos Worten, die Wesen würden nichts unternehmen, wenn man sie in Ruhe ließ.

»Das wissen wir«, raunte es. »All unsere Brüder und Schwestern warten auf den Tag, an denen du sie rufst, um ihr Können in Anspruch zu nehmen.«

Etwas Leichtes fiel auf die Bettdecke. Der Statthalter zuckte zusammen und hielt den Arm mit dem Säbel schlagbereit erhoben.

»Wenn du uns benötigst, Hoher Herr, und die Zeit reif ist, drehe den Stein drei Mal in der Fassung, und in wenigen Tagen werden wir zur Stelle sein.«

Zwei Augenpaare wandten sich um, die Haken an den Fenstern und Läden wurden gelöst, wie der junge Mann an den Geräuschen erkannte.

»Hoher Herr, wir empfehlen uns. Es wird uns eine Freude sein zu verkünden, dass die besseren Tage nicht mehr weit entfernt sind.«

Dürre Schatten mit riesigen, fledermausartigen, grauen Schwingen kletterten nacheinander auf das Sims und stießen sich ab. Lodrik sah im schwachen Mondlicht nackte, menschliche Körper, fast fleischlose Köpfe, in deren gewaltigen Augenhöhlen das Purpur leuchtete, krallenbewehrte Hände und klauenartige Füße.

»Wie viele seid ihr? Wer seid ihr?« Der Gouverneur ließ den Säbel sinken.

Das letzte der Wesen blieb auf dem Sims hocken, entfaltete mit einem Flattern, wie es der junge Mann von großen Fahnen her kannte, die breiten Flügel und schaute ihm genau in die Augen. Die Höhlen pulsierten tiefpurpurn.

»Wir sind die Beobachter, Hoher Herr. Und wir sind viele hundert.« Wieder hörte er das Flüstern in seinen Gedanken; das Wesen hatte seinen schmalen Mund mit den bleichen Lippen nicht geöffnet. Langsam senkte es den Kopf. »Wir warten, bis du uns rufst, Hoher Herr.« Kraftvoll stieß es sich ab, der Körper schoss ins Freie.

Lodrik sprang auf und rannte zum Fenster.

Vier menschliche Schatten mit beachtlichen lederhaften Schwingen glitten durch die Luft und entfernten sich sehr schnell vom Gehöft. Elegante Schläge ihrer Flügel trugen sie in den nachtschwarzen Himmel.

Der Statthalter verfolgte ihre Bahn, bis sie mit der Dunkelheit verschmolzen.

Äußerst nachdenklich kehrte er zu seiner Schlafstätte zurück und suchte den Gegenstand, den seine Besucher zurückgelassen hatten.

Zwischen ein paar Falten der Bettwäsche fand er ein handtellergroßes Amulett mit seltsamen Schnörkeleien, das aus einem schwarz schimmernden Metall gearbeitet worden war. In der Mitte saß ein matt schimmernder Stein von der Farbe einer dunklen Rose. Das Material fühlte sich nicht kalt an, vielmehr verfügte es über die gleiche Temperatur wie Lodriks Handfläche.

Bei Tag wollte er sich das Schmuckstück mit all seinen Einzelheiten in aller Ruhe ansehen, heimlich und ohne Aufsehen. Wieder sagte ihm ein Gefühl, dass er die Neuigkeit über das Geschenk und seine neuen, unheimlichen Diener für sich behalten sollte.

Den Rest der Nacht verbrachte er damit, sich Gedanken über diese fliegenden Wesen zu machen. Obwohl er mehr Märchen, Legenden und Sagen gelesen hatte als die meisten Tarpoler, erinnerte er sich beim besten Willen nicht daran, jemals auch nur eine Beschreibung seiner Besucher gefunden zu haben. Sobald er wieder in der Gouverneursresidenz war, wollte er sich so lange in die Bücher vergraben, bis er einen Hinweis auf sie fand.

Nach einem ausgedehnten Frühstück ließ der Großbauer die Pferde satteln, um dem Statthalter einen Überblick über Ländereien und Menschen zu verschaffen.

Lodrik schritt auf sein Pferd zu, das aber plötzlich die Ohren nach hinten legte und zur Seite tänzelte, als er die Hand nach den Zügeln ausstreckte.

Der Stallknecht beruhigte das unvermittelt nervöse Tier, aber auch der zweite Versuch, den Hengst besteigen zu wollen, scheiterte am Aufbäumen und Treten. Nur im letzten Moment konnte ein anderer Knecht zur Seite springen, sonst hätten die eisenbeschlagenen Hufe ihren Abdruck auf dessen Kopf hinterlassen.

»Ich verstehe das nicht«, murmelte der Gouverneur. »Als ob es vor einem Raubtier scheuen würde.«

»Es ist aber kein Raubtier in der Nähe.« Waljakov stieg ab und half, Lodriks Reittier zu beruhigen. »Das haben wir gleich.«

»Vielleicht hat es nur keine Lust, sich zu bewegen«, grinste Stoiko von seinem Pferd hinunter.

Erst nach den Bemühungen des Leibwächters ließ der Schimmel den jungen Mann näher an sich herankommen und erlaubte ihm, in den Sattel zu klettern. Die Ohren blieben aber angelegt, das Verhalten schien weiterhin ungewöhnlich. Lodrik musste unterwegs immer wieder all sein mühsam erworbenes Geschick aufwenden, um den Gang des Tieres in die Richtung zu lenken, wohin er wollte.

Auch wenn sich Miklanowo die allergrößte Mühe gab, während des Ritts für Unterhaltung und Abwechslung zu sorgen, war er nicht imstande, Lodrik aus seinen Grübeleien zu reißen. Die Schweigsamkeit und ständige geistige Abwesenheit fielen sowohl Stoiko als auch Waljakov auf.

»Was überlegt Ihr denn ständig, Herr?«, versuchte der Vertraute dem jungen Mann etwas zu entlocken. »Der arme Großbauer unternimmt eine Anstrengung nach der anderen, um Euch bei Laune zu halten, und Ihr reitet durch die Landschaft, als hättet Ihr Euren Kopf zu Hause vergessen. Was beschäftigt Euch denn so?« Er zwinkerte ihm zu. »Ist es Norina?«

»Was?«, schreckte Lodrik auf seinem Sattel hoch. »Oh, es tut mir Leid. Ich bin sehr müde, die Nacht war furchtbar. Lass uns zurückreiten. Ich brauche nur ein wenig Schlaf.«

Stoiko schaute den Statthalter forschend an, nickte knapp und gab die Änderung der Pläne an den Rest der Gruppe durch.

Der Brojak war sehr bekümmert darüber, dass sein Gast kein Interesse am Ausritt zu haben schien. Vergeblich versuchte Stoiko ihm klar zu machen, dass der Gouverneur lediglich müde sei und sich nach ein paar Stunden Ruhe sehnte. Der Gedanke daran, dass der junge Mann nicht gut in seinem Haus geschlafen hatte, wirkte aber keineswegs beruhigender auf den Großbauern.

»Ich hoffe, dass wenigstens Norina mit den Vorräten rechtzeitig da ist, damit unser kleines Festessen stattfinden kann«, sagte er zu Waljakov. »Ich würde einen schlechten Eindruck bei Exzellenz hinterlassen.«

Lodrik saß zwar auf dem Pferd und schaukelte mehr schlecht als recht durch die wirklich sehenswerte Landschaft, war aber in Gedanken völlig woanders.

Warm lag das Amulett, das er unter der Rüstung verborgen trug, auf seiner Haut und schien sich fast schon lebendig anzufühlen. Es ging eine beruhigende Wirkung von diesem rätselhaften Schmuckstück aus, die sich der Statthalter selbst nicht erklären konnte.

»Seht, Exzellenz. Dort drüben reitet Norina.« Stoiko wies in die Ebene, die vor ihnen lag. »Wenn wir uns beeilen, können wir sie einholen und den Rest des Weges zum Gehöft begleiten. Was haltet Ihr von dem Vorschlag?«

»Schön. Macht das.« Lodriks Augen waren auf einen Punkt in weiter Entfernung gerichtet. »Ich warte hier so lange.«

»Er hat nicht mal verstanden, was ich zu ihm gesagt habe«, beschwerte sich der Vertraute beim Leibwächter. »Ist das so eine Art Provinzdepression? Landverzweiflung? Oder ist ihm die viele saubere Luft in den Kopf gestiegen?«

Waljakov zuckte mit den Schultern. »Vielleicht hat er genug von deinem ständigen Geschwätz, dass er beschlossen hat, es in Zukunft nicht zu beachten.«

Langsam hob der Gouverneur den Kopf. »Aber natürlich. Es waren Modrak.« Sein Blick klärte sich, und er schien in die Gegenwart zurückzukehren. »Es waren Modrak!« Dann erst schien er den kleinen Tross vor sich zu bemerken. »Ist das da vorne nicht Norina? Weshalb reiten wir nicht dorthin und begleiten sie zum Anwesen?« Er stieß dem Pferd die Fersen in die Flanke und preschte los.

»Ich hätte schwören können, dass ich vor ein paar Lidschlägen das Gleiche gesagt habe, oder? So schlecht geschlafen kann kein Menschen haben, dass er am nächsten Morgen derart neben sich steht.« Der Vertraute legte die Hände ratlos auf den Sattel und blinzelte in die hellen Gestirne. »Dabei scheint die Sonne hier gar nicht mehr so stark. Es muss also wirklich die fehlende Nachtruhe sein, die ihn so abwesend macht. Und was, bei Ulldrael, sind Modrak?«

»Hinterher«, befahl der Leibwächter den Wachen lakonisch und sprengte den sanften Hügel hinab, Stoiko und der Brojak folgten etwas weniger schnell.

Norina sah die Reiterschar auf die kleine Wagenkolonne zugeritten kommen und ließ anhalten. Die bewaffneten Knechte stellten sich neben ihre Kutsche, die Waffen halb gezogen.

»Halt«, rief sie dem Statthalter entgegen. »Wer seid Ihr? Gebt Euch zu erkennen, bevor Ihr näher herankommt!«

Lodrik zügelte sein Pferd und stellte sich in den Sattel. »Erkennst du nicht das Wappen des Kabcar und das des Gouverneurs von Granburg? Ich bin Hara¢ Vasja, Königlicher Beamter und Gouverneur der Provinz. Außerdem hatten wir beide bereits das Vergnügen.«

»Das Wappen des Gouverneurs kann jeder Strauchdieb auf seine Kleidung malen.« Ihre Augen funkelten. »Und Hara¢ Vasja kenne ich. Der sieht aber nicht so aus wie Ihr.«

Im Hintergrund rollten Waljakov und die Wachen wie der leibhaftige Donner heran.

Lodrik grinste und musterte die junge Frau, die keinerlei Anzeichen von Furcht zeigte.

Sie trug ein leichtes, dunkelrotes Leinenkleid, ihre sehnige Hand lag drohend am Griff des beachtlich langen Dolches an ihrer Seite. Die Füße steckten in hohen Stiefeln. Norina hatte sich seit ihrer letzten Begegnung, was zumindest ihre weiblichen Rundungen anging, ein wenig weiterentwickelt, ihre schlanke Figur war ihr geblieben. Das lange, schwarze Haar trug sie offen, die kleine Narbe an der rechten Schläfe leuchtete ein bisschen.

Der Statthalter deutete eine Verbeugung an. »Du kannst sicher sein, ich bin der echte Gouverneur. Und wenn du mir keinen Glauben schenken willst, dann vielleicht deinem Vater.«

Die junge Frau bemerkte nun Miklanowo und Stoiko, die in aller Seelenruhe näher kamen, während sich Waljakov an die Seite seines Schutzbefohlenen gesellt hatte.

»Ich bitte um Verzeihung, Exzellenz.« Norinas Gesicht war eine einzige Überraschung, während sie einen

Knicks machte. »Ihr habt Euch so verändert, dass es unmöglich ist, Euch wieder zu erkennen.«

»Siehst du, Waljakov, deine Übungsstunden haben einen großartigen Erfolg zu verzeichnen. Kein Mensch am Hof meines …«, der Leibwächter schüttelte als Warnung leicht den Kopf, »… Lehnsherrn wird mich am Tage meiner Rückkehr wahrnehmen. Die Soldaten werden mich vermutlich als einen Unbekannten festnehmen.«

»Kind, da bist du ja.« Der Brojak stieg vom Pferd, breitete seine Arme aus und kam auf seine Tochter zu, die ihren Vater liebevoll drückte. »Hast du alle Sachen bekommen, die ich dir aufgetragen habe?«

Norina nickte. »Unsere Vorratslager sind noch reichlich gefüllt, die Landpächter bringen schon die neue Ernte.« Sie deutete auf die Ochsen, die hinter dem letzten Karren angebunden waren. »Und einen guten Braten haben wir noch dazu.«

»Was ist denn das alles auf den Wagen?«, wollte Lodrik wissen und lenkte sein Pferd näher heran, um besser unter das Segeltuch schauen zu können, mit dem die Ladung abgedeckt war.

»Exzellenz, das soll eine Überraschung werden, habt Ihr das schon vergessen?« Miklanowo stellte sich in den Weg. »Wenn Euch schon der Ausritt nicht so gefallen hat, dann verderbt Euch und mir die Freude wenigstens nicht heute Abend. Aber das Essen wird besser sein als Eintopf, das verspreche ich Euch.«

»Noch besser? Also, gut. Ich nehme Euch beim Wort, Miklanowo.« Der Gouverneur lächelte Norina an und wendete sein Reittier in ihre Richtung. »Wir könnten doch eigentlich jetzt weiterfahren, oder?«

»Selbstverständlich, Exzellenz.« Sie kletterte auf den Kutschbock, ließ die Peitsche knallen, und der Karren rollte an. Der Statthalter ritt neben ihr her.

»Ich wollte dir vorhin keine Angst machen«, begann

er nach einer kleinen Pause. »Ich dachte wirklich, dass du mich gleich erkennst.«

»Ihr habt mir keine Angst gemacht, Exzellenz. Ich habe sehr gute Männer zu meinem Schutz dabei. Außerdem müsst Ihr zugeben, dass unser erstes Treffen in einem halbdunklen Zimmer stattfand und das zweite nur sehr kurz war.« Sie warf einen abschätzenden Blick auf seine Statur. »Der Bart steht Euch gut. Und Eure Leibesfülle ist deutlich weniger geworden. Wie habt Ihr das geschafft?«

Lodrik nickte in Richtung Waljakov. »Er hat mich über die Fechtbahn gehetzt, Steine schleppen lassen und sich noch mehr Foltermethoden ausgedacht, um mir Blut und Wasser aus den Poren zu treiben.«

»Bei ihm hat es funktioniert, bei Euch offensichtlich auch.« Sie korrigierte mit einem sanften Zug der rechten Hand den Weg des Pferdegespanns. »Ihr werdet Euch vor Frauen bald nicht mehr retten können, Exzellenz, wenn Ihr so weitermacht.«

»Danke, davon habe ich vorerst genug.«

Sie schaute ihn verblüfft an, die Augenbraue wanderte als Ausdruck ihres Erstaunens nach oben. »Ich glaube, Ihr seid der erste Mann, von dem ich das höre, abgesehen von meinem Vater.«

»Wie darf ich denn das verstehen?«

»Um es ein wenig diplomatisch auszudrücken, Exzellenz, die herkömmlichen Adligen haben neben dem Erhöhen der Steuern nur ein einziges Vergnügen: Frauen. Am besten jeden Tag eine andere, und wenn sie nicht will, wenn interessiert es schon?« Sie klang verächtlich und hasserfüllt. »Leibeigene haben keine Rechte.«

»Das ist ja interessant zu hören«, meinte Lodrik und rutschte im Sattel herum. »Und Euer Vater ist anders? Kein Wunder, schließlich ist sein Verhalten den Pächtern gegenüber geradezu revolutionär.«

»Er benimmt sich nur so, wie es ein vernünftiger

Mensch tun sollte«, gab Norina scharf zurück. »Schließlich fließt in den Adern der Adligen auch nur rotes Blut. Sie müssen sich ebenso erleichtern wie ein Bauer, essen, schlafen und trinken. Es müsste sich einiges ändern, wenn es nach mir ginge.«

»Ich dachte immer, dein Vater hätte gefährliche Ideen«, stöhnte der Statthalter. »Lass diese Worte niemals einen anderen Königlichen Beamten hören, sonst wärst du schneller im Kerker, als dir lieb ist. Habe ich mir denn nicht schon große Mühe gegeben, Gesetze zu ändern, damit die Granburger weniger Abgaben zahlen müssen? Ist das etwa nichts? Vermutlich wird mir der Kabcar eine Ohrfeige verpassen, wenn er davon erfährt.«

»Eine Ohrfeige?! Versteht mich nicht falsch.« Norina sah ihn an und zeigte ein schwaches Lächeln, »Eure Anordnungen, Exzellenz, sind sehr gut und haben Euch beim einfachen Volk beliebt gemacht. Aber das meine ich nicht. Ich meine einen generellen Wandel in Tarpol, weg vom Titel des Kabcar. Es ist nicht gerecht, dass ein einzelner Mann so viel Macht über andere hat.«

»Euer Vater fühlt sich aber in seiner Rolle als Großbauer ganz gut«, konterte Lodrik.

»Hat er Euch erzählt, was er immer mit den Abgaben machte?« Sie funkelte ihn an. »Er verteilte sie an die Pächter, die eine schlechte Ernte hatten oder ihre Abgaben an den Gouverneur nicht aufbrachten.«

Der Statthalter schüttelte den Kopf. »Das wusste ich nicht. Aber Tarpol wurde schon immer von einem Einzelnen regiert, auch die anderen Reiche haben Könige, die …«

»Und was ist mit Palestan oder Agarsien?« Die junge Frau ließ den Karren schneller rollen.

»Das sind Händlerstaaten«, meinte Lodrik geringschätzig.

»Die aber über mehr Macht und Geld verfügen als

die Königreiche Tarpol und Borasgotan zusammen. Sie haben einen großen Rat, der aus gewählten Frauen und Männern besteht, die gemeinsam entscheiden«, ergänzte Norina. »Und Rogogard hat einen Hetmann, der die Piraten im Krieg führt, ansonsten aber nicht viel Einfluss auf die Menschen hat.«

»Das sind doch Ausnahmefälle, die ...«

»In keinem anderen Land ist die Leibeigenschaft so streng geregelt wie in unserem Reich, abgesehen vom südlichen Tersion«, fiel ihm die Brojakentochter respektlos ins Wort, während sie die Tiere mit einem Peitschenknall antrieb. Das Pferd des Gouverneurs musste in einen leichten Galopp fallen, um auf der Höhe des Kutschbocks zu bleiben. Die Fässer und Behälter auf der Ladefläche rumpelten und hopsten gefährlich. »Schaut Euch Aldoreel an, Exzellenz, oder Ilfaris. Selbst Hustrabans Ständesystem ist gelockert. Dort sitzen Adlige zusammen mit Bauern und gewöhnlichen Handwerkern an einem Tisch, ohne dass der Untergebene ins Gefängnis geworfen wird.«

»Gibt es einen Grund, weshalb wir ein so schnelles Tempo vorlegen?«, fragte Waljakov, der auf der anderen Seite des Wagens auftauchte.

»Tarpol wurde und wird immer ein Königreich mit Ständesystem bleiben«, sagte Lodrik bestimmt, »und wenn du dich auf den Kopf stellst. Selbst wenn der Kabcar Reformen einleitete, die Adligen würden revoltieren und ihn stürzen. Ist das so schwer zu begreifen?«

»Was sind die Adligen gegen die Tarpoler, Exzellenz?« Norina grinste. Der Statthalter war ihr in die Falle gegangen. »Ihr habt doch jetzt die gleichen Schwierigkeiten, wie Ihr sie für den Kabcar annehmt, oder? Na und? Es läuft doch sehr gut für Euch.«

»Das bleibt noch abzuwarten«, dämpfte der Gouverneur. Er ärgerte sich darüber, dass ihn die junge Frau übertölpelt hatte. »Ich habe keine Lust mehr zu diskutieren.«

»Verzeihung, aber ist es wirklich notwendig, dass wir so rasen?«, versuchte es der Leibwächter zum zweiten Mal. »Die Strecke ist sehr holprig, und ich weiß nicht, ob das die Achsen auf Dauer aushalten.«

»Weil Euch die Argumente ausgehen, wollt Ihr nicht mehr diskutieren. So ist es doch, Exzellenz.«

»Nein.« Verzweifelt suchte Lodrik eine Ausrede. »Ich, äh, mag das Disputieren mit dir außerordentlich, nur nicht vom Sattel aus. Wir können sehr gerne heute Abend weiterreden, wenn du möchtest.«

Sie kniff die Augen zusammen und bremste das Gespann ein wenig. »Ich freue mich schon darauf, Exzellenz.«

Der abgeschmetterte Statthalter ließ sich zu Stoiko zurückfallen.

»Eine harte Nuss, Herr?« Der Vertraute wirkte belustigt.

»Die erste Runde ging an sie«, seufzte Lodrik, die Mundwinkel hingen bis zu den Steigbügeln. »Sie ist eine Gefahr für Tarpol mit dem, was sie sagt. Du hättest sie hören müssen.«

Stoiko lachte. »Ich habe sie gehört, und ich muss sagen, Ihr seid der jungen Dame ganz schön auf den Leim gegangen. Sie hat ein außerordentliches Talent für die Rhetorik.« Er senkte die Stimme zu einem verschwörerischen Flüstern. »Unter uns: Ihr solltet sie heiraten, wenn ihr Kabcar geworden seid.«

»Und mir meine eigene Revolution in den Palast holen, oder wie stellst du dir das vor?«, begehrte der Thronfolger auf. »Sie würde mit dem Geld, das sie zur Verfügung hat, ganz Tarpol gegen mich aufwiegeln.«

»Andererseits hättet Ihr sie dann einfacher unter Kontrolle, Herr. Und sie wäre immer in Eurer Nähe. Ihr habt doch Interesse an ihr, mehr als Ihr vor mir und anderen verbergen könnt, oder liege ich da völlig falsch?«

»Auch wenn sie die spitzeste Zunge hat, die ich jemals kennen gelernt habe, sie besitzt eine Tugend, die sie mir ungeheuer sympathisch macht.«

»Ja, das Gesicht hat etwas. Vor allem die kleine Narbe an der Schläfe lässt sie verwegen aussehen, wie eine Kämpferin«, schwärmte Stoiko. »Und als sie nach dem Dolch gegriffen hat, als sie Euch noch nicht erkannt hatte, sah sie sehr eindrucksvoll aus.«

»Ich meinte nicht ihre Schönheit«, knurrte der Gouverneur. »Sie ist ehrlich und sagt ihre Meinung geradeheraus, das schätze ich.«

»Tja, was nutzt alle Schönheit, wenn das Weib falsch wie eine Schlange ist«, bemerkte der Vertraute. »Und bei Eurer Cousine, mit Verlaub, täte man einer Schlange dazu noch Unrecht.«

»Ich hoffe, die erhält einen niederen Schreiber zum Mann«, wünschte sich Lodrik. »Ich hätte meinem Vater noch schnell eine Nachricht zukommen lassen können, damit er sie mit der Hochzeit so richtig demütigt.«

»Das hätte er aber nicht getan«, zweifelte Stoiko. »Die Hochzeit soll die Baronie im Guten an Tarpol binden und keinen Vorwand für eine Trennung liefern. Vermutlich wird Oberst Mansk der Glückliche sein.«

Der Statthalter prustete los. »Das würde mir auch recht sein. Für die Idee, mich nach Granburg zu schicken, hat er nichts anderes verdient.«

»Ihr wollt damit doch nicht andeuten, dass es Euch hier nicht gefällt, bei solch einer schönen Aussicht?« Der Vertraute schaute zu Norina. »Und gelernt habt Ihr mehr, als ich und die anderen Privatlehrer Euch in Ulsar beibringen konnten. Ganz zu schweigen von den vielen mehr oder weniger gefährlichen Abenteuern.«

»Das stimmt allerdings«, murmelte Lodrik und legte die Hand in Höhe des Amuletts auf die Rüstung.

Die Mauern des Gehöfts tauchten am Horizont auf, die Tiere verfielen von selbst in eine schnellere Gangart, weil sie den nahenden Stall vor Augen hatten.

Der Gouverneur ließ sich von Stoiko noch ein paar Ratschläge für die Fortsetzung des Disputs mit der Brojakentochter geben, dann rollte der Tross in den Innenhof.

Miklanowo bugsierte den jungen Mann sofort nach dem Absteigen in das große Gesellschaftszimmer und rang ihm das Versprechen ab, auf keinen Fall in die Küche zu kommen, um nach dem Essen und den Vorbereitungen für das Fest zu sehen.

Ein bisschen widerwillig stimmte der Statthalter zu und nutzte die Gelegenheit, sich zum Schein in die Büchersammlung des freundlichen Großbauern zu vertiefen. In Wirklichkeit betrachtete er hinter einem als Sichtschutz aufgeschlagenen Folianten das Schmuckstück, das ihm seine Besucher überlassen hatten.

Die ganze Oberfläche des Schmuckstücks war von einem dunkelorange braunen Belag überzogen, nur vereinzelt schimmerte das Metall schwarz auf, als ein sanfter Lichtstrahl auf das Amulett fiel. Die wenigen sauberen Ziselierungen glänzten silbrig.

Der düstere, augengroße Stein im Zentrum des Kleinods wurde in einem beruhigenden Rhythmus heller und dunkler, pulsierte wie ein langsam schlagendes Menschenherz.

Neugierig wendete Lodrik das Schmuckstück, wo sich ebenfalls verdreckte Ziselierungen fanden, die aber im Gegensatz zur Vorderseite ein eigenartiges Muster bildeten. Wenn es sich bei den Gravuren um eine Sprache handelte, konnte der junge Mann nichts damit anfangen. Vielleicht war es die Sprache der Modrak.

Die Modrak, so war ihm ausgerechnet während des Ausritts eingefallen, gehörten ins Reich der Legenden. Sie hatten nichts mit den Sumpfbestien gemein, sondern galten als rätselhafte Wesen, die die Nähe des Menschen suchten, ohne mit ihm Kontakt aufzunehmen, wenn er sich richtig an das Gelesene erinnerte.

Die Modrak waren nur bei einem Schreiber erwähnt

worden, deshalb hatte er sich erst so spät daran erinnert. Der Autor des Buches vertrat die Meinung, dass die Ungeheuer sich von den schlechten Gefühlen der Menschen ernährten. Bosheit, Zorn, Angst, Verzweiflung, Hass, Zank und Streitigkeiten wären die bevorzugte Nahrung der Wesen, weshalb man sie heute nicht mehr so oft sehen würde wie zu Sinureds Zeiten.

Vorsichtig legte Lodrik das Amulett auf den Tisch und betrachtete es nachdenklich.

Warum hatten es die Modrak ausgerechnet ihm gegeben? Was sollte er damit? Würde er in Granburg so viel Hass erzeugen, dass die Wesen zurückkehrten und das unter einer »besseren Zeit« verstanden? Und weshalb sollte er ihre Hilfe benötigen?

Fragen über Fragen, auf die der Thronfolger keine echte Antwort fand.

Er beschloss, sich davor in Acht zu nehmen, Feindseligkeit und Zwietracht zu säen, sondern mit seinen Reformen die Menschen in der Provinz glücklicher zu machen. Denn wo mehr Zufriedenheit herrschte, dort fanden die schrecklichen Wesen mit den glühenden Augen keine Nahrung und keine Bleibe. Er war sich nur noch nicht darüber im Klaren, ob er das Schmuckstück behalten sollte oder nicht.

»Bäche und Flüsse in Granburg«, las Waljakov den Einband des Folianten vor.

Lodrik zuckte erschrocken zusammen und versuchte, ein interessiertes Gesicht zu fabrizieren.

»Es ist wirklich erstaunlich, wie viele Wasserwege es in der Provinz gibt und jeder hat seine eigene Geschichte mit Geschichtchen«, redete der junge Mann drauf los. »Musst du dich immer so anschleichen?«

»Ich habe drei Mal geklopft, Herr. Aber jetzt verstehe ich, weshalb Ihr nicht geantwortet habt. Es ist bestimmt sehr schwierig, die ganzen Abhandlungen verkehrt herum zu lesen.«

Der Gouverneur blinzelte. »Bitte?«

»Euer Buch, Herr«, der Leibwächter legte die mechanische Hand auf die Oberseite des dicken Wälzers, »steht auf dem Kopf, falls Ihr es noch nicht bemerkt haben solltet.«

»Ich betrachte gerade eine Zeichnung, die falsch eingebunden wurde«, erklärte er kaltblütig und schnappte sich die Ränder des Folianten, um zu verhindern, dass Waljakov seinen Sichtschutz herumdrehte und damit das Amulett entdeckte.

»Sucht Ihr etwas über die Modrak? Stoiko erwähnte vorhin etwas, dass Ihr so einen Namen gerufen hättet.«

»Ja, ja. Genau, ich suche die Modrak«, sprang Lodrik auf die unvermittelt angebotene Hilfe an. »Ich habe im letzten Dorf ein paar Leute über einen Bach mit diesem Namen reden hören, und das ist mir unterwegs wieder eingefallen. Ich weiß inzwischen so viel über die Provinz, nur die Flüsse und Bäche sind mir noch völlig unbekannt. Das wollte ich ändern.«

»Das scheint Euch wirklich sehr am Herzen zu liegen.« Der Leibwächter schien auf die Lüge hereinzufallen, und der Statthalter atmete innerlich auf. »Was ich noch fragen wollte: Habt Ihr gestern Nacht gut geschlafen, Herr? Miklanowo hat mich über diese seltsamen Wesen unterrichtet, die angeblich hin und wieder vorbeikommen.«

»Mir hat er es auch gesagt, aber ich habe keines von ihnen gesehen. Vermutlich hatten sie zu viel Respekt vor deinen Wachen, alter Haudegen«, versuchte der junge Mann zu scherzen. »Ich hätte sie mir gern mal aus der Nähe angesehen.«

»Wie den Kullak damals, der Euch um ein Haar erwischt hätte?«

»Waljakov, ich bitte dich.« Lodrik winkte ab. »Ich bin seitdem viel besser mit dem Säbel geworden, das hast du selbst gesagt. Ich hätte mich schon zu verteidigen gewusst.«

»Wollt Ihr nicht umblättern? Ihr müsst die Zeichnung doch schon auswendig kennen?«

»Ich betrachte sie noch ein bisschen. Außerdem lese ich lieber, wenn ich alleine bin.«

»Ich habe verstanden, Herr. Wenn Ihr mir nicht zeigen wollt, was Ihr da hinter dem Buch versteckt, werde ich einfach wieder gehen.« Der Leibwächter drehte sich um und verschwand zur Tür hinaus.

Der Statthalter gab genau darauf Acht, dass der muskulöse Krieger auch wirklich das Gesellschaftszimmer verließ, dann steckte er das Amulett schnell wieder unter die Rüstung, klappte das Buch zu und stellte es zurück ins Regal.

»Er merkt aber auch wirklich alles«, wunderte sich Lodrik über die Auffassungsgabe des Mannes.

Ein tiefes Grummeln stieg aus seinen Gedärmen. Hoffentlich würde das Fest bald beginnen, denn sein Hunger wurde immer größer. »Ich würde sogar Eintopf essen«, sagte er zu sich selbst.

Nach fast eineinhalb Stunden wurde der Gouverneur von seinem granburgischen Gastgeber im Gesellschaftszimmer abgeholt und in seine Unterkunft gebracht, damit er sich noch ein wenig frisch machen konnte, bevor das Fest anfing.

Während Lodrik mit Wasser und Seife eine schnelle Waschung vornahm und sich in die offizielle graue Uniform der Königlichen Beamten zwängte, lauschte er nach draußen.

Mehrere Leute schienen sich zu unterhalten, Lachen drang zu ihm herauf, Musikinstrumente wurden gestimmt. Der junge Mann glaubte, Geigen und Gitarren zu erkennen, vereinzelt mischten sich die Töne einer Ziehharmonika dazu, deren Spieler Fingerübungen zu machen schien.

Plötzlich schwebte der Duft von gebratenem Fleisch

in den Raum, und Lodrik hatte die schmackhafte Vision eines saftig gegrillten Ochsens vor Augen.

In Windeseile legte er sich die Schärpe um, schlüpfte ins Wehrgehänge und zog die letzten Falten aus dem Stoff.

Vor der Tür warteten Stoiko und Waljakov, die sich ebenfalls ihre besten Monturen angelegt hatten.

Herausragend wie immer war die Gestalt des Leibwächters, ein Gebirge aus Muskeln und taudicken Sehnen, das kantige Gesicht zeigte den üblichen fast bösartigen Ausdruck. Nur die wenigsten ahnten, dass hinter der rauen Schale ein zwar nicht weicher, aber doch zumindest nicht ganz so harter Kern steckte.

Stoiko wusste, dass er gegen die eindrucksvolle Statur des Mannes wie ein halbes Hemd wirkte, deshalb versuchte er erst gar nicht bedrohlich zu wirken, sondern setzte sein amüsiertes Lächeln zielgerecht als Gegenpol zu dem Leibwächter ein.

»Exzellenz sieht aber sehr gut aus«, sprach der Vertraute sein Kompliment aus.

»Die Uniform sitzt ein wenig zu eng, aber ansonsten kein Vergleich zu dem Bild, das Ihr noch vor wenigen Wochen abgegeben habt.« Waljakov rückte den steifen Kragen zurecht.

»Wer redet hier denn von zu eng?« Stoiko drehte sich um und tippte auf die Oberarme, die den Stoff der Uniform zu sprengen drohten. »Du solltest dir eine Ecke suchen und ruhig stehen bleiben, damit dir dein Gewand nicht zerplatzt, wenn du den Arm hebst.«

»Ich unterbreche euch nur ungern«, meldete sich Lodrik und spazierte durch die Mitte. »Aber ich habe schrecklichen Hunger. Ich gehe jetzt dorthin, wo es was zu essen für den zweitwichtigsten Mann in Tarpol gibt.«

»Gibt es da auch was für Leute, die weniger wichtig sind?«, erkundigte sich der Vertraute grinsend und folgte dem Thronfolger, Waljakov schloss zu den beiden auf.

Miklanowo fing die kleine Gruppe an der Haupttür freudestrahlend ab. »Ah, Gouverneur. Ich wollte Euch gerade abholen kommen.«

»Nicht notwendig. Ich bin den feinen Gerüchen gefolgt, die meinen Magen langsam aber sicher zum Wahnsinn treiben.«

»Um so mehr freut es mich, dass unser kleines Fest zu Ehren des Königlichen Statthalters nun endlich beginnen kann.« Der Brojak öffnete schwungvoll die Tür. »Herrschaften, der Gouverneur von Tarpol, Hara¢ Vasja.«

Kaum erschien der junge Mann etwas unsicher lächelnd in der Tür, setzte die Musik ein.

Es war kein tarpolischer Militärmarsch, auch keine klassische Weise oder ein Volkslied, sondern etwas viel Schnelleres, Temperamentvolleres und Heißblütigeres als alles, was der Statthalter bisher zu hören bekommen hatte.

Die Geigenbögen schossen nur so über die Saiten, die Finger rasten über die Tasten der Ziehharmonika, und die Frau mit der Schellentrommel gab einen Takt vor, der unweigerlich in die Füße ging.

»Kommt, ich bringe Euch an Euren Platz, Exzellenz.« Der Brojak fasste ihn am Ellenbogen und führte Lodrik vorbei an der riesigen Tafel, an der sich alle Gäste erhoben hatten und sich vor ihm verneigten, sobald er vorüberging.

Ganz am Kopf des mindestens zehn Meter langen Tisches musste er sich niederlassen, links von ihm nahm Stoiko Platz, der Leibwächter stellte sich hinter den Stuhl seines Schützlings.

»Darf ich Euch meine Gäste vorstellen, Exzellenz?« Miklanowo stand zu seiner Rechten und ging die Sitzordnung der Reihe nach durch. Alle Namen konnte sich der Statthalter nicht merken, dennoch registrierte er sehr schnell, dass nur wenig hochrangiger Adel anwesend war. Die meisten Menschen an der Tafel waren Landpächter, mittelgroße Brojaken und ein paar mehr oder weniger reiche Brojaken.

Alle Genannten prosteten ihm zu und setzten sich dann auf ihren Stuhl, sobald die Erklärung zu ihrer Person abgeschlossen war.

Lodrik musterte ihre Gesichter sehr aufmerksam, konnte aber keinerlei Feindseligkeit entdecken. Vermutlich hatte er hier die besten Verbündeten in der Provinz sitzen, wenn es um Maßnahmen gegen die übrige Oberschicht ging.

In Gedanken kehrte er zum Streitgespräch mit Norina, die neben ihrem Vater saß, zurück. Mit Schaudern dachte er daran, welche Änderungen sie vorgeschlagen hatte. Was aber, wenn ihre Ideen gar nicht so verkehrt waren? Ein bisschen mehr Ausgleich, so fand er mehr und mehr, würde dem Reich vielleicht gar nicht mal so schlecht bekommen.

Nach schier endlosen Minuten kam die Vorstellung an ihr Ende. Nun wurde vom Gouverneur eine kleine Rede erwartet, wie ihm sein Gastgeber bedeutete.

Das kam für Lodrik nicht ganz unvorbereitet, seine Worte hatte er sich schon lange zurechtgelegt. Er erhob sich.

»Herrschaften, Ihr seht vor Euch einen jungen Mann, der sich in der recht ungewöhnlichen Lage befindet, in der Blüte seiner Jugend eine Provinz regieren zu müssen, die ihm nicht nur Wohlwollen entgegenbringt. Die meisten glauben vermutlich immer noch, dass ich den Posten nur bekommen habe, weil mein seliger Vater ein wichtiger Beamter am Hof des Kabcar war. Doch ich denke, ich habe einiges getan, um die Menschen in der Provinz Stück für Stück vom Gegenteil zu überzeugen. Mein Vorgänger hat Jahre damit zugebracht, sein ihm vom Kabcar verliehenes Amt zu missbrauchen, die einfachen Leute auszubeuten und den Pächtern unnötige Sonderabgaben abzuringen.« Er machte eine Pause und ließ den Blick über die Gäste wandern. Sie alle hingen mit großer Neugier an seinen Lippen und warteten voller Spannung auf die weiteren Worte. »Ich versuche seit meinem für alle überraschenden Amtsantritt, dieses Unrecht rückgängig zu machen, kämpfe aber gegen ein Dickicht von Intrigen, das ein Großteil der mit Jukolenko befreundeten Adligen spinnt. Aber ich werde nicht aufgeben, denn ich habe gute Freunde bei mir«, er schaute zu Stoiko und Waljakov, »aber auch neue gute Freunde in Granburg gefunden, ohne die ich verloren gewesen wäre.« Er deutete auf Miklanowo. »Dieser Mann hat sich um alle rechtschaffenen Menschen in Granburg verdient gemacht, und ich hoffe, dass er mir noch manchen guten Hinweis geben kann. Ich werde mit seiner Hilfe nicht eher ruhen, bis in der Provinz Gerechtigkeit herrscht, wie es das tarpolische Gesetz für alle Untertanen vorsieht.« Er hob seinen Becher. »Auf den Kabcar und das Königreich. Mögen beide noch lange bestehen.«

Die Gäste stimmten in den Trinkspruch mit ein, leerten ihre Gefäße und schlugen als Beifall damit auf das Holz.

»Und jetzt endlich her mit dem Essen«, rief einer. Die anderen lachten, die Musik setzte wieder ein, und die Speisen wurden aufgetragen.

Lodrik setzte sich und nahm einen weiteren Schluck aus seinem Becher, die Hand zitterte vor Aufregung.

»Ihr werdet immer besser, Herr«, gab Stoiko seine Meinung kund und griff nach der Schüssel mit Gemüse, das er sich auf den Teller häufte und an den Statthalter weiterreichte. »Ihr werdet bald vor einer richtig großen Menge reden können.«

»Ich würde vor Aufregung keinen Ton hervorbringen«, meinte der junge Mann und hielt sich mit beiden Händen an der Tischkante fest. »Und das Schlimmste ist, mein Hunger ist weg.«

»Na, na, Herr. Ihr wisst doch, der Appetit kommt beim Essen.« Der Vertraute legte ihm ein Stück Braten auf den Teller und stapelte andere Köstlichkeiten dazu. Es dauerte wirklich nicht lange, dann führte der Geruch den Statthalter in Versuchung.

Kurz darauf war kein Krümel mehr zu finden, satt lehnte sich Lodrik in den Stuhl zurück und rülpste.

»Hättet Ihr das im Wald von Euch gegeben, wärt Ihr aus Versehen als Wildschwein erschossen worden«, kommentierte Waljakov, der unbeweglich wie eine steinerne Kämpferstatue dastand.

»Ich würde bestimmt auch gut schmecken«, sagte der junge Mann und spülte die letzten Reste im Mund mit dem einfachen, aber doch guten Landwein hinunter.

Er beobachtete die Musikanten in der ihm unbekannten Tracht, wie sie die Finger mit einer unglaublichen Geschwindigkeit und noch größerem Geschick über Saiten, Trommeln, Tasten und Tonlöcher huschen ließen.

»Miklanowo, woher stammen eigentlich diese Leute? Ich habe weder die Musik noch die Tracht erkannt.«

»Oh, das sind gute Freunde aus Borasgotan, die immer zur Erntezeit herüber kommen und beim Einfahren der Ähren helfen. Tagelöhner, die glücklicherweise hervorragend ihre Instrumente spielen. Ich hoffe, es gefällt Euch?«

»Ja, sehr sogar.« Unter dem Tisch wippte der Statthalter seit geraumer Zeit mit den Füßen zum Takt. »Was tanzt man eigentlich dazu?«

»Norina, würdest du bitte Exzellenz die Schritte zeigen?«

Lodrik wurde knallrot. »Ich wollte doch nicht selbst tanzen. Ich kann das gar nicht.«

Mit einem leichten Schrecken stellte er fest, dass sich die hübsche junge Frau mit einem Lächeln erhoben hatte und sich vor ihm verbeugte. »Darf ich bitten, Exzellenz?«

Die Gäste lachten und suchten sich ebenfalls Tanzpartner.

»Du wirst es bereuen«, prophezeite der Statthalter leise. »Ich stehe dir die ganze Zeit über auf den Füßen. Ich bin nicht besonders geschickt.«

»Die Schritte sind so einfach, das versteht wirklich jeder, Exzellenz. Sogar Ihr. Gebt Acht.« Sie bewegte sich im Takt der Musik, während Lodrik auf ihre Füße schaute und versuchte, sich die Reihenfolge zu merken, was ihm glücklicherweise recht schnell gelang.

»Und wie geht es jetzt weiter?«

»Ihr legt Eure Hände auf meine Hüften, ich lege meine Hände auf Eure Schultern, und dann machen wir die Schritte gemeinsam«, erklärte sie.

Zögerlich umfasste er sie an der angegebenen Stelle, und bevor er noch irgendetwas fragen konnte, setzte sich Norina in Bewegung.

Zuerst stolperte Lodrik einfach nur mit, doch dann fand er zusehends in den anstachelnden, wilden Rhythmus. Immer schneller drehten sie sich und sprangen zu den Tönen, die die Tagelöhner auf ihren Instrumenten spielten. Hatte die Brojakentochter anfänglich geführt, übernahm der Gouverneur beim dritten Lied das Ruder und stellte sich ziemlich brauchbar an.

»Wollt Ihr nicht eine Pause machen, Exzellenz?«, fragte Norina irgendwann atemlos. Ihre leicht mandelförmigen Augen glänzten voller Freude im Schein der aufgestellten Fackeln und der entzündeten Feuer. Schweißperlen glitzerten auf ihrer Stirn.

»Wieso? Ich habe die schönste Frau von ganz Ulldart in meinem Arm, weshalb sollte ich dann mit dem Tanz aufhören«, rief Lodrik überschwänglich und legte sich gefährlich in die Kurve.

»Sagt so etwas nicht, ich könnte mir direkt noch etwas darauf einbilden«, lachte sie. Das schwarze Haar wirbelte durch die Luft und strich angenehm kitzelnd über die Wangen des Statthalters.

Die Musiker hatten sichtlich Spaß an den Bemühungen der Tänzer und erhöhten das Tempo, die Schellentrommel peitschte die Paare an, doch Lodrik und Norina hielten sich eisern.

Ein anderes Tanzpaar konnte nicht mehr rechtzeitig ausweichen und kollidierte.

Der junge Gouverneur schaffte es im letzten Augenblick, das Gleichgewicht zu halten, aber die Brojakentochter geriet aus dem Tritt, taumelte gegen ihn und hielt sich an seinen Hals geklammert, um nicht zu stürzen.

Er spürte ihren erhitzten Körper durch den Stoff seiner Uniform, blickte in ihre dunklen Augen und hörte das übermütige, fröhliche Lachen der jungen Frau.

Ohne dass er es wollte, beugte er sich vor und drückte ihr einen langen Kuss auf den Mund. Dann ließ er sie, erschrocken von seiner eigenen Courage, los und erwartete die schallende Ohrfeige, die er für die Frechheit verdient hätte.

Doch es kam keine.

Norina schaute ihn nur an, aber das Lächeln wich nicht. »Ihr habt Euch wirklich verändert, Exzellenz. Ihr könnt plötzlich Komplimente machen und wagt einen Kuss vor allen Gästen. Macht Ihr das bei allen Damen, mit denen Ihr tanzt?«

»Ich … nein. Nur bei dir. Nein, ich meine«, stotterte er los. Die Röte schoss ihm ins Gesicht, er verbeugte sich tief und murmelte eine Entschuldigung. »Ich bringe dich besser an deinen Platz zurück. Du wolltest doch eine Pause.«

»Vielen Dank, Exzellenz. Und wenn Ihr mich noch einmal küssen wollt, solltet Ihr mich in Zukunft besser, auch wenn Ihr der Königliche Stellvertreter seid, um mein Einverständnis fragen.«

Die übrige Gesellschaft schien nichts von dem Vorfall bemerkt zu haben. Die Tänzer drehten sich immer noch im Kreis, die anderen Gäste klatschen im Takt oder unterhielten sich etwas abseits in kleinen Gruppen über granburgische Politik und Alltag.

»Habt ihr schön getanzt?«, fragte Miklanowo, als Lodrik zusammen mit dessen Tochter an der Tafel erschien.

»Exzellenz hat mehr Talent, als er zuerst von sich gedacht hat, auch wenn er zum Schluss eine Unachtsamkeit begangen hat«, antwortete die junge Frau und nahm sich einen Becher Wein.

»Ihr habt einen ganz roten Kopf vom vielen Tanzen, Herr«, schmunzelte Stoiko. »Es muss sehr anstrengend sein.«

»Das ist es in der Tat, auch wenn es sehr viel Spaß gemacht hat«, erklärte Lodrik knapp und stürzte einen Schnaps hinunter. Dann füllte er sich sein Gefäß mit Wasser. »Die Unachtsamkeit tut mir sehr Leid, aber sie war in diesem Moment unvermeidbar.«

Ein tiefes Fauchen gefolgt von einer gewaltigen Feuerwolke erregte die Aufmerksamkeit der Festgesellschaft. Einer der Musiker hatte sein Instrument gegen eine Fackel und einen Trinkschlauch ausgetauscht, aus dem er sich gerade den Mund füllte.

»Ein Feuerspucker«, rief der Gouverneur überrascht. »Ich wusste nicht, dass Ihr auch Gaukler eingeladen habt.«

»Meine Tagelöhner sind sehr vielseitig. Feuerspucker, Jongleure, Geschichtenerzähler und Zukunftsleser, diese Leute haben wirklich viele Qualitäten.«

Erneut erhellte ein Flammenstrahl das Dunkel. Die wallende Hitze spürte Lodrik bis zu sich.

In aller Seelenruhe legte der Mann die brennende

Fackel auf die Zunge und schloss den Mund. Nach wenigen Lidschlägen stieß er dunkle Qualmwolken aus der Nase, nahm das erloschene Holz heraus und verbeugte sich vor seinen faszinierten Zuschauern.

»Wollt Ihr nicht wissen, wie Eure Zukunft aussieht?«, fragte einer der Gäste den Gouverneur. »Es wäre doch sehr hilfreich, wenn Ihr über die ein oder andere Überraschung, die Euch noch bevorsteht, Bescheid wüsstet.«

»Ich glaube nicht an diese Kunst«, lehnte Lodrik ab. »Es gibt niemanden, der das Schicksal anderer vorhersehen kann.«

»Da täuscht Ihr Euch aber gewaltig, Exzellenz.« Der Mann machte ein verschwörerisches Gesicht. »Ich kann Euch versichern, Fatja hat mir ein paar Sachen gesagt, die später wirklich eingetreten sind.«

»Vermutlich hat sie dafür gesorgt, dass sie eintraten. Es war bestimmt ein Diebstahl, den sie weissagte, oder?«, schaltete sich Waljakov ein. »Ich kenne diese Scharlatane. Ihre Fähigkeiten bestehen darin, anderen Leuten das Geld mit rätselhaften Andeutungen aus der Tasche zu ziehen. Die einzigen, die wirklich über eine göttliche Gabe verfügen, sind die Cerêler.«

»Jetzt tut Ihr aber meinen Tagelöhnern Unrecht«, verteidigte Miklanowo seine Freunde. »Ich habe schon einiges gehört, was später in Erfüllung gegangen ist.«

»Wie ich schon sagte, Diebstähle und Geldverluste.« Der Leibwächter ließ sich nicht beirren. »Beliebt sind auch immer Hochzeiten und tragische Todesfälle. Dinge, die ach so selten sind.«

»Du hast schon schlechte Erfahrungen mit Zukunftsdeutern gemacht, nehme ich an«, bemerkte Stoiko.

»Ich nicht, aber viele andere, die ich kenne.«

»Lasst es doch einmal darauf ankommen«, empfahl der Brojak. »Es wird Euch kein Geld kosten. Ihr müsst einfach nur zuhören, Exzellenz.«

»Ich gestehe, ich bin inzwischen schon ein bisschen

neugierig geworden.« Lodrik erhob sich. »Wo ist die Dame?«

»Hier entlang. Sie ist, glaube ich, drüben im Gesindehaus.« Der granburgische Gastgeber ging los, gefolgt vom Gouverneur, Stoiko, Waljakov und Norina.

Sie durchquerten den Gemeinschaftsraum und liefen in Richtung des großen Schlafsaales, wo der Brojak anhielt. »Ich sehe nach, ob sie Zeit hat, Exzellenz. Einen Moment.«

Er huschte hinein und erschien kurz darauf wieder. »Sie ist bereit.«

Die Gruppe trat ein und entdeckte lediglich ein Mädchen von höchstens zwölf Jahren am Fenster, das die aufgehenden Monde betrachtete.

Ihr Haar schimmerte silbern in den Strahlen, das Antlitz wirkte ernst und erwachsener, als man es für das Alter erwartet hätte. Sie trug ein einfaches Leinenkleid und Stoffschuhe, ein Ring blinkte an ihrem rechten Mittelfinger auf.

Als sie näher kamen, deutete sie eine Verbeugung an. »Es ist mir eine Ehre, den Gouverneur von Granburg kennen zu lernen.«

»Sehr erfreut«, erwiderte Lodrik. »Wir suchen vermutlich deine Mutter, Kind. Kannst du uns sagen, wo Fatja steckt?«

»Ich bin Fatja«, stellte sie sich vor. Miklanowo und Norina grinsten.

»Ich würde gerne etwas über meine Zukunft wissen«, begann Lodrik und überspielte seine Überraschung, aber der Leibwächter machte eine verächtliche Geste.

»Das wird ja immer schöner. Nun versuchen sich schon Kinder an der Betrügerei«, stellte er grollend fest. »Herr, ich weiß nicht, ob das eine gute Idee ist, sich von einem Mädchen aus der Hand oder sonst wo lesen zu lassen.«

»Ich lese normalerweise nicht aus der Hand, sondern

schaue den Menschen in die Augen.« Sie blickte auf und fixierte Waljakov. »Eure sind sehr interessant. Sie bergen viele Geheimnisse.«

»Du hörst auf der Stelle damit auf, sonst werde ich etwas dagegen unternehmen.« Die mechanische Hand ruckte an den Säbelgriff. »Niemand liest in meinen Gedanken, wenn ich es nicht will!«

»Was regst du dich denn so auf?«, fragte Stoiko erstaunt. »Ich dachte, es wäre alles nur Scharlatanerie und Humbug?«

»Sie macht mich nervös«, knurrte der Kämpfer als Entschuldigung.

»Ich bin dagegen sehr gespannt, was sie in meinen Augen lesen wird.« Der Gouverneur setzte sich ihr gegenüber.

»Ich sage Euch etwas, wenn wir alleine sind, Exzellenz. Niemand sollte seine Zukunft anderen im Voraus verraten.« Fatja schaute abwartend in die Runde. Als Erster bewegte sich zu aller Erstaunen Waljakov, danach der Rest.

»Wenn die Hexe etwas vorhaben sollte, ruft mich, Herr«, rief der Leibwächter von der Tür und zog schnell den Kopf ein, als das Mädchen zu ihm hinüber sah.

»Seit wann kannst du das Schicksal anderer vorhersehen?«, wollte Lodrik wissen.

»Seit ich sprechen kann, Exzellenz. Ich weiß nicht, warum es so ist, vielleicht eine Gabe Ulldraels.«

»Ist es Magie?«

Sie schüttelte den Kopf. »Es gibt keine Magie mehr auf Ulldart, außer den Fähigkeiten der Cerêler, das wisst Ihr doch.« Fatja sah ihm in die blauen Augen. »Und nun seid bitte still. Denkt an nichts. Ich will sehen, was Euch die Zukunft bringt.«

Er schaute ihr in die unergründlichen Pupillen und fühlte einen mächtigen Sog, der all seine Gedanken aus dem Kopf ziehen wollte. Irgendwann sah er nur noch das Schwarze ihrer Augen. Er dachte an nichts mehr. Eine innere Leere breitete sich aus, gegen die er sich nicht wehren wollte. Es war ein Zustand ungewöhnlicher Leichtigkeit. Er schwebte und schwebte, bis …

»Exzellenz? Exzellenz, könnt Ihr mich hören?« Das Mädchen rüttelte ihn sanft an der Schulter.

Lodrik benötigte einige Sekunden, bis er mit seinen Sinnen in die Welt zurückkehrte. Unsicher schaute er sich um.

»Ist das so üblich, wenn du ein Schicksal erkundest, dass sich derjenige so seltsam vorkommt? Als hätte ich Alkohol getrunken.« Er schloss die Augen und legte den Kopf ins Genick. »Ein wirklich erstaunliches Gefühl. Und wie sieht es mit meiner Zukunft aus?«

Fatja räusperte sich. »Ihr werdet der Nachfolger eines sehr großen, gefürchteten Herrschers werden und über viele Untertanen regieren. Ihr werdet viele Kinder haben. Eines von der Frau, die Euch liebt, drei von der Frau, die Euch verachtet und eines, vom dem Ihr nicht wissen werdet, dass es nicht von Euch ist.«

»Das ist ja interessant.« Lodrik schaute ihr ins Gesicht, seine Neugier war unübersehbar. »Was noch? Werde ich ein guter Herrscher sein, wie mein … Kabcar? Wie alt werde ich?«

»Das weiß ich nicht, Exzellenz«, gestand die erschöpfte Wahrsagerin. »Ich habe nicht viel erkennen können, etwas an Euch stört meine seherischen Fertigkeiten. Aber das soll Euch nicht betrüben, es gab auch Leute, bei denen habe ich nichts erkennen können.«

»Ist das wirklich alles, was du weißt? Ich muss sagen, ich bin schon ein bisschen enttäuscht.«

»Ihr werdet ein großer Herrscher sein, der sich gegen seine Nachbarn erfolgreich zur Wehr setzt und sie zurückschlägt.«, sagte Fatja nach einer Weile. Sie zögerte. »Ihr werdet unverhofften Beistand bekommen, der Euch bei Euren Plänen unterstützen wird. Ich sehe aber auch eine ständige Bedrohung, die Euch umgibt und die Euch an Euer Leben will, Exzellenz. Wenn sie es schaffen sollte, Euch zu töten, so ist all das, was ich Euch über Eure Kinder und die übrige Zukunft gesagt habe, hinfällig.« Sie griff nach seinem Arm. »Eines noch. Ein Mann in Eurer nächsten Umgebung ist nicht das, was er zu sein vorgibt, das sei Euch noch auf den Weg gegeben.«

»Ich danke dir, Fatja.« Der Gouverneur stand auf. »Wo erreiche ich dich, wenn ich nochmals deine Weissagung benötige?«

»Exzellenz, lasst es gut sein. Wenn die Zukunft nicht mehr verraten möchte, wird sie es auch nicht bei einem zweiten Versuch tun, vertraut mir.« Sie erhob sich ebenfalls und machte einen Knicks. »Es tut mir Leid, dass ich Euch nicht mehr sagen konnte.«

Lodrik ging hinaus zu seinen Freunden.

»Und? Seid Ihr zufrieden mit Eurer Zukunft?« Stoiko machte ein neugieriges Gesicht.

»Das weiß ich noch nicht«, sagte der Statthalter grübelnd und schritt an ihnen vorbei.

Waljakov und Miklanowo versuchten zwar, sich nichts anmerken zu lassen, aber insgeheim hoffte jeder, dass der Statthalter wenigstens ein paar Andeutungen über sein Schicksal machte – oder zumindest über das, was die kleine Fatja ihm gesagt hatte.

Doch der junge Mann schwieg hartnäckig und stürzte sich stattdessen in den Trubel der Festlichkeit, um sich den neugierigen Fragen zu entziehen.

Fatja behielt die Fassung, bis der Gouverneur von Granburg das Zimmer verlassen hatte, dann brach sie zusammen. Mit letzter Kraft ließ sie sich auf die Fensterbank fallen, lehnte sich an die kühle Mauer und hielt sich den Kopf.

Sie hatte Bilder gesehen, wie sie grausamer nicht hätten sein können und die ihren Verstand angriffen.

Ihre Visionen zeigten ihr große, alte und halb zerfallene Kampfschiffe, die durchs Meer pflügten, furchtbare, hasserfüllte Krieger, die plündernd und mordend durch einst blühende Ebenen zogen und alles niedermetzelten, was sich ihnen in den Weg stellte. Eine wunderschöne Frau mit den grausamsten Augen, die sich Fatja vorstellen konnte, befehligte die Truppen, ein hübscher junger Mann stand in einem Ring gleißender Energie und verbrannte mit seinem Purpuratem ein Dorf zu Asche. Mütter und Kinder wurden von einem missgestalteten, riesigen Krüppel in einer prächtigen Rüstung mit einer gewaltigen Keule lachend erschlagen, und über allen Geschehnissen glühten die riesigen Augen Tzulans. Was auch immer der Gouverneur mit dieser Zukunft zu tun hatte, sie würde Not und Elend über den gesamten Kontinent bringen.

Langsam fasste sie sich wieder, doch die Szenen hatten sich fest in ihr Gedächtnis eingebrannt.

»Was hast du gesehen, kleine Frau?«, flüsterte es in ihren Gedanken.

Erschrocken hob sie den Kopf und blickte auf ein dürres, menschliches Wesen mit blasser Haut und Fratzengesicht, das sich lautlos neben ihr auf dem Sims niedergelassen hatte. Auf dem Rücken trug es ein mächtiges Paar lederartiger Flügel, die Augenhöhlen glühten purpurn. Die gespannte Körperhaltung verriet Aufmerksamkeit und die Bereitschaft, sofort auf eine Bewegung des Mädchens zu reagieren.

»Was hast du gesehen, kleine Frau?«, wiederholte die Kreatur lauernd.

»Was willst du?« Eiskalte Angst machte sich bei Fatja breit. Vor ihr saß einer der Beobachter, denen das borasgotanische Volk schreckliche Mächte zuschrieb.

»Du hast das Schicksal unseres Hohen Herrn erkundet, oder?«, wisperte es drohend in ihrem Verstand. »Du wirst niemandem von deinen Entdeckungen berichten, oder wir finden und töten dich. Deine Seele werden wir rauben und sie verschlingen, deinen Körper werden wir schänden und deine Familie auslöschen, wenn du nur ein Sterbenswörtchen verrätst, kleine Frau.«

Der Beobachter streckte die klauenartige Hand nach ihrem Gesicht aus und streichelte sanft entlang der Schläfe über die Wange bis zu ihrem Hals. Der zentimeterlange Fingernagel ruhte mit sanftem Druck an ihrer Kehle. »Du bist nirgends vor uns sicher, kleine Frau, vergiss das niemals.« Mit der anderen Kralle riss er ihr ein Büschel Haare aus. »Damit finden wir dich überall.«

Fatja nickte hastig. »Ich werde mit niemandem reden, ich gebe euch mein Wort.«

»Du wirst noch heute Nacht vom Gehöft verschwinden, zurück nach Borasgotan oder wo immer du hin willst«, befahl der Beobachter mit seiner Gedankensprache und brachte sein schreckliches Gesicht ganz dicht vor ihres.

Die Augenhöhlen pulsierten in der Dunkelheit und lähmten jeden Widerstandswillen, den das Mädchen hätte aufbringen können. Der Geruch von faulendem Fleisch wehte ihr entgegen, dann zeigte die Kreatur die Doppelreihen messerscharfer Zähne, die wie tödliche, dreckig schwarze Gebirge aus dem stinkenden Maul ragten.

»Beeile dich, kleine Frau.« Die Flügel entfalteten sich und trugen das Wesen in die Nacht.

Hastig sprang Fatja von der Fensterbank, stopfte ein paar Habseligkeiten zusammen mit ihren Kleidern in ihren Leinenbeutel und nahm den Weg aus dem Fenster, um keinem der Gäste zu begegnen, der Fragen stellen könnte.

Sie wollte nur noch schnell weg von hier. Weg von diesen Kreaturen und weg von diesem Gouverneur, der mit Mächten im Bund stand, mit denen sie nichts zu tun haben wollte.

Fatja rannte in die Dunkelheit, während sie in ihrem Kopf immer noch das Wispern des Beobachters zu hören glaubte.

Am nächsten Morgen stand die Rückreise in die Gouverneursresidenz an. Lodrik und seine Begleiter packten in aller Frühe ihre Sachen, um vor der brütenden Mittagshitze so lange wie möglich sicher zu sein.

Überschwänglich bedankte sich der Statthalter bei Miklanowo für das Fest und den Ausflug aus der Provinzhauptstadt, der ihm eine ersehnte Abwechslung vom intrigenreichen Tagesgeschäft gebracht hatte.

Mit einer vorgeschobenen Entschuldigung setzte sich der junge Mann ab, um sich von Norina persönlich zu verabschieden. Er fand sie im Gesellschaftszimmer, vertieft in ein Buch.

Leise hüstelte Lodrik, um auf sich aufmerksam zu machen.

Die Brojakentochter blickte auf und runzelte wegen der Störung die Stirn.

»Womit kann ich Exzellenz helfen?« Sie klang unwirsch, abweisend. Sein Mut sank.

»Ich wollte mich von dir verabschieden, Norina«, sagte er und trat näher. »Der Abend gestern hat mir sehr gefallen. Vor allem unser Tanz.«

»Ihr habt Euch auch nicht ungeschickt angestellt, Exzellenz«, meinte sie etwas freundlicher. »Und jetzt kehrt Ihr zurück in Euren Palast und kümmert Euch um die Belange der Provinz. Vergesst meine Ratschläge nicht.«

»Ich werde sie nicht vergessen.« Er nahm all seine Beherztheit zusammen. »Ich werde auch dich nicht vergessen.« Er hatte plötzlich eine Idee. Schnell zog er das Amulett unter seinem Harnisch hervor. »Ich möchte, dass du mein Geschenk annimmst. Es soll dir Glück bringen und dich vor allen Gefahren schützen.«

Jetzt sah sie wirklich erstaunt aus. »Das ist aber nicht

notwendig, Exzellenz.« Sie nahm das Schmuckstück in die Hand und betrachtete es lange. »Ich freue mich sehr, danke, Exzellenz. Das Amulett ist sehr ungewöhnlich. Es ist bestimmt ein seltenes Stück.«

»Ich habe es auch unter geheimnisvollen Umständen erhalten.« Mehr wollte Lodrik nicht verraten, weil er fürchtete, Norina könnte die Gabe zurückweisen, wenn sie mehr erfahren würde. »Und ich möchte, dass du mich nicht immer Exzellenz nennst. Damals, im Schlafzimmer, hast du mich ja auch geduzt, warum sollte es jetzt anders sein?« Er beobachtete ihr Gesicht und die braunen Augen, die für ihn tief wie dunkle Seen wirkten. »Ich habe gründlich über das nachgedacht, worüber wir auf der Hinfahrt gesprochen haben, und ich glaube, du hast Recht.«

»Wie meint Ihr ...«, sie stockte und verbesserte sich, »ich wollte sagen, wie meinst du das?«

»Tarpol hätte wirklich die ein oder andere Umwandlung nötig. Ich werde dem Kabcar entsprechende Vorschläge machen, wenn ich wieder am Hof bin. Vielleicht lässt er dich sogar zu sich bestellen, um deine Ideen mit dir durchzusprechen.«

Die junge Frau schenkte ihm ein hinreißendes Lächeln und hing sich das Amulett um den Hals. Sie strich ihr rotes Kleid glatt und sah Lodrik an. »Wie steht mir dein Geschenk, Exzellenz?«

Bezaubernd, fantastisch und gottgleich waren die ersten Worte, die dem Statthalter in den Sinn kamen, trotzdem wusste er nicht so recht, was er sagen sollte.

»Keiner Frau würde der Schmuck besser stehen als dir, Norina.« Er trat einen Schritt näher und legte die Kette unter den Kragen des Kleides.

In diesem Moment sah sie ihm in die Augen, und Lodrik glaubte voller Freude, Zuneigung erkennen zu können.

»Darf ich?«, fragte er heiser.

»Was?«, flüsterte sie zurück. Der Ausdruck in ihren Augen hatte sich nicht verändert.

»Dich küssen. Ich sollte doch das nächste Mal um Erlaubnis fragen«, erinnerte er sie. Siedend heiß überlief es ihn in seiner Uniform, sein Blut pochte in den Ohren, seine Hände waren schweißnass.

Von draußen drang die Stimme des Leibwächters herein, der lautstark nach dem Gouverneur suchte und sich dabei immer weiter dem Gesellschaftszimmer näherte.

Sie atmete schneller. »Du darfst.« Sie reckte den Kopf ein wenig nach vorne.

Aber Lodrik war so überrascht, dass er nichts machen konnte.

Waljakov polterte an die Tür des Zimmers. »Herr, wir müssen jetzt los.«

Wie zur Salzsäule erstarrt stand der junge Mann vor Norina, die mit geschlossenen Augen auf ihren Kuss wartete. Er kam sich so hilflos vor wie ein hypnotisiertes Kaninchen. Doch sie nahm ihm die Entscheidung ab.

Die Arme der Brojakentochter schnellten nach vorne, ihre Hände umfassten sein Gesicht und zogen seinen Mund auf ihre Lippen, dann drückte sie ihn sanft weg.

»Geh schon, sonst fahren sie ohne dich.«

Wie betrunken taumelte der Statthalter zur Tür und öffnete sie, als der Leibwächter im Begriff war hereinzukommen.

Misstrauisch warf Waljakov einen Blick in den Raum.

Norina saß wieder hinter dem Tisch, scheinbar ins Buch vertieft und sah nicht einmal auf, während Lodrik mit einem seligen Ausdruck im Gesicht an ihm vorbeiging. Der Leibwächter schüttelte den Kopf.

»Herr, ist das hier so üblich?«

»Was denn, bester Waljakov?« Der Statthalter sah tanzende Schmetterlinge um sich herum, Sterne und Freudenfeuer. Seine Knie waren wacklig, aber er fühlte sich großartig.

Der Kämpfer griente breit. »Die Bücher falsch herum zu lesen. Ich könnte schwören, Norina hielt ihres ebenfalls verkehrt.«

Der Gouverneur zog es vor, keine Antwort darauf zu geben, sondern durchquerte zügig die Halle und stieg einfach in die Kutsche, wo Stoiko bereits wartete.

»Miklanowo wird nachkommen«, erklärte er die Abwesenheit des Großbauern. »Er wollte sich noch mit dem ein oder anderen Landpächter unterhalten. In einer Woche wäre er wieder in Granburg.«

»Schon recht.« Lodrik schaute aus dem Fenster, in der Hoffnung, vielleicht einen letzten Blick auf Norina werfen zu können. Das Gefährt rollte aus dem Hof, ohne dass er sie noch einmal sah.

»Ihr seht ein bisschen enttäuscht aus«, bemerkte Stoiko. »Hat Euch etwas missfallen?«

»Oh, das ist nicht so wichtig«, wich der junge Mann aus. »Lass uns eine Partie Schach spielen.«

Spätestens jetzt wusste der Vertraute, dass etwas nicht stimmte. Normalerweise drückte sich der Statthalter vor dem Spiel, wo es nur ging. Er nahm sich vor, bei Gelegenheit Waljakov zu fragen, ob er eventuell etwas wusste.

»Gewiss, Herr, immer. Ich setzte einen Waslec, dass ich gewinne.«

»Ich auch«, sagte Lodrik und begann, die Figuren aufzustellen. »Mir kommt da gerade eine Idee. Wie wäre es, wenn wir auf der Rückfahrt durch das Gebiet von Hara¢ Kolskoi reisen?«

Stoiko überlegte kurz. »War das nicht dieser dürre Adlige mit den stechend grünen Auge und der Narbe auf der Wange, dem diese furchtbaren Kampfhunde gehören?«

»Genau. Ein kleiner Überraschungsbesuch kann

nicht schaden, oder? Vielleicht treffen wir die anderen Verschwörer bei ihm und können eine Teestunde abhalten.«

»Der Gedanke ist sehr belustigend«, grinste der Vertraute, lehnte sich aus dem Fenster und gab die geänderten Reisepläne dem Kutscher und Waljakov bekannt.

»Der Fahrer meinte, es würde unsere Ankunft in Granburg um mindestens eine Woche verzögern«, berichtete er dem Statthalter.

»Das ist noch vertretbar, würde ich sagen. Das Kornfest beginnt in zwei Wochen, also bleibt genügend Zeit für die Vorbereitungen, wenn wir nach Hause kommen.« Er zog eine Figur. »Du bist dran.« Der junge Mann betrachtete nachdenklich das gemusterte Brett mit den stilisierten Armeen. »Manchmal komme ich mir vor wie eine von denen. Mein Vater bestimmt, wie die Geschäfte laufen, und ich muss, wie alle anderen auf dem Feld, gehorchen.«

»Seht es doch andersherum, Herr. Das ist jetzt Granburg, und Ihr seid der Mann, der hier die Fäden zieht und die Figuren hin und her rückt.« Stoiko machte seinen Zug und deutete auf seinen schwarzen König. »Das ist Jukolenko. Den müsst Ihr schlagen, ohne zu viel von Euren Bauern, sagen wir, es wären die einfachen Granburger, zu verlieren. Dafür habt Ihr ein paar Verbündete, um ihn so in die Enge zu treiben, bis er aufgeben muss. Ich bin Euer Läufer, Waljakov würde sich als Turm gut machen, Miklanowo wäre der andere Läufer.«

»Und Norina wäre meine Dame.« Lodrik war an der Reihe und schob den Läufer nach vorne.

Stoiko tat so, als habe er die Bemerkung des Gouverneurs nicht gehört und startete einen ersten Angriff, indem er den Läufer bedrohte.

Das Spiel lief eine Zeit, ohne dass einer der beiden etwas sagte.

»Jukolenko hat aber einen entscheidenden Vorteil

Euch gegenüber. Er opfert seine Figuren, ohne dass er große Rücksicht nehmen muss, weil sein Ruf ohnehin schon ruiniert ist. Je mehr Bauern bei Euch sterben, desto mehr glauben die anderen Bauern, Ihr währt genauso wie der schwarze König«, bemerkte Stoiko irgendwann, dessen Armee sich bedrohlich gelichtet hatte.

Lodrik schlug einen vorgerückten schwarzen Bauern mit dem Läufer, übersah dabei, dass Stoiko inzwischen eine Deckung vorbereitet hatte.

Genüsslich nahm der Vertraute den weißen Läufer vom Feld und platzierte an dessen Stelle die schwarze Dame, die nun den weißen König bedrohte. »Außerdem ist Jukolenko vermutlich besser im Legen von Hinterhalten. Ihr habt gerade Miklanowo verloren, Herr.«

»Dafür habe ich ja meine Vertrauten«, konterte der Gouverneur und schlug mit dem Springer die gegnerische Figur, froh darüber, dass Stoiko einen Fehler begangen hatte.

»Darauf solltet Ihr Euch nicht immer verlassen, zumal Vertraute für Euch nicht so einfach zu finden sind.« Ein weiterer schwarzer Bauer räumte den Springer vom Feld, während durch den Vormarsch die Diagonale für den schwarzen Läufer, den Lodrik bisher sträflich vernachlässigt hatte, frei wurde und erneut den König bedrohte.

»Ich hasse dieses Spiel.«

»Aber es bereitet ganz gut auf das Leben als Herrscher vor. Es lehrt Euch, dass man stets auf der Hut sein muss und Absicherungen bereithalten sollte.«

Lodrik rochierte und ging mit seinem Turm in den Angriff. »Ungefähr so?«

Gelassen schlug Stoiko mit dem vormarschierten schwarzen Bauern einen weißen und bedrohte unter dem Schutz des Springers den König. »Fast, Herr.« Lodriks Figur war eingekeilt und konnte sich nicht mehr bewegen. »₵arije und tot.«

»Hoffen wir mal, dass Jukolenko ein schlechter Spieler ist«, seufzte der Gouverneur und positionierte seine Armee neu. »Diesmal mache ich es dir nicht so einfach.«

»Da setze ich glatt wieder einen Waslec dagegen«, meinte Stoiko lakonisch.

Nach der zehnten verlorenen Partie war sich der Gouverneur einmal mehr sicher, dass er als Herrscher zu nichts taugte. Glücklicherweise hielt die Kutsche endlich an, der Tross bereitete sich auf die einbrechende Nacht vor. An einem Gasthaus waren sie seit ihrem Aufbruch nicht vorbeigekommen, lediglich ein verlassenes Dorf hatten sie unterwegs passiert, wie Waljakov berichtete.

Es war dem Leibwächter sichtlich unangenehm, mitten im Freien übernachten zu müssen, aber in der Dunkelheit die unbekannte Straße entlangzufahren, hielt er für mehr als töricht, weil in diesem Abschnitt der Provinz wie so oft nichts vom angeordneten Straßenbauprogramm zu spüren war. Innerlich arbeitete Lodrik bereits an einer Abmahnung, die er dem Adligen dafür erteilen wollte.

Die Nacht verging ohne besondere Ereignisse, und so setzte die Gruppe am nächsten Morgen die Fahrt fort. Die nächsten drei Tage verliefen nach fast dem selben Schema: Schach spielen, schlafen und essen. Gegen Nachmittag des vierten Tages erreichten sie kornreiche Felder, auf denen Leibeigene bei der Arbeit waren.

Einer der Bauern, der sich vor Demutsbezeugungen beinahe nicht mehr aus dem Staub erhob, erklärte ihnen den Weg zu Kolskois Sitz, der in etwas drei Warst Entfernung lag.

»Da bin ich aber gespannt, mit welchen Ehren uns der Adlige empfangen wird«, rätselte Stoiko. »Vermutlich lässt er seine Hunde auf uns los. Er wird die Strafe, die Ihr damals gegen ihn verhängt hattet, nicht vergessen haben, Herr.«

»Ich hoffe, es war ihm eine Lehre.«

Stoiko räumte das Schachspiel weg. »Herr, Ihr habt dieses Totengerippe auf zwei Beinen ebenso aus der Nähe gesehen wie ich. Was glaubt Ihr, was dieser Mann aus der Verurteilung gelernt hat?«

Lodrik schaute aus dem Fenster. »Ich fürchte, du hast Recht. Das Einzige, was er gelernt hat, war vermutlich, in Zukunft keine Zeugen mehr in der Nähe seiner Hunde am Leben zu lassen.«

»Es war aus seiner Sicht eben nur Pech, dass ausgerechnet der zukünftige Provinzstatthalter vorbeifahren musste, als seine verfluchten borasgotanischen Kampfhunde die arme Frau töteten. Und Glück für uns, dass es nicht auf seinem Grund und Boden passiert ist, sonst hätten wir ihn gar nicht zur Rechenschaft ziehen können.«

Der junge Mann stieß geräuschvoll die Luft aus. »Was für eine Rechenschaft ist das, wenn ein Verbrecher lächelnd seine Waslec bezahlt und so weitermacht wie vorher? Je mehr ich hier erlebe, desto mehr neige ich dazu, Norinas Meinung zu teilen, was die Zustände in Tarpol angeht.«

»Verbrecher ist ein hartes Wort für das, was er getan beziehungsweise nicht getan hat. Im Grunde hat er nur nicht auf seine Hunde aufgepasst, wenn man es genau nach dem Sachverhalt nimmt«, überlegte der Vertraute laut, traf aber bei Lodrik mit der Äußerung genau den wunden Punkt.

»Was für ein Wort soll ich sonst für einen Menschen benutzen, dem die Leben anderer völlig gleich sind? Natürlich haben wir in Tarpol die Leibeigenschaft, aber trotzdem sind selbst die Untersten immer noch Wesen aus Fleisch und Blut mit einer menschlichen Seele.«

»Norina und Ihr habt nicht zufällig die Hirne getauscht?«, fragte Stoiko vorsichtig.

»Nein, keine Angst.« Er sah dem Mann ernst in die

Augen. »Aber sie hat meine Gedanken in Bewegung gebracht, um die Dinge kritischer zu sehen, die für fast alle anderen normal geworden sind. Ich denke, dass die Unzufriedenheit im Laufe der Jahre beim gemeinen Volk nicht besser wird, oder? Die Provinz Worlac kämpft seit Jahren um ihre Selbstständigkeit, und bestimmt stecken solche Adligen wie Jukolenko oder Kolskoi hinter manchem Elend. Ich wollte, ich könnte mehr verändern.«

»Es wird nicht einfach sein, Herr, aber ich denke, wenn Ihr erst Kabcar seid, dann ist vieles möglich, was bisher noch in weiter Ferne liegt«, sprach ihm sein Vertrauter Mut zu. »Außerdem sind längst nicht alle Adlige und Herrschaften im Reich wie diese hier in Granburg.«

Der Statthalter sah ihn entschlossen an. »Wir werden uns demnächst mit Miklanowo und Norina zusammensetzen und damit beginnen, Reformvorschläge auszuarbeiten, die ich meinem Vater unterbreiten werde, sobald wir zurückkehren. Es wäre doch gelacht, wenn wir nicht zu Lebzeiten meines verehrten Herrn Papa die ersten Änderungen angehen könnten.«

»Sicher, Herr. Und Waljakov ist der spaßigste, lustigste und ausgelassenste Mann in ganz Tarpol«, brachte Stoiko seine Zweifel zum Ausdruck. »Euer Vater ist ein Militärkopf, mit Verlaub. Bedenkt seine und Eure Abstammung und wie aufgeschlossen Eure Familie Neuerungen gegenüber war und ist. Dagegen wirkt ein Baumstamm noch leicht verbiegbar.«

»Trotzdem werden wir die Sache angehen«, entschied Lodrik. »Wir müssen ja nicht gleich mit der Pforte in den Palast fallen.«

Stoiko lachte los. »Das wird sich der Kabcar aber mächtig freuen. Er hat seinen Sohn losgeschickt, um aus ihm einen Herrscher machen zu lassen, und zurück kehrt ein junger Mann, der ihm sein Reich umkrempeln will. Ich fürchte, Oberst Mansk wird für seine Idee nachträglich den Kopf doch noch verlieren.«

Der Statthalter stimmte in das Gelächter mit ein. »Ja, das wird ihn wirklich sehr freuen.«

Den kurzen Rest der Fahrt verbrachten die beiden mit Dösen. Ab und zu erwachten sie, wenn die Kutsche zu unsanft durch ein Schlagloch rumpelte, ansonsten gaben sie sich einem Halbschlummer hin.

Am späten Nachmittag rollte das Gefährt in eine kleine Stadt mit zweihundert Häusern, Hütten und Scheunen. Schließlich hielt der Tross vor einem gewaltigen Gehöft an, das auf einem kleinen Hügel im Zentrum der Siedlung lag. Sie hatten ihr Ziel erreicht.

Schlaftrunken kletterte Lodrik aus der Kutsche und streckte sich.

Zwei Mägde, die gerade aus einer der Scheune kamen, verbeugten sich schnell und liefen tuschelnd in das große Fachwerkhaus.

Waljakov ließ die Wachen absitzen, stellte vier zur Bewachung der Kutsche ab und gab einer noch einen leisen Befehl, während der Rest den Gouverneur und Stoiko zum Haupthaus begleitete.

Einer der vier Soldaten rannte im Laufschritt zu den Ställen und kehrte gleich darauf zurück, um Waljakov Bericht zu erstatten.

»Es sind mehr Pferde da, als die Stallungen aufnehmen können«, salutierte er. »Drei davon sind noch schweißnass und werden gerade abgerieben.«

Der Leibwächter bedeutete ihm, zurück zur Kutsche zu gehen. »Herr, es scheint, als ob Ihr das richtige Gespür für Kolskoi und die anderen Verschwörer gehabt hättet.«

»Nicht so schnell«, warnte der Gouverneur. »Vielleicht nur eine Jagdgesellschaft.«

Bevor sie die Tür erreichten, trat ein Livrierter heraus und verneigte sich vor der Gruppe.

»Bring uns sofort zu Hara¢ Kolskoi und seinen Gästen«, befahl Lodrik. »Ich bin Hara¢ Vasja, Königlicher Statthalter der Provinz Granburg. Es reicht, wenn du uns den Weg zeigst, anmelden werden wir uns selbst.«

Der sichtlich nervöse Diener führte die drei Männer zusammen mit den acht Wachen durch eine marmorne Halle, in der kostbare Büsten und Skulpturen standen. An den Wänden hingen Porträts von den Ahnen des Adligen, kostbare Teppiche und Gobelins.

Zügig ging es quer durch einen Gang in einen großen Raum, der über und über mit Trophäen voll gestopft war. Fast alle gefährlichen Raubtiere Granburgs, von Schneeluchs über Wolf bis hin zu einem stattlichen Kullak, der böse Erinnerungen bei dem jungen Mann weckte, fanden sich in unterschiedlichen Posen und Haltungen, bestens präpariert und ohne ein Zeichen von Zerfall. Der Boden war bedeckt mit Bärenfellen, an den Wänden hingen Geweihe und Köpfe von einfachem Rotwild.

Stoiko wies auf eine mit einem Tuch verhüllte unbewegliche Gestalt, die mitten im Raum stand. »Ob das ein Dorfbewohner ist, den er versehentlich erlegt hat?«

»Das ist der Anlass, weshalb sich die Gäste versammelt haben, Exzellenz«, erklärte der Diener von der Tür aus, die nach draußen führte. »Hara¢ Kolskoi möchte nachher seine neueste Jagdbeute präsentieren. Die Gesellschaft ist für eine Vorführung im Garten versammelt, Exzellenz.« Der Diener zog sich zurück.

»Dann wollen wir mal«, murmelte Lodrik und schritt hinaus, seine Begleiter folgten ihm.

Rund zwanzig Männer hatten sich im gartenähnlich angelegten Hof versammelt. Sie alle standen mit dem Rücken zu den Neuankömmlingen und bemerkten den Gouverneur nicht.

Ihre Aufmerksamkeit konzentrierte sich voll und ganz auf einen Mann in einer dunkelbraunen, mit Eisenplättchen beschlagenen Lederrüstung. Er legte gerade einen Pfeil auf die Sehne des mannsgroßen Hornbogens und visierte ein Ziel an, das der Statthalter nicht erkennen konnte.

Der Schütze konzentrierte sich einen Moment, dann zog er den Strang mit einer schnellen Bewegung nach hinten, visierte etwas an und ließ den Pfeilschaft los. Nach wenigen Sekunden hörte man ein quietschendes Einschlaggeräusch, als würde ein dicker Nagel mit Wucht durch ein Blech getrieben.

Die Gäste stießen »Ohs« und »Ahs« aus, während sie applaudierten.

Der Mann in der seltsamen Rüstung setzte die Fernwaffe ab. Gewaltige Muskelstränge, die es mit Waljakovs aufnehmen konnten, an Ober- und Unterarmen bogen das Holz zurück, die Sehne wurde ausgehängt, um das Jagdgerät zu schonen.

Lodrik wartete, bis das Klatschen geendet hatte. Mit Elan schlug er daraufhin seine Handflächen zusammen. »Bravo!«, rief er laut. »Sicherlich ein meisterhafter Schuss, auch wenn ich nicht gesehen habe, wo er getroffen hat.«

Kolskoi zuckte herum, als würde sich unvermittelt hinter ihm ein Ungeheuer erheben.

»Verdammt, was … ist das für eine Ehre, Euch hier zu sehen, Exzellenz«, begrüßte ihn der Adlige, die Flügel der Hakennase blähten sich auf. »Und so unvermittelt, wie aus heiterem Himmel.«

»Die Sonne scheint ja auch recht angenehm«, gab der junge Statthalter zurück und stieg die Stufen hinab. »Da ist es ja nicht verwunderlich, oder? Ihr dagegen wirkt, als wärt Ihr aus allen Wolken gefallen. Freut Ihr Euch nicht, Euren Gouverneur zu sehen?«

Die Gäste verbeugten sich, als sie begriffen, wer vor ihnen stand.

»Es ist mir eine Ehre, Euch begrüßen zu dürfen«,

lächelte der dürre Mann, aber seine stechend grünen Augen verrieten ihn. Unverhohlener Hass schlug Lodrik daraus entgegen. »Ihr seid natürlich mehr als willkommen. Wenn ich Euch meine Freunde vorstellen darf.« Der Hara¢ nannte die Namen der zahlreichen Brojaken und Großlandpächter. »Und das ist Meister Hetrál, mein neuer Jagdaufseher. Ich habe ihn angestellt, um noch dazuzulernen.«

Der Schütze wandte sich mit einem mehr als erstaunten Gesichtsausdruck zu dem Adligen um, äußerte sich aber nicht.

Er hatte ein völlig nichts sagendes Gesicht, das von einem dichten Bart, der um Unterkiefer und Mund wuchs, geziert wurde. Die dunkelbraunen Haare trug er in der Art eines einfachen Topfschnittes, sein linkes Auge war durch eine mit Brokatfäden bestickte Klappe verborgen. Goldene Creolen, die in den Strahlen der untergehenden Sonnen aufblinkten, schmückten seine Ohrläppchen. Unter der Lederrüstung trug er ein einfaches Hemd und eine Lederhose mit den dazu passenden Stiefeln aus weichem Leder.

Er musterte Lodrik. Dann vollführte er eine sehr höfische Verbeugung mit Kratzfuß und passender Handbewegung, die so gar nicht zu seiner anspruchslosen Garderobe passen wollte.

»Exzellenz, Ihr dürft es meinem Jagdaufseher nicht übel nehmen, dass er Euch nicht mit Worten begrüßt, aber er kann nicht, selbst wenn er wollte. Er ist stumm«, erklärte der Adlige die lautlose Vorstellung. »Dafür beherrscht er Lesen und Schreiben.«

»Würden die Herrschaften ein wenig zur Seite treten, damit ich sehen kann, auf was Euer Meisterschütze geschossen hat«, bat der Statthalter die Männer, die gehorsam wenn auch zögerlich und irgendwie unruhig Platz machten.

Waljakov atmete laut aus, als er das Ziel des Pfeils sah.

Ein Brustharnisch war in hundert Schritt Abstand um einen Strohsack geschnallt. Genau auf der Höhe des Herzens hatte das Geschoss eingeschlagen, nur das hintere Ende mit den Federn schaute heraus.

Lodrik sah zuerst seine Vertrauten an, dann Kolskoi. »Eine sehr ungewöhnliche Zielscheibe.« Er setzte sich in Bewegung. »Das werde ich mir aus der Nähe betrachten.«

»Es war eine Wette, Exzellenz«, erklärte der Adlige mit versteinerter Miene. »Nur eine Wette.« Der komplette Pulk schloss zu ihnen auf.

Die Augen des Gouverneurs verengten sich, als er den Treffer aus der Nähe sah. Was er aus seiner vorherigen Position nicht erkannt hatte, waren die anderen beiden Rüstungen, die hinter dem ersten Harnisch aufgestellt worden waren. Aus dem Letzten ragte die Spitze des Pfeils immer noch eine Fingerkuppe lang heraus, so immens war die Gewalt des Einschlags gewesen.

»Bei Ulldrael«, entfuhr es dem Gouverneur entsetzt. »Was verschießt Euer Jagdaufseher und welchem Wild, bei allen guten Geistern, stellt Ihr nach, Kolskoi, dass Ihr solche Männer an Eurer Seite benötigt?«

Ein paar Diener eilten herbei und zogen die Brustpanzer auseinander, damit sich die Gesellschaft ein näheres Bild von der Wirkung des Schusses machen konnte.

Den ersten Panzer hatte der Pfeil komplett durchschlagen, im zweiten hatte sich die dreikantige, geschliffene und fast unterarmlange Eisenspitze vom Holzschaft, auf dem sie ursprünglich steckte, gelöst und war in den dritten eingedrungen, ohne jedoch auf der anderen Seite vollständig auszutreten.

»Was ist das für eine Waffe, die drei Harnische durchbohrt?«, wollte Lodrik wissen, der sich noch immer nicht von seiner Überraschung erholt hatte. »Und für welchen Zweck braucht Ihr sie? Ich frage zum letzten Mal, Kolskoi.«

»Würden Exzellenz und der Rest der Gäste mir folgen? Ich werde Euch meine Antwort zeigen.« Der Adlige lief voraus.

Auch Hetrál folgte, den entspannten Bogen locker über die Schulter gelegt. Die Augenklappe, die er offenbar nur trug, um besser zielen zu können, hatte er abgenommen.

Kolskoi ging in den Raum mit den Trophäen, wartete, bis auch der Letzte anwesend war, und zog mit einem Ruck das Tuch von der verhüllten Gestalt.

»Das ist der Grund, weshalb ich meinen neuen Jagdaufseher benötige, Exzellenz!«

Ein etwa menschengroßes Wesen stand in halb erhobener Position vor ihnen, zwei Fangarme mit jeweils drei spitzen Krallen befanden sich auf jeder Körperseite, dicke Schuppen bedeckten seinen Leib. Der massige Kopf wurde geschützt von einer undurchdringlichen Hornpanzerung, die Augen lagen flach am Schädel, die kurzen, aber kräftigen Kiefer mit den spitz zulaufenden Zähnen waren halb geöffnet.

Aus dem Maul hing eine gespaltene Zunge, deren gegabelte Enden gefährlich scharf aussahen. An Stelle einer Nase hatte es winzig kleine Löcher, am schuppenbewehrten Hals bemerkte Lodrik fingerbreite Schlitze, durch die es vermutlich die Luft einsog.

»Dieses Ding hat zusammen mit zwei seiner Artgenossen eines meiner Dörfer mit allen Männern, Frauen, Kindern und Tieren ausgelöscht«, erklärte Kolskoi, während die Gäste noch immer voller Abscheu auf das ausgestopfte Wesen starrten, das so lebendig aussah, als würde es jeden Moment auf die Männer losgehen und ihnen die Eingeweide aus dem Leib reißen wollen.

Der Adlige deutete auf die vielen, unterschiedlich tiefen Scharten in den Schuppen. »Das sind die Spuren von Mistgabeln, Schwertern und herkömmlichen Pfeilen. Ihr seht, dass man bei dieser Kreatur mit normalen

Mitteln nicht weiterkommt. Deshalb habe ich Meister Hetrál rufen lassen, der mir bei der Jagd zur Hand gehen soll. Er ist ein Turît und kennt sich mit den Sumpfbestien bestens aus.«

»Wie habt Ihr denn dieses Exemplar hier erlegen können?«, fragte Waljakov, in dessen Antlitz plötzlich eine gewisse Begeisterung zu sehen war.

»Es war ein Glücksfall«, gestand der dürre Adlige und tätschelte dem Wesen den Kopf. »Es hatte sich ein Bein gebrochen und in einem Seil verfangen. Einen meiner Knechte kostete es das Leben, als er das vermeintlich tote Ding untersuchen wollte.« Er tippte auf die Schlitze seitlich am Hals. »Wir haben fast eine halbe Stunde gebraucht, bis wir ihm endlich den verfluchten Schädel abschlagen konnten. Die Fangarme mit den Sporen reichen weit und sind tödlich. Und mit der Zunge schlitzt es die Kehlen seiner Opfer auf.«

»Weshalb habt Ihr nicht der Garnison Bescheid gegeben? Die hätten Euch bei der Jagd unterstützt?«, wunderte sich der junge Mann und trat näher, um sich die Bestie aus der Nähe zu betrachten.

Kolskoi schüttelte den Kopf, seine Augen wurden schmal. »Das ist eine Angelegenheit, die ich als Jäger persönlich zu Ende bringen möchte. Es ist vermutlich die größte Herausforderung, der ich je begegnet bin.«

»Und wann wollt Ihr Euch Eurem Gegner als Vorspeise anbieten?« Stoiko blickte argwöhnisch auf die Klauen der Kreatur. »Übernehmt Ihr Euch da vielleicht nicht ein wenig?«

»Meister Hetrál weiß, auf was es ankommt und wie wir die anderen beiden Kreaturen aufspüren können«, gab sich Kolskoi sicher. Ein Lächeln huschte über sein Gesicht, die Hakennase zuckte, als nähme sie eine Witterung auf. »Ihr könnt uns gerne begleiten, Exzellenz. Euer Leibwächter sieht aus, als wüsste er eine gute Jagd zu schätzen.«

»Ich werde darüber nachdenken«, bedankte sich Lodrik für die Einladung. »Und nun lasst uns etwas essen. Und richtet mir und meinem Gefolge Zimmer für die Nacht her. Ich werde vorerst hier bleiben. Es interessiert mich zu sehr, wie die Sache ausgeht.«

»Und vor allem, welches der Ungeheuer über welches siegt«, sagte sein Vertrauter leise.

Der Gouverneur wandte sich zu dem Stummen um. »Ich weiß, dass ihr Leute aus Tûris schwer mit den Sumpfbestien zu kämpfen habt. Wie viele hast du schon getötet?«

Hetrál hob den Bogen, anschließend zuerst fünf Finger, dann drei.

»Immerhin, schon acht Stück«, murmelte der junge Statthalter, aber der Jagdmeister schüttelte grinsend den Kopf und wiederholte seine Zeichen.

»Herr, ich glaube er meint dreiundfünfzig«, raunte Waljakov.

»Dreiundfünfzig?«, rief Lodrik. »Das ist wirklich sehr viel. Zeige mir deine Pfeile.«

Hetrál zog einen aus seinem Köcher und reichte ihn an Lodrik weiter.

Prüfend hielt der Statthalter die Spitze vor die Augen und tat so, als ob er etwas davon verstünde. »Das ist sehr gute Arbeit.« Er gab das Geschoss zurück. »Ich möchte, dass du, wenn die Bestien getötet sind, mit nach Granburg kommst. Ich werde dich als meinen Lehrer einstellen, weil ich mit Sicherheit mehr Übung und Unterricht benötige als Kolskoi.« Er drehte sich zu dem Adligen um. »Oder habt Ihr etwas dagegen?«

Der Mann gab keine Antwort, sondern zuckte lediglich mit den Schultern. Einmal mehr sagten die Augen mehr als Worte.

»Ihr wisst, dass Ihr Kolskois angeheuerten Mörder abgeworben habt?« Stoiko betrat das Zimmer Lodriks und

Waljakovs mit einem amüsierten Gesichtsausdruck. »Oder habt Ihr im Ernst die Geschichte von dieser Bestie geglaubt?«

»Die Sache mit der Kreatur kann schon wahr sein, aber natürlich wäre Hetrál in erster Linie auf der Pirsch nach mir gewesen«, bestätigte der Gouverneur die Vermutung seines Vertrauten. »Das wäre der erste Jäger, der seine Zielübung auf Harnische macht. Und nur zum Beweis der Durchschlagskraft des Bogens hätte es etwas anderes getan. Ich hätte ihn auf dieses ausgestopfte Ding schießen lassen, das wäre ein echter Beweis gewesen, dass er den Schuppenpanzer durchdringt. Ansonsten hatte ich eher das Gefühl, Kolskoi wollte seine Gäste zuversichtlich stimmen, dass die Tage des Gouverneurs gezählt sind.«

»Hoffen wir, dass er weiß, was Loyalität bedeutet, sobald er in Euren Diensten steht, Herr. Ich habe mir sein Arsenal an Pfeilen zeigen lassen«, bemerkte Waljakov, während er seiner mechanischen Hand ein paar Tropfen Öl spendierte. »Er hat wirklich für jede Rüstungsart die passende Spitze parat. Lange, dünne gegen Kettenhemden, dreikantig geschliffene gegen Harnische oder Schuppenpanzer. Die Metallstücke sind der Art schwerer Wurfspieße nachempfunden, lange Spitzen mit einem zusätzlichen Gewicht für den Durchschlag. Ich bin mir sicher, Herr, dieser Mann schießt jeden Kämpfer auf Ulldart, und sei er noch so gepanzert, aus dem Sattel.«

»Was ist das eigentlich für ein seltsamer Bogen, den er mit sich trägt. Ich war bisher immer der Meinung, dass eine Armbrust besser als alles andere sei?« Der Statthalter wartete auf eine befriedigende Antwort aus dem Mund seines Leibwächters.

»Normalerweise ist das auch so«, nickte der Krieger, »aber diese Waffe ist eine Besonderheit. Es sieht aus wie ein geschwungener Hornbogen, der aber in Wirklichkeit aus verschiedenen Komponenten zusammengebaut wurde. Unterschiedliche Hölzer, Knochenstücke und Lederstreifen wurden miteinander verleimt, wie er mir aufmalte. Das Horn dient lediglich als Fassung für die Materialien. Der Bogen ist genau auf ihn angepasst, und ich muss sagen, selbst ich hätte meine Schwierigkeiten, wenn ich die Sehne längere Zeit halten müsste.« Er bewegte jeden metallenen Finger einzeln und lauschte, ob ein Quietschen zu hören war. »Mit einem normalen Pfeil, der nicht so schwer ist wie die Spezialanfertigungen, schießt er fast siebenhundert Säbellängen weit.« Der glatzköpfige Leibwächter sah sie der Reihe nach an. »Er ist wohl der gefährlichste Bogenschütze, dem ich jemals begegnet bin. Wenn Ihr ihn nicht angeworben hättet, müssten wir ihn unter einem Vorwand verhaften. Oder ihn töten.«

Es klopfte, und ein Livrierter verkündete, dass die Jagdgesellschaft zum Aufbruch bereit sei.

»Mitten in der Nacht?«, zweifelte Lodrik.

»Meister Hetrál erklärte, dass die Bestien nur nachts auf die Jagd gehen und sich tagsüber ein dunkles Versteck suchten, Exzellenz«, berichtete der Diener. »Hara¢ Kolskoi und zehn Weitere möchten den Ungeheuern nachstellen und würden sich sehr freuen, wenn Exzellenz sie bei der Pirsch begleiten würde.«

»Das kann ich mir gut vorstellen. Ich persönlich hätte ja tagsüber das Versteck gesucht, es mit Öl voll laufen lassen und die Bestie einfach verbrannt«, gab Stoiko seinen Ratschlag zum Besten. »Eine Hatz in völliger Dunkelheit gegen Etwas, das bei den Lichtverhältnissen gewiss im Vorteil ist, halte ich für keinen sehr guten Einfall.«

»Und aus diesem Grund bleibe ich auch hier.« Der Gouverneur wandte sich dem Livrierten zu. »Richte Kolskoi aus, ich sei zu müde von der Reise und kein so geübter Jäger, wie er es ist, um im Dunkeln Kreaturen nachzustellen.« Der Diener verbeugte sich und verschwand.

»Ich wette um zehn Waslec, dass er mindestens vier Leute verliert«, grinste der Vertraute. »Obwohl es natürlich noch schöner wäre, wenn Meister Hetrál als einziger Überlebender zurückkehrte.«

»Gib dich keinen falschen Hoffnungen hin. Wenn sich die Bestie und Kolskoi erst mal beschnüffelt haben, werden sie gemeinsame Sache machen«, schätzte Lodrik belustigt. »Vermutlich verspricht unser Gastgeber der Kreatur vier Dörfer gegen mein Leben.«

»Vielleicht hätten wir doch besser mitreiten sollen«, grummelte Waljakov. »Ich werde die Wachen kontrollieren.«

Aus dem Hof drang das sich schnell entfernende Klappern von Hufschlägen auf Pflastersteinen ins Zimmer. Eine halbe Stunde später schliefen der Gouverneur und der Rest der Menschen in Kolskois Gehöft tief und fest.

Das Erste, was Stoiko beim Frühstück feststellte, war, dass er tatsächlich seine Wette verloren hatte. Zwar schafften es alle Männer, die nachts ausgeritten waren, lebendig zurückzukommen, aber der Gesundheitszustand der meisten, mit Ausnahme von Kolskoi und Meister Hetrál, sah mehr als bedenklich aus.

Sieben der Mutigen hatten tiefe Wunden abbekommen, einem musste das Bein, einem anderen der linke Unterarm amputiert werden. Nur durch eine schnelle, überstürzte Flucht hatten sich die Jäger ihre Leben bewahrt. Ob sie ihre Verletzungen überlebten, war zudem fraglich.

Entsprechend schlecht gelaunt präsentierte sich der Gastgeber, ein Verband zierte den rechten Oberarm.

»Es ist nicht so gelaufen, wie Ihr es Euch vorgestellt habt?« Lodrik konnte es sich nicht verkneifen zu fragen. »Habt Ihr es wenigstens zur Strecke gebracht?«

Zähne knirschend schüttelte Kolskoi den Kopf und

löffelte seine Brühe. »Es hat uns überrascht, als wir uns aufteilen wollten.«

»Ihr habt euch gegen ein solches Ungeheuer auf getrennte Wege begeben?«, fragte der Leibwächter. Meister Hetrál hob abwehrend die Hände als Zeichen dafür, dass er mit dieser unsinnigen Entscheidung nichts zu tun gehabt hatte.

»Wir werden später die Spur der Bestie suchen und sie in ihrem Versteck einfach mit Öl verbrennen«, gab der Adlige die weiteren Pläne bekannt. »Meine Trophäe habe ich ja bereits.«

»Woher kenne ich den Vorschlag bloß«, sagte Stoiko und schaute zu dem Diener von gestern Abend, der aber mit unbeteiligtem Gesicht ins Nichts schaute.

»Dann kann mich Meister Hetrál nach Granburg begleiten«, stellte der Statthalter fest. »Für eine solche Jagd werdet Ihr Euren Aufseher bestimmt nicht benötigen.«

»Er muss noch die Spuren der anderen Wesen finden, das kann noch eine Zeit dauern«, widersprach Kolskoi sanft. »Ich werde ihn Euch nachsenden, sobald ich meinen Boden von diesen Kreaturen gereinigt habe, Exzellenz.«

»Den Boden des Kabcar, meint Ihr. Da Ihr ohnehin nicht vorhabt, die Ungeheuer im Kampf zu besiegen, dürfte es ein gewöhnlicher Spurenleser doch auch tun«, gab der Gouverneur zurück. »Die Garnison hat fähige Männer, die so etwas beherrschen.«

»Einigen wir uns darauf, dass mir Meister Hetrál heute noch zur Hand geht und Euch dann folgt. Eine Kutsche hat ein Reiter in zwei Tagen leicht eingeholt, einverstanden, Exzellenz?« Die stechenden Augen fixierten den jungen Mann tückisch.

Etwas missfiel Lodrik an der Beharrlichkeit, mit der Kolskoi die sofortige Abreise des Jagdaufsehers verhindern wollte.

»Was soll's?«, winkte der junge Mann schließlich ab und lehnt sich in seinen Stuhl. »Ich habe noch genügend Zeit, mich im Umgang mit Pfeil und Bogen zu üben. Das Problem mit diesen Bestien ist dringender und sollte so schnell wie möglich gelöst werden.« Er wandte sich zum Turîten. »Wir reisen auf der Hauptstrecke direkt nach Granburg zurück, du wirst uns also leicht folgen können.« Dann drehte er sich zu Kolskoi. »Und wenn ich das nächste Mal zu Besuch komme, Hara¢, erwarte ich eine Straße, die in einem einwandfreien Zustand ist. Ihr habt das Bauprogramm sträflich vernachlässigt.«

»Ich werde umgehend Maßnahmen veranlassen, Exzellenz«, versprach der Adlige und lächelte, während er sich erhob. »Und nun entschuldigt mich und Meister Hetrál. Wir werden uns auf die Suche nach den Kreaturen machen.«

»Ein wirklich zäher Bursche.« Stoiko rührte seinen Tee um und wischte sich ein paar Krümel aus dem Schnauzbart. »Habt Ihr auch so ein ungutes Gefühl wie ich, Herr?«

Lodrik nickte, auch Waljakov bezeugte seine Zustimmung. Voller böser Vorahnungen trafen sie ihre Abreisevorbereitungen und stiegen eine Stunde später in die Kutsche, die sie zurück in Richtung Gouverneurspalast rollte.

Das Rad brach mitten in einem angenehm kühlen Wald. Entlang der Straße wuchsen dichte Büsche und undurchsichtiges Unterholz, sodass sich selbst ein Bär unentdeckt auf die Lauer legen konnte.

Waljakov ließ fluchend die Hälfte der Wachen absitzen und mit dem Wechsel des Rades beginnen. Stoiko und Lodrik standen daneben und beobachteten die Männer bei der Arbeit.

»Ich werde in Zukunft nur noch reiten«, schwor der

Gouverneur. »Es ist doch jedes Mal das Gleiche mit den Kutschen.«

Waljakov betrachtete sich das gebrochene Rad und den Boden genauer. Dann gab er Order, den Wechsel schneller auszuführen. Die Wachen, die in ihren Sätteln geblieben waren, machten ihre Armbrüste schussbereit.

»Herr, das Rad sollte genau an dieser Stelle brechen«, erstattete er dem Statthalter leise Bericht. »Die Speichen waren dicht an der Radnabe angesägt, der Boden zeigt frische Spuren. Jemand hat kräftig nachgeholfen, damit die Straße noch schlechter wird, als sie ohnehin schon ist. Es ist vielleicht besser, wenn Ihr zurück in die Kutsche geht.«

»Wie ich schon sagte, ich werde nur noch mit dem Pferd durch Granburg reisen«, wiederholte Lodrik und verzog viel sagend das Gesicht.

Etwas brach plötzlich aus dem Dickicht und stürzte sich auf das nächste Pferd.

Wiehernd ging das Tier zu Boden, begrub den Reiter unter sich, während sich das Blut aus tiefen Bauchwunden auf den Untergrund ergoss.

Der Leibwächter versetzte dem jungen Mann einen Stoß, sodass er kopfüber in die Kutsche taumelte. Aus den Augenwinkeln konnte der Gouverneur gerade noch erkennen, dass der Angreifer das gleiche Wesen war, wie es in Kolskois Trophäenraum stand. Nur erschreckend lebendiger und um das tausendfache tödlicher.

Drei eilig abgefeuerte Bolzen prallten wirkungslos von den Schuppen und an der Hornplatte der Kreatur ab. Dafür sprang sie mitten unter die Wachen, die eben noch am Gefährt gearbeitet hatten, und begann, ein blutiges Gemetzel unter den Soldaten anzurichten. Zwar hieben die Männer mit den Säbeln auf das Ungeheuer ein, trafen aber nur zu gut gepanzerte Stellen.

Die Pferde ohne Reiter waren schon lange durchgegangen, die Berittenen versuchten verzweifelt, ihre Tiere ruhig zu halten. Auch das Gespann bäumte sich auf und wollte flüchten, doch die Bremsen hielten die Kutsche noch.

Drei Soldaten lagen bereits tot am Boden, als Waljakov ein gewaltiger Schlag gegen einen der Fangarme gelang. Zuckend wand sich das abgetrennte Körperteil im Graben, das Wesen ließ einen gellenden Schrei ertönen und warf sich gegen den Leibwächter. Die restlichen drei Soldaten kamen ihrem Vorgesetzten zu Hilfe.

Schuppenspäne flogen durch die Luft, eine lila Flüssigkeit sickerte aus kleineren Wunden der Kreatur, doch zum großen Entsetzen aller hatte sich die klaffende Verletzung an der Stelle, wo einst der Fangarm saß, wieder geschlossen.

»Schlagt auf den Hals!«, schrie Waljakov. »Auf die seitlichen Öffnungen. Dort sind sie leichter verwundbar!«

Unterdessen schob Stoiko den Thronfolger weiter in die Kutsche und stellte sich vor den Verschlag, um den Thronfolger zu schützen.

Die Zunge der Bestie schoss nach vorn und schlitzte einer der Wachen die Kehle auf, die beiden linken Fangarm durchbohrten den Körper eines anderen Soldaten und nutzen den halb toten Menschen als Schutzschild gegen die Säbelhiebe. Wie eine Puppe wurde der schreiende Mann hin- und hergeschleudert.

Als sein Gebrüll endete, setzten die Wachen ihre Angriffe gegen die Kreatur fort und nahmen keine weitere Rücksicht auf die Überreste ihres toten Kameraden, dessen Leib mehr und mehr einem zerschlitzten Kartoffelsack glich, in den man Blut und Innereien gefüllt hatte und die nun überall heraushingen.

Lodrik raffte sich im Kutscheninnenraum in die Höhe und beobachtete den tobenden und bestialischsten Kampf, den er bisher in seinem Leben gesehen hatte. Es erschien ihm, der vor Angst gelähmt war, wie ein Wunder, dass sich die Männer draußen mit einer unmenschlichen Entschlossenheit gegen das Wesen zur Wehr setzten, anstatt schreiend davon zu laufen.

Waljakov fluchte, tobte und brüllte, seine Säbelhiebe hagelten auf den Angreifer ein, doch immer im letzten Moment gelang es dem Ungeheuer entweder die Leiche als Deckung nach oben zu ziehen oder abzutauchen.

Trotzdem erlahmten allmählich auch die vorher behänden Bewegungen des Wesens, es wurde zusehends müder. Insgesamt noch fünf Soldaten von einem Dutzend kämpften mit ihm und gewannen unmerklich, aber stetig die Oberhand.

Lodrik spürte einen warmen Lufthauch in seinem Genick, hörte ein leises Schnüffeln gefolgt von einem knisternden Geräusch.

Er ließ sich nach vorne fallen, drehte sich dabei auf den Rücken und hielt die Klinge am ausgestreckten Arm nach oben, um einen eventuellen Schlag parieren zu können.

Mit einem gewaltigen Satz sprang die letzte der drei Bestien durch das Fenster in das Kutscheninnere und schlug dem jungen Mann den Säbel aus der Hand. Keiner der Kämpfer draußen hatte etwas von dem Vorgang bemerkt, nicht einmal Stoiko.

Die Fangarme bogen sich zurück, um Schwung für den Stoß zu erhalten, der dem Statthalter das Ende bereiten sollte. Lodrik konnte nichts tun, außer das Wesen anzustarren und seinem Tod ins Auge zu sehen.

Die vielen kleinen Löcher im vorderen Kopfteil des Ungeheuers bewegten sich. Fast fragend neigte es sich zum Gouverneur hinab, bis das Antlitz vor seinem war. Wieder hörte er das Knistern, und insgeheim fragte er sich, ob das die Sprache der Wesen sein könnte. Es roch nach nichts, stellte der junge Mann erstaunt fest, überhaupt nicht abstoßend wie die Modrak.

Die grellweißen Pupillen der Kreatur verrieten Überraschung und Neugier, bevor es den Kopf ein wenig zurückzog und die Fangarme sinken ließ.

Lodrik verstand das Verhalten nicht, aber die Hoffnung keimte auf, dass er lebend aus dieser Kutsche steigen könnte.

Da erscholl ein weiterer Schrei der anderen Bestie, gefolgt vom triumphierenden Gebrüll Waljakovs.

Das Wesen vor dem Statthalter fuhr hoch, die muskulösen Schuppenarme spannten sich und richteten sich auf ihn, dann stimmte es in den Ruf seines sterbenden Artgenossen ein.

Die Soldaten, Waljakov sowie Stoiko drehten sich um und entdeckten jetzt erst den tödlichen Besucher, der sich Furcht erregend vor ihrem Schützling aufrichtete. Die Bestie sah den Gouverneur so vorwurfsvoll an, als habe sie einen Verräter vor sich.

Bevor aber nur irgendetwas geschehen konnte, trat das rechte Auge des Ungeheuers aus seiner Höhle, gefolgt von einer undefinierbaren galertartigen Masse. Aus der Wunde stand eine schlanke, dreikantige Eisenspitze hervor.

Die Kreatur gab einen seltsam kläglichen Laut von sich, während mit einem leisen Knirschen ein weiteres Geschoss von hinten in den Schädel eindrang, sich seinen Weg nach vorne suchte und in Höhe der Nase den Knochen ein zweites Mal zerbrach.

Langsam kippte das Wesen nach vorne.

Die Kutschentür wurde aufgerissen, kräftige Arme packten den jungen Mann unter den Achseln und zerrten ihn ins Freie. Kurz darauf krachte die tote Kreatur auf das Holz, die Sporne durchbrachen den Boden und hingen leicht pendelnd wenige Zentimeter über der Straße.

Ein hörbares Aufatmen ging durch die Reihen der Soldaten. Hinter ihnen lagen der leblose Körper der ersten Bestie, die Waljakov zuvor geköpft hatte, und etliche verwundete oder tote Mitglieder ihrer Einheit.

»Ich glaube, ich weiß, wem ich mein Leben zu verdanken habe«, schätzte der Gouverneur, dessen Knie sich reichlich weich anfühlten, als ihn der Leibwächter auf die Erde stellte. »Es gibt nur einen Mann, der solche Pfeile benutzt.«

Fast geräuschlos kam Hetrál um das Gefährt herum und verneigte sich vor Lodrik.

»Ihr hättet keine Minute später kommen dürfen, Meister Hetrál.« Der Gouverneur schüttelte ihm die Hand. »Ich schulde Euch einen sehr großen Gefallen.« Waljakov und Stoiko beglückwünschten den Schützen, dann kümmerten sie sich um die Verwundeten.

Hetrál machte eine beschwichtigende Geste und begann, die Pfeilspitzen aus dem Kopf der Bestie zu ziehen.

»Ihr begleitet mich nach Granburg?«, wollte der junge Mann wissen. Der Schütze nickte.

»Wunderbar! Habt Ihr nicht zufällig Kolskoi gesehen?« Hetrál verneinte mit einem kurzen Kopfschütteln und deutete die Straße hinunter. »Auf seinem Gehöft also. Ich dachte, Ihr wolltet die Bestien jagen? Hat er Angst bekommen?« Sein Lebensretter zuckte mit den Schultern, grinste aber von einem Ohr zum anderen.

»Legt die verwundeten Männer in die Kutsche, die Toten oben drauf«, befahl Lodrik. »Wir transportieren sie in die nächste Garnison, wo man die einen gesund pflegen und die anderen bestatten wird. Wir reiten direkt nach Granburg weiter, bevor jemand auf die Idee kommt, meinen Tod auszurufen.«

»Eine sehr gute Entscheidung«, stimmte Waljakov zu. »Normalerweise würde ich mich hier noch umsehen, um herauszufinden, wer sich den Radbruch ausgedacht hat.« Er schaute auf die Wunden seiner Männer. »Aber die Zeit drängt.«

»Müssen wir das erst herausfinden, oder wissen wir das nicht schon längst alle?«, fragte Stoiko, der sich gerade auf ein Pferd schwang. Der dezimierte Tross machte sich abreisebereit.

Nach zwei Tagen eines sehr bedrückenden Rittes gelangten sie zur Garnison, in der helle Aufregung herrschte, als plötzlich der Gouverneur mitten im Lager stand. Die Gruppe lud die Toten und Verwundeten ab, gönnte sich einen Mütze voll Schlaf und setzte den Weg in die Provinzhauptstadt fort.

»Wie ist es, nehmen wir einfach mal an, es war Kolskoi, der das Rad und die Straße beschädigen ließ. Wie ist es dem Adligen gelungen, unbemerkt an die Kutsche zu kommen und unseren Radbruch ausgerechnet dort geschehen zu lassen, wo die Sumpfbestien sich aufhalten oder zumindest vorbeikommen?«, grübelte Stoiko unterwegs vor sich hin.

»Wer sagt, dass der Hara¢ in der Nacht, als er so angeschlagen zurückkehrte, diese Biester nicht doch erwischte und sie irgendwo in der Nähe der Straße angebunden hat oder sie einsperrte?«, schlug der Leibwächter vor.

»Das macht aber Hetrál verdächtig«, warf Lodrik ein.

Der Leibwächter fasste die Zügel fester und kniff die Augen zusammen. »Es passte aber sehr gut in den Vorfall. Er als Turît weiß genau, wie man mit den Viechern umspringt, und er war an diesem Abend mit bei der Reitergruppe.«

»Warum taucht er dann heute als Lebensretter auf, wenn Kolskoi sich solche Mühe mit den Kreaturen gegeben hat?« Der Statthalter blieb hartnäckig bei der Verteidigung seines neuen Bogenlehrers.

»Das verstehe ich allerdings auch nicht«, stimmte Stoiko zu. »Vielleicht ist er wirklich nur ein anständiger Kerl, der ausgerechnet in Kolskois Dienste treten musste, ohne zu wissen, dass er Tzulans kleiner Bruder sein könnte.«

»Und da er wirklich Bestienjäger zu sein scheint, braucht er auch die besonderen Pfeile. In Tûris ist das ein sehr angesehener Beruf, vergesst das beide nicht«, schloss der Statthalter die Diskussion. »Ich denke, wir machen uns Sorgen um den falschen Mann. Und jetzt sollten wir das Tempo verschärfen. Ich möchte pünktlich zum Kornfest erscheinen, vorher aber noch in die Wanne steigen. Und zum Schneider. Ich habe vor lauter Aufregung mindestens zehn Kilo abgenommen.«

Granburg, Provinzhauptstadt Granburg, Spätsommer 442 n. S.

»Das gefällt mir nicht.« Waljakov schaute in den Palasthof hinunter, wo die Leibwache sich versammelt hatte. Fünfzig bewaffnete Reiter waren als Eskorte zum lang erwarteten Kornfest vorgesehen, die Übrigen hatten den Befehl, sich in Bereitschaft zu halten. »Es sind zu viele Menschen unterwegs, die Straßen sind zu voll, um Euch vor einem Anschlag beschützen zu können.«

Lodrik trug die graue Uniform der Königlichen Beamten mit den silbernen und grünen Stickereien, an der Seite hing der schwere Säbel, die Füße steckten in auf Hochglanz polierten Reitstiefeln.

Prüfend begutachtete er im Spiegel den Sitz der Kleidung und zog mit einem schnellen Ruck die letzten Falten aus dem Stoff. »Wenn deine Spitzel nicht gelogen haben, bin ich einigermaßen beliebt bei den Granburgern, oder zumindest will mich keiner umbringen.« Er warf sich den Uniformrock über und rieb die Silberknöpfe mit einem Spitzentaschentuch ab. »Was Jukolenko angeht, so glaube ich nicht, dass er etwas in der Öffentlichkeit unternimmt. Sie werden den Fehlschlag mit den Sumpfbestien überwinden müssen und sich bedeckt halten.« Der Gouverneur drehte sich einmal um die eigene Achse und streckte die Arme weg. »Wie sehe ich aus?«

Waljakovs Miene verfinsterte sich. »Ihr seid mir ein bisschen sehr sorglos geworden, Herr. Es ist Euer erster öffentlicher Auftritt von größerem Ausmaß. Die Wachen an den Stadttoren haben mehr als tausend Gäste gezählt, und wenn nur die Hälfte der Städter kommt, sind fast viertausend Menschen auf dem Platz.«

Lodrik überlegte kurz. »Dann sind die fünfzig Wachen wohl nicht mehr als ein Tautropfen ins Wasserfass.« Der Leibwächter nickte unzufrieden. »Also lassen wir sie einfach weg«, Lodrik setzte den breitkrempigen Hut auf, »damit das Volk das Vertrauen des Gouverneurs sehen kann. Nur du und Stoiko werden mich begleiten.«

»Habt Ihr jetzt völlig ...«, polterte Waljakov los, aber es klopfte glücklicherweise an der Tür und Stoiko trat ein, Miklanowo folgte.

»Seid Ihr bereit, Herr?« Der Vertraute deutete eine Verbeugung an. »Wir müssen bald los.«

»Er will meine Wachen nicht mitnehmen«, rief Waljakov aufgebracht und warf die Hände in die Luft. Miklanowo schmunzelte angesichts des ungewohnten Gefühlsausbruchs des muskulösen Mannes.

»Keine schlechte Idee«, stimmte der bärtige Brojak zu, was ihm einen wütenden Blick des Leibwächters einbrachte. »Es zeigt, dass der Statthalter keine Angst und keine Scheu vor den Menschen hat.«

»Ich glaube auch nicht, dass etwas passieren wird«, meinte Stoiko, »eine solche Geste wäre eine vertrauensbildende Maßnahme, ich bin aber nicht ganz überzeugt. Wir sollten uns auf eine Ehrenwache von zehn Berittenen beschränken. Immerhin müssen wir ja noch ein wenig repräsentieren.«

»Einverstanden.« Der junge Mann streifte die Handschuhe über, während er zur Tür ging.

»Ich sage meinen Männern Bescheid«, knurrte Waljakov und stürzte aus dem Zimmer.

»Ihr wart nicht sehr diplomatisch mit ihm, oder, Herr?« Stoiko entfernte den letzten Fussel von der Uniform des Gouverneurs.

»Hätte ich das sein sollen?«, gab Lodrik zurück. »Ihr alle habt euch Mühe gegeben, mir Selbstbewusstsein zu geben, jetzt seht zu, wie ihr damit fertig werdet. Wo ist Meister Hetrál?«

»Meister Hetrál ist dabei, einen neuen Pfeil für seinen Bogen zu entwerfen. Die Zeichnungen, die ich gesehen habe, erscheinen mir sehr interessant. Eine stumpfe Spitze mit einer Reihe von Widerhaken dahinter. Sehr schmerzhaft, kann ich mir vorstellen.« Der Vertraute strich sich über den Schnauzbart.

»Er ist ein zurückhaltender Mensch.« Lodrik nahm sich im Vorübergehen einen Pokal mit Wein und stürzte ihn hinunter. »Aber der beste Schütze des Kontinents, vermutlich. Und loyal, allem Anschein nach. Immerhin hat mich noch kein Pfeil getroffen.«

»Hoffen wir, dass es so bleibt«, wünschte sich Stoiko.

Etwas später ritten Lodrik, Stoiko und Waljakov zur Stadtscheune, jeweils fünf Soldaten begleiteten den Zug an der Spitze und am Ende. Miklanowo nahm einen anderen Weg, um vor dem Tross auf dem Marktplatz zu sein und auf der Tribüne zu warten.

Die Straßen der Provinzhauptstadt waren festlich geschmückt, überall flatterten bunte Wimpel und Fähnchen aus den Fenstern der Fachwerkhäuser, dicke Ährensträuße hingen an den Türen, und die beiden Sonnen strahlten zur Krönung des Festtages vom blauen Himmel.

Auf allen kleineren Plätzen sangen und tanzten Spielmannsgruppen, Wanderbühnen zeigten Schwänke, und in der Luft hing ein appetitlicher Geruch, der aus Dutzenden von Öfen in der ganzen Stadt stieg und von zahlreichen, frischen Backspezialitäten stammte.

Die feiernden Menschen machten der berittenen Gruppe Platz, hielten aber Abstand, sobald sie die graue Uniform des Gouverneurs erkannten.

»Der Ausdruck auf deinem Gesicht reicht, um Angreifer abzuschrecken«, sagte Lodrik zu Waljakov und lachte. »Entspanne dich. Es wird nichts geschehen. Unser Pensum an Aufregung in den letzten Tagen wurde mehr als erfüllt.«

»Das sage ich Euch hinterher, Herr«, brummelte der Mann und hielt die Straßen und Gassen argwöhnisch im Auge.

Die Gruppe erreichte den vollen Marktplatz vor der Scheune, auf dem eine große Tribüne aufgebaut worden war, die wie ein Berg aus den Menschenmassen herausragte.

Dort oben saßen bereits der Gildenrat sowie Jukolenko und Kolskoi mit anderen Adligen und Großbauern. Zwei Stühle in der Mitte der Konstruktion waren freigelassen worden.

Als sich die Männer näherten, standen die Gildenabgeordneten auf und verneigten sich. Der Statthalter und seine Begleiter stiegen ab und kletterten die Stufen hinauf.

»Ich bin entzückt«, begrüßte ihn der Meister des Gildenrates, »dass sich Exzellenz selbst die Ehre gibt und dem Fest beiwohnen möchte.«

Der junge Mann neigte huldvoll den Kopf und setzte sich auf den mittleren der freien Stühle.

»Ich freue mich ganz besonders, dass ich vom Gildenrat eingeladen worden bin. Ich verstehe das als eine große Ehre.« Waljakov hatte beschlossen, nicht darüber nachzudenken, welche Möglichkeiten sich einem Attentäter mit nur der halben Qualität von Hetrál boten.

Er platzierte sich halb vor dem Stuhl, Stoiko setzte sich rechts neben Lodrik. »Wann werden wir das Kornfest beginnen?«

»Der Spielmannszug wird sich noch aufstellen«, der Mann zeigte auf eine kleine Gasse, wo sich mehrere Musiker bereit machten, »dann geht es los. Sie werden vor die Tribüne marschieren und ein paar Lieder zum Besten geben, danach werdet Ihr das Fest offiziell eröffnen.«

Der Gouverneur bedeutete dem Leibwächter, zur Seite zu treten. »Ich sehe so nicht genug. Stell dich hinter mich, Waljakov.«

Der kräftige Mann verzog unzufrieden das Gesicht, befolgte aber die Anweisung.

»Wie geht es Eurem Arm, Hara¢ Kolskoi?« Der Statthalter beugte sich vor.

Der Adlige mit der Hakennase verneigte sich. »Danke der Nachfrage, Exzellenz. Die Wunde ist gut verheilt. Ihr hattet das Vergnügen, die anderen beiden Kreaturen zu töten, wie ich gehört habe?«

»Es waren Waljakov und Hetrál«, stellte er richtig. »Ich hatte nicht viel mit ihrem Ableben zu tun. Ulldrael selbst muss mir diesen Turîten geschickt haben, ohne den ich mit Sicherheit nicht mehr hier sitzen würde. Ein großer Dank an Euch, Kolskoi, dass Ihr ihn entbehren konntet.«

Der dürre Mann lächelte betont freundlich und wandte sich ab.

Lodrik feixte und schaute neugierig über die Menschenmenge, die sich zu seinen Füßen drängte, an den Holzbuden Waren begutachtete oder sich die vielen Köstlichkeiten schmecken ließ, die die Straßenhändler anboten.

Auf dem großen Marktplatz standen gleich drei Bühnen. Schauspieler, Akrobaten und Spaßmacher sorgten für Unterhaltung.

Hin und wieder blickten die Menschen zur Tribüne,

vermieden aber den direkten Augenkontakt mit dem Gouverneur, sondern nickten lieber den Gildenratsmitgliedern zu.

»Am liebsten wäre ich auch dort unten«, sagte der Statthalter leise zu Stoiko, »unerkannt, wie einer der normalen Granburger.«

»Verkleidungen sind immer eine sehr zweischneidige Sache, Herr«, antwortete der Vertraute und nahm den von einem Diener dargebotenen Silberpokal, in dem dunkler Wein schimmerte. »Wenn man ohne Wache unterwegs ist und man trotzdem erkannt wird, kann es zu unschönen Vorkommnissen kommen. In der Regel stößt man ausgerechnet dann auf Bürger, die den Gouverneur nicht leiden können.« Er nippte am Gefäß und grinste. »Einer der frühen Bardri¢s wurde bei einer solchen Gelegenheit grauenvoll verprügelt. Außerdem würde Waljakov niemals sein Einverständnis zu einem solchen Unternehmen geben.«

Der Leibwächter reichte Lodrik einen Becher mit Wein, den ein Untergebener vorgekostet hatte. »Da hat er Recht, Herr.«

»Schon gut.« Lodrik nahm einen tiefen Schluck von dem Getränk. »Es war auch nur eine Idee.«

Der Spielmannszugführer signalisierte, dass seine Musiker einsatzbereit waren, der Meister des Gildenrates hob die Hand, und die Fanfaren ertönten. Mit viel Tamtam marschierte der Spielmannszug über den Platz, die Leute klatschten und applaudierten begeistert.

Drei Runden zogen die Musiker, bis sie vor der Tribüne anhielten und abrupt ihre Melodien beendeten. Nach einer kurzen Pause schepperten die Fanfaren erneut, diesmal spielten sie den Bardri¢-Militärmarsch, die offizielle Ankündigung für den Gouverneur. Die Musik verstummte, es herrschte Ruhe auf dem Platz.

Lodrik wartete einige Lidschläge, bevor er sich erhob und an den Rand der Tribüne trat. Er spürte die Blicke der Granburger und fühlte die Spannung, die sich plötzlich aufgebaut hatte.

Ein gedankliches Stoßgebet ging an Ulldrael, dann räusperte er sich und erhob die Stimme.

»Granburger!« Laut hallten die Worte über die Köpfe der Leute. »Lasst uns den Göttern für die reiche Ernte danken, die wir in diesem Jahr einfahren durften. Speicher und Scheunen sind gefüllt, ausnahmsweise hat die Provinz mehr als genug. Der heutige Tag soll ein Festtag sein für die Götter, für unseren Beschützer Ulldrael und für alle die, die in den letzten Wochen auf den Feldern gearbeitet haben.« Er hob den Pokal hoch in die Luft. »Die Veränderungen, die ich seit meiner Einsetzung begonnen habe, werden weitergehen, das verspreche ich Euch. Ich lade Euch alle ein, mit mir auf mein gegebenes Wort zu trinken, der Wein geht auf meine persönliche Rechnung. Auf Granburg und auf die Götter. Lang leben der Kabcar und die Menschen Tarpols!«

Einen Moment war es still. Dann brachen die Hochrufe aus Tausenden von Kehlen hervor, mit freudiger Überraschung hörte Lodrik, dass die Menschen seinen Namen riefen.

Keiner der Adligen und Großbauern trank mit sonderlicher Begeisterung, Jukolenko und Kolskoi rührten ihre Becher überhaupt nicht an.

Der strahlende Gouverneur grüßte die Menge und setzte sich wieder auf seinen Platz.

»Hervorragend, Herr.« Stoiko lächelte. »Ihr habt das Eis gebrochen.«

»Wirklich hervorragend«, sagte auch Waljakov, der ein säuerliches Gesicht machte. »Jetzt haben die Brojaken und Adligen allen Grund, Euch abzusetzen. Ihr habt so viel Eis geschmolzen, dass wir aufpassen müssen, nicht im Tauwasser zu ertrinken.«

»Ach, was.« Lodrik fühlte sich überschwänglich gut gelaunt, fast euphorisch. Immer wieder hörte er seinen

Namen, die Menschen feierten ihn, als ob er der zukünftige Kabcar wäre. Was sogar stimmte, obwohl es keiner der Granburger wusste. Hier wollte der Tadc nicht mehr weg, ein Tag wie heute sollte niemals enden.

»Ich möchte nach unten, zu den Menschen«, entschied der Gouverneur und stand auf.

»Das ist nicht Euer Ernst, Herr.« Waljakov hatte eine Zornesfalte auf der Stirn. »Ich dachte, ich hätte Euch erklärt, weshalb es nicht möglich ist.«

»Bleibt besser hier oben, Herr«, versuchte auch Stoiko den jungen Mann mit flehendem Unterton in der Stimme zu überzeugen. »Wer weiß, wie die Granburger auf Eure Anwesenheit reagieren.«

Lodrik ignorierte die Proteste und stieg die Treppe hinab. Der Leibwächter setzte sich mit einem Fluch in Bewegung und folgte ihm.

Als die Menschen sahen, dass der Statthalter die Absicht hatte, sich zu ihnen zu gesellen, wurden die Hochrufe lauter, die Begeisterung noch stürmischer.

Der Gouverneur tauchte in die Menge ein, zahlreiche Hände klopften ihm auf die Schulter oder versuchten, seine Hände zu schütteln, Weinbecher wurden ihm entgegengehalten, man pries und lobte ihn.

»Sehr mutig«, kommentierte Jukolenko leise und hob seinen Pokal. »Oder sollte ich eher sagen töricht?«

»Er ist so, wie soll ich sagen, bürgernah.« Kolskoi schauderte. »Jetzt fehlt nur noch, dass er eine Bürgerliche heiratet, dann wäre es wirklich perfekt.«

Lodrik lief nicht mehr selbst, die Granburger schoben ihn vorwärts, als ob sie ihn an die Nachbarn weiterreichen wollten. Schon bald trieb er in der Mitte des Platzes, Waljakov war abgedrängt worden und versuchte mit Hilfe der zehn Wachen zu dem Gouverneur durchzukommen, was sich aber bei den Mengen von Menschen als fast unmöglich darstellte.

Lodrik erlebte alles wie in einem schönen Traum, das

Hochgefühl hielt an und wurde mit jedem Schluck Wein, den er versuchte, intensiver. Am liebsten hätte er alle Granburger umarmt und nie wieder losgelassen.

»Kommt zurück, Herr«, brüllte der Leibwächter und beförderte Granburger, die ihm im Weg standen, wie Spielzeug zur Seite.

In der Menge machte Waljakov plötzlich eine Bewegung aus. Jemand bahnte sich zielstrebig und ähnlich rücksichtslos wie er zum Gouverneur durch. Es war ein blonder Mann, der sich mit einem entschlossenen Gesichtsausdruck in gerader Linie auf Lodrik zubewegte.

Der Leibwächter bekam einen furchtbaren Verdacht und verdoppelte seine Anstrengungen.

Unglücklicherweise öffneten sich für den anderen auf seiner Seite kleinere Lücken zwischen den Granburgern, die er geschickt ausnutzte und somit schneller vorankam als Waljakov, der die Menschen alleine mit seiner Kraft zur Seite drückte.

Auch Stoiko hatte von der Tribüne aus den Mann entdeckt, der bei dieser Geschwindigkeit Lodrik vor Waljakov erreichen musste.

»Weg, Herr! Zurück zur Tribüne!«, schrie der Vertraute, doch die Menge war zu laut, als dass nur ein Wort der verzweifelten Warnung bei dem Gouverneur ankommen konnte.

Dafür hörten die Adligen und Brojaken den Ruf umso lauter.

»Hast du den Mann geschickt?«, fragte Jukolenko Kolskoi interessiert und richtete sich ein wenig im Stuhl auf, um das Geschehen besser verfolgen zu können. »Ist das der Ersatzplan für das Versagen der Bestien?«

»Die Sache mit den Ungeheuern musste ohne eine schnelle Planung gehen, deshalb schlug die Aktion fehl. Und ich habe keine Ahnung, was dort unten vorgeht«, gestand der Hara¢ mit einem ratlosen Gesicht. »Aber wenn wir Glück haben, erledigen sich unsere Schwierigkeiten mit dem Statthalter gerade von selbst.«

Der Leibwächter war nur noch wenige Meter vom Gouverneur entfernt, als der Unbekannte Lodrik erreichte und ihn bei den Uniformaufschlägen packte.

Der Gouverneur verlor das Gleichgewicht und stürzte. Der andere Mann fiel mit ihm, und beide verschwanden aus dem Blick Waljakovs, der inzwischen seinen Säbel gezogen hatte und mit der flachen Seite um sich schlug. Seine Männer waren zurückgegangen und hatten die Pferde bestiegen, mit denen sie sich durch die Leiber pflügten.

Endlich hatte Waljakov die Stelle erreicht, an der Lodrik und der Unbekannte zu Boden gegangen waren.

Mit einer schnellen Bewegung packte er den Mann, der auf dem Gouverneur lag, im Genick und zog ihn knurrend zurück. Der Handschutz des Säbelgriffs landete zwei Mal im Gesicht des Unbekannten, der daraufhin in seiner Hand erschlaffte.

Die Wachen drängten die Menschen mit den Reittieren zurück und schufen Raum um den gestürzten Statthalter herum, der leblos auf dem Kopfsteinpflaster lag. Blut sickerte vom Hinterkopf und färbte das Pflaster.

»Nein«, flüsterte Stoiko, »mächtiger Ulldrael, lass ihn nicht tot sein!«

Jukolenko lächelte kalt, prostete und nippte an seinem Wein, Kolskoi starrte gebannt auf den Marktplatz.

Es legte sich unheilvolle Stille über den Ort; die Granburger hatten den Ernst der Lage erfasst.

Waljakov schleuderte den Unbekannten und seine Waffe achtlos zur Seite und kniete neben Lodrik nieder. Ganz leicht hob und senkte sich die Brust des jungen Mannes.

»Er lebt! Ich brauche eine Bahre, schnell«, rief der Leibwächter. »Der Gouverneur muss sofort zurück in den Palast. Und holt einen Cerêler her.«

»Sehr schade«, raunte Kolskoi Jukolenko zu. »Der junge Bursche ist widerstandsfähiger, als ich gedacht habe.«

Mit einem bösen Funkeln in den Augen stellte der ehemalige Gouverneur den Pokal zurück. »Warten wir es ab. Vielleicht ist die Verletzung im Nachhinein tödlich. Ich kenne den Cerêler und seine Familie«, er betonte das Wort nachdrücklich, »gut. Sehr gut sogar.«

In Windeseile war die Bahre gefunden, Wachen trugen den bewusstlosen Statthalter durch die Straßen zum Palast. Dem Zug schlossen sich zahlreiche Menschen an, die dem Tross schweigend bis vor das große Gebäude folgten und im Hof warteten.

Still standen Waljakov, Stoiko und Miklanowo um das Bett Lodriks, während ihn der Cerêler untersuchte.

»Er hatte mehr Glück als Verstand.« Der kleinwüchsige Mensch von der Größe eines achtjährigen Kindes begutachtete die Platzwunde am Kopf des Gouverneurs. »Der Schädel ist nicht gebrochen, sein Genick scheint ebenfalls unversehrt zu sein.«

»Wann wird er wieder aufstehen können?« Stoiko schaute sehr besorgt auf seinen Schützling herab.

»Ich kann ein wenig nachhelfen, das wird sein Bewusstsein schneller zurückbringen«, meinte der Cerêler abschätzend. »Die Wunde an seinem Kopf würde auch ohne meine bescheidenen Künste heilen. Er ist nur ohnmächtig vom Aufprall auf die Steine.«

»Macht etwas, damit er sich den Leuten kurz zeigen kann. Ich möchte nicht, dass die besorgten Granburger den Palast stürmen, nur damit sie den Gouverneur mit eigenen Augen sehen können«, sagte Waljakov und legte die Hand an den schweren Säbel. »Wenn Ihr mit dem Gouverneur fertig seid, seht nach dem Attentäter. Er braucht ebenfalls Eure Hilfe.«

»Wie Ihr wünscht«. Der Heiler legte die Fingerspitzen an die Schläfen Lodriks und schloss die Augen.

Ein dunkelgrünes Leuchten glühte rund um die Wunde des Statthalters, die sich daraufhin schloss. Schorf bildete sich an der Stelle, der nach wenigen Lidschlägen abfiel und eine kleine weiße Narbe hinterließ.

Das Glühen floss einige Zeit rund um den ganzen Kopf, dann löste der Heiler seine Finger, das Grün verschwand.

Waljakov empfand das Schauspiel eher als unheimlich, auch wenn der Heiler Gutes tat. Cerêler waren die einzigen Lebewesen auf Ulldart, die ihre Magie nach dem Willen der Götter und zum Wohle der Menschen sowie der Tiere behalten durften. Der Preis für dieses Privileg war ihre Verunstaltung. Kein Cerêler erreichte die Risthöhe eines Kalbes, ihre Körper waren oft unproportioniert, die Köpfe wirkten meist zu groß.

Es gab nur wenige Cerêler auf Ulldart, die meisten zogen sich wegen des Spottes der anderen in einsame Gebiete zurück oder ließen sich die Dienste von Adligen und Herrschern hoch bezahlen. Das Volk erzählte sich, dass besonders mächtige Cerêler sogar Tote wiederbeleben könnten, was der Leibwächter eher für Märchen hielt.

Lodrik schlug die Augen auf. »Was ist passiert?«

»Ein Attentäter wollte Euch umbringen, Herr«, erklärte Stoiko. »Aber er hat es glücklicherweise nicht geschafft, wie Ihr sicher bemerkt habt.«

»War es ein Granburger?«, wollte der Gouverneur wissen und setzte sich vorsichtig auf. Sein Schädel brummte noch immer gewaltig, aber eigenartigerweise verspürte er keine Schmerzen. Es fühlte sich nur an, als ob in seinem Kopf ein Bienenschwarm seine Arbeit verrichtete. »Er scheint mir einen Schlag mit einem Knüppel versetzt zu haben.«

»Wir wissen leider noch gar nichts, Herr. Waljakov hat ihn ruhig gestellt, und die Waffe haben wir in dem Durcheinander auf dem Marktplatz nicht finden können«, berichtete der Vertraute.

»Ich gehe mit dem Heiler in den Kerker, um ihn zum Sprechen zu bringen«, entschuldigte sich der Leibwächter und verließ zusammen mit dem Cerêler das Zimmer.

»Mich würde es wundern, wenn der Mann überhaupt noch etwas sagen kann«, meinte Miklanowo. »Waljakov hat ihm vermutlich das Gesicht in sein Hirn gedrückt. Und Ihr werdet rasch auf den Balkon treten und Euch den Granburgern zeigen, damit sie sehen, dass Ihr am Leben seid.«

»Einverstanden.« Lodrik stand auf und machte ein paar unsichere Schritte zu dem großen Doppelfenster, doch das Laufen fiel leichter, als er geglaubt hätte.

Als er den Balkon betrat und winkte, jubelte die Menge auf.

»Der Attentäter hatte keinen Erfolg, wie ihr seht«, rief er und breitete die Arme aus. Der Freudenausbruch der Menschen tat ihm gut. »Keine Angst, Granburger, ich bleibe euch allen erhalten!«

»Wie schön«, sagte Jukolenko zu Kolskoi, die in der Vorhalle des Palastes standen und die Worte des jungen Mannes hörten. »Ich glaube, ich muss mit diesem verdammten Cerêler ein paar Takte reden.«

Die Menschen verschwanden nach und nach aus dem Hof und zogen zurück in die Stadt. Das Kornfest konnte nun umso glücklicher weitergehen.

»Wir treffen uns morgen in meinem Landhaus, sag den anderen Bescheid«, wies Jukolenko den Adligen an. »Wir werden unseren ursprünglichen Plan so schnell wie möglich in die Tat umsetzen. Es wird diesmal keine Pannen geben. Keine Bestien, keine Cerêler. Es wird gelingen. Ich lasse die Kämpfer heimlich anreisen.«

Die Männer verließen das Gebäude und trennten sich.

Lodrik stieg die Stufen zum Verlies hinab, das seit seinem Amtsantritt wesentlich leerer als zu Jukolenkos Zeiten war. Waljakov hatte ihn rufen lassen, da der Gefangene eine interessante Neuigkeit verkünden wollte.

Der Gouverneur betastete vorsichtig die Stelle, an der vor einer halben Stunde noch das Blut herausgequollen war. Jetzt juckte es nur noch leicht und tat nicht einmal mehr weh. Die Kräfte der Cerêler waren in der Tat göttlich.

»Herr, hier entlang.« Der Leibwächter kam ihm entgegen und führte ihn in einen Raum, in dem der Heiler und der Attentäter saßen.

So, wie das Hemd des blonden, bärtigen Mannes aussah, musste er ziemlich viel geblutet haben. Die Fertigkeiten des Cerêlers hatten zwar die schlimmsten Verletzungen im geschwollenen Gesicht schließen können, aber man sah an der immer noch deformierten Nase und den ausgeschlagenen Zähnen, dass sich Waljakov beim Ruhigstellen große Mühe gegeben hatte.

»Der Mann heißt, so behauptet er wenigstens, Torben Rudgass, ist Kapitän bei der Rogogardischen Flotte und kommt direkt aus Hublinka«, eröffnete der Leibwächter.

»Aus Hublinka? Und was macht denn ein rogogardischer Pirat so weit vom Land entfernt, mitten in Tarpol?« Lodrik kratzte sich am Bart und machte aus seiner Überraschung keinen Hehl. »Gibt es zu wenig Schiffe auf dem Meer?«

»Er wollte Euch vor einem Attentat warnen, Herr«, sagte Waljakov. »Ich glaube eigentlich nicht daran, denn seine Geschichte ist sehr zweifelhaft und mehr als merkwürdig.«

»Ich bin Freibeuter, kein Pirat. Außerdem wollte ich Euch auf dem Marktplatz doch nicht umbringen. Ich hatte nicht einmal eine Waffe dabei«, kam es von dem Gefangenen undeutlich, die fehlenden Zähne wirkten sich beim Sprechen aus. »Wirklich, Gouverneur Vasja, Ihr müsst mir glauben!«

»Erzählt mir die Geschichte bei einer Tasse Tee, sobald der Cerêler Euch weiterbehandelt hat.« Lodrik stand auf. »Ich werde dann entscheiden, ob ich Euch glaube oder nicht.«

»Kannst du Zähne wachsen lassen?«, fragte Torben hoffnungsvoll den Heiler, der aber nur bedauernd den Kopf schüttelte. Der Rogogarder seufzte verzweifelt. »Jetzt muss ich bis an mein Lebensende Suppe und Haferschleim essen. Meine Männer werden mich auslachen.«

Eine Stunde später saßen Lodrik, Stoiko, Miklanowo und Waljakov in der Kanzlei. Torben wurde gefesselt hereingeführt und auf einen Stuhl platziert. Sein Gesicht war immer noch etwas dick, aber die Wunden hatten sich dank der heilenden Magie geschlossen, auch die Schmerzen waren gestillt.

Ein Diener schenkte den Männern Tee ein, dann erzählte der Rogogarder alles von Anfang an, von seinen Erlebnissen an Bord der *Fröhlicher Gruß* und der *Selina* bis zu seinem Entschluss, den Gouverneur zu warnen und den Assassinen zur Strecke zu bringen.

»Verzeiht mir meine Offenheit, Gouverneur, aber Ihr seid für mich der beste Köder, den es geben kann.« Torben nahm einen Schluck Tee. »Ich bin mir sicher, dass der Mörder früher oder später auftauchen wird, dann werde ich vorbereitet sein. Und als ich Euch auf dem Marktplatz sah, wollte ich Euch nur warnen und in eine sichere Umgebung ziehen. Ihr wart dort eine sehr gute Zielscheibe für einen Mann mit einer Armbrust.« Lodrik vermied es, zu dem triumphierenden Gesicht seines Leibwächters zu sehen. »Dass ich um ein Haar die Aufgabe des Mörders erledigt hätte, tut mir sehr Leid, Exzellenz.« Er zeigte auf die Tasse. »Könnte ich bitte lieber etwas Rum haben?«

»Dieser Assassine scheint mehr als gefährlich zu sein, und er besitzt, sind Eure Erzählungen korrekt, ein ganzes

Arsenal an Möglichkeiten, den Gouverneur umzubringen.« Stoiko lief beunruhigt hin und her.

»Eines verstehe ich jedoch an dieser Geschichte nicht ganz, das alles, was der Rogogarder gesagt hat, in Frage stellt«, sagte Miklanowo skeptisch. »Die einzigen, die Interesse hätten, den Gouverneur umzubringen, sind die granburgischen Adligen und Brojaken. Der Mörder hat aber seinen Weg über die tarpolische Westküste gemacht. Wenn Jukolenko oder Kolskoi die Auftraggeber sein sollten, müssten sie den Attentäter, von dem wir nicht einmal wissen, woher er kommt, bereits vor vielen Monaten angeheuert haben, was allein zeitlich nicht möglich ist. Zumal Jukolenko seine Verbindungen in Granburg nützen würde. Also ist Eure Geschichte ebenso unwahrscheinlich wie gelogen, Herr Rudgass!«

»Ich lüge nicht!«, brauste der Pirat auf. »Der Cerêler hat mir vorhin gesagt, dass der Gouverneur aus Ulsar stammt und einen hohen Beamten am Hof des Kabcar zum Vater hatte. Was also, wenn ein Neider von dort einen Assassinen angeheuert hat? Das wäre doch möglich, oder etwa nicht?!«

Waljakov und Stoiko tauschten Blicke, Lodrik schloss kurz die Augen und nickte. »Es scheint, als ob sie mich doch gefunden hätten.«

»Kein Wort weiter, Herr«, zischte Stoiko und wirbelte herum, doch der Gouverneur schien sich zur Wahrheit entschlossen zu haben.

»Sie haben beide ein Recht darauf«, entgegnete Lodrik. »Miklanowo hat ohnehin mein volles Vertrauen, und Kapitän Rudgass erduldete wegen mir schon genug. Nimm dem Freibeuter die Fesseln ab, Waljakov.«

Grummelnd befreite der Leibwächter den Piraten und schickte die restlichen Diener und Wachen hinaus.

»Ich danke Euch, Exzellenz«, sagte Torben und rieb sich die vernarbten Handgelenke. »Aber was für eine

Wahrheit sollen wir erfahren?« Auch der Großbauer schaute neugierig.

»Ich bin in Wirklichkeit nicht der Sohn eines Hara¢«, begann Lodrik, »doch zuerst müsst ihr schwören, dass ihr das Geheimnis für euch behaltet.« Die beiden Männer nickten.

»Also, gut.« Er legte Miklanowo die Hand auf die Schulter. »Ihr habt den zukünftigen Kabcar auf den Weg zu einem guten Herrscher gebracht, dafür danke ich Euch.« Er blickte zu Torben. »Und Ihr habt den langen Marsch unternommen und Euer Leben aufs Spiel gesetzt, um Tarpol, Rogogard und ganz Ulldart vor der Rückkehr der Dunklen Zeit zu bewahren. Auch das ist mit allen Edelsteinen der Welt nicht aufzuwiegen. Dennoch soll Euch Stoiko eine Urkunde mitgeben, die Euch entweder das Geld für ein neues Schiff oder das Schiff selbst von der tarpolischen Regierung möglich machen wird.«

Torben und Miklanowo standen einen Moment still, dann sanken beide vor dem Tadc auf die Knie.

»Nein, nein. Das ist nicht notwendig. Hier in Granburg bin ich Gouverneur Vasja, und dabei soll es auch bleiben. Erhebt Euch.« Sie standen auf, doch die Fassungslosigkeit war nicht gewichen. »Kein Wort zu Hetrál. Er weiß noch nichts von meinem Geheimnis und soll vorerst nichts erfahren.«

»Bleibt das unangenehme Rätsel, wer Euren Aufenthaltsort verraten und wer Euch den Assassinen auf den Hals geschickt hat«, rief Waljakov in Erinnerung. »So lange wir das nicht wissen, sind wir nicht sicher.«

»Die Nachricht, dass der Gouverneur in Wirklichkeit der Tadc ist, scheint aber nicht weiter verbreitet worden zu sein«, warf Stoiko ein. »Offensichtlich hat der Auftraggeber auch kein großes Interesse daran, dass das Geheimnis bekannt wird.«

»Vermutlich aus Angst davor, erkannt werden zu können«, ergänzte Miklanowo. »Wer wusste alles von dem Täuschungsmanöver?«

»Mein Vater und Oberst Mansk«, sagte Lodrik.

»Der Kabcar scheidet bei unseren Überlegungen wohl aus, aber wie sieht es mit Mansk aus?«, fragte der Großbauer in die Runde.

»Der Oberst ist ein loyaler Kämpfer für das tarpolische Reich«, meinte Waljakov, »aber er trinkt sehr viel. Vielleicht hatten die Wände bei einem seiner Trinkgelage Ohren?«

»Es wird schwer sein, dahinter zu kommen.« Stoiko nahm das Herumlaufen wieder auf. »Deshalb sollten wir uns auf das vorerst Wesentliche konzentrieren.«

»Und das wäre?« Der Gouverneur wartete ab.

»Eure Sicherheit«, erklärte Waljakov, »und natürlich die Sicherheit Ulldarts.«

»Aber ohne dabei dem Assassinen einen Hinweis zu geben, dass wir von seinem Kommen wissen und ihn erwarten«, fügte Torben hinzu. »Wenn die Sicherheitsmaßnahmen auffällig verstärkt werden, wird er sich einen Weg suchen, den wir bei seinen Möglichkeiten niemals nachvollziehen können. Geben wir ihm aber Gelegenheiten, die wir kontrollieren, können wir ihn schnappen und vielleicht etwas über die Auftraggeber herausfinden.«

»Sehr gut«, lobte Stoiko und goss dem Piraten eigenhändig Rum bis an den Rand der Tasse ein. »Waljakov, das wird eine echte Herausforderung an dich.«

»Ich denke, es wird eine Herausforderung an alle, die an dem Theater beteiligt sind«, knurrte der Leibwächter. »Wer sagt euch eigentlich, dass er nicht schon längst in Granburg oder sogar verkleidet im Palast sitzt?«

»Das wirst du zusammen mit Kapitän Rudgass und deinen Spitzeln herausfinden«, sagte Lodrik. »Er weiß als Einziger, wie der Assassine aussieht, und kann ihn entdecken. Und seid bei euren Nachforschungen vorsichtig.« Er stellte seine Tasse ab. »Ich gehe jetzt in mein Bett. Ulldrael hat mich heute vor dem Tod bewahrt, da wird er es bestimmt nicht zulassen, dass der Mörder mich jetzt beseitigen kann. Gute Nacht.« Der Gouverneur ging hinaus, die Versammlung löste sich auf.

»Ich zeige Euch Euer Quartier«, sagte Stoiko zu Torben. »Ihr werdet im Gästeflügel mit Brojak Miklanowo untergebracht. Morgen lasse ich eine Verlautbarung verlesen, die das Missverständnis mit dem scheinbaren Attentäter aufklärt. Hättet Ihr etwas dagegen, wenn wir Euch als Betrunkenen deklarieren?«

»Wenn das so ist«, lachte der Pirat und griff sich im Vorbeigehen die Rumflasche, »möchte ich die Rolle wenigstens heute Nacht noch überzeugend spielen.«

Eine Woche lang suchten die Spitzel und Torben im Palast, standen sie an den Stadttoren und fragten sich durch alle Gasthäuser Granburgs, doch gerade während des Kornfestes war es ein Ding der Unmöglichkeit, alle Fremden, die in die Provinzhauptstadt gekommen waren, zu überprüfen.

Sicher war sich Torben nur, dass in der Residenz des Gouverneurs kein Assassine Zuflucht gefunden hatte, denn die Diener, Wachen und anderen Bediensteten kannten sich zu gut untereinander, als dass der Mörder sich hätte unbemerkt einschleichen können.

Eine Durchsuchung des Gebäudes ergab ebenfalls nichts. Mit Hetráls Hilfe wurden alle die Punkte verstärkt bewacht, von denen aus ein gezielter Schuss aus dem Hinterhalt möglich wäre.

Über den Palast und seine Bewohner legte sich eine fast spürbare Anspannung, alles wurde misstrauisch beäugt, und auch wenn sich Lodrik Mühe gab, seine Nervosität zu verbergen, konnten Stoiko, Miklanowo, Torben und Waljakov sie an kleinen Gesten und Entgleisungen erkennen.

Der Pirat trug die Uniform sowie Rüstung einer Leibwache, der geschlossene Helm sollte sein Gesicht einigermaßen vor dem Assassinen verbergen. Er war immer in der Nähe des Gouverneurs, um den Mörder identifizieren zu können, bevor er die Gelegenheit zu einer Tat bekam. Doch das Warten zehrte an den Nerven aller Beteiligter, wie Waljakov es vorausgesagt hatte. Die Gereiztheit stieg von Stunde zu Stunde.

Zu allem Überfluss hatte ein Bote einen Tag zuvor die Nachricht von einem Aufstand im Gebiet des Brojaken Kaschenko gebracht.

Der Großbauer bat um baldige Hilfe, da seine wenigen Bewaffneten die Lage alleine nicht mehr in der Gewalt hätten. Die Aufständischen, rund eintausend an der Zahl, würden alles, was sich ihnen in den Weg stellte, erbarmungslos niedermachen, bald erreichten sie die Grenzen seines Besitzes, und auch die anderen Brojaken müssten um Leben und Gut fürchten. Ihr Anführer wolle nur mit dem Gouverneur verhandeln.

Zuerst hatte Waljakov, wie Lodrik und alle anderen im Palast, an eine plump gelegte Falle gedacht, doch die Nachrichten aus dem Gebiet häuften sich, die übrigen Granburger wurden unruhig.

»Ich bin mir ziemlich sicher, dass Jukolenko seine Finger im Spiel hatte.« Stoiko sprach während des Tees aus, was alle in der Kanzlei Versammelten dachten. Das kleine Zimmer war zu ihrem liebsten Versammlungsort geworden, weil es absolut abhörsicher war.

»Ich verstehe das auch nicht.« Waljakov schaute finster in den brennenden Kamin. »Dabei waren die Menschen vor ein paar Tagen so begeistert von Euch, Herr.«

»Um so sicherer ist es, dass ein anderer hinter den Aufständischen steckt«, stimmte Miklanowo Stoikos Bedenken zu. »In der ganzen Stadt herrscht Unsicherheit über das Verhalten in Kaschenkos Gebiet. Wenn es einen Anlass zu einer Erhebung gegeben hätte, dann unter Jukolenko.«

»Vielleicht glauben die Menschen, dass der neue Gouverneur schwächer als der alte ist, und versuchen deshalb ihr Glück?«, schlug Torben vor, dessen Teetasse mit Grog gefüllt war.

»Nein, das ergäbe keinen Sinn«, beharrte der bärtige Brojak. »Es steckt mehr dahinter.«

»Ich empfehle Euch, schickt gleich morgen eine Garnison aus, die den Aufstand beendet«, sagte Waljakov.

Lodrik nickte. »Und ich werde an der Spitze des Zuges reiten.« Der Gouverneur streckte sich.

»Wieso nur wusste ich, dass er das will«, murmelte der Leibwächter und leerte seine Tasse, um anschließend laut Einspruch zu erheben. »Eigentlich müsste ich nichts mehr zu dieser Sache sagen, Herr, aber Ihr scheint in der Beziehung nicht sehr einsichtig zu sein. Ihr könnt nicht mit, weil Ihr Euer Leben und die Zukunft Ulldarts aufs Spiel setzt.«

»Und wenn ich nicht mitreite, verlieren viele hundert Soldaten und Bauern ihr Leben. Das gerade erworbene Vertrauen, dass die meisten Granburger in mich gewonnen haben, wäre dahin, und ich müsste die Provinz so regieren, wie sie Jukolenko regiert hat. Und das, Waljakov, will ich beim besten Willen nicht!« Lodrik wurde aufgebrachter und lauter. »Es wird in Zukunft, und merkt es Euch alle, keine langen Reden mehr geben, wenn ich etwas möchte. Ich fälle meine eigenen Entscheidungen. Ich bin der Gouverneur, der Tadc und der zukünftige Kabcar. Haben das alle hier drinnen verstanden?!«

Die Männer verneigten sich. »Ja, Herr, wir haben Euch verstanden«, antwortete Stoiko stellvertretend und wirkte dabei etwas steif. »Wir haben uns nur Sorgen um Euch gemacht. Aber es scheint wohl an der Zeit, dass Ihr das Ruder vollständig übernehmt. Von nun an werden wir uns nicht mehr in Regentenangelegenheiten einmischen.«

»Verdammt«, fluchte Lodrik und warf seine Tasse gegen den Kamin, der Tee spritzte nach allen Seiten davon, die Scherben verteilten sich klirrend im Raum. »Ich wollte Euch nicht beleidigen, aber ich will nicht mehr wie ein kleines Kind behandelt werden. Ich weiß, was auf dem Spiel steht, wenn ich sterbe, aber ich habe nicht die Absicht, in naher Zukunft in die Ewigkeit einzugehen. Und wenn es doch geschieht, dann war es Ulldraels Wille.« Der junge Mann beruhigte sich allmählich wieder. »Ihr seid meine besten Freunde, und deshalb bitte ich Euch, unterstützt mich von heute an nur noch, aber lasst das Bevormunden sein. Ich muss das Regieren lernen, und dazu gehört auch, dass man sich Gefahren stellt.« Lodrik wandte sich ab und starrte in die Flammen. »Und jetzt lasst mich alleine. Ich muss nachdenken.«

Einer nach dem anderen verließ die Kanzlei, bis der Gouverneur alleine war.

»Ich finde, er kommt sehr nach seinem Vater, je älter er wird«, sagte Stoiko auf dem Gang zu Waljakov, der zustimmend den Kopf neigte. »Ein Choleriker, wie er im Buche steht. Begleitest du mich in die Bibliothek? Ich fordere dich zu einer Partie Schach heraus.«

»Kein schlechter Vorschlag. Wahrscheinlich werden wir das taktische Denken in nächster Zeit benötigen«, meinte der Leibwächter und folgte dem Vertrauten. Hetrál, der auf dem Weg zum Gouverneur war, wurde von den beiden mitgenommen.

»Meister Hetrál«, Stoiko deutete auf einen Sessel, »setzt Euch. Spielt Ihr Schach?«

Der Stumme nickte und wackelte mit der ausgestreckten Hand.

»Leidlich, also. Dann seid Ihr besser als ich«, meinte Waljakov. »Ich sehe euch zu und versuche zu lernen.«

Nach zwanzig Zügen war die Partie für Stoiko vorüber. Der Leibwächter schüttelte sich vor Lachen, und ein reichlich zufriedener Turît lehnte sich in die Polster zurück.

»Wer hat Euch das beigebracht?« Der Vertraute starrte fassungslos auf das Brett.

Hetrál stand auf, nahm einen Atlas von Ulldart zur Hand und schlug das Königreich Aldoreel auf. Mit dem kleinen Finger zeigte er auf die Hauptstadt.

»König Tarm hat Euch das Schachspiel beigebracht?« Unglaube schwang in Stoikos Stimme mit. Doch der Schütze nickte.

»Daher also die höfischen Umgangsformen«, schloss Waljakov, aber der stumme Mann deutete nun auf Tersion. Den anderen beiden standen die Münder offen.

»Und wo wart Ihr noch?«, wollte Stoiko wissen.

Als Antwort legte Hetrál die Hand auf den Kontinent und strich mit dem Zeigefinger lediglich Kensutria und Palestan durch.

»Und was habt Ihr dort gemacht? Woher habt Ihr all das Geld, um so reisen zu können?« Der Leibwächter kratzte sich ratlos an der Glatze.

Der Turît stellte pantomimisch einen Bogenschuss dar, dann Applaus und das Zählen von Geldstücken.

»Verstehe«, sagte Stoiko. »Mit Euren Darbietungen reist Ihr kreuz und quer durch die Welt und verdient Euch bei den Fürsten Euer Geld. Da erlebt man mit Sicherheit einiges.«

Hetrál grinste breit, bedeutete ihnen zu warten und verschwand für einige Minuten aus der Bibliothek. Dann kehrte er mit einer kleinen Truhe zurück und präsentierte den beiden Männern die unterschiedlichsten Andenken von seinen Reisen, angefangen bei Dankurkunden von Grafen und anderen Adligen für die Beseitigung von Sumpfbestien bis zu einfachen Bastelarbeiten, Wimpeln und einer blonden Haarsträhne.

»Könnt Ihr noch mehr, als mit dem Bogen umzugehen?« Waljakov besah sich eine Urkunde aus Tersion.

Hetrál drückte dem Leibwächter einen Waslec in die mechanische Hand und wies ihm mit Zeichen an, sich auf die andere Seite der Bibliothek zu stellen, die Münze ausgestreckt dicht an der Wand zu halten. Stoiko blinzelte ihm aufmunternd zu. Der Stumme zog inzwischen etwas aus dem Ärmel.

Als Waljakov seine Position eingenommen hatte, schleuderte der Turît in kurzer Reihenfolge lange, dünne Gegenstände nach dem Geldstück und durchbohrte es mit den geschliffenen Metallstiften senkrecht in einer Linie.

»Äußerst beeindruckend.« Der Leibwächter ließ die Münze los, die festgenagelt an der Holzvertäfelung hing. Hetrál verbeugte sich, machte einen Kratzfuß und setzte sich wieder.

»Schön, dass Ihr nun in Granburg seid«, meinte Stoiko. »Ihr solltet dem Gouverneur bei Gelegenheit ebenfalls Eure Kunst beweisen.«

Torben bezog vor der Tür zur Kanzlei Posten und unterhielt sich leise mit einer anderen Wache, Miklanowo verschwand in seine Gemächer.

Die Zeit verrann.

»Er ist jetzt schon zwei Stunden da drin«, sagte Torben zu seinem Gegenüber. »Er wird doch nicht eingeschlafen sein?« Vorsichtig streckte er den Kopf zur Tür hinein, nur um ihn hastig wieder einzuziehen. »Er brütet über irgendwelchen Büchern.«

Der andere Soldat gähnte herzhaft.

»Die Luft ist ziemlich trocken, oder? Bleib du hier, ich gehe und hole uns etwas zu trinken«, meinte der Rogogarder. »Im Gegensatz zu dir darf ich meinen Posten verlassen.«

»Was für ein Glück. Ich komme allmählich um vor Durst«, sagte der andere dankbar. »Aber beeil dich lieber.«

Der Pirat winkte ab. »Um die Zeit kommt keiner der Offiziere mehr vorbei, höchstens Waljakov, und der weiß ja, dass ich der zweite Mann vor der Tür bin. Du hast also überhaupt nichts zu befürchten.«

»Ganz wohl ist mir trotzdem nicht dabei«, murmelte der Soldat, während Torben pfeifend den halbdunklen Gang entlang zur Küche lief.

Er bog auf dem Rückweg gerade mit einem vollbeladenen Tablett um die Ecke, als er mehrere Stimmen an der Eingangstür hörte, und so schnell es ihm seine Fracht erlaubte, lief er in die Halle, um sich die Sache anzusehen.

Die beiden Diener verneigten sich in diesem Moment vor einer Frauengestalt, die in einen roten Umhang gehüllt war.

»Was geht hier denn vor?« Torben drückte einem der Diener das Tablett in die Hand und versuchte unter die Kapuze der Frau zu sehen.

»Das ist Norina Miklanowo, die Tochter von Brojak Miklanowo«, antwortete der zweite Diener. »Sie muss ihren Vater sprechen.«

Norina nieste, hielt sich ein Taschentuch vor das Gesicht und hustete. »Verzeiht meinen späten Besuch, aber es ist sehr wichtig. Ein Teil unserer Leibeigenen hat sich den Aufständischen angeschlossen, und nun brauche ich unbedingt den Rat meines Vaters«, sagte sie verschnupft und mit krächzender Stimme. »Wo finde ich ihn? Jede Minute ist kostbar.«

»Folgt mir«, meinte Torben und nahm das Tablett wieder an sich. »Das sind ja fürchterliche Neuigkeiten. Hier entlang.« Er nickte in Richtung des Ganges, Norina setzte sich in Bewegung.

»Wie geht es dem Gouverneur«, wollte sie wissen. »Ich habe gehört, ein Betrunkener habe ihn schwer verletzt?«

Der Rogogarder lachte. »Das war halb so wild. Inzwischen ist er wieder auf den Beinen. Aber Ihr klingt sehr erkältet, und das im Sommer?«

»Ich vertrage das Reisen in Kutschen nicht besonders«,

erklärte sie in einer Mischung aus Husten und Krächzen, »und beim kleinsten Zug bekomme ich eine Grippe. Aber in dem Fall musste ich es wohl auf mich nehmen.« Norina schniefte und presste den Stoff an die Nase, um sich kräftig zu schnäuzen. »Man sagt, der Gouverneur habe sich sehr verändert? Kann ich ihn anschließend sprechen?«

»Er ist derzeit in der Kanzlei und will nicht gestört werden«, gab Torben Auskunft. »Ich würde Euch nicht empfehlen, ihn zu …« Der Pirat stockte, als ihn eine Wolke von Norinas süßlichem Parfüm einhüllte. Der Geruch kam ihm irgendwie bekannt vor, aber das Innenleder des Helms verfälschte das Odeur.

Die Frau hatte sein Zögern bemerkt. »Was ist? Warum erzählst du nicht weiter, Soldat?« Sie musterte ihn aufmerksam hinter dem Taschentuch hervor.

»Es ist Euer Parfüm, Herrin. Es kommt mir bekannt vor.«

»Vermutlich hat mein Vater seinen Glücksschal bei sich. Er ist mit meinem Parfüm getränkt, und ich gebe ihn immer als Talisman mit, wenn mein Vater und ich getrennt sind«, erklärte Norina. »Kommst du, oder soll unser Land wegen deiner Langsamkeit in die Hände von aufständischem Bauernpack fallen?«

Allmählich wurde Torben stutzig. Er war zwar noch nicht lange hier, aber an der Art, wie Miklanowo von seinen Landpächtern sprach, erkannte er einen gewissen Respekt für die Menschen, die seine Tochter offensichtlich nicht teilte. Hatte der Brojak nicht immer erzählt, seine Tochter denke genauso wie er?

Er blieb kurz stehen, um vorsichtig seine Fracht auf einer Hand auszubalancieren, und öffnete mit der anderen das Visier, damit er das Duftwasser genauer riechen konnte.

Wieder sog er das schwere, süße Aroma ein, dann fiel es ihm wie Schuppen von den Augen.

In diesem Moment drehte sich Norina vor ihm um, sah in sein Gesicht und fuhr zurück.

»Du bist es, du verdammter Mörder!«, rief Torben. »Ich habe geahnt, dass es das Parfüm ist, das in deinem Seesack war!«

»Du wirst keine Gelegenheit bekommen, es jemanden zu erzählen, Kapitän Rudgass«, knurrte die vermeintliche Norina mit bekannter Stimme und schleuderte mit einer blitzartigen Bewegung einen Gegenstand nach dem Hals des Piraten.

Geistesgegenwärtig riss der Rogogarder das Tablett hoch, die beiden Krüge, das Brot und der Käse fielen zu Boden, Bier ergoss sich schäumend über den Boden.

Ein dumpfer Laut ertönte, dann bohrte sich die Spitze des vergifteten Wurfmessers eine Fingerlänge durch das Holz und blieb stecken.

»So leicht geht das bei mir nicht«, lachte Torben und warf seine Deckung weg, um seinen Säbel zu ziehen, doch wie eine Katze flog der Assassine durch die Luft und sprang dem Piraten an die Brust, in der rechten Hand hielt er den nächsten Dolch.

Beide Männer wälzten sich keuchend am Boden, verzweifelt versuchte der Rogogarder die Klinge von seinem Gesicht wegzudrücken, doch die Kräfte seines Gegners waren größer, als er damals auf Grund der kleinen Statur angenommen hatte. Die Anstrengung raubte ihm seine ganze Atemluft, sodass er nicht einmal um Hilfe rufen konnte.

Der Assassine ließ mit einem Mal nach. Torben schoss überrascht halb in die Höhe und erhielt einen schmerzhaften Tritt zwischen die Beine. Sein Magen zog sich zusammen, und er sank stöhnend nach hinten um.

Groß erschien eine Schuhsohle vor seinen Augen, und erst im letzten Moment rollte er sich zur Seite. Wirkungslos knallte der Absatz auf den Stein.

Der Pirat wurde hochgezogen und blickte in die Augen

des grinsenden Mörders, dessen Antlitz mit Schminke bedeckt war, dann beförderte ihn der Angreifer mit Wucht gegen die Mauer, an der er sich den Kopf schlug. Zwar fing der Helm einiges ab, dennoch gab ihm der Aufprall den Rest. Halb ohnmächtig rutschte er zu Boden.

»Gute Nacht, Kapitän Rudgass.« Der Assassine trat ihm ins Gesicht, dass es krachte. »Man sollte niemals etwas versprechen, was man nicht halten kann. Ich dagegen stehe zu meinem Wort, das ich Euch auf der *Selina* gegeben habe.«

Wieder kam der Absatz auf ihn zu.

Leise klopfte es an die Tür der Kanzlei, doch Lodrik ignorierte den Laut.

Das nächste Pochen war bereits etwas aufdringlicher, der Gouverneur erhob sich fluchend von seinen Büchern und schritt zum Eingang.

Mit einem Ruck öffnete er die Tür und schaute auf die Wache, neben der eine Frau in einem roten Umhang stand, die gerade in ihr Taschentuch nieste.

»Was gibt's?«, bellte er den Soldaten an. »Und wo ist Torben?«

»Exzellenz, Rudgass ist etwas zu trinken holen.« Der Mann zeigte auf die Frauengestalt. »Norina Miklanowo möchte mit Euch reden.«

»Norina? Das ist aber eine freudige Überraschung.« Lodrik trat zurück und machte eine einladende Geste, die Frau neigte den Kopf, schnäuzte sich und betrat das kleine Zimmer, der Gouverneur warf die Tür mit Schwung ins Schloss.

»Was verschafft mir die Ehre deines Besuches? Ich habe nicht mit dir gerechnet.« Innerlich hätte sich Lodrik für diesen Satz ohrfeigen können. Er wollte sie ganz vornehm empfangen, aber derzeit klang er, als weise er einen aufdringlichen Bittsteller ab. Ob er trotzdem einen Begrüßungskuss wagen sollte?

»Entschuldigt, Exzellenz, dass meine Stimme wie ein knarrendes Rad klingt, aber ich fürchte, ich habe mich auf dem Weg hierher erkältet«, krächzte sie und nieste erneut. »Unsere Leibeigenen haben sich teilweise auf die Seite der Aufständischen geschlagen, und ich wollte den Rat meines Vaters einholen oder ihn zur Rückkehr bewegen.«

»Dieser Aufruhr macht größere Schwierigkeiten, als ich angenommen habe.« Lodrik schenkte Norina Tee ein. »Wie viele sind es?« Vorsichtig versuchte er einen Blick auf ihr Gesicht zu werfen, aber immer waren die Kapuze oder das Taschentuch im Weg. Irgendwie hatte er sie größer in Erinnerung gehabt. Und warum redete sie mit ihm wie mit einem fast Unbekannten?

»Um die hundert Männer«, antwortete Norina und drehte sich zum Kamin um, der Statthalter trat an ihre Seite. »Ihr habt Euch sehr verändert, und wenn ich nicht genau wüsste, dass Ihr es seid, hätte ich Euch kaum wiedererkannt.«

»Waljakov hat sich viel Mühe gegeben, mir Ausdauer beizubringen.« Er nippte an seiner Tasse. »Es war eine harte Zeit, aber ich fürchte, das, was vor mir liegt, wird noch härter werden.« Er hielt es nicht länger aus. »Norina, weshalb benimmst du dich, als hätten wir uns nie geküsst? Habe ich etwas falsch gemacht? Und wo ist das Amulett, das ich dir geschenkt habe?« Er streckte seine Hand aus, um ihre Wange zu berühren.

Sie zog den Kopf zurück. »Ich habe es noch. Es ist nur so lange her, und da dachte ich, du hättest es dir vielleicht mit uns beiden anders überlegt«, hustete sie, der Silberlöffel hüpfte dabei vom Unterteller und fiel zu Boden. »Wie ungeschickt von mir.«

»Das macht doch nichts«, schwächte Lodrik ab und bückte sich eilig, um das Besteckstück aufzuheben.

Als er in die Vertiefung des polierten Silbers blickte, sah er einen Schatten in rasender Geschwindigkeit auf seinen Rücken zukommen. Instinktiv warf er sich zur Seite.

Die Dolchklinge bohrte sich zwischen die Segmente der Metallpanzerung tief in die rechte Schulter und zog eine blutige Bahn über das Gelenk. Sofort breitete sich ein unangenehmes Brennen aus.

»Norina, bist du verrückt geworden?«, keuchte Lodrik und hielt sich die Wunde. Erst jetzt erkannte er, dass es nicht die Tochter seines Freundes war, die ihm mit einem bösartig aussehenden, blutigen Dolch gegenüberstand.

Die Kapuze hing nun auf der Schulter, und der Gouverneur sah in die Gesichtszüge eines stark geschminkten Mannes, der sich zum Sprung bereit machte.

»Wache!«, schrie Lodrik und hechtete zum Tisch, auf dem er seinen Säbel abgelegt hatte.

Die Tür schwang auf, der Soldat stürmte in den Raum und sah sich um.

Die wenigen Sekunden, die der Mann zur Orientierung benötigte, genügten dem pfeilschnellen Assassinen, um die Klinge von hinten in die Kehle der Wache zu rammen, ein Blutstrahl ergoss sich in hohem Bogen in den Raum, und der Mann brach gurgelnd zusammen.

Lodrik hatte den Säbel gezogen und drang auf den Mörder ein, der geschickt unter den Hieben wegtauchte und sich die Waffe des Toten griff, mit der anderen Hand zog er einen weiteren Dolch.

Ein heftiges Gefecht entbrannte, bei dem der junge Mann schnell erkannte, dass er der Unterlegene sein würde.

Die Art der Schläge seines Gegners ähnelten zum Erstaunen des Statthalters sehr der Technik Waljakovs, mit der er glücklicherweise vertraut war, denn ansonsten wäre der Kampf schon längst beendet gewesen.

Lodriks Kräfte erlahmten, sein rechter Arm fühlte sich fast taub an und kribbelte unangenehm.

Er ging auf Distanz und warf alles nach dem Assassinen, was er finden konnte. Kassenbücher und Tintenfass flogen ebenso durch die Luft wie Kerzenhalter und Teekanne. Auf dem Gang hörte man entferntes Rufen und die ersten Schritte.

»Zur Seite, Herr«, rief Waljakov plötzlich von der Tür. Lodrik ließ sich fallen und hörte kurz darauf das Geräusch einer abgeschossenen Armbrust.

Der Mörder schrie auf, dann prallte in rasanter Abfolge Metall auf Metall.

Der Gouverneur erhob sich schwankend und sah, wie sich der Leibwächter ein atemberaubendes Duell mit dem Assassinen lieferte, in dessen linkem Arm ein Bolzen steckte.

Beide Männer kämpften verbissen, die Schläge prasselten nieder, und immer wieder schafften es die Gegner, die Hiebe des anderen zu parieren.

Plötzlich zuckte der Dolch des Mörders vor, Waljakov wehrte ihn mit der mechanischen Hand ab und packte den Assassinen bei der Kehle. Der Leibwächter stieß einen gewaltigen Schrei aus, riss den Mann am ausgestreckten Arm in die Höhe und schleuderte ihn kopfüber zu Boden.

Scheinbar benommen blieb der Mörder liegen, Blut sickerte aus dem Mund.

Waljakov drehte sich, um nach Lodrik zu sehen, als der Assassine unvermittelt aufsprang, mit der Klinge auf den Nacken des Leibwächters zielte und etwas rief, während er zustieß.

Waljakov erahnte die Attacke und unterlief sie, antwortete lachend in einer unverständlichen Sprache und schlug dem Assassinen aus der Drehung den Unterarm durch.

Dolch und Armstück flogen durch die Luft, eine Blutfontäne spritzte aus dem Stumpf, dann brach der Mörder zusammen, während das Rot in Strömen aus der Wunde lief.

Der Leibwächter kam mit einem fast dämonischen Lächeln und voller Blut auf Lodrik zu, auch Stoiko und Hetrál eilten zu dem verletzten Gouverneur, der die Augen verdrehte und zu Boden stürzte.

Ulsar, Hauptstadt des Königreichs Tarpol, Spätsommer 442 n. S.

Matuc kam sich inmitten des ganzen Prunks fehl am Platze vor. Auch wenn aus ihm nach dem Ableben von Tradja vor vier Jahren der Vorsteher des kleinen Mönchgehöfts bei Tscherkass geworden war, hatte er trotzdem keinen Hang zu Pomp entwickelt. Offenbar ganz im Gegensatz zu den Oberen des Ordens.

Der Einzige, der eine einfache Robe trug, war Matuc. Alle anderen, die geschäftig und sehr wichtig an ihm vorbeischritten, trugen derart kostbare Gewänder, dass sich der Vorsteher fragte, ob er nicht aus Versehen in einem Adelshaus gelandet war.

Der Geheime Rat Ulldraels hatte ihn nach Tarpol bestellt, ohne einen Grund anzugeben. Der Bote bestand damals nur auf allerhöchste Eile und redete von unendlicher Dringlichkeit, dabei war Matuc gerade mit dem Füttern der Hühner beschäftigt. Diese Aufgabe ließ er sich selbst als Vorsteher nicht nehmen, gehörte sie doch seit seinem Eintritt in den Orden zu seinen Pflichten.

Nun stand der Mönch ziemlich verstaubt in der Halle des größten Ulldrael-Tempels in Tarpol und wartete mit einer gewissen, ungewohnten Ungeduld auf das weitere Geschehen. Die zahlreichen Gemälde in den goldnen Rahmen, die unterschiedliche Mitglieder des Geheimen Rates porträtierten, kannte er inzwischen zur Genüge.

»Wenn ihr Glaube so stark ist wie bei manchen die

Figur, dann hat Ulldrael der Gerechte nie wieder Schwierigkeiten mit dem Vertrauen seiner Getreuen in ihn«, murmelte der Mönch einem besonders feisten Bruder Kopf schüttelnd hinterher. »Ob das Leben hier den Blick für die einfachen, schönen Dinge des Lebens trübt?«

Versuchshalber kratzte er an einer dunkelgelb schimmernden Säule und hatte ein Stückchen Goldpapier unterm Fingernagel.

»Bruder Matuc?«, sagte eine Stimme in seinem Rücken. Der Vorsteher fuhr herum und drehte unwillkürlich die Hand mit dem Blattgoldfetzen nach hinten. Vor ihm stand ein Mönch, der ihn mit kritischem Blick musterte. »Ich soll dich zum Geheimen Rat bringen. Bist du bereit?«

Matuc nickte. »Geh voraus, ich folge dir, Bruder.«

Die beiden Männer stiegen etliche Treppen hinauf, durchquerten Korridore und Zimmer. Der Vorsteher war sich sicher, dass die Räume im Palast des Kabcar nicht weniger kostspielig ausgestattet sein konnten.

Schließlich endete der Marsch, bei dem sein Führer hartnäckig geschwiegen hatte, vor einer mächtigen Tür.

»Wir sind da, Bruder. Der Geheime Rat erwartet dich.« Der Mönch streckte die Hand aus. »Gib mir das Blattgold. Ich lasse es wieder an seinem Platz anbringen.«

Matuc wurde rot und legte den Krümel in die Handfläche des anderen. »Ich dachte, es sei Farbe. Ich hatte ja keine Ahnung, dass wir ein so reicher Orden sind.«

»Wir sind nicht reich, wir loben Ulldrael mit dem Glanz.« Sein Begleiter öffnete die Tür und machte eine einladende Geste. »Geh hinein, Bruder.«

Der Vorsteher ging ein paar Schritte hinein, der Eingang wurde hinter ihm geschlossen.

Dicke Brokatvorhänge schluckten den Großteil des Tageslichts, das nur sporadisch zwischen kleinen Ritzen in das abgedunkelte Zimmer fiel. Es roch intensiv nach Räucherwerk, dicke Schwaden zogen umher und wurden in den Lichtstrahlen als bizarre, nebelhafte Muster sichtbar.

In der Mitte des Raumes stand ein großer, langer Tisch, hinter dem neun betagte Männer in dunkelgelben Roben saßen, die den Besucher schweigend ansahen. Ein niedriger Hocker war vor dem Tisch platziert.

Matuc brauchte ein wenig Zeit, um sich an das Zwielicht zu gewöhnen. Der Rauch brannte in der Nase, ein leichter Schwindel erfasste ihn.

»Ulldrael dem Gerechten gebührt alle Ehre«, sagte der Mann in der Mitte.

»Und die Achtung aller Lebewesen«, vervollständigte der Vorsteher gewohnheitsgemäß den Gruß und formte mit den Händen die Kugel, als Symbol für die allumfassende Macht des Gottes.

»Wir haben uns lange nicht mehr gesehen, Bruder Matuc.« Der Sprecher erhob sich.

»Das letzte Mal vor vier Jahren, als ich zum Vorsteher des kleinen Hofes ernannt wurde, Oberer.« Matuc neigte leicht den Kopf. »Um so erfreuter bin ich, dass ich einmal mehr in den Genuss komme, einen Fuß in den Großtempel setzen zu können. Es ist immer wieder ein unwahrscheinliches Erlebnis für einen Gläubigen, der nur die Abgeschiedenheit kennt. Das viele Gold blendet einen, aber das Beten gelingt mit geschlossenen Augen ohnehin besser.«

Der Obere lachte leise. »Noch immer die scharfe Zunge, Bruder? Wir wollen nur Ulldrael den weisen Gerechten gebührend preisen und loben, wie es einer Gottheit zusteht.« Er deutete auf den Hocker vor dem Tisch. »Setz dich. Wir müssen dir ein paar Fragen stellen.«

Matuc kam der Aufforderung nach.

»Es geht um eine Angelegenheit, die viele Jahre zurückliegt«, begann der Obere. »Sie trug sich damals noch unter Tradja zu. Ich vermute, du ahnst, um was es geht?«

»Vermutlich um den Visionär Caradc, der uns die Warnung Ulldraels des Gerechten übermittelte«, schätzte der Vorsteher. »Tradja hat damals den Kabcar gewarnt und den Geheimen Rat von der Begebenheit in Kenntnis gesetzt.«

Der Obere nickte. »In Kenntnis gesetzt schon, nicht aber über den exakten Wortlaut der Botschaft. Er wollte ihn uns zukommen lassen, hat es aber die Jahre über versäumt. Unser Bibliothekar bemerkte das Fehlen.« Der Mann nahm wieder Platz. »Tradja hat damals gesagt, du warst derjenige, der die Worte des Visionärs gehört hat?«

»Ich bin der Einzige, der die Botschaft Ulldraels vernommen hat«, bestätigte Matuc.

»Wiederhole sie«, sagte der Mönch am linken Ende des Tisches herrisch.

»Bitte?« Der Vorsteher war verwirrt. Warum sollte er eine Botschaft wiederholen, die doch allgemein bekannt war?

»Wiederhole sie, bitte«, befahl der Obere sanfter, stützte die Ellenbogen auf die Platte und lehnte sich vor.

»Ulldrael will, dass der Tadc vor Anschlägen ...«, fing Matuc an, doch der Mönch an der rechten Seite unterbrach ihn.

»Nicht das, was du zusammengefasst hast, sondern das, was der Visionär wörtlich zu dir gesagt hat, Bruder.«

»Es ist seitdem viel Zeit vergangen, und ich weiß nicht genau, ob ich alle Worte in der richtigen Reihenfolge zusammenbringe, aber ich werde es versuchen«, antwortete der Vorsteher.

Im Geist kehrte er zu diesem schrecklichen Ereignis zurück und sah, wie Caradc in der Blutlache lag, während er um sein Leben kämpfte, damit er die wichtigen Worte Ulldraels weitergeben konnte.

»Er sagte: Der Tadc, Vorsicht, töten. Tadc, töten, Dunkle Zeit. Tadc, Gefahr, jemand, töten. Dunkle Zeit kehrt zurück.« Matucs Stimme zitterte, Tränen liefen ihm bei der Erinnerung an den grausamen Tod seines Freundes die Wangen hinunter. »Das hat er gesagt, Geheimer Rat. Es ist alles lebendiger geblieben, als ich es angenommen hatte.«

Das Gremium des Ulldrael-Ordens schwieg.

Sanft bewegten sich die Vorhänge, der Qualm wirbelte durcheinander und ein Windspiel ließ leise, klingende Töne durch den Raum schweben.

»Wie ihr seht, Brüder, hatte ich mit meinen Anordnungen nicht voreilig gehandelt«, sprach der Obere nach einer Zeit. »Es ist nur schade, dass sie, wie ich erfahren musste, nicht von Erfolg gekrönt waren. Es wird nun schwieriger sein.« Die Männer in den goldgelben Roben nickten. »Bruder Matuc, was geschah dann, nachdem die Warnung überbracht wurde?«

»Es kehrte bald wieder die gewohnte Ruhe auf dem Gut ein«, erzählte der Vorsteher, der sich auf die rätselhafte Erklärung des Oberen an die anderen keinen Reim machen konnte.

»Du bist dir ganz sicher, dass nichts Ungewöhnliches passierte?«

»Na, ja, es ist vielleicht nicht der Rede wert«, meinte er nach einer Weile des Nachdenkens, »aber einer der Mitbrüder floh vom Hof, wenige Tage nachdem Caradc gestorben war. Er war noch nicht lange im Orden, und keiner konnte ihm die Flucht verübeln. Vermutlich war sein Glaube noch nicht so gefestigt wie bei uns anderen. Und drei Hühner sind gestorben.«

Der Geheime Rat steckte die Köpfe zusammen und flüsterte untereinander, sodass Matuc nichts von dem verstand, was sie sagten.

Ein neuerlicher Schwindelanfall überkam ihn, schnell klammerte er sich an dem kleinen Hocker fest, um nicht zur Seite zu kippen. Die Stimmen der Männer wurden undeutlich und hallten sehr in seinem Kopf, die Augen brannten schmerzhaft. Aber er fühlte sich leicht, und am liebsten hätte er die ganze Zeit erzählt und erzählt.

»Wie sind sie gestorben?«, fragte der Obere. »Irgendetwas, was dir seltsam vorkam?«

Matuc sah dem Qualm nach, der lustige Figuren formte. »Ungewöhnlich war, dass sie in Krämpfen starben und Eier voller Blut legten. Wir haben es als Zeichen Ulldraels verstanden, dass er ebenso um Caradc trauerte wie wir.«

»Wo sind die Hühner gestorben?«, hakte der Obere nach.

»Ich weiß nicht, warum die Tiere so sehr von Interesse sind.« Dem Vorsteher kam das Schwindelgefühl inzwischen merkwürdig vor, und er wurde den Verdacht nicht los, dass es unter Umständen an dem Räucherwerk lag, das erstaunlicherweise nur in seine Richtung qualmte. »Sie lagen tot in der Kammer von Aspirant Benjawitsch und Bruder Caradc. Aspirant Benjawitsch war derjenige, der heimlich den Hof verlassen hat.«

»Beide bewohnten die gleiche Kammer?«

Matuc nickte. »O ja. Er sollte den Neuling in die Betgewohnheiten eines Mönchs einweihen und ihn unterrichten.« Er erhob sich und kam torkelnd auf die Beine. »Geheimer Rat, dürfte ich bitte an die frische Luft? Mir ist etwas übel.«

Der Obere winkte wohlwollend. »Geh nur. Wir müssen uns ohnehin beraten. Ruh dich von der Reise aus, iss, schlaf und bete im Tempel für Caradc. Danach werden wir dich rufen.«

Matuc neigte den Kopf, wobei er um ein Haar vornübergekippt wäre, und taumelte zur Tür.

Draußen erwartete ihn der Mönch, der ihn hergeführt hatte.

»Bruder, ich bringe dich in deine Kammer. Du scheinst sehr erschöpft von deiner Reise zu sein.«

»Das wird es wohl sein«, murmelte Matuc und stolperte wie ein Schlafwandler hinter seinem Führer her.

Das Letzte, woran er sich erinnerte, war ein gemütliches, weiches Bett, in dem er zufrieden versank.

Am nächsten Tag begann Matuc den Morgen entgegen seiner Gewohnheit mit einem ausgedehnten Frühstück, das ihm die Brüder des Ulldrael-Tempels an sein Bett gestellt hatten. Danach begab er sich unverzüglich in die Beträume und verbrachte mehrere Stunden mit dem leisen Sprechen von Litaneien, um innere Ruhe zu finden.

Anschließend wanderte er in den weitläufigen Grünanlagen umher, ohne überhaupt zu wissen, wo er hin wollte, doch weder der Spaziergang noch das Gebet konnten seine Gedanken von der gestrigen Unterredung mit dem Geheimen Rat ablenken.

Auch wenn er sich nicht mehr richtig an alle Einzelheiten erinnerte, so wusste er noch, dass das Gremium den genauen Wortlaut von Caradcs Vision hatte hören wollen. Und das war ein Umstand, der ihn immer noch verwunderte.

Achtlos ging er an den unzähligen, duftenden Blumen vorüber, die Arme hinter dem Rücken verschränkt, und grübelte.

»Ach, hier bist du«, rief ein Mönch aus der Entfernung. »Der Geheime Rat möchte dich sofort sehen, Bruder. Man hat gefürchtet, du seist schon abgereist.«

»Ohne zu wissen, um was es geht?«, murmelte Matuc, und fügte laut hinzu: »Nein, nein. Ich brenne voller Ungeduld, die weisen Führer unseres Ordens noch einmal zu treffen.«

»Dann komm. Es ist dringend.«

»Es scheint immer dringend zu sein.« Der Vorsteher folgte dem Mönch, der einen anderen Weg zum Besprechungszimmer zu nehmen schien wie der gestrige Führer.

Zu Matucs Überraschung erwartete ihn nur der Obere im Raum. Das Räucherwerk brannte diesmal nicht, nur die Vorhänge waren zugezogen.

Der Mann in der goldgelben Robe erhob sich beim Eintreten des Vorstehers. »Wir dachten schon, du seist abgereist.«

»Ich habe mir die Beine im Garten vertreten. Es ist eine sehr schöne Anlage, die der Tempel hat«, erklärte er.

»Wir sind auch sehr stolz darauf. Die Blumensamen kommen aus ganz Ulldart, aus Kalisskon und Angor.«

»Wieder eine sehr teure Angelegenheit. Wir züchten Kartoffeln und Rüben auf unserem Hof. Ulldrael scheint damit auch sehr zufrieden zu sein.«

»Du kannst es einfach nicht lassen, nicht wahr, Bruder Matuc«, lachte der Obere. »Ich verzeihe dir, so wie dir Ulldrael der weise Gerechte verzeiht.« Er bedeutete dem Vorsteher, sich zu setzen. »Ich wollte eigentlich nicht mit dir über die Blumen reden.«

»Das dachte ich mir, Oberer«, antwortete Matuc und sah sich demonstrativ um. »Wo sind die anderen Mitglieder des Geheimen Rates?«

»Wir haben gestern noch unsere Entscheidung gefällt und müssen daher nicht mehr alle versammelt sein, um dir deinen Auftrag zu erteilen. Alle Mitglieder erfüllen weitere, wichtige Pflichten, die nicht vernachlässigt werden dürfen.«

»Auch ich habe, bei allem Respekt, Oberer, ebenfalls meine Pflichten in Tscharkass. Ich wäre dir dankbar, wenn ich so schnell wie möglich zurückkehren könnte, um nach dem Rechten zu sehen«, warf der Vorsteher ein.

»Nun, gut. Wie du dir denken kannst, geht es um die Vision Caradcs. Ich habe sie bereits damals mit Tradja besprochen, aber er erinnerte sich nicht richtig. Sie kam mir jedoch früher schon zweideutig vor. Wir haben sie deshalb gestern eingehend studiert und sind zu dem Ergebnis gekommen, dass man sie durchaus anders verstehen kann, als du es getan hast, Bruder«, sagte der Obere kühl. »Es wäre denkbar, dass Ulldrael der Gerechte wollte, dass der Tadc nicht vor dem Tode bewahrt wird. Ganz im Gegenteil.«

Matuc öffnete fassungslos den Mund. »Du meinst, Ulldrael will, dass wir einen ...«

Der Obere hob die Hände. »Kein solches Wort in diesem Tempel, auch wenn es der Wille des Gottes ist. Der Geheime Rat hat beschlossen, dass du der Sache nachgehen wirst.«

»Was meint der Geheime Rat mit ›nachgehen‹?«

»Du weißt sehr wohl, was von dir erwartet wird«, bemerkte der Obere kalt. »Hättest du die Botschaft Ulldraels im genauen Wortlaut wiedergegeben, wäre das Problem schon lange ohne Aufhebens aus der Welt geschafft worden. Somit bist du genau der richtige dafür, denn wegen deiner Nachlässigkeit kann es bereits zu spät sein. Erinnere dich: Die Botschaft Ulldraels kam vor fünf Jahren. Wenn damals der Zeitpunkt des Handelns gewesen wäre, dann Gnade uns und allen Völkern auf Ulldart! Nun ist es schwieriger als je zuvor, einen Mann in die Nähe des Tadc zu bekommen.« Er lehnte sich vor. »Aber einem harmlosen Mönch wird es wohl gelingen.« Er machte eine kleine Pause. »Bruder Matuc, ich verstehe, dass du dir Sorgen wegen deines Auftrags machst, aber es ist die einzige Möglichkeit, wie wir den Kontinent vor Schaden bewahren können. Vermutlich hätten viele die Vision so verstanden wie du, aber es war ein Fehler, dass du den Geheimen Rat nicht sofort über den Wortlaut in Kenntnis gesetzt hast. Ob der Fehler wiedergutzumachen ist, werden wir sehen.«

»Und du bist dir sicher, dass Ulldrael es so und nicht anders gemeint hat?«, fragte Matuc zögerlich.

»Der Geheime Rat ist sicher, Bruder Matuc. Bruder Kilinin wird in Tscherkass an deine Stelle treten, während du den Tadc besuchst. Jedes Opfer ist notwendig, damit dein Ziel erreicht wird, Bruder, zum Wohle aller Ulldarter.«

»Wohin muss ich?«

»Er lebt als Gouverneur Vasja in Granburg, wie meine

Quellen berichteten«, erzählte der Obere. »Wir geben dir alles Wichtige für die Reise mit, auch eine Zeichnung des Gouverneurs, wie er jetzt aussieht. Und nun geh. Je eher du ein Ziel erreicht und die Aufgabe des Gottes erfüllt hast, desto besser für Ulldart. Wir schließen dich in unsere Gebete ein.«

»Hat der Geheime Rat schon einmal jemanden geschickt, der der Sache ... nachgegangen ... ist?«, wollte Matuc wissen. »Du hast gestern so etwas erwähnt, glaube ich.«

»Du hast ein gutes Gedächtnis, Bruder.« Der Obere verstaute die Hände in den weiten Robenärmeln. »Vielleicht hat er, vielleicht auch nicht. Warum ist das so wichtig? Du wirst die Sache beenden. Ulldrael der Gerechte will es.«

»Bevor ich gehe, hätte ich noch eine Frage, Oberer.« Der Vorsteher schaute zu dem Mann hinüber. »Was weiß der Geheime Rat über Aspirant Benjawitsch?«

»Genaues war leider von unseren vielfältigen Quellen nicht in Erfahrung zu bringen, aber wir vermuten, dass er als Spitzel für die Anhänger des Gebrannten Gottes diente. Seit seinem Verschwinden halten sich, was wir erfahren haben, die Anhänger Tzulans in Bereitschaft. Wer weiß, vielleicht hat Caradc ihm als Kammergenosse zuerst von seiner Vision erzählt, und er vergiftete ihn dafür sogar, damit der verstorbene Bruder die Warnung vor der Dunklen Zeit nicht weitergeben sollte? Vielleicht kennt er die ganze Prophezeiung Ulldraels.«

»Es klingt, so wie du es sagst, sehr einleuchtend. Ich hatte nie verstanden, weshalb Ulldrael der Gerechte einen seiner Diener mit einer so wichtigen Botschaft umbringt«, gestand Matuc. »Ich werde mich sofort auf den Weg machen.«

»Du musst aber bei deiner Mission unauffällig bleiben«, wies ihn der Obere eindringlich an. »Keiner der Ulldarter soll wissen, was wir vorhaben, denn ich rechne nicht mit der Zusammenarbeit des Kabcar in dieser Sache. Der Tadc ist der einzige Erbe, den der Regent hat, und den möchte er gewiss nicht verlieren, auch wenn er nicht seinen Vorstellungen entspricht. Nach deiner Tat werden wir die Wahrheit verkünden und beschwören.«

Der Vorsteher neigte den Kopf und verließ das Zimmer.

Kaum war Matuc draußen, als der Obere ein Stück Pergament aus der Schublade des Tisches zog und eine Mitteilung an den Palast zu schreiben begann:

»*Verehrtester Kabcar*

Zu meinem tiefsten Bedauern muss ich Euch mitteilen, dass einer meiner Vorsteher Eurem Sohn nach dem Leben trachtet.

Ich vermute, dass er einer geheimnisvollen Geistesverwirrung anheim gefallen ist, und sich in dem Wahn befindet, er führe den Willen Ulldraels aus. Dabei war es Tzulan, der ihm diese irre Idee in den Verstand setzte.

Hütet Euer Kind wohl, damit die Dunkle Zeit nicht noch einmal über Ulldart hereinbricht und der Thron Tarpols verwaist. Der Geheime Rat wurde bereits von der Ungeheuerlichkeit unterrichtet und hat Maßnahmen eingeleitet.

Bruder Matuc ist durchschnittlich groß, hat lange, dunkelblonde Haare und trägt die dunkelgrüne Robe. Da er verwirrt ist, wird er aus seinem Namen keinen Hehl machen, wenn man danach fragt, so fest ist er in seinem Irrglauben.

Seid wachsam, Hoheit.

Ulldrael der Gerechte möge Euch und die Eurigen beschützen.«

Danach setzte er Unterschrift und Siegel darunter und verstaute das Dokument nach kurzem Zögern wieder in der Schublade.

»Ulldrael, du weißt, es ist nur zu unserem Schutz«, sagte er leise. »Sobald meine Quellen berichten, dass Matuc in Granburg ist, werde ich das Schreiben zum Palast bringen lassen, um den Orden von jedem Verdacht reinzuhalten. Es muss so geschehen.«

Das Windspiel klingelte leise in einem plötzlichen Luftzug.

»Ich danke dir, Ulldrael.« Der Obere erhob sich und verließ den Raum.

XI.

»Doch es gab eine Prophezeiung in den Tempeln, dass die Dunkle Zeit zurückkommen würde, wenn die Menschen auf Ulldart nicht Acht gäben. ›Immer dann, wenn drei Zahlen in der Reihenfolge der Jahreszählung gleich sind, ist die Gefahr, dass das Unheil wieder nach Ulldart kommt, am größten‹, lautete die Warnung.

Und die Mönche zählten die Zeit, und wenn sich die besonderen Jahre näherten, beteten die Geistlichen ohne Pause, die stählernen Gongs und Bethölzer kamen weder am Tag noch in der Nacht zur Ruhe.

So vergingen das Jahr 111 n. S., das Jahr 222 n. S. und das Jahr 333 n. S., und jedes Mal wurde das Böse von der Rückkehr abgehalten, ohne dass die Menschen etwas davon erfuhren. Während die Mönche stets an Ulldrael den Gerechten glaubten und treu seinen Lehren folgten, gingen die Völker bald wieder ihren alten Gewohnheiten nach und zettelten Kriege untereinander an. Königreiche kamen und gingen, Kaiserreiche entstanden und endeten im Staub. Trotz der vielfachen Gewalt erhielt das Böse niemals die Gelegenheit, die es benötigte.

Schließlich kehrte eine große Zeit des Friedens ein, und die Menschen wurden halbherzig in ihrem Glauben an Ulldrael den Gerechten. Sie beteten nur noch aus Gewohnheit, nicht aus Dankbarkeit und ohne die gebührende Inbrunst.

Ulldrael bemerkte das schlechte Verhalten seiner Kinder und spürte auch, dass sich das Böse wieder bereit machte, um auf Ulldart Fuß zu fassen. Und er sandte 436 n. S. eine Botschaft an den Visionär in Tscharkass. Doch ein Anhänger Tzulans ermordete den Visionär und verstümmelte die Botschaft ...«

Ulldartischer Geschichtsalmanach,
XXI. Band, Seite 1056

Provinzhauptstadt Granburg, Königreich Tarpol, Spätsommer 442 n. S.

Wieder einmal hatte Lodrik alles Glück Tarpols. Der Cerêler war nur mit äußerster Anstrengung in der Lage gewesen, das Gift, mit dem der Assassine seine Waffe behandelt hatte, unwirksam zu machen.

Dennoch musste der Gouverneur eine Woche lang das Bett hüten, was angesichts der immer weiter vordringenden Aufständischen eine sehr lange Zeit war.

Die Götter waren offensichtlich auch mit Torben Rudgass, dessen Schädel den Stiefeltritt des Assassinen mit einem leichten Knacks überstanden hatte. Der Rogogarder verbrachte wie der Gouverneur die nächste Woche auf seinem Lager.

Inzwischen hatten sich die aufständischen Bauern Waffen aus den umliegenden kleineren Lagern der Milizen gestohlen, womit sie für die Brojaken umso gefährlicher wurden.

Waljakov bekniete den Statthalter, endlich eine Garnison gegen die Aufrührer zu schicken, um dem Spuk ein Ende zu bereiten, aber Lodrik weigerte sich, seine Unterschrift unter den Befehl zu setzen. Noch immer wollte er persönlich mit dem Anführer verhandeln.

Sobald der junge Mann in der Lage war, sich einigermaßen gerade auf einem Pferderücken zu halten, brachen ein Tross aus hundert berittenen Soldaten zusammen mit ihm, Waljakov und Stoiko zu Kaschenkos Ländereien auf.

Sicherheitshalber ließ der Gouverneur die Garnison in Alarmbereitschaft versetzen, um für alles gewappnet zu sein, falls die Verhandlungen doch fehlschlagen sollten.

Torben machte sich für die Abreise zur Küste und die anschließende Überfahrt nach Rogogard bereit. Hetrál erhielt die Anweisung, in Granburg zu bleiben und die Augen offen zu halten.

Bei der ersten Rast stellte Lodrik mit Einbruch der Dämmerung in seinem Zelt fest, dass die Abende empfindlich kühl wurden, obwohl die beiden Sonnen tagsüber noch einigermaßen für Wärme sorgten.

Eine merkwürdige Unruhe überkam ihn, seine Gedanken kreisten um die Verhandlungen und einen eventuell bevorstehenden Kampf. Die Warterei hielt er nicht länger aus, die weißen Leinwände seiner Unterkunft schienen immer näher zu rücken. Er wollte an die frische Luft.

Der Gouverneur nahm sich einen Becher Tee aus dem Samowar, verließ sein Zelt und schlenderte zwischen den Lagerfeuern entlang.

Die Sterne funkelten wie Diamanten in der klaren Luft, formten Sternbilder und sorgten für ein mattes, silbriges Licht am Himmel.

Die vier Monde standen in einem leichten Bogen hintereinander. Arkas und Tulm, das Sternenpaar, das nach der Legende von der Erschaffung der Welt die gefährlich rot glühenden Augen Tzulans sein sollte, schwebte über den Wipfeln des Wäldchens, hinter dem das Lager aufgeschlagen worden war.

»Der Gebrannte Gott beobachtet uns eifersüchtig«, sagte eine bekannte, tiefe Stimme hinter ihm. »Er beneidet uns um unser Dasein.«

Lodrik nickte. »Sein Geist wartet nur darauf, wieder nach Ulldart zu kommen. Gibt es nicht irgendeine Prophezeiung, die so etwas vorhersagt, Waljakov?«

Der Leibwächter tauchte lautlos an seiner Seite auf. »Ich kenne mich nicht besonders gut mit Vorhersagen aus, Herr. Ich bin ein Krieger und kein Mönch. Ich weiß nur, dass Taralea den Gebrannten Gott im Zweikampf besiegt hat und ihn zerriss. Die Augen heftete sie als Zeichen ihres Triumphs und den Tzulan-Anhängern zur Warnung an den Himmel.« Er legte den Kopf in den Nacken. »Ich persönlich hätte sie verbrannt. Zu viele Fanatiker schöpfen, entgegen der Absicht der Göttin, daraus ihre Hoffnung, der Gebrannte Gott könnte eines Tages zurückkehren.«

Beide standen still und lauschten den Geräuschen der Nacht. Leise raschelte es im Unterholz, ein Käuzchen schrie.

»Was glaubst du? Werden die Aufständischen mit mir verhandeln und zu einer Einigung kommen?«, fragte Lodrik, ohne den Blick von den Sternen abzuwenden.

»Ihr habt viel Gutes für die Menschen in Granburg getan, Herr. Ich denke, dass sie Euch anhören werden«, meinte Waljakov. »Herr, ich muss mich bei Euch entschuldigen.«

»Für was?« Der Gouverneur klang sichtlich erstaunt und drehte sich zu dem Leibwächter.

»Damals, als wir in dem Gasthof waren, hat mich der Wirt gefragt, ob Ihr in der Lage wärt, etwas zu ändern«, erklärte der Mann.

»Und du hast Nein gesagt, vermute ich«, riet Lodrik.

»So ist es, Herr«, gestand der Leibwächter. »Ich musste aber inzwischen erkennen, dass Ihr mehr Durchhaltevermögen und Mut in Euch tragt, als ich angenommen hatte.«

Der Gouverneur legte die Hand auf die Schulter des Kämpfers. »Ich denke, ich habe jeden überrascht, der mich von früher kannte, einschließlich mich. Ich habe Oberst Mansk anfangs verflucht, aber ich glaube, dass ich ihm zu großem Dank verpflichtet bin, weil er meinem Vater diesen Rat gegeben hat. Also, mach dir deshalb keine Vorwürfe, schließlich bist du für meine gute Entwicklung mitverantwortlich.« Er lachte. »Und ich hoffe, dass sie noch nicht abgeschlossen ist.«

Waljakov wirkte erleichtert, dennoch glaubte Lodrik immer noch so etwas wie ein schlechtes Gewissen in den Augen des Leibwächters zu erkennen. »Herr, ich habe Euch noch nicht für den Kampf gegen den Assassinen gratuliert. Ihr habt länger durchgehalten, als mancher erfahrene Soldat es getan hätte.«

»Ich habe nicht gegen ihn gewonnen, Waljakov«, erinnerte ihn der junge Mann. »Du hast ihn besiegt, nicht ich.« Er schaute wieder zu den funkelnden Sternen am Himmel. »Ich habe Stoiko gefragt, ob er etwas von dem verstanden hat, was der Assassine gerufen hat. Die Sprache war ihm allerdings unbekannt. Du hingegen hast ihm geantwortet. Weißt du, was Fatja damals zu mir gesagt hat? Ein Mann in meiner unmittelbaren Umgebung sei nicht das, was er zu sein vorgibt.«

»Das hat sie gesagt? Sie scheint doch kein Scharlatan gewesen zu sein.« Der Leibwächter setzte sich auf einen umgestürzten Baumstamm und zog Lodrik mit. »Was ich Euch nun zeige, ist ein großes Geheimnis. Aber Ihr müsst es erfahren.«

»Wird das der Abend der Geständnisse?«, versuchte der Gouverneur zu scherzen, und sah mit einer gewissen Verwunderung zu, wie Waljakov mehrere Bolzen an seiner mechanischen Hand löste. »Oh, mir ist nicht nach Kriegsverletzungen. Ich möchte auch nie welche sehen.«

Es klickte ein paar Mal, dann entfernte der Krieger die Prothese mit einem schnellen Ruck. Doch anstatt des erwarteten Armstumpfes blickte Lodrik auf eine verkrüppelte Hand, deren Sehnen und Muskeln kräftiger als die einer normalen waren. Alle Finger wiesen die gleiche Länge auf, der Daumen fehlte jedoch vollständig.

»Was hat das zu bedeuten?«, keuchte der junge Mann fassungslos. »Ich dachte, sie wäre …«

Waljakovs Gesicht war sehr ernst. »Ich bin das, was die Ulldarter einen K'Tar Tur nennen. Ein Nachfahre Sinureds.«

»Aber, wie ...«

»Lasst es mich Euch erklären, Herr«, bat der Leibwächter. Lodrik nickte mit großen Augen.

»Ich wurde vor dreiundvierzig Jahren als Sohn von Bruder und Schwester geboren. Beide gehörten dem Dunklen Volk an, den K'Tar Tur. Ich wurde erzogen nach allen Regeln des Dunklen Volkes, lernte die Sprache und ihre Art zu kämpfen. Doch ich war es bald leid, mich immer nur verstecken zu müssen, denn ich hatte den Menschen nichts Schlimmes getan, auch wenn mein Vorfahr Unheil über Ulldart gebracht hatte. Ich bemerkte recht bald, dass die übrigen Ulldarter nicht so dachten wie ich. Oft musste ich mein Leben durch einen waghalsigen Sprung aus dem Fenster oder ins Wasser retten, aber ich blieb hartnäckig. Als Erstes rasierte ich mir die Haare vom Kopf ab, um nicht ständig durch die Blutsträhne erkannt zu werden, danach ließ ich die Prothese anfertigen. So trat ich bei Oberst Mansk in den Dienst der tarpolischen Armee und sicherte mir einen Platz bei den Scharmützeleinheiten Eures Vaters. Nach langen Jahren in Gefechten und Kämpfen bekam ich den Posten als Euer Leibwächter. Das ist meine Geschichte, und nun entscheidet, was Ihr tun wollt, Herr. Ich war niemals der Sohn eines Händlers.«

Lodrik schwieg. Diese Nachricht kam so überraschend, dass er nicht wusste, was er überhaupt hätte sagen sollen. Auch Waljakov war ruhig und schaute zu den Sternen.

»Jemand in meiner unmittelbaren Nähe ist nicht das, was er zu sein scheint«, zitierte er nach einer Weile noch einmal die Worte Fatjas. »Das Mädchen hatte Recht, und ich vergaß die Weissagung völlig. Bis vorhin. Du hast mir mein Leben mehr als einmal gerettet, warum sollte ich dir nicht mehr trauen, nur weil ich jetzt weiß, dass du ein K'Tar Tur bist? Es beweist mir, dass nicht alle K'Tar Tur schlecht sein müssen, nur weil man es über sie sagt. Vermutlich lässt man den meisten von euch keine andere Gelegenheit, das Gegenteil zu beweisen?«

»Bei vielen wird es so sein«, stimmte Waljakov befreit zu. »Ob es allerdings bei dem Assassinen genauso war, weiß ich nicht, Herr.«

»Deshalb hast du ihn verstanden«, begriff Lodrik. »Er sprach K'Tar Tur!«

Der Leibwächter zog die Prothese wieder über die verkrüppelte Hand. »Ich habe ihn anschließend noch untersucht. Seine Haare waren gefärbt. Leider konnte er nichts mehr über seinen Auftraggeber sagen.«

»Wie lautet dein richtiger Name.« Der junge Mann roch an dem Tee. »Deine Eltern werden dich kaum Waljakov genannt haben?!«

»Nein, das haben sie wirklich nicht«, grinste Waljakov. »Den Namen in meiner Sprache auszudrücken würde Euch zu schwer fallen. Übersetzt heißt er etwa so viel wie ›Mutiger Kämpfer‹. Die meisten unseres Volkes tragen solche Namen. Waljakov habe ich mir selbst ausgedacht, als ich der Armee beitrat, denn dort fragt keiner nach dem Vornamen.«

»Interessant.« Lodrik kehrte in Gedanken zum Abend des Anschlags zurück. »Was hat er damals eigentlich gerufen? Der Assassine, meine ich.«

»Nichts von Bedeutung, nur ein alter Kampfschrei des Dunklen Volkes, um sich selbst Mut zu machen, wenn man gegen einen harten Gegner antritt«, erklärte der Kämpfer. »In seiner Tasche habe ich übrigens ein Amulett gefunden, wie es von Tzulan-Gläubigen getragen wird.«

»Und das sagst du jetzt erst?«, warf der Gouverneur ein. »Jetzt wissen wir doch, warum er es getan hat.« Nach einer kleinen Pause fügte er stirnrunzelnd hinzu: »Oder zumindest sollte es so aussehen, als ob es Tzulan-Gläubige gewesen wären?!«

»Genau das ist der entscheidende Punkt an der ganzen Sache. Es sollte so aussehen als ob, in Wirklichkeit war es aber nicht so.« Er nahm das Amulett aus seinem Mantel. »Seht, Herr. Es gibt genügend in meinem Volk, die sich an Tzulan halten, weil sie sich denken, lieber für etwas sterben, für das man ohnehin verfolgt wird. Und diese tragen wirklich Schutzamulette bei sich. Das hier ist dagegen eine sehr gute Fälschung. Ein normaler Tarpoler hätte den Unterschied nie bemerkt, aber ich weiß von früher, wie die echten aussehen.«

»Wenn der Assassine also ein Tzulan-Gläubiger gewesen wäre, hätte er auch ein echtes Amulett bei sich gehabt«, folgerte Lodrik. »Demnach hatten wir es mit einem sehr guten, käuflichen K'Tar-Tur-Mörder zu tun, der den Auftrag hatte, mich umzubringen und es den Tzulani in die Schuhe zu schieben. Nur aus welchem Grund?«

»Es hat wohl noch jemand einen Anlass, Euch aus dem Weg zu räumen«, murmelte Waljakov. »Wer könnte noch Interesse daran haben, dass die Dunkle Zeit zurückkehrt? Ich wüsste niemanden, der solche Ziele verfolgt, einmal abgesehen von den Tzulan-Gläubigen.«

»Ich bin damit gleich von drei Seiten gefährdet«, sagte der Gouverneur mit einem Hauch von Verzweiflung in seiner Stimme, »die ansässigen Adligen Granburgs, die Tzulani und dazu noch der große Unbekannte, der wohl der Gefährlichste zu sein scheint. Und in drei Tagen stehe ich einem kleinen Heer von Bauern gegenüber, die ihre Mistgabeln in mich versenken möchten, obwohl ich keinen Schimmer habe, weshalb. Ulldrael ist nicht unbedingt eine große Hilfe. Das Einfachste wäre, ich wechsle zu Tzulan und läute die Dunkle Zeit selbst ein, oder?!«

Ein langes, tiefes Heulen war plötzlich zu hören, das den beiden Männern durch Mark und Bein ging.

Die Nackenhaare des Gouverneurs stellten sich auf, und ein eiskalter Schauer lief ihm den Rücken hinab, Waljakovs Hand flog an den Säbelgriff.

Sie hatten den Eindruck, dass die Sterne Arkas und Tulm, die Augen Tzulans, mit einem Mal hell aufleuchteten und in einem rubinroten Feuer loderten.

Nach diesem Furcht erregenden Ton war es totenstill. Nichts rührte sich, selbst der Wind schien fort zu sein. Aus dem Lager hörte man aufgeregtes Rufen.

»Herr«, flüsterte der Leibwächter, »sagt so etwas nie wieder. Das ist das erste Mal, dass ich nach langer Zeit wieder Angst verspüre, und das ist gewiss kein gutes Zeichen.«

»Einverstanden«, antwortete Lodrik schnell, »und jetzt nichts wie zurück. Mein Tee ist kalt.«

Sie trafen am dritten Tag der zweiten Woche auf das Heer der Aufständischen, das sich in einem Tal niedergelassen hatte und die Vorräte ergänzte, was zumindest die Späher Waljakovs berichteten.

Offenbar wussten die Bauern nichts vom Kommen des Statthalters, der mit seinem Zug hinter dem Hügel geblieben war und sich die Lage von oben betrachtete.

»Es sind einfache Bauern, Herr.« Der Leibwächter stellte sich im Sattel Treskors auf und ließ den Blick schweifen. »Nicht geschult im Umgang mit Schwertern und Speeren. Ich würde sie mit den hundert Mann in wenigen Lidschlägen zur Besinnung bringen, wenn Ihr es wollt.«

»Sie sind verzweifelt, das ist viel gefährlicher«, gab Stoiko zu bedenken, dessen Pferd links von Waljakovs stand. »Es gibt nichts Schlimmeres als einen Menschen, der nichts mehr zu verlieren hat, Waljakov.«

Lodrik schaute sich um. »So, wie sie aussehen, haben sie seit Tagen nicht mehr richtig gegessen oder geschlafen.«

»Fast wie ich«, murmelte Stoiko und kraulte dem Pferd die Ohren.

»Leichte Beute, Herr, wirklich«, beteuerte der Krieger noch einmal, aber der Statthalter winkte ab.

»Ich habe versprochen, mit ihnen zu verhandeln, also werde ich das auch tun. Keine unnötigen Verluste auf beiden Seiten.« Er setzte sein Pferd mit einem leichten Stoß in die Flanken in Bewegung. »Ich werde mein Glück versuchen.«

»Ihr wartet hier«, befahl Waljakov den Soldaten und trabte Lodrik hinterher, Stoiko folgte.

Die Bauern wurden recht schnell auf die drei Reiter aufmerksam, erhoben sich und reckten drohend die Waffen. In Windeseile waren die Männer eingekreist.

»Ich bin Gouverneur Vasja«, rief Lodrik, »wo ist euer Anführer?«

Die Menge teilte sich und machte einem besser gekleideten Bauern Platz, der ein Schwert an der Seite trug. »Ich bin ihr Befehlshaber.« Waljakov verzog verächtlich den Mund, als er den selbstgewählten Titel hörte. »Mein Name ist Vulju. Folgt mir, wir werden in dieser Scheune dort drüben beraten.«

In dem Holzgebäude warteten schon drei Dutzend Aufständische, die Bänke und Tische aufstellten, notdürftig gezimmert aus Brettern, Fässern und Stangen.

»Nicht wie in deinen Audienzsälen, Herr.« Vulju griente und spuckte aus, während die drei Männer aus den Sätteln stiegen.

»Für dich heißt es ›Exzellenz‹ oder ›Gouverneur‹, Bursche«, knurrte der Leibwächter, die eisgrauen Augen blitzten drohend.

»Lass es gut sein, Waljakov. Ich will verhandeln, keine Höflichkeiten austauschen«, beruhigte Lodrik und setzte sich auf die rasch herbei getragene Bank. »Für Gefasel ist zu Hause Zeit, wenn es um unwichtige Dinge geht. Aber wie Vulju schon sagte, wir sind hier nicht im Audienzzimmer, und die Angelegenheit ist ebenso dringend wie wichtig.«

Der Anführer der Aufständischen neigte anerkennend den Kopf. »Es scheint dir wirklich ernst zu sein, und wenn es stimmt, was ich über dich gehört habe, wirst du ein Einsehen haben, Gouverneur.« Die plötzlich geänderte Anrede erschien wie ein kleines Kompliment.

»Ich bin ganz Ohr für deine Vorschläge«, erwiderte der Statthalter, »aber zunächst nenne mir den Grund für diese Erhebung.«

»Du fragst allen Ernstes nach dem Grund?« Seine Männer lachten rau. »Wenn du die Steuern nicht angehoben hättest, wären wir alle zufrieden gewesen, aber fünfzig Teile der Ernte an den Gouverneur, erschien uns allen zu hoch. Unsere Familien können mit dem traurigen Rest nicht überleben, ganz zu Schweigen davon, dass nicht genügend für die Aussaat da ist.«

Lodrik glaubte sich verhört zu haben. »Ich soll die Steuern angehoben haben? Fünfzig Teile der Ernte? An mich?«

»Spiel nicht den Unschuldigen!« Vulju schlug erbost mit der Faust auf den Tisch. »Der Steuereintreiber erschien mit seinen Männern und verlangte die neuen Abgaben im ganzen Gebiet. Und er sagte, er könne nichts dafür. Wenn sich einer weigere, würde er sterben. Achtzehn Bauern sind wegen der Steuern hingerichtet worden, bis wir uns endlich erhoben haben!«

Stoiko warf dem Gouverneur einen mehr als überraschten Blick zu, Waljakovs Miene hatte sich verfinstert. Die Lage spitzte sich zu, und nur zu dritt waren sie gegen die Bauern auf verlorenem Posten.

»Ich schwöre bei Ulldrael dem Gerechten, dass ich niemals eine solche Anordnung erlassen habe«, sagte Lodrik schließlich. »Schafft mir den Steuereintreiber her, damit er mir diese Lüge, die er in meinem Namen verbreitet, ins Gesicht sagt. Dann werde ich ihn hängen lassen.«

»Das sagst du nur, um deine Haut zu retten«, rief einer der Bauern und hob den Speer. Waljakovs Hand ging an den Säbelgriff.

»Schluss jetzt!«, befahl Vulju. »Hier ist etwas sehr merkwürdig. Wo ist der Steuereintreiber?«

»Sein Sitz ist auf dem Gehöft von Kaschenko«, sagte ein Aufständischer. »Vermutlich finden wir ihn dort.«

»Ich mache euch den Vorschlag, dass ich hier mit euch warte, während mein Vertrauter Stoiko zu Kaschenko reitet und den Eintreiber herbringt, wenn nötig mit Gewalt. Welchen Sinn würde es machen, wenn ich vier Steuerabgaben aus Jukolenkos Zeit abschaffe und sie dann durch eine noch härtere ersetze?«

Nun war es an Vulju, ein verdutztes Gesicht zu machen. »Du hast Steuern abgeschafft? Wir haben hier nichts davon mitbekommen.«

»Allmählich verstehe ich das«, murmelte Lodrik. »Kaschenko hat sich mit den anderen Adligen und Brojaken zusammen diese Sache ausgedacht. Vulju, du musst mir glauben, wenn ich dir und deinen Männern sage, dass ich keine Ahnung von den Spielchen hatte, die euer Großbauer mit euch veranstaltet! Wäre ich sonst so seelenruhig zu euch gekommen und hätte mich in die Scheune gesetzt?«

Der Anführer der Aufständischen kratzte sich am Kopf. »Die Dinge liegen scheinbar nicht ganz so einfach, wie sie zunächst ausgesehen haben.«

»Ganz genau«, stimmte der Statthalter zu. »Und deshalb werde ich …«

»Verrat!«, schrie draußen jemand, dann wurden die Tore der Scheune aufgestoßen, und ein Bauer stürmte herein. »Sie greifen uns an! Zweihundert Reiter und noch mehr Bewaffnete kommen das Tal hinauf!«

»Das sind nicht unsere Leute«, flüsterte Stoiko.

»Ja, das wird die hier aber nicht interessieren«, grollte Waljakov und zog den Gouverneur hinter sich, während er den Säbel zog. »Schnell, hinauf auf den Heuboden!«

»Ich wusste es«, rief der Bauer mit dem Speer und stieß nach dem Leibwächter, der die Spitze zur Seite schlug und dem Angreifer die flache Klinge ins Gesicht klatschte. Der Mann drehte sich einmal um die eigene Achse und fiel wie ein gefällter Baum zu Boden.

Dann brach ein unbeschreibliches Durcheinander in dem Holzgebäude los. Jeder wollte den Gouverneur töten, doch die drei Männer setzten sich tapfer zur Wehr.

Vulju schrie und tobte, doch seine Leute hörten nicht auf ihn. Rund um die Scheune war das Sirren von Pfeilschauern zu hören, erste vielfache Todesschreie gellten auf.

Mittlerweile hatten sich Lodrik, Waljakov und Stoiko nach oben zurückgezogen und die Leiter hochgezogen.

Trotzdem versuchten die Bauern in ihrer Wut, mit allen Mitteln zu den drei Männern zu gelangen. Stoiko blutete aus einer kleinen Wunde am Oberarm.

»Wie lange können wir uns halten?«, fragte der Gouverneur und beförderte einen Aufständischen mit einem Tritt zurück. Schreiend fiel er nach unten in seine Kameraden.

»Wir müssen uns verteidigen, bis unsere Männer vom Hügel aus einen Ausfall machen und uns befreien«, antwortete der Leibwächter und rammte einem Angreifer, der sich mit einem Seil auf den Heuboden geschwungen hatte, den Säbel in den Unterleib. »Aber es wird nicht sehr einfach werden, Herr. Die meisten Sorgen machen mir eigentlich die anderen, vermutlich Kaschenkos oder Jukolenkos Untergebene. Die werden mehr Kampferfahrung mitbringen als die Burschen hier.«

»Zu unserer Unterstützung werden sie wohl kaum gekommen sein«, mutmaßte Stoiko, der sich den verletzten Arm hielt. »Ich hoffe, wir überleben das Gemetzel.«

»Wenn Ulldrael hilft wie immer, dann wohl kaum«, sagte Lodrik leise und drang auf einen übermütigen Aufständischen ein, der sich an einem Stützbalken empor hangelte.

Vulju hatte sich endlich durchgesetzt und beorderte seine Männer nach draußen, um in den tobenden Kampf einzugreifen. Eine Hand voll sollte unten Wache stehen und eine Flucht des Gouverneurs verhindern.

Waljakov riss ein Stück der Bretter der Außenwand weg, um sich die Schlacht, die im Tal tobte, anzusehen.

»Das sieht nicht gut für die Bauern aus.« Er nickte in Richtung Feld. »Die Aufständischen stellen sich so schön für die Reiterei in Position, dass die mit einem Stoß gleich fünf aufspießen. Es wird, wenn sie ihre Taktik nicht ändern, bald vorüber sein, und dann sind wir an der Reihe, Herr.«

Lodrik schaute ebenfalls hinaus und blickte auf eine unbeschreibliche Metzelei.

Es war, wie der Leibwächter es vorhergesagt hatte. Die gepanzerten Reiter senkten ihre Lanzen und pflügten durch die Menge, dass das Blut der Aufständischen nur so spritzte.

Wenn die Schäfte unter der großen Last zerbrachen, schlugen die Soldaten auf die Köpfe der Gegner ein, die in einem wilden Haufen umherrannten und nur durch einen Glücksfall einen der Angreifer aus dem Sattel stießen oder ein Pferd zu Fall brachten.

Als sich die erste Reiterwelle zurückzog, jubelten die Bauern und nahmen die Verfolgung der scheinbar Flüchtenden auf.

»Was macht ihr denn? Was macht ihr denn?«, rief Waljakov. »Sammelt euch!«

»Du hältst zu den Aufständischen?«, fragte Stoiko erstaunt.

»Im Moment schon.« Dem Leibwächter kochte allmählich die Kampflust in den Adern. »Wenn sie länger durchhalten, erwischen sie vielleicht mehr von den anderen.«

In dem Moment donnerte die zweite Reiterwelle aus einem Wäldchen heran und walzte die rechte Flanke der Aufständischen nieder. Die übrige Reiterei kehrte um und ging in den Nahkampf.

Jetzt rannten auch die fremden Fußsoldaten schreiend heran und stürzten sich in das ungleiche Gefecht.

Der angsterfüllte Bauernpulk begann sich aufzulösen. Die kampfunerprobten Männer versuchten, den Schwerthieben zu entkommen, aber die fremden Streiter gaben den Aufständischen keine Gelegenheit zur Flucht. Einer nach dem anderen fiel.

»Es sind Söldner.« Waljakov drehte sich um und ging zur Kante des Heubodens. »Wir müssen weg hier. Die Sache wurde von Jukolenko bereits schon länger geplant. In kurzer Zeit kann er nicht eine solche Menge von Kämpfern angeworben haben.« Er legte die Leiter wieder an und beugte sich vor. »He, ihr da unten. Eure Leute werden den Kampf verlieren, also schaut, dass ihr weg kommt.« Er kletterte die Sprossen hinab, die anderen beiden folgten.

»Aber es sind doch eure Soldaten?« Die Wachen hielten die Speere mit beiden Händen umklammert. »Bitte, lasst das Gemetzel aufhören, Herr.«

»Es sind eben nicht unsere Soldaten, und genau deshalb werden wir jetzt los reiten, wenn wir euch beide dafür auch töten müssten«, erklärte Lodrik.

Die Bauern warfen die Waffen weg und rannten.

Kurz darauf saßen die drei Männer in den Sätteln.

»Wir sprengen in direkter Linie zum Hügel hinauf, damit die Unsrigen uns sehen und unterstützen. Danach geht's zur Garnison, und dann schlagen wir den Söldnern die Köpfe vom Hals. Vorwärts!« Waljakov stieß die Sporen tief in die Flanken Treskors und preschte aus der Scheune, um eine Schneise zu schaffen. Dicht dahinter kamen Stoiko und Lodrik.

Als die Männer aus dem Holzgebäude jagten, ritten die granburgischen Soldaten mit eingelegten Lanzen und in vollem Galopp den Hügel hinunter, um von oben eine Bresche für den Gouverneur zu schlagen.

Zahlreiche Söldner wurden von dem Angriff überrascht und aus den Sätteln geworfen, doch auch einige Bauern mussten ihr Leben lassen.

Fünfzig der fremden Kämpfer formierten sich neu und nahmen die Verfolgung auf, während der Rest weiterhin ein blutiges Schlachtfest unter den Aufständischen in dem kleinen Tal veranstaltete.

»Ich habe einen Boten an die Garnison geschickt«, berichtete der Hauptmann, »aber so schnell werden sie nicht hier sein können.«

»Ihr werdet mit dreißig Mann, dem Gouverneur und Stoiko zur Garnison reiten. Ich übernehme die Übrigen und versuche, die Söldner aufzuhalten, so lange es geht«, befahl Waljakov. »Und diesmal keine Widerrede, Herr. Nur dieses eine Mal nicht. Die Lage ist zu gefährlich.«

Lodrik nickte und verschärfte das Tempo, während der Leibwächter zurückfiel und Anordnungen brüllte.

»Ich hoffe, wir sehen ihn wieder«, meinte Stoiko. »Ich habe mich schon irgendwie an ihn gewöhnt. Seine Schreierei würde mir sehr fehlen.«

»Ich bin mir sicher, dass er es schafft«, beruhigte der Statthalter. »Es sind ja nur fünfzig. Mit denen müsste er spielend fertig werden.«

Nach ein paar Warst war sich die Gruppe fast sicher, dass sie die Verfolger dank Waljakov abgeschüttelt hatten.

»Es ist noch eine knappe Stunde bis zur Garnison, Herr«, sagte der Offizier. »Ihr dürftet bald in Sicherheit sein.«

Einer der Soldaten rief plötzlich eine Warnung, aber auch Lodrik hatte die Reiter auf dem Hügelkamm einen Warst nördlich bemerkt.

»Sie müssen Waljakov umgangen haben.« Stoiko machte ein unglückliches Gesicht. »Anders kann ich es mir nicht erklären.«

»Da habt ihr Recht, Herr«, stimmte der Offizier zu. »Wenn sie sich auf einen Kampf eingelassen hätten, wären sie noch nicht hier. Es sind aber nur ein paar, keine Sorge.«

»Ich mache mir aber Sorgen.« Der Vertraute blieb standhaft, er klang entnervt. »So viel gekämpft wie in den letzten paar Stunden habe ich mein ganzes Leben lang nicht.«

»Und so wie es aussieht, bist du für heute noch nicht damit fertig«, fügte Lodrik hinzu. »Hauptmann, bereitet Euch für einen Angriff vor. Ich werde den Söldnern zuvorkommen. Alles lasse ich mir von denen in meiner Provinz nicht bieten.«

In zwei Reihen jagte die Leibwache auf die Gegner zu, die sich in ein kleines Wäldchen zurückzogen, um die Geschwindigkeit des Vorstoßes abzuschwächen.

Unter mächtigen Ulldraeleichen kam es zum Kampf. Zwanzig schwer gerüstete Söldner standen dreißig granburgischen Wachen gegenüber.

Lodrik zog den Säbel und galoppierte, die Waffe zum Stoß vom Körper nach vorne weggestreckt, auf den ersten Gegner los, den er entdecken konnte.

Der Söldner parierte den Angriff und schlug aus der Drehung mit seinem Kurzschwert zu, das der Gouverneur wenige Zentimeter vor seinem Gesicht abblockte. Lodrik täuschte einen hohen Hieb an, um im letzten Moment auf den Körper zu zielen.

Der Söldner fiel auf die Finte herein und sank getroffen aus dem Sattel. Die Schneide des Säbels färbte sich vom Blut des Gegners rot.

Mit einer gewissen Faszination starrte der junge Mann auf die Flüssigkeit, die an der Klinge entlang lief und zu Boden tropfte. Er hatte gerade seinen ersten Menschen getötet, und es war ihm leichter gefallen, als er dachte. Eine tiefe Befriedigung überkam ihn, ein böses Lächeln umspielte seine Lippen.

»Aufpassen, Herr!«, kam die Warnung aus dem Kampfgetümmel, rechtzeitig genug, um den Kopf einzuziehen.

Der Schlag, den der nächste Angreifer gegen Lodrik führte, hätte ihm sonst den Schädel vom Rumpf getrennt, so traf er aber den Helm und beförderte den Gouverneur nur durch die Wucht vom Pferderücken.

Hart schlug Lodrik auf den Boden, alle Luft wich aus der Lunge, und bunte Kringel drehten sich vor seinen Augen. Dann sah er den Söldner, der eine gefährlich aussehende Hellebarde gegen ihn schwang.

Zwar wehrte er den Hieb ab, doch sein Arm zitterte gewaltig. In schneller Reihenfolge prasselten die Schläge auf den Gouverneur ein, der den Säbel nun mit beiden Händen hielt, um überhaupt noch den wütenden, aber geschickten Angriffen standzuhalten.

»Ulldrael, hilf mir«, flüsterte Lodrik, aber der Söldner lachte nur.

»Jetzt wird dir keiner mehr beistehen können, Gouverneur. Das wird dein letzter Tag auf Ulldart! Und ich kassiere die Belohnung von Jukolenko.«

Wenn Ulldrael der Gerechte nicht will, vielleicht steht mir Tzulan bei, dachte der Statthalter verzweifelt. »Tzulan!«, schrie er aus vollem Hals.

Ein langes, unmenschliches Heulen ertönte aus den Tiefen des Waldes, das Lodrik schon einmal gehört hatte.

Für einen kurzen Moment stockte der Kampf. Alle Männer lauschten erstarrt dem grausamen Ton.

Doch diesmal empfand der junge Mann nicht den Schauder und das Grauen wie in jener Nacht vor zehn Tagen, vielmehr hatte es etwas Vertrautes, Bekanntes für ihn.

Sein Gegner stand regungslos über ihm, und das nutzte Lodrik.

»Danke, Tzulan«, flüsterte er, dann stieß er den Säbel tief in den Bauch des Mannes und schlitzte ihn bis zum Brustkorb auf. »Der ist für dich, Gebrannter Gott.« Wieder erklang das Heulen, und der Gouverneur lachte auf.

Mit einem schnellen Schritt war er beim nächsten vor Angst gelähmten Söldner und schlug ihm den Kopf ab, dessen Blut Lodrik bespritzte. »Und der ist auch für dich, Tzulan! Sie sollen alle dir gehören!«

Die Tarpoler erwachten als Erste aus der Starre und nahmen den Kampf wieder auf, doch der Wille der Söldner schien gebrochen. Vierzehn starben, der Rest ergab sich.

Lodrik schien in eine Art Blutrausch verfallen zu sein, denn er schlug auf alles ein, was in seine Nähe kam, und nur Stoiko verdankten die granburgischen Leibwachen, dass der Gouverneur nicht auch den Säbel gegen sie erhob.

»Herr, habt Ihr die Besinnung verloren? Kommt wieder zu Euch, die Schlacht ist gewonnen«, rief der Vertraute beschwörend.

Mit einem etwas verwirrten Gesichtsausdruck senkte der junge Mann die Waffe.

»Es ist also vorbei?«, keuchte er. Der Schweiß rann ihm von der heißen Stirn.

»Ja, Herr. Ihr habt tapfer gekämpft. Waljakov wird stolz auf Euch sein, wenn er davon erfährt«, sagte Stoiko. »Verstaut den Säbel und wascht Euch das Blut aus dem Gesicht, der Geruch macht Euch offensichtlich zu stürmisch.«

Lodrik ließ sich auf den Boden plumpsen und schaute auf die schartige, blutige Klinge. »Das ist also das Gefühl, wenn man Menschen tötet, Stoiko. Es ist gefährlich. Es gibt dir den Eindruck, unendliche Macht über das Leben anderer zu haben.« Er schloss die Augen. »Ich darf mich nicht daran gewöhnen. Es ist nicht gut.«

Die Leibwache versorgte die eigenen Verwundeten notdürftig, während sich der Hauptmann Stoiko und dem Gouverneur vorsichtig näherte. »Exzellenz, wir sollten weiter zur Garnison. Vielleicht sind noch mehr von denen unterwegs.«

»Lasst sie kommen«, rief Lodrik und erhob sich. Ein unheimliches Feuer brannte in seinen Augen. »Ich fürchte keinen Gegner, schließlich sind sie alle sterblich.«

»Wie Ihr und ich, Herr«, erinnerte der Vertraute sanft. »Deshalb lasst uns zur Garnison reiten. Ihr seid, wie Eure Wachen, erschöpft.«

»Nun, von mir aus.« Der Gouverneur steckte den Säbel in die Scheide und schwang sich auf sein Pferd. »Nehmt die Gefangenen mit, wir brauchen sie noch für ein Verhör.«

»Und die verwundeten Gegner?«, wollte der Hauptmann wissen.

»Sollen sie liegen bleiben«, ordnete Lodrik mit kalter Stimme an. »Von mir aus können sie verrecken.«

Der Tross setzte sich in Bewegung und ritt in Richtung Garnison, doch es lag ein unheilvolles Schweigen über dem Zug. Jeder hatte die Worte des Gouverneurs während des Kampfes gehört.

XII.

»Und die Prophezeiung wurde all die Jahre über gehört und verstanden, der Knabe des Kabcar behütet und beschützt, auf dass ihm kein Leid zustoße und Ulldart der Dunklen Zeit anheim falle. Der Herrscher von Tarpol ersann eine List, um seinen Sohn weg von der Gefahr zu bringen und gleichzeitig zu einem würdigen Kabcar ausbilden zu lassen.

Der vom Schicksal ausersehene Knabe ging unter falschem Namen in die tarpolische Provinz Granburg, um als Gouverneur das Herrscherhandwerk zu erlernen. Er wuchs und entwickelte sich zu einem weisen, gerechten Statthalter, der sich gegen die Adligen und Brojaken durchsetzte.

Aber böse Kräfte entdeckten ihn und schickten einen Assassinen, um den jungen Mann zu töten, damit endlich die Dunkle Zeit wieder anbräche. Doch der Anschlag misslang.«

Ulldartischer Geschichtsalmanach,
XXI. Band, Seite 1057

Dorenaia, Provinz Ker,
Spätsommer 442 n. S.

Matuc wanderte am grünen Ufer des Repol entlang und fluchte, wie er es noch nie in seinem Leben als Mönch getan hatte. Der Auftrag des Geheimen Rates, auch wenn er von Ulldrael persönlich kam, stellte ihn vor eine Reihe von Problemen. Wie sollte er den Tadc beseitigen? Er war kein Kämpfer, er konnte schwer lügen, und Intrigen hasste er zutiefst.

Einen Menschen zu töten, um den ganzen Kontinent vor Schaden zu bewahren, ließ sich mit seinem Gewissen zwar vereinbaren, wenn er sich seiner Sache sicher gewesen wäre – aber der Mönch war sich nicht sicher.

Es lagen zwei Deutungen der Vision vor, und die eine war für ihn ebenso wahrscheinlich wie die andere. Insgeheim hoffte er inständig auf ein Zeichen Ulldraels, aber auch der Gott hielt sich mit Hinweisen sehr zurück.

Er näherte sich mit dem Schlepper *Wjierck*, den er sich für seine Reise ausgesucht hatte, mehr und mehr den Ausläufern der Provinz Granburg. Einen echten Plan hatte er aber immer noch nicht entwickelt.

Matuc blieb im Schatten einer Ulldraeleiche stehen und schaute zum Kahn hinüber, bei dem die Ladung gelöscht wurde.

Der Flussschiffer machte sehr zu seinem Leidwesen an jeder kleinen Station Halt, um Passagiere aufzunehmen oder an Land gehen zu lassen und nach Fracht zu sehen. Und die *Wjierck* nahm alles mit, was man auf dem betagten Kahn transportieren konnte, Holz, Getreide, Erz, Kohlen, Vieh und Menschen.

Obwohl es deshalb Verzögerung gab, war der Repol immer noch der schnellste Weg zu reisen. Der Mönch würde noch früh genug auf einen Esel umsteigen müssen, denn leider floss der mächtige Strom nicht durch Granburg.

Eine Gestalt, die gerade schwer bepackt auf den Schlepper zuging, erregte seine Aufmerksamkeit.

Vom Schnitt ähnelte die lehmbraune, knöchellange Robe der seinen, doch die bestickte Leinenstola, die der Unbekannte zusätzlich um die Schulter trug, passte weder zu Ulldrael- noch zu Kalisstra-Gläubigen. So sehr er sich bemühte, es fielen ihm keine Gottheiten ein, die diese Farben und Symbole nutzten.

Interessiert steuerte er auf die Gestalt zu, deren Gesicht unter der Kapuze verborgen war, bis er direkt in ihrem Rücken stand.

»Ulldrael mit Euch«, grüßte er und wartete voller Spannung auf eine Reaktion.

Die Gestalt drehte sich um, und Matuc blickte in die ergründenden, goldenen Augen einer Frau. Ihre Haut schimmerte in einem sandfarbenen Braunton, dunkelgrün leuchtende Haare waren unter der Kapuze zu erkennen und erinnerten den Mönch an Schattengras.

»Lakastra, der Gott des Südwindes und des Wissens, möge Eure Wege in die richtige Richtung lenken«, antwortete sie nach einem musternden Blick.

Fasziniert sah Matuc auf die Haare und die Haut, bis er merkte, dass er sie ziemlich offensichtlich anstarrte.

»Verzeiht einem Diener Ulldraels seine Sprachlosigkeit und seine Unhöflichkeit«, entschuldigte er sich und wurde rot. »Mein Name ist Bruder Matuc vom Orden Ulldraels.«

»Ich weiß, welchem Glauben Ihr anhängt. Man sieht es an Eurer Tracht.« Sie lächelte, und der Mönch bemerkte die spitzen Eckzähne. »Wir in Kensustria kennen uns mit den verschiedenen Göttern, die ihr Ulldarter habt, einigermaßen gut aus.« Sie schlug die Kapuze zurück, legte die rechte Hand auf Herzhöhe auf die Brust und reichte dem immer noch überraschten Matuc die linke. »Ich heiße Belkala, Priesterin von Lakastra, dem Gott des Südwindes und des Wissens. Ich bin aus Kensustria und komme in Frieden.«

Matuc, der sich allmählich wieder fing, schüttelte die dargebotene Hand. »Deshalb das für Tarpol ungewöhnliche Äußere. Was macht Ihr so weit von Eurer Heimat entfernt?«

»Ich bin unterwegs, um die Lehre Lakastras zu verbreiten.« Die Frau stellte ihre Sachen auf den Steg, bereit für einen längeren Wortwechsel, den sie mit ihren Worten herausforderte.

Der Ausdruck im Gesicht des Mönchs veränderte sich von Neugier zu latenter Feindschaft. »Ihr wollt was?«

»Ich möchte den Repol weiter hinauf fahren und mit der Verbreitung meines Glaubens beginnen«, wiederholte sie freundlich. »Habt Ihr etwas dagegen?«

Natürlich hatte er etwas dagegen, aber auf ein religiöses Streitgespräch am Steg wollte er sich nicht einlassen. Jedenfalls nicht, bevor er mehr über ihren Götzen wusste.

»O nein. Ganz im Gegenteil, Ihr müsst mir unbedingt mehr von …

»Lakastra«, half Belkala zuvorkommend.

»… Lakastra erzählen. Eine Priesterin aus dem fernen Kensustria habe ich noch nie gesehen, und ich schätze, eine solche Gelegenheit bietet sich nicht jeden Tag.«

Der Schiffer kam aus der kleinen Station und stapfte auf die beiden zu.

»Meine Passagiere haben sich bereits kennen gelernt, dann kann ich mir die Mühe der Vorstellung sparen. Aber ich muss Euch leider mitteilen, dass sich unser Aufenthalt etwas verzögert. Wenn der Rumpf nicht demnächst ausgebessert wird, säuft uns der Kahn auf halber Strecke ab.« Er warf Belkala einen neugierigen Blick zu.

»Das bedeutet was?«, seufzte Matuc, der nur darauf

wartete, dass der Mann nach den Haaren der Priesterin griff, um zu sehen, ob sie echt waren.

»Dass ich Teer und ein paar neue Planken aufstöbern muss«, erklärte der Schiffer und spuckte ins Wasser. »Bis heute Abend ist aber alles vorhanden, damit wir morgen in aller Frühe weiterschippern können.« Er schnappte sich hilfsbereit das Gepäck der Priesterin und brachte es an Bord.

»Dann schlage ich vor, wir essen gemeinsam in der Handelsstation, und ich erzähle Euch etwas über meinen Gott«, sagte die Priesterin. Matuc willigte ein.

Die Frau war, und das musste der Mönch im Verlauf des einfachen Essens eingestehen, eine begnadete Rednerin, die nicht nur hervorragend schildern, sondern ebenso gut argumentieren konnte. Ein gefährliche Mischung, wie Matuc fand.

Kensustria, das die meisten der tarpolischen Bauern immer noch für eine Legende hielten, weil sich zahlreiche Märchen an es und seine Bewohner knüpften, war ein nach Kasten geordnetes Land, an deren Spitze nach einem Umsturz vor ein paar Jahren die Krieger standen. Dann folgten die Gelehrten und Handwerker, danach die Bauern und Priester, am Schluss kamen die Unfreien. Jede Kaste unterschied sich durch ihre Rechte und durch ihr äußeres Erscheinungsbild, oftmals schon durch die Statur der Kastenangehörigen.

All das wusste Matuc bereits, denn die Mönche hatten im Laufe der Jahrhunderte einiges über die geheimnisumwitterten und seltsam anmutenden Kensustrianer in Erfahrung gebracht. Also lenkte er das Gespräch gegen Abend auf die Religion.

»Ulldrael hat uns befohlen, sein Andenken zu bewahren und allen Menschen zu helfen, soweit es in unserer Macht liegt«, begann er. Er spürte die Röte seiner Wangen, die vom Wein stammte.

Belkala nickte. »Ihr habt Armenhäuser eingerichtet, wie ich gehört habe, und versorgt die Kranken und Schwachen. In der Landwirtschaft, im Wissen und im Gebet verehrt Ihr Euren Gott, richtig?!«

»Ja. Und was tut Ihr, um Euren Gott zufrieden zu stellen?« Matuc winkte mit seinem leeren Weinbecher in der Hoffnung, dass der Wirt sein Zeichen bemerken und ihm mehr bringen würde. Am besten diskutieren konnte er, wenn er sich ein gewisses Pensum Mut angetrunken hatte, und obwohl er fühlte, dass er dieses Maß bereits erreicht hatte, wollte er sicherheitshalber ein wenig nachfüllen.

»Da beginnt bereits der erste Fehler, den Ihr macht«, lächelte die Priesterin, die nicht einen Tropfen Alkohol zu sich nahm. »Wir haben nicht nur einen Gott oder sieben, wie ihr, wir haben viele. Es sind mehr als hundert Wesen, die wir in Kensustria kennen, aber nicht alle werden von uns verehrt. Jeder sucht sich das göttliche Wesen heraus, mit dem er am meisten einverstanden ist.«

»Ja, aber dann wäre Eure Priesterkaste immens groß«, staunte der Mönch, der in Gedanken Horden von kensustrianischen Bekehrern in Tarpol einfallen sah. Der Wirt brachte einen Krug Wein und entfernte sich wieder.

»O nein. Manche Götter sind sehr beliebt, andere dagegen treten kaum in Erscheinung. Lakastra beispielsweise ist bei den Gelehrten und beim einfachen Volk sehr angesehen, weil er ihm Fortschritt bringt, gerade in der Landwirtschaft. Wir haben dank der Erleuchtung durch den Gott Vorrichtungen entwickelt, wie man die Körner schneller und weniger aufwändig aus den Ähren drischt«, erzählte sie. »Erreicht der Zulauf an Gläubigen ein gewisses Ausmaß, wird ein Tempel errichtet und Priester aus den Reihen der Anhänger gewählt.«

»Also kann es passieren, dass ein Gott mehrere Jahrzehnte nicht wichtig war, aber plötzlich wieder sehr bekannt wird, weil er aus irgendeinem Grund Zulauf bekommt?«, fragte Matuc etwas verwirrt und nippte am Wein. Vielleicht trank er mehr, als es gut war.

»So ist es.« Belkala schenkte ihm erneut ein Lächeln. »Aber im Allgemeinen verfügt Kensustria über einen etablierten Götterreigen von zwanzig Wesen. Lakastra gehört seit mehr als fünftausend Jahren dazu.« Ein bisschen Stolz schwang in ihrer Stimme mit.

»Aha«, machte der Mönch und schielte auf ihre Oberweite. »Haltet Ihr es nicht für sehr gefährlich, alleine umherzuziehen und in einem fremden Land eine Gottheit anzupreisen, die niemand kennt? Wenn Euch nun aufgebrachte Bauern aufknüpfen wollen, was Ulldrael der Gerechte verhindern möge, weil Ihr unbedachterweise gegen ihren Schutzpatron gesprochen habt? Was denn? Hilft Euch Euer Lakastra, oder sterbt Ihr für Euren Glauben?« Er lehnte sich vor. »Manche sehr einfachen Menschen würden Euch sogar eher für einen Blutsauger halten, wenn sie Eure Zähne sähen, und Euch an Ort und Stelle enthaupten und verbrennen.«

»Mir ist die tarpolische Sagenwelt leider nicht sehr vertraut, deshalb bedanke ich mich bei Euch für die Warnung, Bruder Matuc.« Sie neigte leicht den Kopf, ihre goldenen Augen leuchteten auf und erzeugten einen wunderschönen Kontrast zu den dunkelgrünen Haaren. »Außerdem, das versichere ich Euch, ich weiß mich zu wehren.«

»Ihr habt meine Frage nicht beantwortet«, sagte Matuc. Er hatte vor, sie in eine Falle zu manövrieren. Ihre ablenkende Antwort wertete er als erste Unsicherheit.

»Nun, ich denke, dass mein Gott mir beistehen würde. Vielleicht käme er selbst. Tut das Ulldrael auch?«

»Natürlich«, versicherte der Mann, obwohl er sich tief in seinem Herzen dessen nicht ganz sicher war.

»Ihr lügt, Bruder.« Die Priesterin schmunzelte und langte nach ihrem Wasser. »Habt Ihr Ulldrael schon einmal gesehen?«

Matuc zögerte. Das Gespräch nahm eine Wendung, die ihm nicht schmeckte.

»Nein, habe ich nicht. Es gibt nur sehr wenige Menschen auf Tarpol, denen diese Ehre zuteil wurde. Meistens übermittelt er Botschaften durch spezielle Männer unseres Ordens. Wir nennen sie Visionäre.« Mit Mühe unterdrückte er ein Rülpsen, das sich gurgelnd einen Weg durch die Eingeweide nach oben gebahnt hatte und auszubrechen drohte.

»Seht Ihr, ich bin meinem Gott schon begegnet und deshalb fest in meinem Glauben. Ich könnte es sogar Wissen nennen an Stelle von Glauben. Ihr auch? Und woher wisst Ihr, dass Ulldrael die Botschaften schickt? Könnte es nicht ein anderer Gott sein? Vielleicht sogar ein kensustrianischer?«

Der Mönch fühlte sich, als ob ihm jemand den Boden unter den Füßen wegzog, sein Kopf glühte vor Wärme. »Die Männer, die Visionen hatten, sagten aber …«

»Die Männer haben etwas gesehen, aber beweisen lässt es sich nicht, oder?!« Ihr unentwegtes Lächeln empfand er diesmal als überheblich und provokant.

»Ihr wagt es, die Botschaften Ulldraels anzuzweifeln?« Matuc sprang auf, das Gesicht tiefrot vor Zorn und Alkohol. »Das ist eine unglaubliche Lästerung!«

Die wenigen Gäste, die sich in der Station aufhielten, wandten sich erstaunt um und beobachteten den erbosten Mönch. Eine solche Verhaltensweise war man von Ordensmitgliedern nicht gewohnt.

»Beruhigt Euch, Bruder«, beschwichtigte Belkala. »Ich wollte weder Euren Gott noch Euren Glauben beleidigen. Und beweisen können wir auch nichts, wenn es Euch beruhigt. Ich wollte doch nur …«

»Ihr habt es aber getan, Priesterin! Ihr habt den Glauben und den Gott beleidigt! Das ist eine Ungeheuerlichkeit!« Der erregte, angetrunkene Mönch packte den Krug und schlug zornig nach Belkala.

Die Frau zog den Oberkörper zurück, umfasste das Handgelenk Matucs und lenkte den schlecht gezielten Hieb ab.

Die Wucht seines eigenen Angriffs brachte den nicht mehr ganz nüchternen Mönch aus dem Gleichgewicht. Der Länge nach landete er auf dem Holztisch, der unter seinem Gewicht zu Bruch ging.

Verdutzt wälzte er sich auf den Rücken und starrte die Frau an.

Belkala legte wieder die Rechte auf Herzhöhe und hielt Matuc die Linke hin, um ihm beim Aufstehen zu helfen.

»Ich entschuldige mich erneut, Bruder. Ich wollte Euch nicht beleidigen«

Die Männer in der Schänke hatten sich erhoben und drohend um die Kensustrianerin positioniert.

»Ergreift sie«, befahl Matuc und stemmte sich umständlich in die Höhe. »Sie hat Ulldrael gelästert.«

Kräftige Hände packten die Priesterin, zwangen ihre Arme auf den Rücken und banden sie mit groben Seilen fest zusammen.

»Was sollen wir tun, Bruder?«, fragte der Wirt, dem die Mordlust in den Augen brannte.

»Hängt sie auf.« Der Mönch funkelte sie feindselig aus geröteten Augen an. »Ihre beleidigenden Reden dürfen nicht weiter an die Ohren ehrbarer Tarpoler gelangen.« Er beugte sich vor. »Jetzt wollen wir sehen, ob Euer Götze Euch aus dieser Situation heraushilft.«

»Ihr seid betrunken, Matuc«, rief sie verzweifelt. »Ihr begeht einen großen Fehler!«

Die lachenden Männer schoben die Priesterin nach draußen zu den Ulldraeleichen, warfen einen Strick über einen besonders dicken Ast und legten der tobenden Belkala eine Schlinge um den Hals. Einem unvorsichtigen Helfer biss sie so fest in die Hand, dass das Blut hervorsprudelte. Die spitzen Eckzähne hatten sogar eine Sehne durchtrennt, heulend ließ der Mann von seinem Tun ab. Ein anderer schlug ihr mit dem Griff der Fackel ins Gesicht. »Elender Blutsauger!«

Matuc hielt sich die schmerzenden Rippen, die er sich bei seinem Sturz vorhin verletzt haben musste. »Zieht sie hoch.«

Das Seil straffte sich, die Füße der Frau verloren den Kontakt zum Boden.

Belkala würgte und rang keuchend nach Luft, während um sie herum Gejohle und lautes Rufen einsetzte.

Die Männer erfreuten sich an dem qualvollen Todeskampf der Kensustrianerin. Sie waren dabei so fasziniert, dass sie den Neuankömmling überhaupt nicht bemerkten, bis er auf sich aufmerksam machte.

»Halt!«, rief eine herrische Stimme.

Ein Reiter in einer schimmernden Vollrüstung lenkte sein Pferd in den Schein der Fackeln.

Silbern reflektierte das polierte Metall das Licht und warf es auf die erschrockenen Gesichter der Versammelten. Der eindrucksvolle Helm, der das Gesicht verdeckte, mit dem Schweif aus schwarzem Rosshaar war über und über mit Gravuren bedeckt, der Schild an seiner Seite zeigte zwei gekreuzte Schwerter und darunter sein persönliches Wappen. Am Sattel seines gepanzerten Reittieres hing eine stattliche Auswahl der unterschiedlichsten Waffen. In seiner Hand ruhte eine doppelläufige, schwere Armbrust.

»Was geht hier vor?«

Wie gelähmt starrten die Männer auf den Reiter, die Hände lösten sich vom Seil, und die Priesterin fiel zu Boden, wo sie hustend liegen blieb.

Matuc erkannte das Wappen sofort und fluchte insgeheim. Vor ihm stand ein Mitglied der Hohen Schwerter, einer der drei Kriegerorden, die den in Tarpol seltenen Gott Angor verehrten.

Das Donnern von vielfachem Hufschlag näherte sich, dann tauchten mehrere Bewaffnete auf, die neben dem Ritter anhielten und ihre Armbrüste bereit machten. Die Helfer des Mönchs wichen zurück.

»Ich fragte, was hier vorgeht?«, polterte der Ritter und schwenkte seine Waffe auf den Wirt.

»Herr, o Herr, es ist nicht meine Schuld«, stammelte der Mann, sein Unternehmungsgeist war wie weggeblasen. »Der Mönch hat uns befohlen, die Frau aufzuknüpfen, weil sie Ulldrael gelästert habe. Verzeiht uns, Herr.«

Die Armbrust zielte nun auf Matuc. »Du hast auf meinem Grund und Boden eine Hinrichtung angeordnet? Wie lautet dein Name?«

»Ich bin Vorsteher Matuc vom Orden Ulldraels und verteidige die Ehre meines Gottes, dem Erschaffer und Beschützer des Kontinents Ulldart«, antwortete er mit erhobener Stimme, während er sich darauf konzentrierte, nicht allzu sehr zu schwanken. »Wer seid Ihr, dass Ihr einen Mönch bedrohen dürft?«

»Ich bin Nerestro von Kuraschka, Mitglied im Orden der Hohen Schwerter, der alleine zu Ehren des Gottes Angor lebt, kämpft und stirbt. Mir gehört das Land, auf dem du stehst, Mönch, also bestimme nur ich, wer getötet wird und wer am Leben bleiben darf.«

»Aber sie ist aus Kensustria und hat einen falschen Götzen, dessen Lehre sie verbreiten will«, warf Matuc ein.

»Ich diene Angor, nicht Ulldrael«, unterbrach ihn der Ritter hart. »Für mich ist sie ebenso gut wie du. Ich dulde kein Unrecht, wie du es eben so voreilig in die Tat umsetzen wolltest. Außerdem bist du selbst nicht von hier, denn im Umkreis von vierzig Warst ist kein Kloster, in dem du Vorsteher sein könnest. Du bist nur Gast,

Mönch.« Er nickte einem seiner Untergebenen zu, der absaß, zu Belkala hinüberging und sie von ihren Fesseln befreite. »Ein äußerst betrunkener Gast, wie ich feststellen muss.«

»Ihr wollt eine Frevlerin freilassen?«, rief der Ulldrael-Anhänger empört und machte einen Schritt vorwärts, wobei er gefährlich in Schräglage geriet.

»Sie hat nicht meinen Gott gelästert, sondern deinen, vergiss das nicht.« Nerestro wandte sich den anderen Männern zu. »Und Ihr müsst für eure Tat bestraft werden, weil ihr leichtfertig gehandelt habt.« Er schoss dem Wirt den Bolzen genau über der Kniescheibe in den Oberschenkel, woraufhin der Mann schreiend zu Boden ging. »Danke mir nicht für meine Milde.«

Matuc schritt wutentbrannt auf die Priesterin zu, seine Absichten waren mehr als deutlich.

»Du vergisst dich, Mönch«, warnte der Ritter. »Noch einen Schritt weiter auf die Frau zu, und du wirst die nächsten Wochen in meinem Verlies verbringen.«

»Wenn Ihr sie nicht strafen wollt, dann muss ich es eben tun.« Unbeirrt und mit dem Mut des Weines ausgestattet setzte er seinen Weg fort. Ein Bewaffneter trat ihm in den Weg.

»Mir scheint, dir wurde noch nie verdeutlicht, was es heißt, Gast zu sein und sich entsprechend zu benehmen. Das sollte ich nachholen.«

Nerestro deutete auf den Mönch, der vom Gefolge des Ordensritters sofort gepackt und verschnürt wurde.

»Ihr seid ebenfalls eingeladen, mich auf meine Burg zu begleiten. Ich denke nicht, dass Ihr eine Nacht in der Gemeinschaft von diesem Gesindel verbringen möchtet. Euer Gepäck lasse ich nachbringen«, sagte er zu der blassen Belkala, die sich daraufhin verbeugte. Ein dicker roter Striemen, den das Seil hinterlassen hatte, verlief um ihren Hals.

»Wirt, wenn du mir noch einmal auffallen solltest,

wird der nächste Bolzen dein linkes Auge treffen«, verabschiedete sich Nerestro und wendete sein Streitross. »Das gilt für euch alle.«

Der Tross setzte sich in Bewegung. Die Priesterin und der Mönch liefen am Ende, umgeben vom Gefolge des Ritters.

»Es scheint, als habe mir Lakastra geholfen. Was ist mit Euch? Seid Ihr bei Ulldrael in Ungnade gefallen?«, krächzte Belkala und wischte sich ihr Blut aus dem Mundwinkel.

Matuc schnaubte nur, antwortete nicht. Aber tief in seinem betrunkenen Innersten stellte er sich genau diese Frage.

Burg Angoraja, Provinz Ker, 220 Warst vor Granburg, Spätsommer 442 n. S.

Matuc erwachte nicht, weil ihn ein Lichtschimmer oder ein Laut weckte, sondern weil sein Kopf geradewegs zu zerspringen drohte. Einen solchen Brummschädel hatte er noch niemals zuvor gehabt, und der Geschmack in seinem Mund war mehr als übelkeitserregend. Mit einem Grummeln richtete er sich auf und hielt sich das Haupt.

Der Geruch um ihn herum war allerdings nicht viel besser als der aus seinem Hals, auch der Anblick seiner Umgebung ließ schwer zu wünschen übrig.

Er saß, wie er langsam feststellte, auf einem feuchten Bündel Stroh inmitten einer kleinen, kargen und äußerst unfreundlichen Zelle, an deren Wänden Moos wuchs und Wassertröpfchen hinunterliefen. Ansonsten fehlte jegliches Mobiliar.

Vor ihm stand ein Krug mit Wasser, Licht spendete

eine fast herabgebrannte Kerze, die jeden Moment zu verlöschen drohte.

Verzweifelt versuchte er sich an die Begebenheiten des letzten Abends zu erinnern, aber er wusste lediglich noch, dass er sehr wütend auf Belkala gewesen war. Er hatte sie doch nicht etwa in seiner Volltrunkenheit umgebracht und saß deshalb im Kerker?

Ganz vorsichtig und langsam stellte er sich auf die Beine und ging zur eisenbeschlagenen Tür.

»Hallo«, rief er schwach. Das an den Steinwänden widerhallende Wort verursachte ihm heftigste Kopfschmerzen. »Ich bin wach. Hört mich jemand? Wo bin ich?«

Nichts rührte sich. Dann wurde es mit einem Schlag dunkel, die Kerze versagte ihren Dienst.

Der Mönch tastete sich zurück zum Strohbündel, lehnte den pochenden Kopf an den kühlen Stein und ließ sich das Wasser über die Stirn rinnen. Es blieb ihm nichts anderes übrig, als zu warten, dass man sich irgendwann um ihn kümmerte.

Mit jedem kleinen Platsch eines Wassertropfens, der auf den harten Boden schlug, kehrte die Erinnerung an die Ereignisse zurück. Er hatte die Priesterin zu schlagen versucht und die Leute aufgehetzt, die Frau zu hängen.

Leise stöhnte er auf und begann, einen Gebetszyklus an Ulldrael zu richten, damit ihm der Gott sein Vergehen vergab, denn das Letzte, was er jetzt benötigte, war die Wut seines göttlichen Herrn.

Endlich drehte sich der Schlüssel im Schloss der Tür, schwere Riegel wurden zurückgeschoben, dann fiel der blendende Schein einer Fackel in Matucs Gefängnis.

»Hast du ausgeschlafen, Mönch?«, fragte eine belustigte Stimme. Schwere Stiefel näherten sich ihm, Metallplättchen und -ringe rieben aneinander, die ein aufdringliches Geräusch erzeugten. Dann fasste ihn eine kräftige Hand unter die Achsel und zog ihn hoch. »Mein Herr will dich sehen.«

Mehrere Männer in Kettenhemden bugsierten ihn mehr oder weniger sanft die unendlich vielen Stufen nach oben hinauf. Sie überquerten einen äußerst sauberen Burghof, auf dem Kampfübungen abgehalten wurden, dann ging es eine weitere, steile Treppe hinauf, durch zwei große Räume, bis sie vor einer breiten Eichentür anhielten und nach kurzem Klopfen eintraten.

Ohne Zweifel befand sich Matuc im Waffensaal der Burg.

Die Wände hingen voller Schwerter, Morgensterne, Äxte, Beile und anderer, mitunter exotischer Utensilien, die ein Krieger benötigte, um einen Gegner zu töten. Dazwischen befanden sich verschiedene Schilde mit den unterschiedlichsten Wappen und in den unterschiedlichsten Zuständen. Die einen glänzten ganz neu, andere wirkten leicht ramponiert, während zwei oder drei davon nur noch von Eisenbeschlägen zusammengehalten wurden.

Als am Atemberaubendsten jedoch empfand der Mönch das Sammelsurium an Flaggen, Standarten und Fahnen, die von einer Balustrade herabhingen. Auch wenn er so einiges Wissen in Heraldik aufweisen konnte, unter diesen Exemplaren befanden sich höchstens vier, die er erkannte. Wo auch immer sie herstammten, sie waren nicht von Ulldart.

Inmitten des Raumes stand ein fast schwarzer Tisch mit neun Stühlen.

Am Kopfende saß ein schwergerüsteter Mann in Plattenpanzer, den Matuc auf Mitte Dreißig schätzte. Die rechte Hand ruhte am juwelenbesetzten Griff einer höchst seltenen aldoreelischen Klinge, die linke hielt einen silbernen Pokal. Sein dunkelbraunes Haar war auf dem Schädel nur eine Fingerkuppe lang, ansonsten gänzlich abrasiert. Umso mehr fiel der lange, gewachste und blond gefärbte Kinnbart auf, der fast bis auf die Brust reichte.

Neben ihm hatte sich Belkala niedergelassen, die keinen Hehl aus dem roten Streifen um ihren Hals machte. Offenbar waren sie gerade in eine Unterhaltung vertieft gewesen, denn sie drehten sich zu den Männern sehr unwirsch herum.

Der Ritter reckte den Kopf. »Du bist nüchtern, hoffe ich.«

»Nüchtern genug, um in aller Demut bei Euch und Belkala um Verzeihung zu bitten«, antwortete Matuc und senkte den Blick. »Ich habe zu viel getrunken, was mein Verhalten allerdings nicht entschuldigt.«

»Ich fand unsere Unterhaltung anfangs eigentlich recht interessant«, krächzte die Priesterin, das Sprechen bereitete ihr noch Mühe. Mit einer schnellen Bewegung strich die Kensustrianerin das schulterlange, dunkelgrüne Haar zurück. »Aber es nahm dann eine sehr unschöne Wendung.«

»Falls du meinen Namen vergessen haben solltest, was ich beinahe glaube, er lautet Nerestro von Kuraschka, Ritter im Orden der Hohen Schwerter und Gläubiger des Gottes Angor. Mir gehören das Land und die Menschen im Umkreis von vierzig Warst, ich spreche Recht und Gesetz als ordnungsgemäßer Grundherr.« Er erhob sich und deutete auf den Stuhl neben sich. »Setz dich zu uns, damit wir uns über deine angemessene Bestrafung beratschlagen.«

Der Mönch ging langsam an den ihm zugewiesenen Platz und überlegte, wie er aus der Situation herauskommen sollte.

Bei jedem herkömmlichen Adligen Tarpols hätte er mit einem milden Denkzettel rechnen können, aber ausgerechnet auf dem Boden eines verbohrten Ritters von einem Orden, der wenig auf Ulldrael gab, musste er sich einen Rausch antrinken und über die Stränge schlagen.

»Dir wird vorgeworfen, das Volk aufgehetzt und die Hand gegen diese Frau erhoben zu haben, ohne dass ein triftiger Grund vorlag.« Die braunen Augen ruhten forschend auf dem Gesicht des Mönchs. »Was hast du dazu zu sagen, und was wäre ein befriedigendes Strafmaß?«

»Was mich angeht«, meldete sich Belkala, »ich wäre mit einer aufrichtigen Entschuldigung zufrieden. Er hat nicht gewusst, was er tut. Dazu war er zu betrunken in der Nacht.«

Dankbar lächelte Matuc. »Ich entschuldige mich, Ulldrael sei mein Zeuge, mit aller Inbrunst und aller Ehrlichkeit, die ein Mönch haben kann. Ich verspreche Euch hiermit feierlich, dass ich nie wieder einen Tropfen Wein, Bier oder Schnaps anrühren werde.« Die Priesterin nickte.

»Na, schön. Dein Lakastra muss ein sehr verzeihender Gott sein, wenn er sich so leicht zufrieden gibt.« Nerestro stieß mit der Schwertscheide auf den Boden, »Angor dagegen ist es nicht, und die Gesetze Tarpols sind es ebenfalls nicht. In Anbetracht, dass du ein Mönch, vermutlich sogar ein Vorsteher eines Klosters bist, werde ich nicht allzu hart mit dir sein, und weil ich auch denke, dass der Wein eine große Schuld an deinem Fehlverhalten trägt.« Das harte Gesicht des Ritters wandte sich Matuc zu. »Deshalb wirst du nur ein Jahr im Kerker verbringen, anstatt lebenslänglich. Danke mir nicht für meine Milde.«

Belkala schaute mindestens so überrascht wie der Mönch.

»Herr, nicht, dass Ihr glaubt, ich würde für meine Tat nicht einstehen wollen, aber ich habe einen dringenden, wichtigen Auftrag für meinen Orden zu erfüllen«, begann Matuc vorsichtig, wobei er genauestens auf die Reaktion des Ritters achtete.

»Darauf hättest du früher bedacht sein müssen«, entgegnete Nerestro und schwenkte den Pokal. »Ich habe das bestehende Gesetz schon genug gebeugt. Wenn ich dir noch mehr entgegenkomme, wird mir Angor gewiss sehr böse sein.«

»Aber andernfalls könntet Ihr den Zorn Ulldraels auf Euch ziehen, Herr«, versuchte der Mönch eine neuen Anlauf. Er durfte auf keinen Fall ein Jahr lang in den Mauern der Burg sitzen. Er musste so schnell wie möglich weiter, damit er seine Mission zur Rettung des Kontinents rechtzeitig ausführen konnte, bevor es zu spät war. »Meine Aufgabe ist sehr wichtig.«

»Gib Acht, Mönch«, knurrte der Mann, »du bewegst dich im Moment auf sehr dünnem Eis.«

»Versteht Ihr nicht, Herr«, flehte Matuc. »Ihr müsst mir einen Aufschub gewähren. Lasst mich meine Aufgabe zu Ende bringen, und ich kehre freiwillig in Euren Kerker zurück, aber, bitte, setzt mich nicht jetzt fest. Bitte.«

»Wer garantiert mir, dass du zurückkommst? Ulldrael?«, schnaubte Nerestro. »Einen Eid auf deinen Gott brauchst du bei mir nicht zu leisten, und ein Schwur auf Angor steht dir nicht zu. Nicht in diesem Fall.«

Belkala beobachtete den völlig aufgelösten Mönch nachdenklich. Ihre goldenen Augen schimmerten im Licht der allmählich versinkenden Sonnen und strahlten wie geschliffener Bernstein. Sie fühlte, dass hinter dem Sträuben und dem oft erwähnten Auftrag mehr steckte als Matuc zugeben wollte. Welches Geheimnis bewahrte der verzweifelte Mann für sich?

Ähnliches musste auch dem Ordensritter durch den Kopf gegangen sein. »Was für eine unaufschiebbare Aufgabe ist es denn, die du zu verrichten hast? Vielleicht verstehe ich es und gewähre den Aufschub.«

Matuc presste die Lippen zusammen. »Darüber darf ich nicht sprechen, Herr, verzeiht.«

»Dann sieh dir noch einmal die untergehenden Sonnen an.« Nerestro deutete mit dem Pokal auf das schmale Fenster, durch das die Strahlen fielen. »Du wirst sie lange nicht mehr genießen dürfen.« Der Mann ging zur Tür und rief die Wachen. »Ich wünsche dir einen angenehmen Aufenthalt im Kerker. Meine Gefangenen werden, nur zu deiner Beruhigung, sehr gut behandelt.«

Die Wachen nahmen den Mönch, der einen mehr als niedergeschlagenen Eindruck machte, in die Mitte und verließen den Waffensaal.

»Was Euch angeht, Ihr dürft so lange mein Gast sein, wie Ihr wollt.« Der Ritter drehte sich zu Belkala.

»Ihr seid sehr großzügig zu einer Unbekannten«, bedankte sich die Priesterin.

»Das ist selbstverständlich, schließlich habe ich mehr als genug.« Nerestro sah nachdenklich zu den Fahnen. »Habt Ihr eine Ahnung, was der Mönch unbedingt für sich behalten will? Ich verstehe sein Verhalten nicht, um ganz offen zu sein.«

Die Kensustrianerin knetete nachdenklich ihre Unterlippe. »Würdet Ihr denn freiwillig etwas über eine Ordensangelegenheit erzählen?« Der Mann schüttelte den Kopf. »Dann habt Ihr Euch eben selbst die Antwort gegeben.«

»Lasst uns von etwas anderem reden.« Nerestro schien die Angelegenheit allmählich langweilig zu werden. »Erzählt mir lieber etwas über Euer Land, das mir ein wenig legendär vorkommt.«

»Ich vermute, Euch interessieren mehr die militärischen Dinge als Kultur und Wissen«, lächelte die hübsche Frau. »Da kann ich Euch leider nicht sehr viel weiter helfen. Ich bin Priesterin, wie Ihr wisst.«

»Man berichtet die wunderlichsten Geschichten über Eure Krieger und deren Waffen. Könnt Ihr mir vielleicht mehr über Euer Kriegsgerät erzählen? Wenn Lakastra der Gott des Wissen ist, müsstet Ihr mir schon mehr als nur eine Ausrede liefern können«, versuchte es der Ritter.

»Ihr wollt nicht zufällig das Geheimnis des Unlöschbaren Feuers wissen?«, fragte die Priesterin verschmitzt.

»Wenn Ihr es zufällig parat hättet, wäre ich nicht abgeneigt. Ich habe gehört, es vermag sogar Steine zu verbrennen.«

»Das ist eine Legende«, lachte sie, »die wir gerne schüren, um unsere Feinde in Angst und Schrecken zu versetzen. Aber das Geheimnis wird strengstens von der Kriegerkaste gehütet. Für die unzähligen Kriegsapparate und -maschinen haben sie eigene Ingenieure, die wenig mit Lakastra zu tun haben. Mein Wissen ist anderer Natur. Ich kann Euren Bauern sagen, wie sie mehr Ertrag aus den Feldern ziehen.«

»Das ist zwar auch etwas wert, aber nicht unbedingt etwas für die Militärbibliothek des Orden der Hohen Schwerter«, meinte Nerestro enttäuscht.

Belkala trat neben ihn. »Was sind das für Fahnen und Banner? Ihr hab doch vermutlich nur ein Familienwappen, oder?«

»Das sind Beutestücke, erobert von meinen Ahnen in jahrhundertelanger Arbeit.« Der Mann deutete stolz auf die Schilde. »Für jeden geschlagenen Feind im Turnier. Ich konnte bisher siebenundneunzig zusteuern.«

»Wie oft seid Ihr dabei aus dem Sattel gestoßen worden?«

»Nur acht Mal. Zwei Mal wurde ich schwer verwundet, die anderen Verletzungen waren Fleischwunden oder harmlose Brüche«, berichtete Nerestro stolz. »Die Anhänger Angors sind hart im Nehmen.«

»Und wenn Ihr nun gestorben wärt?« Belkala wirkte interessiert.

»Dann wäre ich in Angors Gefolge aufgenommen worden und hätte ihn mit meinem Tod gebührend geehrt.«

»Stimmt es, dass Euer Orden nur in den seltensten Fällen zur Waffe greift? Ich kann es eigentlich nicht glauben, wenn ich die Sammlung von Schwertern sehe.«

»Das stimmt nur zum Teil.« Er schob ihr den Stuhl hin. »Setzt Euch, ich erkläre es Euch in aller Ruhe.« Der Ritter nahm ebenfalls Platz. »Wir, die Angor verehren, zeigen unserem Gott unsere Hochachtung durch das meisterliche Beherrschen unserer Waffen. Wir kämpfen in Turnieren zu Ehren Angors, dabei ist das Können der Teilnehmer von großer Bedeutung, egal ob Schwert, Morgenstern, Keule, Lanze oder Spieß. Normalerweise endet ein solches Duell, wenn einer der beiden aufgibt oder er das Bewusstsein verliert. Stirbt ein Kontrahent während des Duells, geht er in das Gefolge des Gottes ein, die höchste Ehre, die einem Ordensmitglied zuteil werden kann.«

»Was aber, wenn Ihr in einen Hinterhalt gelockt werdet oder Euch Räuber überfallen?«

»Wir leben, um Angor zu dienen, nicht, um uns mit gewöhnlichem Gesindel herumzuschlagen. Dafür haben wir unsere Begleiter. Oder Fernwaffen. Erst im äußersten Notfall würde ich selbst zum Schwert oder zu meiner Axt greifen. Aber dann kämpfe ich, um zu überleben, denn nur der Duelltod ist ehrenhaft.« Er beugte sich. »Versteht mich nicht falsch, wenn ich eine Herausforderung entdecke, werde ich sie annehmen, wenn ich sie für würdig oder interessant genug halte. Aber ich werde nicht dabei sterben.«

»Die Rüstung ist mehr als ungewöhnlich.« Belkalas Blick wanderte die Metallteile entlang. »Die meisten Wachen in Tarpol schützen sich mit einfachen Brustpanzern.«

»Wenn wir vor unseren Gott treten, dann wollen wir das in aller Pracht tun. In Leinen und Jute stirbt jeder Bettler«, meinte Nerestro verächtlich und strich sich über den gewachsten Bart. »Es ist eine Frage der Ehre, nichts weiter.«

»Nichts weiter? Ich merke schon, Ihr habt so manche Gemeinsamkeit mit unseren Kämpfern«, sagte die Priesterin.

»Was haltet Ihr vom Kampf?«

»Ich würde sagen, das Verhältnis unserer Priester zu den Kriegern ist ungefähr so gut wie Eures zum Ulldraelorden«, antwortete sie diplomatisch. »Wir kennen uns, achten uns ein wenig, aber vermeiden jeden größeren Kontakt.«

»Was habt Ihr als Nächstes vor?« Der Ritter fixierte ihre goldenen Augen, schweifte ab und wanderte mit seinem plötzlich sehr anzüglichen Blick an ihrer Robe entlang.

»Ich werde die Nacht in Eurer Burg verbringen, danach möchte ich so schnell wie möglich weiter nach Norden, um Lakastras Wissen und Glauben zu verbreiten.«

»Dann seid Ihr noch eine sehr lange Zeit unterwegs. Allein.« Ein verführerisches Lächeln legte sich auf das markante Gesicht. »Ihr seid Priesterin des Wissens. Wollt Ihr etwas dazu lernen, so lange Ihr noch auf meiner Burg seid?«

Belkala war angesichts solcher Offenheit und Direktheit mehr als überrascht.

»Wie kommt Ihr auf den Gedanken, dass Ihr mir noch etwas beibringen könntet?«, gab sie schlagfertig zurück und richtete ihren Oberkörper auf. »Außerdem bin ich Priesterin.«

»Was hat das damit zu tun? Ich bin in einem Kriegerorden, trotzdem bevorzuge ich eine Frau auf meinem Nachtlager«, entgegnete der Ritter grinsend.

»Ich werde darüber nachdenken«, versprach sie, obwohl sie insgeheim einem kurzen Abenteuer nicht abgeneigt war. Trotzdem empfand sie den Mann als ein bisschen zu sehr von sich überzeugt. Das musste wohl mit dem Orden und den Kriegern zusammenhängen. »Gute Nacht.«

»Oh, das hängt ganz von Euch ab«, verabschiedete er die Kensustrianerin, während sie zur Tür hinausging und den Waffensaal verließ.

Bevor sie sich ein wenig Abwechslung gönnen wollte, musste sie zuerst eine Sache unbedingt klären. Ihr Weg führte sie in den Kerker der Burg.

Sie fand Matuc hockend im Gebet vertieft. Die Handflächen zusammengelegt, die Augen geschlossen, murmelte er leise Verse vor sich hin. Erst als der Wächter die schweren Riegel geräuschvoll zurückschob, drehte der Mönch den Kopf und schaute zum Eingang.

»Kommt Ihr Euren Triumph feiern?« Er ließ den Kopf sinken. »Mir scheint, ich bin mehr als in Ungnade gefallen, dass Ulldrael mich im Kerker schmoren lässt.«

»Seht es als eine Prüfung.« Die Priesterin ging ebenfalls in die Knie. »Aber vielleicht kann ich Euch helfen, aus diesem Loch herauszukommen, wenn Ihr mir sagt, was es mit Eurer Mission auf sich hat.«

Der Mönch blickte wie gebannt in das Bernstein ihrer Augen. Tiefer und tiefer drang etwas in seine Gedanken, schmeichelte sich sanft in seinen Kopf und streichelte seine Seele mit freundlicher Wärme. Es war ein Gefühl, das er als Kind gehabt hatte, als seine Mutter ihm liebevoll über die Haare gefahren war oder ihn umarmt und getröstet hatte. Geborgenheit und Vertrauen machten sich breit.

»Ich soll den Kontinent vor einer großen Bedrohung retten«, sagte er leise.

»Eine sehr schwere Aufgabe für einen einzelnen Menschen.« Belkalas Stimme war sanft, einfühlsam. »Vertraue dich mir an, Matuc. Was sollst du tun?«

»Ich soll den Tadc töten, um die Rückkehr der Dunklen Zeit zu verhindern.« Endlich konnte er mit jemandem darüber reden. »Der Obere und der Geheime Rat sind der Ansicht, dass die Prophezeiung in dieser Weise ausgelegt werden kann.« Der Mönch war unendlich erleichtert.

Belkala stieß die Luft aus. »Und du bist dir deiner Aufgabe wirklich sicher?«

Matuc zögerte. »Ich bin mir fast sicher.«

»Wir haben von der Prophezeiung auch gehört, aber sie bisher immer im entgegengesetzten Sinne interpretiert. Wie kommt das?«

»Wir haben herausgefunden, dass im Kloster ein Tzulani-Spitzel war, der den Visionär vermutlich deshalb tötete, damit nur er alleine den Wortlaut der Botschaft wusste und niemand sonst vom Verhängnis, das mit dem Tadc hereinbrechen wird, erfahren sollte«, erklärte Matuc und begann, Belkala alles zu erzählen, was er wusste und was sich seitdem zugetragen hatte.

Über eine Stunde berichtete er.

Die Kensustrianerin lauschte, ohne ihn auch nur einmal zu unterbrechen. Ihr Gesicht wurde mit jedem Satz nachdenklicher und nachdenklicher.

Nachdem der Mönch seine Ausführungen beendet hatte, legte sie ihm beruhigend ihre Hand auf die Schulter.

»Ich werde dir helfen, Matuc. Ich bitte Lakastra um Hilfe, damit wir mit seiner Unterstützung einen Weg aus deinem Gefängnis finden und wir die Rückkehr der Dunklen Zeit gemeinsam verhindern. Wenn deine Geschichte wahr ist, so, wie du sie mir erzählt hast, wird mein Gott seinen Beistand nicht verweigern.«

»Aber warum hilft mir Ulldrael nicht?« Matuc senkte verzweifelt den Blick, eine Träne rann ihm über die Wange. »Warum?«

Die Kensustrianerin erhob sich. »Diese Frage kann ich dir nicht beantworten. Bete weiter, vielleicht gibt dir dein Gott ein Zeichen.« Sie verließ die Zelle.

Matuc beobachtete teilnahmslos, wie sein Augenwasser als Tropfen auf den Steinboden fiel und zwischen den Platten verlief.

Mehr und mehr schwand sein Vertrauen in seinen Schutzpatron, der sich offenbar nicht viel um die Belange seines Kontinents zu kümmern schien.

Provinzhauptstadt Granburg, Königreich Tarpol,
Spätsommer 442 n. S.

Der warme Wind jagte die gelblich schwarzen, regenschweren Wolken hoch über dem großen Festplatz am Himmel entlang.

Düster türmten sie sich auf, verwirbelten ineinander und verdunkelten die beiden Sonnen, sodass man glauben konnte, es sei später Abend und nicht kurz nach Mittag. Das gewaltige Gewitter hing spürbar in der Luft, doch es entlud sich nicht.

Das blassgelbe Zwielicht wirkte unheimlich, eine vollkommene Stille senkte sich auf die Stadt herab. Selbst die Tiere in den Ställen gaben keinen Laut von sich. Nur das Pfeifen des Windes war zu hören, der durch Fensterläden, über Dächer und um Häuserecken strich.

Wasilji Jukolenko ließ den Blick über den Platz schweifen, auf dem sich mindestens tausend Menschen seinetwegen versammelt hatten.

Bürger der Stadt, Bauern der Umgebung, Händler und einige Adlige, die sich vor kurzem noch um seine Gunst gestritten hatten, erkannte er zu seinen Füßen. Er bedachte sie mit einem herablassenden Lächeln.

Die Fesseln, die seine Arme auf dem Rücken hielten, schnitten unangenehm ins Fleisch, die linke Gesichtshälfte brannte wie Feuer, nachdem die Wachen ihn mindestens ein Dutzend Mal geschlagen hatten.

Überhaupt ließ die Behandlung eines Adligen und ehemaligen Gouverneurs seiner Meinung nach sehr zu wünschen übrig. Bei seiner Verhaftung vor ein paar Tagen war ihm so ziemlich jedes teure Kleidungsstück abgenommen worden, das er besaß. Daraufhin musste er in Unterwäsche in einem stinkenden, feuchten Kellerloch liegen, bis ihn ein paar schadenfrohe, betrunkene Soldaten verprügelten und ihn auf den Schafottwagen luden. Quer durch die Stadt holperte das Vehikel, vorbei an schweigenden Menschen, die ihn hasserfüllt ansahen. Die Zeit seiner Herrschaft war vorbei.

Jetzt stand er auf der kleinen Plattform, drei Meter über den Köpfen der Zuschauer, neben ihm warteten vier Wachen auf das Eintreffen des jungen Gouverneurs.

Weitere Wagen rollten heran und brachten den maskierten Scharfrichter mit seinen Gesellen sowie Kaschenko zusammen mit zehn weiteren Adligen und Großbauern, die an der Verschwörung gegen den Gouverneur nachweislich beteiligt waren.

Nach und nach wurden die Gefangenen von den Henkersknechten die schmale Leiter hinaufgezerrt und neben den Mann hingestellt.

Jukolenko zeigte keinerlei Regung, schaute einfach nur in die Wolken. Innerlich hoffte er, dass der Scharfrichter später nicht allzu betrunken war, damit das Enthaupten im ersten Anlauf gelang. Er verabscheute Schmerzen über alles.

Hufschlag klapperte über das Kopfsteinpflaster, dann erschien die muskulöse Gestalt Waljakovs an der Spitze einer gerüsteten Reiterabteilung. In der Mitte ritt der Gouverneur, die Haltung aufrecht, eine Hand locker auf dem rechten Bein liegend.

Wenn vor eineinhalb Jahren Jukolenko jemand gesagt hätte, dass dieser halbe Knabe schuld an seinem Tod sein würde, hätte er denjenigen vermutlich ausgelacht. Überhaupt bestand keinerlei Ähnlichkeit mehr zwischen dem dicken, weinerlichen Kind, das damals hier angekommen war, und dem jungen Mann, der von sich selbst überzeugt im Sattel des Rappen saß. In den letzten Monaten hatte sich Vasja in einen Gegner verwandelt, den man leicht unterschätzen konnte. Den er unterschätzt hatte.

Die Truppe ritt bis an den Fuß des Aufgangs, saß auf einen gebrüllten Befehl Waljakovs hin ab und postierte sich spalierartig in Richtung Schafott.

Langsam bewegte sich Vasja die Planke hinauf, dicht gefolgt von seinem massigen Leibwächter, zog, oben auf der Plattform angekommen, ein Pergament aus dem Ärmelaufschlag und wandte sich den Menschen zu.

»Die Adligen Kaschenko, Mekuce, Paole, Dobric und Jukolenko sowie die Brojaken Kilic, Dujorev, Lusckoje, Regoc, Cobradin, Woijec und Iguckin sind für schuldig befunden, eine Verschwörung gegen mich, den rechtmäßigen Königlichen Gouverneur Vasja, und damit gegen den Kabcar angezettelt zu haben. All ihre Besitztümer, Hab und Gut fallen an den Kabcar. Die Verschwörer selbst werden zum Tod durch langsames Erwürgen verurteilt.« Ein erstes Raunen ging durch die Menge. Eine solche Bestrafung erging normalerweise nur gegen gewöhnliche Mörder. »Ich gewähre dem ehemaligen Gouverneur Jukolenko das Privileg, durch das Schwert zu sterben. Die Vollstreckung der Urteile erfolgt stehenden Fußes.«

Der Gouverneur nickte dem Scharfrichter zu, der seinen Gesellen den Befehl zur Hinrichtung der ersten elf Gefangenen erteilte.

Der Tod der Männer dauerte qualvolle Minuten. Immer wieder wurden die Lederschnüre gelockert, erlaubten den Adligen ein verzweifeltes Atmen, nur um kurz darauf die Kehle erneut zuzuschnüren.

Endlich stampfte der Scharfrichter vernehmbar mit dem Fuß auf die Holzbohlen, das Zeichen für den letzten Akt des grausamen Schauspiels, das von den Granburgern schweigend beobachtet wurde.

Auch diesmal dauerte es sehr lange, bis das letzte Keuchen verebbte. Die elf Männer waren tot.

Ein donnerndes Grollen rollte über den Platz, das Gewitter kündigte sein Kommen an. Ein Blitz zuckte über den Himmel und ließ einige der Menschen erschrocken zusammenfahren.

»Granburger!«, hallte die Stimme des Gouverneurs über die Köpfe hinweg. »Dieser unfassbare Verrat und die jahrelange Ausbeutung der Provinz auf Kosten der Unschuldigen haben ab heute wirklich ein Ende. Mit dem Tod des letzten Verschwörers wird die neue Ära der Gerechtigkeit, die ich seit langem eingeläutet habe, gefestigt.« Die ersten Regentropfen fielen aus den Wolken, klatschten zu Boden, der Wind wurde stärker und zerzauste die blonden, schulterlangen Haare des jungen Mannes, in dessen Augen ein leidenschaftliches Feuer brannte.

Als der Scharfrichter mit dem Schwert auf Jukolenko zuging, trat ihm der Gouverneur in den Weg und streckte die Hand aus.

»Zur Bekräftigung, dass eine solch unverhohlene Tyrannei und Aufwiegelung nie wieder hingenommen wird, werde ich die Hinrichtung selbst vornehmen.« Lodrik spürte den Blick der Menge deutlicher als je zuvor auf sich.

Der Scharfrichter überreichte ihm zögerlich das Henkersschwert.

Entschlossen umfasste der Gouverneur den Griff mit beiden Händen und wandte sich dem Adligen zu, dessen Gesicht große Fassungslosigkeit widerspiegelte.

»Ich hoffe, Euer Fechtunterricht war gut genug, dass Ihr meinen Hals beim ersten Schlag durchtrennen könnt«, sagte Jukolenko leise.

»Wer sagt Euch, dass ich das möchte?« Der junge Mann genoss die plötzlich aufkeimende Angst seines Gegenübers. »Selbst wenn ich mehrere Versuche benötigen würde, betrachtet es als nachträgliches Vergnügen meinerseits.«

Er hob die Klinge in eine waagerechte Position, hielt sie kurz an den Nacken des stehenden Jukolenko, um Maß zu nehmen, und drehte den Oberkörper weit zurück, damit der Schwung genügen würde, Haut, Muskeln und Knochen zu durchtrennen. Lodriks Augen fixierten die anvisierte Stelle, dann beschleunigte er den Stahl durch eine ruckartige Bewegung.

Der Schlag kam präzise. Die Schneide glitt wie Butter durch die Wirbel und trat, gefolgt von einem gewaltigen Blutschwall, dicht unterhalb des Kinns wieder aus.

Jukolenkos Kopf flog in hohem Bogen durch die Luft und landete mit einem Poltern auf den regennassen Holzplanken. Der Torso brach zuckend in die Knie und kippte nach vorne um, eine Blutfontäne schoss aus dem Halsrest, tränkte die graue Uniform Lodriks tiefrot. Dunkle Streifen liefen ihm übers Gesicht.

Noch immer wagte die Menge nicht zu jubeln oder zu rufen.

Wortlos hob der Gouverneur das Schwert gegen den Himmel und zeigte mit der anderen Hand auf den sich immer noch leicht bewegenden Körper des Adligen.

Gleißend fuhr ein orangeroter Blitz aus den pechschwarzen Wolken herab. Krachend und knisternd schlug er in die Spitze der emporgereckten Waffe ein.

Ein glühendes Geflecht aus rötlichem Licht leckte am Arm entlang, breitete sich sternförmig weiter aus und umhüllte den jungen Mann sekundenlang,. In Mund, Nase und Ohren schien es einzudringen, die Augen funkelten mit einem Mal wie die hellsten Sterne. Dann erloschen die lebendig wirkenden Strahlen.

Lodrik fiel ohne einen Laut neben dem Toten auf die

Plattform und rührte sich nicht. Der Regen, der auf ihn herabprasselte, verdampfte zischend, seine Kleidung rauchte leicht.

Nicht einmal Waljakov, der das Schauspiel entsetzt verfolgt hatte, bewegte sich. Alle Granburger starrten gelähmt auf den vom Blitz niedergestreckten Gouverneur.

Der Donner war noch nicht ganz verklungen, als die Finger der Hand, die das Schwert hielten, zitterten und den Griff wieder fest packten. Ganz langsam stützte sich Lodrik mit Hilfe der Waffe auf die Knie und erhob sich unsicher.

Noch immer verwandelte sich der Regen in heißen Wasserdampf, der sofort von dem starken Wind weggetragen wurde, kam er mit dem Körper des schwankenden Gouverneurs in Berührung.

Die Menschen, die in der ersten Reihen der Hinrichtungsstätte gestanden hatten, fielen auf die Knie. Worte wie »Wunder« und »Beistand Ulldraels« wurden gemurmelt.

Lodrik ließ das Schwert fallen und betrachtete, vor Aufregung zitternd, seine Hand, auf der sich keine Spur einer Verbrennung abzeichnete.

Vorsichtig tastete er seinen Körper ab, doch empfand er dabei keinerlei Schmerzen. Lediglich ein leichtes Kribbeln machte sich in seinem Kopf bemerkbar, und ein nebliger Schleier behinderte seine Sicht.

Nach ein paar weiteren Sekunden klärte sich sein Blick. Er sah alle Menschen um sich herum auf den Knien.

Allmählich ordneten sich seine Gedanken, und er verstand, dass er soeben ein unbegreifliches Wunder erlebt hatte.

»Tzulan, der Gebrannte Gott, wollte mich mit seinen Blitzen vernichten«, schrie Lodrik berauscht. Er spürte plötzlich eine ungeheure Macht durch seine Adern fließen. Sein Blut schien zu kochen, alles an und in ihm war heiß wie Feuer, doch es schadete ihm nicht. »Aber Ulldrael hat seine schützende Hand über mich gehalten.« Er hob die unversehrten Hände hoch in die Luft. »Seht her! Die Macht des Bösen konnte mir nichts anhaben. Ulldrael sei Dank!«

Die Granburger standen zögerlich auf. Dann begannen die Hochrufe, die Menschen nannten immer wieder seinen Namen, wie sie es damals beim Kornfest getan hatten.

Aber diesmal wollte der junge Mann nicht hinunter zu ihnen. Er war sich sicher, dass er höher als sie alle stand. Sie gehörten nach unten, zu seinen Füßen. Es war ein herrliches, beherrschendes Gefühl.

»Herr, Ihr solltet Euch ausruhen, auch wenn der Blitz Euch offensichtlich nichts anhaben konnte«, raunte ihm Waljakov ins Ohr. »Sicherheitshalber werde ich einen Cerêler kommen lassen, damit er Euch untersucht.«

Lodrik nahm das blutige Henkersschwert auf und hob die Arme.

Der Jubel wurde stärker, sodass er sogar den Donner übertönte. Mit einem Mal schienen Regen, Sturm und Gewitter den Granburgern nichts mehr auszumachen, zu begeistert waren sie von ihrem Gouverneur, der von Ulldrael persönlich beschützt wurde.

»Alles, was in den Wirtshäusern ausgeschenkt wird, geht auf meine Kosten«, rief er. »Der Tod Jukolenkos soll gebührend gefeiert werden.« Er winkte noch einmal, dann drehte er sich um und ging zusammen mit seinem Leibwächter die Planke vom Schafott hinunter.

Nachdem er im Sattel saß, reckte er das Schwert trotzig gegen die schwarzen Wolken und ritt so in einem Triumphzug vom Festplatz.

Das Gewitter entlud sich in voller Stärke, als Lodrik mit seinen Wachen im Palast angekommen war. Regenschauer gingen auf die Provinzhauptstadt nieder, spülten Dreck und Unrat in den Rinnen davon und wuschen den Staub von den Dächern.

Der Gouverneur begab sich ohne eine Erklärung in das Audienzzimmer, riss die mannsgroßen Fenster auf und starrte voller Faszination auf die Blitze, die unentwegt aus dem Himmel auf die Erde stießen. Eine solche Gewalt, die Bäume spaltete, Häuser in Brand setzte und Steine zerschlug, hatte er unbeschadet überstanden.

Der Wind brachte die Wandbehänge und Gardinen zum Flattern, doch der junge Mann interessierte sich nicht für das, was um ihn herum geschah. Er hatte nur Augen für die gleißenden Energien, die in unregelmäßigen, schnellen Abständen die Dunkelheit durchbrachen. Bei jeder Entladung spürte er das anhaltende Kribbeln in seinem Kopf ein wenig stärker, als ob es eine Verbindung zu den Blitzen gäbe.

Irgendetwas hatte sich in ihm allerdings verändert. Er nahm Gerüche viel besser wahr als sonst, leise Geräusche vernahm er beinahe so deutlich, als stünde er direkt neben ihrer Quelle.

»Herr«, kam es fragend von der Tür her.

Waljakov und Stoiko standen wartend am Eingang und traten nach einer kleinen Weile hinter den Thronfolger Tarpols.

»Herr, der Cerêler wartet in Eurem Ankleidezimmer, um Euch näher zu untersuchen«, sagte sein Vertrauter. »Wir möchten alle ganz sicher sein, dass es Euch wirklich gut geht.«

»Mir geht es gut«, entgegnete Lodrik gedankenverloren. »Gebt ihm Geld für den Weg in den Palast und schickt ihn wieder nach Hause, wenn der Sturm sich gelegt hat.«

»Ich bestehe aber darauf, dass …«, begann Stoiko, als der Gouverneur herumwirbelte.

»Ich habe einen Befehl erteilt, erinnerst du dich? Ihr stellt meine Entscheidungen nicht infrage, und ihr sollt mir nicht mehr befehlen!« Er machte einen Schritt auf seinen Vertrauten zu. »Also, lass die Bevormundung endlich sein, sonst vergesse ich mich eines Tages noch!« Im Halbdunkel des Audienzzimmers sahen beide Männer, wie die Augen ihres Schützlings in tiefem Blau zu glühen begannen und dabei immer greller leuchteten.

Zum ersten Mal in seinem Leben wich Waljakov zurück. Instinktiv schloss sich die mechanische Hand um den Säbelgriff. Auch Stoiko duckte sich unwillkürlich und verbeugte sich.

»Jetzt raus hier.« Lodrik zeigte mit dem blutverschmierten Hinrichtungsschwert auf den Ausgang. »Gebt dem Scharfrichter ein paar Waslec für seine Waffe. Ich werde sie behalten, weil sie mir heute gute Dienste erwiesen hat.« Die Männer verschwanden.

Der junge Statthalter wandte sich erneut den Blitzen zu und fragte sich, woher auf einmal das Ziehen in seinen Fingerspitzen kam. Es fühlte sich an, als wollte mit aller Macht etwas daraus hervorbrechen, sich entladen und Dinge zerstören. Nur mit Mühe hatte er den Drang eben unter Kontrolle halten können. Es würde vermutlich noch lange dauern, bis er die Nachwirkungen der gewaltigen Energie überwunden hatte.

Ganz langsam beruhigte er sich nach dem Gefühlsausbruch, der ihm inzwischen schon wieder Leid tat.

»Ich habe dir Unrecht getan, Ulldrael, als ich an dir zweifelte und meine Freunde angeschrien habe. Sie machen sich nur Sorgen um mich«, murmelte er. »Verzeih mir und hilf, aus mir einen guten Herrscher Tarpols zu formen.«

Vorsichtig schloss er die Fenster, ordnete die Wandbehänge und Gardinen, danach verließ er das Audienzzimmer, um Waljakov und Stoiko zu suchen, bei denen er sich von ganzem Herzen entschuldigen wollte. Auch die völlig mit Blut befleckte Uniform musste er unbedingt ablegen, denn der metallische Geruch verursachte ihm Übelkeit.

Burg Angoraja, Provinz Ker, 220 Warst vor Granburg, Spätsommer 442 n. S.

Nerestro stand inmitten seines Schlafgemachs und machte sich bereit, die Rüstung abzulegen. Ein ausgeklügeltes System an Lederschnüren, Ösen und Haken ermöglichten es, dass der Ritter seinen aus verschiedenen Teilen bestehenden Metallpanzer im Notfall alleine öffnen und Stück für Stück ausziehen konnte – ein großer Vorteil, wenn man während eines Kampfes in einen Fluss stürzen sollte.

Es hatte einiges an Jahren und noch mehr an wertvollen Leben seiner Ordensbrüder gekostet, bis diese Neuerung endlich bei den Rüstungsschmieden bekannt geworden und umgesetzt worden war. Ein herkömmlicher Tarpoler müsste ein Leben lang arbeiten, um sich eine solche Rüstung leisten zu können, wenn ihm das Privileg dazu überhaupt gewährt würde.

Nach einigen Lidschlägen hatte er die schweren Metallteile abgenommen, die sein Lebendgewicht von rund einhundertzehn Kilogramm um dreißig weitere erhöhten. Normale Wachen wären nicht in der Lage gewesen, in einer solchen Montur einen halbwegs guten Kampf abzuliefern, geschweige denn durchzuhalten, aber für ein Mitglied des Ordens der Hohen Schwerter gehörte es zur alltäglichen Übung.

Griffbereit wurden die Rüstungsstücke und das Kettenhemd auf einen Ständer gehängt, die Waffen in den

Holzgestellen verwahrt, dann begab sich der Ritter, bekleidet mit dem weichen, doppelt verwebten Rock, der den Druck des Metalls milderte, vor den Schrein, in dem er die aldoreelische Klinge aufbewahrte.

Ein solches Schwert hatten nicht einmal die meisten der Könige und Herrscher auf Ulldart, weshalb er die Waffe wie sein Leben hütete.

Sagenumwobene Kostbarkeiten waren diese Schwerter, von denen nur einundzwanzig auf dem Kontinent zu finden waren, vierzehn davon alleine in den Händen von Angor-Jüngern. Ihre Schneiden aus reinem Iurdum, gemischt mit anderen Metallen, die inzwischen nicht mehr in den unterirdischen Stollen und Gruben aufzufinden waren, zerschlugen Marmor, Basalt und jedes noch so harte Eisen, ohne auch nur eine Scharte davonzutragen. Ein menschlicher Hals oder ein Oberschenkel stellten ebenfalls kein großes Hindernis dar, selbst wenn eine Rüstung den Träger schützen sollte.

Die letzten zwei der aldoreelischen Klingen, geschmiedet gegen Sinured das Tier und die mächtigsten von allen, so hieß es in den Überlieferungen der Ordens-Chronik, sollten irgendwo auf Ulldart versteckt sein. Eine davon zu finden war das höchste irdische Glück, das sich Nerestro vorstellen konnte.

Vorsichtig nahm er das Schwert heraus, hielt es mit beiden Händen an der Schneide gepackt und küsste die Blutrinne. Minuten verharrte er in dieser Position, bevor er die Waffe behutsam in den Schrein zurückstellte.

Ein heller Lichtstrahl schoss durch das Fenster, ließ das Glas zerbersten und blendete den völlig überrumpelten Nerestro, der schützend die Hand vor die Augen legte.

Die Gestalt eines mächtigen, riesenhaften Kriegers in voller Rüstung schwebte in den Raum, die Luft war erfüllt von lauter Musik, wirbelnde Trommeln mischten sich mit Fanfarenklängen und Chorgesängen.

Breitbeinig stellte sich der strahlende Kämpfer, der mit seinem Helm fast an die Decke stieß, vor den Ritter, streckte die Hand aus und deutete auf den Schrein. Das Schwert glühte auf, löste sich aus seiner Halterung und flog langsam auf den Unbekannten zu.

»Ich bin Angor, Gott des Krieges und Kampfes, der Jagd, der Ehrenhaftigkeit und der Anständigkeit«, dröhnte die Stimme wie eine mächtige Brandungswelle auf Nerestro herab, der daraufhin den Kopf hob und die lichtumspielte Gestalt mit entrücktem Gesicht anstarrte. »Ich bin hier, um dir eine Aufgabe zu erteilen, Nerestro von Kuraschka, an deren Ende Ruhm, Ehre und die mächtigste der aldoreelischen Klingen steht, wenn du alles zu meiner Zufriedenheit erfüllst.«

»Befiehl, Herrscher des Kampfes. Ich lebe, um dir zu dienen.«

»Der Mönch, der in deinem Verlies sitzt, ist zum Wohle des Kontinents und im Auftrag Ulldraels unterwegs. Aber er braucht eine starke Hand, die ihn bei seiner schweren Prüfung unterstützt, deshalb wirst du ihn begleiten und dafür sorgen, dass ihm kein Leid geschieht.«

Ein Schimmern legte sich über das Schwert. »Ich habe deine Waffe gesegnet, damit sie dich mit göttlicher Kraft gegen alle Gefahren verteidigt, denen du dich stellen musst, um dem Mönch beizustehen. Gelingt alles zu meiner Zufriedenheit, werde ich dir, Nerestro von Kuraschka, die mächtigste der aldoreelischen Klingen als Dank und Anerkennung geben.« Die Waffe legte sich in die ausgestreckte Hand des Mannes. »Brich auf, sobald es geht.«

Der Lichtstrahl wurde stärker, sodass der Ordensritter die Augen schließen und sich abwenden musste. Als er sie wieder öffnete, war Angor verschwunden.

»Ich werde alles tun, um dich nicht zu enttäuschen, Herrscher des Kampfes«, flüsterte Nerestro ehrfürchtig.

Keiner auf der Burg hatte ansonsten etwas von dem Erscheinen des Gottes mitbekommen, was Nerestro am nächsten Tag auf den Umstand zurückführte, dass nur er alleine auserwählt war, mit dem Göttlichen in Verbindung zu treten.

Belkala erschien nicht zum Frühstück und auch nicht zum Mittagessen, weil sie sich unpässlich fühle, so die Begründung, die sie durch einen Bediensteten hatte übermitteln lassen.

Dafür saß Matuc am Tisch und schaufelte das Essen in sich hinein. Völlig überraschend hatten ihn die Wachen aus seiner Zelle geholt und ihn in das Waffenzimmer des Burgherrn gebracht, um mit dem Ordensritter zu speisen. Nach zwei Tagen bei Wasser und Brot kam ihm die Abwechslung gerade recht, auch wenn er noch nicht so genau wusste, welches Spiel sein Richter mit ihm trieb.

»Ich vermute, dein Gott hat dich in Kenntnis gesetzt«, sagte der Kämpfer nach einer Weile. »Wir werden morgen früh abreisen. So lange brauche ich, bis mein Gefolge zusammengestellt und der Tross für unsere Reise vorbereitet ist.«

Matuc hielt inne. »Über was in Kenntnis gesetzt?«

»Du bist von deinem Gott gesegnet und weißt es noch nicht einmal?«, wunderte sich Nerestro. »Das nenne ich fürwahr eine echte Prüfung.«

Der Mönch wurde stutzig, wischte sich die Hände an seiner Robe ab und lehnte sich vor. »Von was redet Ihr? Und was für eine Reise ist das, die Ihr machen wollt?«

»Nicht ›Ihr‹, sondern wir«, stellte sein Gegenüber richtig. »Heute Nacht ist mir Angor erschienen und hat mich beauftragt, dich bei deiner geheimnisvollen Mission zu unterstützen. Da ich nichts Genaueres weiß, solltest du mir bei Gelegenheit sagen, wohin unsere Reise eigentlich gehen wird.«

»Angor ist Euch erschienen? Ihr sollt mich schützen?« Matuc ließ sich gegen die Stuhllehne sinken. »Das würde ich als göttliche Zusammenarbeit bezeichnen.«

»Offenbar, auch wenn es mir anfangs ein wenig seltsam erschien, wenn ich ehrlich bin«, gestand Nerestro. »Aber wenn der Kontinent auf dem Spiel steht, werde ich keine Sekunde zögern.«

»Was wisst Ihr über meinen Auftrag?«, wollte der Mönch wissen.

»Nichts«, antwortete der Mann und umfasste den Knauf seines Schwertes. »Es interessiert mich auch nicht. Ich und mein Gefolge werden dafür sorgen, dass du wohlbehalten dort ankommst, um deine Mission zu vollenden. Wo auch immer ›dort‹ sein möge.«

»Wir werden weiter in Richtung Granburg reisen, zur Provinzhauptstadt. Alles Weitere sehen wir unterwegs«, atmete Matuc auf. Angor schien ähnliche Bedenken wie er gehabt zu haben, dass er dem Ritter den wahren Grund der Fahrt, den Mord am Tadc, verschwiegen hatte.

»Das wird keinerlei Probleme bereiten. Ich werde ein Schiff bereitstellen lassen, damit wir schneller vorankommen. Kannst du reiten?«

»Ich kann reiten, so lange wir nicht versuchen, aus vollem Galopp über Hindernisse zu springen, oder andere Kunststückchen machen«, sagte der Mönch.

»Das nenne ich ›im Sattel bleiben‹, aber mit reiten hat es eher wenig zu tun.« Nerestro fixierte den Geistlichen. »Eines sollte dir aber klar sein: Um deine Strafe wirst du am Ende nicht herumkommen. Wenn du deinen Auftrag erledigt hast, wirst du mit mir auf die Burg zurückkehren und deine Haft absitzen, Bruder.«

»Ich habe auch mit nichts anderem gerechnet«, erwiderte Matuc ein wenig enttäuscht, da er insgeheim auf eine Begnadigung von Angor gehofft hatte. Immerhin, auch wenn Ulldrael kein Zeichen an ihn schickte, so gewährte er doch über Umwege Hilfe in Form des Ritters.

Zwar kam ihm die Zusammenarbeit zwischen dem Gott des Wissens und des Krieges ebenfalls ein wenig ungewöhnlich vor, aber er sah darin die Bestätigung für die Dringlichkeit seiner Aufgabe.

»Wie viele Männer werden uns begleiten?«

»Ich werde zwanzig meiner besten Kämpfer und Knappen mitnehmen«, erklärte Nerestro. »Das ist klein genug, um schnell vorwärts zu kommen, und groß genug, um mit allen Wegelagerern fertig zu werden. Wer sich uns entgegenstellt, wird keine sehr große Freude und noch weniger Erfolg dabei haben.«

Matucs Laune war mehr als gut. Jetzt würde ihn so schnell nichts mehr aufhalten. »Und wie schnell werden wir sein?«

Der Ordensritter überlegte kurz. »Meine Pferde sind ausdauernd, insofern rechne ich nicht mit mehr als drei Wochen, wenn uns das Wetter keinen Strich durch die Rechnung macht. Und natürlich wenn du das ständige Reiten auf Dauer aushältst.«

»Ich muss. Es geht nicht anders.« Der Mönch begann, mit dem Essen fortzufahren.

»Eines sage ich dir gleich, um jedes Missverständnis vorn vornherein auszuschließen.« Nerestro nahm sich Fleisch und Gemüse auf den Teller. »Ich werde keinerlei Befehle von dir entgegennehmen, ich bringe dir nicht dein Essen, und ich bin nicht dein Diener. Ich sorge für deinen Schutz, wie ich es für richtig halte, nicht mehr und nicht weniger.«

»Ich hatte auch nichts dergleichen vor«, entgegnete Matuc beleidigt.

»Das ist auch gut so für dich.« Der Ordensritter machte aus seiner Abneigung nicht den geringsten Hehl.

»Ich weiß, was Ihr denkt«, begann der Mönch nach einer Weile. »Ihr denkt, ich sei ein dummer Geistlicher, der nicht nur den falschen Gott hat, sondern auch noch die Hilfe Angors bekommt, obwohl er eigentlich in den Kerker gehört.«

»Treffend beobachtet.« Nerestro prostete ihm zu. »Du bist mir sogar ein bisschen zuwider, was mich aber nicht davon abhält, dich mit allem zu verteidigen, was ich besitze.«

»Wie beruhigend. Könnten wir nicht so etwas wie Burgfrieden schließen?«

»Ich habe bereits Burgfrieden mit dir geschlossen.« Der Ordensritter wischte sich das Fett, das aus dem Fleisch troff, aus dem Bart. »Ansonsten würde ich mit dir zusammen keine Reise unternehmen, bevor du nicht deine rechtmäßige Strafe abgesessen hättest.«

Die Tür öffnete sich, und eine sichtlich angeschlagene Belkala trat ein. Ihre beige Haut erschien stumpf und glanzlos, die grünen Haare hingen zerzaust auf die Schultern. »Guten Morgen.«

»Es ist bereits weit über Mittag«, sagte Matuc freundlich. »Hattet Ihr eine unruhige Nacht?«

»Nicht, dass ich wüsste«, murmelte der Krieger. »Ich war nicht bei ihr.«

»Ich konnte in der Tat nicht schlafen.« Die Frau setzte sich vorsichtig, als bestünde ihr Körper aus dünnstem Porzellan, auf den Stuhl an der Mitte der Tafel und lud sich fünf dicke Scheiben Fleisch auf ihren Teller. Das Gemüse bedachte sie mit keinem Blick.

»Brauchen Kensustrianer so viel Fleisch?«, erkundigte sich der Mönch. Nerestro schaute etwas befremdet auf den Haufen. Zielsicher hatte sich die Priesterin das Fleisch herausgeholt, das im Inneren fast noch roh und blutig war.

»Ja, wenn sie Hunger haben«, antwortete Belkala knapp und schob sich ein großes Stück in den Mund. Für Sekundenbruchteile hatte Matuc die Vision einer Kensustrianerin, die sich geifernd über rohes Fleisch hermachte und es mit ihren spitzen Eckzähnen in Fetzen zerriss.

Nach dem dritten Stück wurden ihre Essbewegungen langsamer, trotzdem legte sie noch mal drei Scheiben nach, für die sie sich allerdings mehr Zeit ließ.

»Ich habe gesehen, dass im Hof Vorbereitungen für eine Reise getroffen werden«, sagte sie. »Verlegt Ihr Euren Gefangenen, oder weshalb darf Bruder Rotwein hier sitzen?«

»Den Namen werde ich mir merken«, lachte Nerestro und strich den langen, blond gefärbten Bart spitz, was wegen des Fetts keine großen Schwierigkeiten bereitete. »Bruder Rotwein und ich sind nach dem Willen der Götter Weggefährten. Ich werde ihn auf seiner Reise nach Granburg begleiten.«

»Ich höre wohl nicht recht«, empörte sich Belkala. »Er versucht, mich umzubringen, und Ihr helft ihm auch noch, damit ihm nichts passiert?« Sie hustete passenderweise und griff sich an den Hals, wo noch immer der Striemen des Seils zu sehen war, während sie Matuc verschwörerisch zublinzelte. Es dauerte ein bisschen, bis er verstand, dass sie dem Ordensritter gerade eine kleine Komödie vorspielte.

Der Krieger reagierte, die Augen des Mannes wurden schmal. »Ich habe den Auftrag von Angor persönlich. Wenn er mit seiner Mission fertig ist, wird er ein Jahr lang in meinem Gefängnis sitzen, egal, welche Heldentaten er vollbringt.«

»Dann komme ich mit«, entschied die Kensustrianerin. »Ich muss, wie ich schon gesagt habe, ohnehin in diese Richtung, und so kann ich sicher sein, dass Ihr ihn nicht zu gut behandelt.«

»Ich gestehe, ich bin ein wenig überrascht von Eurer harten Haltung, weil Ihr es wart, die es zuerst bei einer Entschuldigung belassen wollte.« Nerestro schaute sie durchdringend an. »Was hat Eure Ansicht verändert?«

»Ich hatte mich an den Gedanken gewöhnt, dass er eine harte, aber angemessene Strafe erhält«, verteidigte sich die Frau, deren Haut auf seltsam schnelle Weise ihre wunderschöne Färbung zurückerhielt. »Verzeiht meinen Ausbruch.«

Der Ordensritter winkte ab. »Es ist nicht weiter schlimm. Ich habe mich eben nur gewundert.« Er sah auf ihren leeren Teller. »Ihr seid satt, oder soll ich neues Fleisch holen lassen? Die Kuh scheint Euch geschmeckt zu haben.«

»Eine Eigenart unseres Volkes«, lächelte Belkala entschuldigend. »Wenn wir uns nicht gut fühlen, essen wir viel Fleisch, das gibt die Kraft zurück.«

»Da unterscheidet Ihr euch nicht besonders von den anderen Menschen auf Ulldart.« Nerestro stand auf. »Entschuldigt mich bitte. Ich muss noch ein paar Vorbereitungen treffen, damit meine Burg sich nicht in einen verwahrlosten Haufen Steine verwandelt, sobald ich außerhalb der Sichtweite bin.« Schwungvoll verließ er den Waffensaal.

»Ihr habt ihm ein hübsches Theaterstück vorgemacht«, sagte Matuc nach einer Weile und deutete Applaus an.

»War ich zu offensichtlich? Ich hoffe doch nicht.« Die Kensustrianerin grinste von einem Ohr zum anderen. »Wenn ich nicht ein wenig Widerspruch eingelegt hätte, wäre es noch schlimmer gewesen, findet Ihr nicht auch?!«

»Ihr habt nicht zufällig auch mit Angor gesprochen?«

»Ich? Wie könnte ich? Ich habe dazu wirklich den falschen Glauben. Aber ich habe Lakastra um Beistand gebeten, und der scheint Ulldrael und Angor zu kennen, sonst hätte er kein gutes Wort für Euch einlegen können. Es scheint also doch Berührungspunkte zwischen den Himmeln zu geben, oder was meint Ihr?«

»Es scheint wirklich so, wenn es sich so verhält, wie Ihr es sagt«, antwortete der Mönch vorsichtig. »Ich bin auf alle Fälle in Eurer Schuld, denn derzeit muss ich davon ausgehen, dass ich meine vorläufige Rettung aus dem Kerker Eurer Fürsprache verdanke.«

»Ich bitte Euch«, wehrte die Priesterin ab. »Schließlich liegt Kensustria genauso auf Ulldart wie Tarpol. Wir werden das Unheil gemeinsam abwenden.«

»Daran habe ich jetzt keine Zweifel mehr.« Matuc lächelte.

»Ich glaube, das sehe ich heute zum ersten Mal bei Euch.« Sie zeigte auf seine nach oben gezogenen Mundwinkel. »Es steht Euch. Das solltet Ihr öfter machen.«

»Ich hatte leider nicht sehr viel Gelegenheit dazu, aber ich verspreche Euch, ich werde es üben«, lachte der Mönch. »Was ein Glück, dass die Männer Euch damals nicht gehängt haben.«

»Vielen Dank.« Belkala nahm sich das letzte Stück Fleisch von der Platte und aß es.

XIII.

»Indes häuften sich die Hinweise, dass Tzulans Geist alle seine Kräfte zusammenzog, um im Jahre 444 n. S. einen neuerlichen Versuch zu wagen. Wieder klangen die Tempelgongs und Bethölzer in den Ulldraeltempeln Tag und Nacht, um Ulldrael den Gerechten zu loben und seinen Beistand zu erbitten. Die Mönche sahen die Zeichen mit großer Sorge, während sich die Anhänger des Gebrannten Gottes bereit machten, loszuschlagen.

Unheil lag in der Luft, das auch die Menschen in Tarpol und in ganz Ulldart spürten.«

ULLDARTISCHER GESCHICHTSALMANACH,
XXI. Band, Seite 1058

Nordwestküste Tarpols, 24 Warst vor Ludvosnik, Königreich Tarpol, Spätherbst 442 n. S.

»Es sieht aus wie eine tarpolische Kriegskogge.« Janko, einer der rund zwanzig Fischer, die sich an der Kaimauer versammelt hatten, ließ die Hand sinken, mit der er die Augen vor den Sonnen abgeschirmt hatte, und wandte sich an einen Jungen, der mit großen Augen das immer näher kommende Schiff betrachtete. »Geh und hol den Richter her. Da sind bestimmt hoheitliche Offiziere an Bord.«

Schweigend standen die Männer auf der Mauer und beobachteten, wie das schnelle Schiff sich durch die Fluten wühlte. Größer und größer wurde der Bug, die vielen Segel des Zweimasters blähten sich im Wind gewaltig auf und trugen ihn dem Fischerdorf entgegen.

Der alte Richter keuchte heran. Umständlich hatte er sich die Schärpe umgelegt, die ihn als offiziellen Rechtssprecher auswies, der Junge musste ihm beim Anlegen des grauen Mantels helfen.

»Wie viele Männer hat so ein Schoner an Bord?«, wollte der Junge wissen.

»Soldaten? Zwischen fünfzig und hundert«, schätzte Janko und spuckte ins Wasser.

»Und was wollen die hier?«

»Hat einer von euch geschmuggelt?«, unterbrach der Richter und sah böse in die Runde der unschuldigen Gesichter.

»Was sollen wir denn schmuggeln, Richter? Es gibt doch nichts«, antwortete Janko grinsend.

»Ja, ja. Und was will der mächtige Kahn dann hier?«

»Vielleicht wollte er nach Ludvosnik, hat sich aber in der Karte und der Navigation geirrt«, scherzte der Fischer. Die Männer lachten.

»Euch wird das Lachen vergehen, wenn die Soldaten

erst mal einen Fuß in das Dorf setzen und die Häuser durchsuchen«, prophezeite der Richter und zerrte an seiner Perücke, die er aus der Manteltasche gekramt und auf das schüttere Haar gesetzt hatte.

Mittlerweile war der Schoner nahe genug heran, die Segel wurden gerefft, das Schiff manövrierte sich in den provisorischen Hafen und ließ den Anker. Vier lange Beiboote mit mehr als zwanzig Männern und jeder Menge Ladung nahmen Kurs auf den Steg, wo sie kurz darauf anlegten.

Alle Ankömmlinge trugen leichte Lederrüstungen, darunter weite, warme Wolljacken in den unterschiedlichsten Farben. Der Anführer, ein von der Sonne gebräunter Mann mit kurzgeschorenen blonden Haaren und einem langen, geflochtenen Bart, kam den wackligen Steg hinauf, gefolgt von fünf Bewaffneten. Über seiner Rüstung trug er einen langen palestanischen Offiziersmantel, der reichlich zerschlissen wirkte.

»Die sehen aber nicht wie Königliche Offiziere aus«, flüsterte Janko dem Richter ins Ohr, der beim Anblick der palestanischen Uniform reichlich blass wurde. Weithin sichtbar lagen immer noch die Reste des fast vor einem Jahr gekenterten palestanischen Handelsschiffes draußen auf dem Riff. Wie sollte er das dem Palestaner und seinen Männern erklären?

Die Fischer in seinem Rücken drängten sich mehr zusammen, jeder suchte nach einem passenden Gegenstand, mit dem man sich notfalls gegen die verhassten Händler wehren konnte.

Der Anführer baute sich vor dem Richter auf, stemmte die Hände in die Seiten und sah ihn abwartend an. Dann hob er die Linke und gab der Kriegskogge ein Zeichen. Am Hauptmast schoss die rogogardische Flagge in die Höhe und flatterte stolz im kräftigen Wind. Ein erleichtertes Raunen ging durch die Reihen der Fischer.

»Ich kenne Euch doch von irgendwoher?«, begann der Richter vorsichtig.

»Ich suche Laja«, antwortete der Unbekannte. »Ich möchte mein Versprechen einlösen, das ich vor fast einem Jahr gegeben habe. Ich hoffe sehr, es geht ihr gut?«

»Natürlich!« Der Richter schlug sich an die Stirn und beförderte die Perücke in den Nacken, wo sie wie ein totes Tier baumelte. »Ihr seid der rogogardische Pirat, den sie gepflegt hat.«

»Freibeuter«, verbesserte Torben grinsend und zeigte die verbliebenen Zähne. »Wir Rogogarder sind Freibeuter.« Er winkte die anderen Männer mit den Kisten heran, die sorgfältig auf dem nahen Dorfplatz gestapelt wurden. Einer seiner Leute gab ihm ein kleines Kästchen.

»Ihr habt mich damals aufgenommen und versorgt. Jetzt bin ich zurück und bringe euch allen etwas mit.« Die Kisten wurden geöffnet. »Feinste palestanische Ware. Seidenstoffe, Wolle, Geschirr, Öl, Schmuck und vieles anderes, was etliche Palestaner jetzt nicht mehr benötigen. Es gehört euch.«

Während die Fischer in Jubel ausbrachen und ihre Familien herbeiriefen, ging Torben die Straße entlang zu Lajas Haus, in dem er eine scheinbar so unendlich lange Zeit verbracht hatte, bis seine Wunden geheilt waren.

Er zog den Uniformmantel aus und wickelte das Kästchen darin ein, als er vor ihrer Tür stand. Schon nach dem ersten Klopfen wurde der Riegel zurückgeschoben und der Eingang geöffnet.

»Wer bist du, und was gibt es denn? Und was soll das Geschrei unten am Hafen? Haben die Männer einen Wal erlegt?« Sie kniff die braunen Augen zusammen. »Ich kenne dich doch.« Plötzlich strahlte die alte Dame, schlug die Hände zusammen und drückte den Freibeuter lachend an sich. »Bei Ulldrael, du bist tatsächlich zurückgekommen, Torben!«

Der Rogogarder hob Laja vorsichtig hoch. »Ja, da bin ich wieder. Und ich habe dir ein Geschenk mitgebracht.« Sanft stellte er sie zu Boden.

»Das packe ich drinnen aus. Du musst mir alles erzählen.« Sie zerrte den Mann ins Haus und setzte Tee auf.

»Jetzt weiß ich auch, was im Hafen los ist«, sagte sie, während sie die Blätter aufbrühte. »Du hast wirklich an den Palestaner gedacht, wie ich sehe.« Sie tippte auf den zerschlissenen Uniformrock. »Einer weniger von den Brüdern.«

»Es waren ein paar mehr, bis ich den Mantel hatte«, grinste Torben und nahm die Teetasse in beide Hände. »Sieh nach, was ich dir mitgebracht habe.« Er beobachtete das freundliche, wettergegerbte Gesicht, das mit einem Mal einen jugendlichen, mädchenhaften Glanz erhalten hatte.

Sie wickelte das Kistchen aus und öffnete die beiden Schlösser. Behutsam nahm sie den Inhalt heraus und hielt ihn gegen das Licht. Es war das gleiche Kleid mit grünen und dunkelgelben Stickarbeiten wie sie es trug, nur in bester Qualität und aus feinsten Stoffen. Auf dem Boden des Kistchens fand sie passende Broschen, Ringe und Ketten dazu.

Sie lächelte still. »Das ist mehr als ich verdient habe, Torben.« Sie fuhr mit den Händen liebevoll über den Stoff.

»Ich hoffe, es passt dir. Die Schneiderin konnte nur nach meinen Angaben nähen.« Er ging nicht näher auf ihre Dankesworte ein, nahm sich einen Schluck Tee und freute sich insgeheim über die Rührung seiner Lebensretterin.

»Und jetzt erzähle mir alles, was du seither erlebt hast«, verlangte sie und goss ihm eine stark nach Alkohol riechende Flüssigkeit in das heiße Getränke.

Der Nachmittag verging über die Geschichten und

Geschichtchen, die der Rogogarder Laja zu berichten hatte. Von der geheimen Identität des Gouverneurs gab er jedoch nichts preis. Zwischendurch schickte er seine Männer zurück auf die *Grazie*, wie sein neues Schiff hieß, und gab ihnen den Tag frei.

Gebannt lauschte Laja, den Kopf auf den Stock gestützt, den Worten des Freibeuters, ohne ihn zu unterbrechen. Gegen Abend erhob sie sich, um die Kerzen anzuzünden, denn die Tage wurden, je weiter es auf den Winter zu ging, sehr schnell kürzer und dunkler.

»Du hast wirklich sehr viel erlebt«, meinte sie zum Schluss. »Aber wann hast du deine Zähne verloren? Du klingst wie eine uralte Frau.«

»Das verdanke ich dem Leibwächter des Gouverneurs.« Torben hatte die unangenehme Einzelheit zunächst verschweigen wollen, aber da es seiner Lebensretterin ohnehin aufgefallen war, konnte er es ruhig erklären. Er deutete auf die verbliebenen sieben Schneide- und Eckzähne. »Ich schätze mal, das macht mich in der rogogardischen Damenwelt nicht gerade anziehender.«

Laja lachte. »Es fällt kaum auf, wenn du den Mund hältst«, riet sie ihm. »Ich mache uns noch ein gutes Abendessen. Wann willst du weiter und was hast du vor, zahnloser Freibeuter?«

»Zahnlos vielleicht, aber nicht ohne Biss. Ich weiß noch nicht«, gestand er. »Das Meer ist weiter südlich voller Palestaner, dort wird mir der ein oder andere schon in die Quere kommen. Verkaufen möchte ich die Sachen weiter oben in Rundopâl. Dort sind palestanische Waren sehr beliebt, gerade wenn sie zu rogogardischen Preisen verhandelt werden. Vielleicht mache ich gemeinsame Sache mit den mutigen agarsienischen Händlern, die sich in das Gebiet gewagt haben. Als Geleitschutz, sozusagen.«

»Ich wünsche dir auf alle Fälle viel Glück«, meinte

Laja sehr aufrichtig und schaufelte ihm eine Kelle Fleischbrühe mit dicken Brocken in den Teller.

»Den Geruch kenne ich sehr gut. Damit hast du mich wieder auf die Beine gebracht, nicht wahr?« Torben schnupperte geräuschvoll, schob sich einen Löffel in den Mund und schluckte ihn mit sichtlicher Begeisterung.

»Und man muss nicht sonderlich kauen, weil das Fleisch butterzart ist«, fügte sie listig lächelnd hinzu.

Provinzhauptstadt Granburg, Königreich Tarpol, Winteranfang 442 n. S.

In der nächtlichen Bibliothek des Palastes war es still, nur der Wind säuselte im Kamin und drückte die Flammen nieder.

»Die Männer machen sich immer noch Sorgen, Stoiko.« Waljakov zog den Springer und nahm den Turm vom Feld. »Sie haben nicht vergessen, was der Gouverneur im Kampf gegen die Männer von Jukolenko gerufen hat. Und sie haben das Geheul gehört.«

Der Vertraute nickte. »Dieser Ton damals ging durch jede Faser meines Körpers, und der einzige, dem es nichts ausmachte, war Lodrik. Glaub mir, ich bestehe ebenfalls nur noch aus Sorgen.« Er schlürfte an seinem Gewürzwein. »Er hat Tzulan um Hilfe angerufen und sie bekommen. Und das inmitten von Ulldraeleichen.« Stoiko setzte seine Dame um und schlug den Springer Waljakovs.

»Ich habe den Männern erklärt, dass es eine Sumpfbestie war, die in der Nacht und während des Kampfes geheult hat«, meinte der Leibwächter missmutig. »Und wir sollten auch besser daran glauben. Schließlich stand ihm Ulldrael später bei der Hinrichtung bei.« Er sah auf das karierte Brett. »Ich habe keine Lust mehr, du gewinnst ständig.«

»Aber du bist besser geworden, seit du Hetrál beim Spielen zusiehst«, lobte der Vertraute und lehnte sich in den Sessel zurück, während er den Flammen im Kamin zusah. »Bist du dir sicher, dass es Ulldrael war, der ihn vor dem Blitz bewahrt hat?«

»Wir sollten, wie ich schon zuvor sagte, nichts anderes annehmen. Welchen Sinn würde diese vage Botschaft des Visionärs sonst machen.«

Sie schwiegen beide, ohne einander in die Augen zu sehen, aus Angst, etwas wie Zweifel beim Gegenüber zu entdecken.

»Ich habe natürlich mit Lodrik gesprochen, und er schämt sich ziemlich für die Geschehnisse in dem Wäldchen. Er hat keine Erklärung für den Blutrausch, der ihn überkommen hat. Das Geheul will er nicht gehört haben, und an seine Worte während des Kampfes kann er sich angeblich nicht mehr erinnern«, sagte Stoiko nach einer Weile.

»Das klingt sehr einfach.« Waljakov legte die mechanische Hand in den Schoß und stützte die andere auf die Lehne. »Ich finde gefährlicher, dass er Gefallen am Töten hat, wie man unschwer auch bei der Hinrichtung erkennen konnte. Er hat seine Vorliebe entdeckt, und ich hoffe, dass er sie beherrscht, bevor sie *ihn* beherrscht.«

»Du solltest die Unterrichtsstunden anders gestalten. Vielleicht mehr für die Ausdauer als für den Kampf?« Der Vertraute machte ein fragendes Gesicht.

»Du meinst also, meine Fechtstunden wären schuld daran?« Der Leibwächter schüttelte den Kopf. »Wenn es so ist, kann ich etwas daran ändern. Aber warum haben seine Augen nach der Hinrichtung blau geleuchtet, als er sich so über uns aufregte?«

»Eine Folge des Blitzschlags, würde ich meinen.«

»Würdest du meinen? Ich hoffe inständig, dass Ulldrael weiterhin seine schützende Hand über ihn hält und dass endlich Ruhe in diese verfluchte Provinz einkehrt.«

»Es sind friedliche Zeiten in Tarpol«, erwiderte Stoiko, der den erstaunten Blick des Kämpfers bemerkte. »Na schön. Nicht unbedingt in Granburg, aber in Tarpol an sich. Auf jeden Fall rüstet keiner der Nachbarn zum Krieg«, fügte er hinzu.

»Da habe ich aber ganz andere Sachen gehört«, widersprach Waljakov. »Die Provinz Worlac will nach wie vor ihre Unabhängigkeit und erhält angeblich von Borasgotan Waffenlieferungen. Borasgotan wird etwas für seine Bemühungen verlangen, und ich fürchte, dessen Herrscher steht einem ausgewachsenen Gefecht nicht ablehnend gegenüber. Und außerdem hat unser verehrter Nachbar Hustraban noch ein Auge auf die Baronie Kostromo geworfen, wenn ich dich an die Worte der Vasruca erinnern darf. Es klingt für mich keineswegs nach Frieden. Wenn sich die beiden Reiche zusammentun, was Ulldrael der Weise oder welcher Gott auch immer verhindern möge, sieht Tarpol sehr schlecht aus.«

»Ein echter Krieg also«, sagte Lodrik, der sich unbemerkt in die Tür gestellt und dem letzten Teil der Unterhaltung gelauscht hatte.

Die Männer tauschten schnelle Blicke aus.

»Ja, leider, Herr. Bis jetzt sind es aber nur Gerüchte, und der tarpolische Geheimdienst wird mit Sicherheit mehr darüber wissen als ich. Unvorbereitet wird es den Kabcar nicht treffen, falls eines der Nachbarreiche etwas planen sollte«, erzählte der Leibwächter nach kurzem Zögern.

»Wir tragen unsere Streitigkeiten seit Jahrzehnten mit Zweikämpfen oder Scharmützeleinheiten aus.« Der Gouverneur trat näher. »Es würde das Abkommen des

Tausendjährigen Friedens verletzen, das die Reiche geschlossen haben.«

»Die Situation in Borasgotan ist nicht die beste«, erinnerte Waljakov. »Meine Quellen sind die einfachen Leute Granburgs, Tagelöhner und die Händler, die in der Nähe die Grenze passieren. Zwar steht es um die meisten Bürger gut, aber nach allem, was ich gehört habe, geht dem dortigen Herrscher die Geduld mit der Baronie Jarzewo aus. Angeblich sucht die borasgotanische Rekrutierungskammer derzeit junge, kräftige Männer für Scharmützelkommandos. Aber einer der ontarianischen Kaufleute hat ein Lager mit über tausend Freiwilligen gesehen. Das sieht mir nicht nach einem Scharmützelkommando aus.« Er rieb sich die Glatze. »Außerdem sind ständig Wagen zu den Erzminen im Norden des Landes unterwegs. Und aus Erz stellt man bekanntlich auch Waffen her.«

»Die anderen Reiche würden uns doch unterstützen?« Lodrik setzte sich an den Kamin.

»Wenn sie das Abkommen einhalten, ja.« Stoiko pustete über den Gewürzwein, um ihn abzukühlen. »Aber die diplomatischen Beziehungen sind in den letzten Jahren etwas eingeschlafen. Euer Vater nimmt sich selten für so etwas die Zeit, wisst Ihr.«

»Wenigstens haben wir in Granburg unsere Angelegenheiten im Griff«, wechselte Waljakov das Thema. »Die Männer, die Euch im Wäldchen attackiert haben, waren in Wirklichkeit Jukolenkos eigene Leute und keine Söldner, wie wir zuerst angenommen hatten. Und sie haben gegen ihn ausgesagt. Ein großer Triumph, würde ich sagen.«

»Das kommt davon, wenn man Landsknechten nicht traut«, lachte Lodrik. »Wenn sie mich gestellt hätten, wäre ich mit Sicherheit tot. Wie gut, dass Ulldrael mir beistand.«

»Ja. Wie gut, dass der Gerechte und Weise mit seiner

schützenden Hand zur Stelle war«, sagte der Vertraute leise.

»Ich fand es übertrieben, dass er gleich zwei fremde Scharmützeleinheiten angeheuert hat, nur um mich aus dem Weg zu räumen«, wunderte sich der Statthalter.

»Obwohl sein Plan ziemlich gewieft war«, ergänzte der Leibwächter. »Mit den angeblichen Steuererhöhungen wiegelte er die Bauern auf, die nur mit Euch verhandeln wollten, nachdem seine Leute das den Aufständischen ins Ohr gesetzt hatten. Während der Verhandlungen griffen die Söldner an, und Jukolenko hoffte, dass die Bauern Euch töten.«

Stoiko nippte am Wein. »Was ja auch um ein Haar funktioniert hätte, wenn ihr euch erinnert. Sicherheitshalber postierte er eigene Leute in der Nähe, die Eurem Tod nachhelfen sollten, falls die Bauern nicht gewollt hätten. Und mit der Niederschlagung des Aufstands wäre Jukolenko der Held am tarpolischen Hof gewesen. Es ist nur schade, dass so viele Unschuldige sterben mussten.«

»Die eigenen Leute zu schicken war eben ein großer Fehler«, sagte Lodrik, »und wir können froh sein, dass er ihn gemacht hat. Stellt euch vor, er hätte alle Beweise rechtzeitig vernichten können, dann wäre lediglich Kaschenko der Dumme gewesen. Jetzt sind wir ihn, Kaschenko und zehn weitere Adlige für immer los. Konspiration gegen einen Königlichen Beamten wird immer noch mit dem Tode bestraft.« Die Männer lachten.

»Habt Ihr gesehen, wie die Granburger gejubelt haben?« Stoiko grinste. »Ich hätte niemals gedacht, dass Jukolenko so verhasst bei den Menschen war.«

»Die Menschen jubelten wohl in erster Linie wegen des lebenden Gouverneurs. Und bis sich die übrigen Adligen und Brojaken von dem Schrecken erholt haben, wird noch einige Zeit vergehen«, mutmaßte Waljakov.

»Kolskoi konnten wir leider nichts nachweisen. Das Totengerippe wird eine ziemlich Gefahr bleiben. Die Frau Jukolenkos trug es mit Fassung, dass sie von nun an bettelarm ist. Hat Norina sich über die neuen Besitztümer gefreut?«

»Ich weiß es nicht«, antwortete Lodrik. »Ich werde sie erst in drei Wochen sehen, wenn sie ihren Vater abholt.«

»Sie ist ein sehr hübsches Mädchen«, lächelte Stoiko verschmitzt, »und ich glaube, sie hat Euer Herz erobert.«

»Das weiß ich nicht genau«, gab der Statthalter zu und wurde rot. »Ich habe sie erst ein paar Mal gesehen, aber …«

»Ihr vermisst sie doch nicht etwa nach den kurzen Begegnungen? Oder sollte da in der Bibliothek ein bisschen mehr stattgefunden haben als Bücher lesen?«, fragte der Leibwächter ungläubig.

Stoiko sah sehr erstaunt aus. »Davon weiß ich noch gar nichts. Ihr seid doch nicht etwa unter die Herzensbrecher gegangen? Also hat sie Eindruck gemacht.«

»Ich glaube schon, obwohl ich es manchmal selbst nicht ganz verstehe, zumal sie mich beim ersten Mal ›dick‹ genannt hat.«

»Womit sie unbestreitbar nicht log«, schmunzelte der Vertraute.

Lodrik überhörte den Einwurf, seine Augen nahmen einen verzückten Glanz an, während er weiter von Norina schwärmte. »Sie hat duftendes, schwarzes Haar, ihre Augen sind tiefbraun und so seltsam faszinierend geschwungen. Ich könnte mich in ihnen verlieren.«

»Ihr meint wohl ›in sie verlieben‹, Herr«, griente der Leibwächter. »Sie ist doch ein gutes Stückchen größer als Ihr, oder? Da müsst Ihr Euch beim Küssen auf einen Schemel stellen, sonst wird da nichts draus.« Er lachte herzhaft über seinen eigenen Witz.

»Nein, musste ich nicht«, entschlüpfte es dem jungen

Mann, und er genoss die fassungslosen Blicke der beiden Männer. »Was macht Torben, unser rogogardischer Freibeuter, eigentlich?«

»Gut, dass Ihr mich erinnert, Herr. Heute Morgen kam eine Nachricht von ihm an Euch aus Tularky«, sagte der immer noch verdutzte Stoiko und reichte einen Umschlag über das Brett. »Ihr habt sie wirklich geküsst?«

Der Gouverneur überhörte die Frage gnädig, erbrach das Siegel und las die Zeilen. »Er lässt euch alle schön grüßen«, fasste er den Inhalt zusammen. »Er wird mit dem neuen Schiff sofort wieder Palestaner kapern.«

»Ich wünsche ihm viel Glück. Immerhin haben wir dem Piraten einiges zu verdanken, auch wenn er mehr tarpolische Gesetze übertreten hat als Jukolenko und seine Kumpane zusammen.« Stoiko leerte den Becher mit dem Gewürzwein. »Wenigstens erhalten die Tarpoler auf diese Weise billige Ware.«

»Wie er wohl ohne Zähne kauen kann?«, fragte sich Lodrik und schaute abwartend zu Waljakov.

»Ich habe mich bei ihm entschuldigt«, verteidigte sich der Kämpfer, der die Anspielung sofort verstanden hatte. »Mehrmals sogar. Ich konnte damals ja nicht wissen, dass er kein Attentäter ist. Ich habe ihm einen Hammer geschenkt, mit dem er sich sein Essen zerkleinern kann.«

Hetrál betrat die Bibliothek und verbeugte sich sehr gekonnt.

»Ah, unser Meisterschütze aus Tûris«, begrüßte ihn Stoiko, der sich dann sofort zu Lodrik hinüberlehnte. »Er kann auch noch unsagbar gut mit irgendwelchen Wurfwaffen umgehen, wusstet Ihr das, Herr?«

»Nein. Wie wäre es mit einer Kostprobe?«, forderte der Statthalter.

Waljakov sah alarmiert auf, als der Stumme Lodrik eine Münze in die Hand drückte und ihm bedeutete, zur anderen Seite des Raumes zu gehen.

»Ich weiß nicht, ob das eine gute Idee ist, Herr«, sagte er vorsichtig.

»Ich habe Vertrauen zu ihm«, beschwichtigte Lodrik und hielt das Geldstück in die Luft.

Aber Hetrál schüttelte den Kopf und zeigte auf den Mund. Gehorsam klemmte sich der junge Mann den Waslec waagrecht zwischen die Lippen.

Der Leibwächter legte die mechanische Hand an den Säbelgriff.

Mit einem Mal war die gute Stimmung aus der Bibliothek gewichen und hatte einer seltsamen, greifbaren Spannung Platz gemacht.

»Und wenn er doch noch auf Kolskois Gehaltsliste steht?«, flüsterte Waljakov Stoiko zu, der mit schmalen Augen die Szenerie verfolgte.

Langsam hob Hetrál den Arm und visierte konzentriert sein Ziel an. Auch das Misstrauen des Vertrauten war nun geweckt.

Mit einer kaum nachvollziehbaren Bewegung schickte der Schütze das geschliffene Metallstück auf die Reise. Leise zischend durchquerte es den Raum, Lodrik schrie auf und zog den Kopf zurück.

Mit einem Satz war der Leibwächter bei dem Turîten und packte ihn an der Kehle, der Säbel flog in die mechanische Hand.

»Lass ihn, Waljakov«, befahl der Gouverneur. »Es ist nichts passiert, ich bin nur erschrocken.«

Die Münze war der Länge nach durchbohrt und steckte aufgespießt in der Holzvertäfelung.

Hetrál lief bereits rot an und tippte immer wieder auf den Arm zum Zeichen, dass der hünenhafte Kämpfer ihn loslassen sollte. Mit einem Knurren stellte der Leibwächter ihn auf den Boden. Der Schütze hustete ein wenig.

»Es tut mir Leid«, entschuldigte sich Waljakov brummend. »Ich dachte, Ihr wolltet dem Gouverneur ans

Leder, weil Ihr doch für Kolskoi gearbeitet habt, und als er eben geschrien hat, dachte ich …«

Hetrál machte eine beschwichtigende Geste, stapfte zum Tisch und goss sich einen Wein ein, den er herunterstürzte. Dann zeigte er dem Leibwächter den Vogel, während er in den Sessel plumpste.

»Ein meisterhafter Wurf, Hetrál«, lobte Lodrik die Leistung des Turîten in die Stille hinein. »Kannst du mir so etwas auch beibringen?«

Der Schütze suchte ein Blatt Papier, tauchte die Feder in das Tintenfass und schrieb etwas auf, das er Stoiko mit einem Grinsen reichte.

»Mit ihm als Zielscheibe schon«, las er die Antwort vor.

Der Leibwächter lachte daraufhin dröhnend los. »Es freut mich, dass Ihr meine Entschuldigung annehmt.«

Das stürmische Klopfen an der Bibliothekstür hörten sie zunächst, dank Waljakovs lauter Belustigung, nicht.

Ein abgehetzter Bote, flankiert von zwei Wachen, trat daraufhin ungefragt in den Raum und stellte sich neben Stoiko.

»Verzeiht, hohe Herren und Exzellenz, aber ich habe eine sehr wichtige Nachricht für Stoiko Gijuschka.« Er übergab dem Vertrauten eine lederne, versiegelte Tasche, an der Unmengen von Schmutz und Staub hafteten. »Sie kommt aus Ulsar.«

Der Vertraute bedeutete dem Boten, sich zu entfernen, danach öffnete er die Tasche und las das Schreiben aufmerksam durch.

Ganz langsam ließ er das Papier nach einer Weile sinken, schaute abwechselnd zu Waljakov und Lodrik.

»Was ist los?«, wollte der Gouverneur wissen. »Soll ich an den Hof zurückkommen?«

»Anders, als Ihr denkt, Herr.« Stoiko sank auf die Knie und beugte das Haupt vor dem jungen Mann. »Der Kabcar ist tot. Lang lebe der Kabcar.«

Von Markus Heitz liegen bei Piper vor:
Schatten über Ulldart. Ulldart – Die Dunkle Zeit 1
Der Orden der Schwerter. Ulldart – Die Dunkle Zeit 2
Das Zeichen des Dunklen Gottes. Ulldart – Die Dunkle Zeit 3
Unter den Augen Tzulans. Ulldart – Die Dunkle Zeit 4
Die Magie des Herrschers. Ulldart – Die Dunkle Zeit 5
Die Quellen des Bösen. Ulldart – Die Dunkle Zeit 6
Trügerischer Friede. Ulldart – Zeit des Neuen 1
Brennende Kontinente. Ulldart – Zeit des Neuen 2
Fatales Vermächtnis. Ulldart – Zeit des Neuen 3

Die Zwerge
Der Krieg der Zwerge
Die Rache der Zwerge
Das Schicksal der Zwerge

Die Mächte des Feuers
Vampire! Vampire!